황무지의 봄바람

월브라이트 장편소설

윌브라이트 장편소설
황무지의 봄바람
2
D&C BOOKS

2부 그 부부의 결혼 생활

4. Stuffs you don’t know 下

며칠간 무어가 저택이 분주했다.

시중인들은 처음 열리는 안주인의 티 파티를 성공적으로 이끌기 위해 열성을 다했다. 처음에는 안주인을 부족함 없이 모시라는 후작의 경고 때문이었지만 티 파티를 준비하면서 가문의 시중인으로서의 열망과 자부심이 피어났다.

이제 우리도 보통의 귀족가와 다름없는 모습을 갖출 수 있겠구나.

그리고 그것은 곧 수도의 그 어느 곳보다 뛰어난 파티를 만들어 내고 말겠다는 열의로 이어졌다.

티 파티의 컨셉은 초록색으로 정해졌다.

“초록색으로 하십시오, 마님. 각하께서 좋아하실 것입니다.”

하딩은 그날 용기를 내어 얻어 낸 정보를 충실히 활용했고 에젠은 착한 얼굴의 호위 기사가 전해 준 것을 완전히 믿을 수 없으면서도 혹시나 싶은 마음에 선택했다.

티 파티가 열렸다. 화려한 마차가 줄을 이어 무어가 호정으로 속속들이 도착하기 시작했다.

에젠은 진주가 알알이 달린 상아색 실크 드레스를 입은 채 손님들을 맞이하고 있었다.

"초대해 주셔서 영광입니다, 후작 부인."

그들은 오랜 공백을 깨고 사교계에 입성하려는 젊은 후작 부인을 예의 바른 모습으로 받아들였다. 그러나 눈만큼은 분주히 저택의 내부를 둘러보는 데 여념이 없었다.

"과연 문을 꽁꽁 닫을 만하군요. 전하께서 사시는 왕궁도 이보다 화려하진 않았어요."

"저 같아도 여기서 벗어나고 싶지 않겠어요."

티 파티의 참석자들은 곧 저택의 이스트윙에 위치해 있는 티 룸으로 안내되었다. 클리프가 에젠을 위해 건설한 거대한 정원이 한눈에 보이는 곳이었다.

"세상에!"

색색의 아름다운 꽃들이 피어난 두 개의 섬과 역시 꽃으로 장식된 다리, 그 아래를 유유히 가로지르는 화려한 카누 배. 마법으로 만발하는 봄을 그대로 담아낸 정원의 장관에 참석자들은 넋을 놓고 바라보았다.

"저런 정원이 수도 내에 가능한지도 몰랐군요. 리틀 헤븐 하이츠가 사실이었어요. 세상에, 보면서도 믿기지가 않네."

"연못과 다리까지 만들려면 아주 대대적인 공사였는데, 후작 각하께서 허락하시던가요? 돈이 이만저만 들어간 게 아니었을 텐데. 부인 때문에 각하께서 골머리를 좀 앓으셨겠군요."

감탄이 오가는 와중에 어느 참석자가 물었다.

너스레를 떠는 듯하나 그 속에 들어 있는 교묘한 깎아내림 정도는 감지할 수 있었다. 에젠이 부드럽게 웃으며 답했다.

"정원은 남편의 생각이라 제가 따로 부탁할 만한 게 없었답니다. 그래서 제작에 관한 자세한 사항은 전적으로 그이가 담당했어요."

"후작 각하께서요?"

"네, 저기 보이는 유리 온실과 후원 쪽의 호정도요. 나중에 소개해 드리지요."

'이게 다가 아니었단 말이야?'

부인들의 눈에 놀라움이 일었다. 무어 후작 부부 사이가 싸늘하다 못해 파국으로 치닫고 있다고 하지 않았나?

눈앞에 보이는 말 그대로의 '리틀 헤븐'은 정확하게 귀족 부인들의 마음을 사로잡았다.

'다행이야. 잘 먹혀들어서.'

에젠이 의도적으로 노출한 무어 저택의 면면은 세간에서 들끓는 불화설을 잠재우는 데 도움이 될 터였다.

그녀는 힐긋 정원 쪽을 바라보았다. 천국처럼 아름다운

정원에 넋을 놓은 부인들과는 달리 에젠은 저 정원을 볼 때마다 어쩐지 가슴이 조여들었다.

분명 흠잡을 데 없이 완벽하게 아름다운데, 어쩐지 불안해졌다. 마치 저 아래 기저한 클리프의 불안을 함께 느끼기라도 하는 것처럼.

무어가의 첫 티 파티에 참석한 귀부인들의 놀람은 계속해서 이어졌다.

“잠깐, 이건 스파클인가요? 엘프의 허브 말이에요. 이건 폐하의 정원에서만 볼 수 있는 줄 알았는데…….”

“폐하께서 실로 무어 후작을 아끼시는군요. 이런 귀한 잎을 사사로이 내주실 정도라니…….”

스파클과 정원의 만발한 꽃으로 만든 아름다운 꽃바구니를 하나씩 선물하자 귀부인들의 눈이 빛났다. 누군가는 감탄했지만, 누군가는 질투가 어린 빛을 했다.

“아끼다마다요. 이미 존재하는 총사령관을 밀어내고 그 자리에 앉히실 정도인데 스파클이 대수겠어요?”

에젠은 눈치채지 못한 것처럼 차분하게 덧붙였다.

“얼마 전까지 제가 병석에서 일어나지 못해 남편의 근심이 많았던 터라 국왕께서 먼저 배려해 주셨겠지요. 저희로서는 과분한 걸 받았으나 신하 된 도리로 받을 수밖에 없으니까요.”

국왕의 배려라고 말하지만 무어 후작을 도구로서 부리는 국왕의 심사를 이들이 모를 리 없었다.

에젠은, 내 남편을 탓하지 말고 내 남편을 부리는 국왕을 탓해라, 라는 의미를 조용히 풀어내 놓은 것이다. 매끄러운 답에 부인들이 흠흠 헛기침을 하며 서로를 바라보았다.

'사교계에 익숙하지 않은 줄로만 알았더니.'

결혼 후 저택에 틀어박혀 있다는 소식만 접한 터라 실지로 보는 무어 후작 부인의 모습은 어느 예상에도 미치지 못했다.

악독한 크로포드를 가족으로 두고, 클리프 무어를 유혹하여 저 혼자 살아남은 것도 모자라 후작가 안주인의 자리까지 쟁취할 정도로 야심만만한 여인인 줄 알았으나 눈앞의 후작 부인은 소녀에 가까웠다.

얼마 전까지 병석에 있었단 말이 사실인지 가녀리고 창백한 얼굴에 선한 눈망울이 빛났다.

그러나 저 순진한 얼굴에 경계를 풀어서는 아니 될 것이다. 몇 년째 두문불출했음에도 클리프 무어의 아내는 현재 귀족 부인들을 맞이하고 이끌어 나가는 데 흠잡을 데 없는 능수능란함을 보여 주었다.

슬그머니 대화의 꼬리를 국왕에게 돌리는 것도 그랬다. 무어 후작 부인은 왕정파 사이에 만연한 무어 후작을 향한 경계심을 이미 알고 있는 듯했다.

클리프 무어도 벅찬 인물이었지만 그의 아내는 더 복잡했다. 어느 쪽으로 접근해야 할지 쉬이 감이 오지 않는 여인이었다.

이번 방문으로 적어도 무어 부부 중 어느 쪽이 취약할지는 나올 줄 알았는데. 그들은 혼란을 예의 바른 눈길 아래 숨기면서 미소 지었다.

"아아, 그랬죠. 후작께서 부인을 이만저만 걱정하시는 게 아니었다고 들었어요. 몇 달간 내내 부인의 곁에서 수발을 드셨다고……. 이제 쾌차하셨나요?"

"네, 덕분에 차도가 있었습니다. 이리 늦게 인사를 드리는 것, 이해해 주셔요. 늘 국정을 보필하며 힘쓰시는 충신들의 내조를 담당하는 여러분들과 함께 교류하고 싶었지만, 상황이 여의치가 않았답니다."

에젠은 매끄럽게 말을 이어 나갔다.

"아시다시피, 결혼 전 저와 남편의…… 상황이 조금 특별했다 보니 결혼 후에도 쉬이 밖을 나가기가 두려웠어요. 남편 또한 정말 감사하게도 절 이해해 주었죠. 그이는 제가 혹시라도 다른 사람들의 말에 상처받지 않길 바랐거든요."

"그 무어 후작이 말입니까? 세상에, 제가 정말로 수도에서 처음으로 듣는 이야기군요."

"다정한 분이에요. 제가 외출을 못 해서 답답해할까 봐 이 정원도 그이가 만들어 준 걸요."

그녀가 부끄럽다는 듯 볼을 붉히며 정원을 바라보았다.

마침, 살랑이는 바람 사이로 꽃향기가 넘실넘실 실려 왔다. 거짓말이 술술 흘러나왔다. 필레모리가 들었다면 놀란 눈으로 저를 응시했을 것이다.

'거짓말은 아니잖아. 적어도 그는 나를 신경 쓰고 있잖아.'

하지만 신경을 쓰면 뭐 하나. 클리프는 바빴고, 그녀를 찾지 않으며, 대화에서는 도망치기 일쑤였다.

자신을 피하는 듯한 남편을 떠올리니 조금 우울해졌지만 에젠은 다시 마음을 가다듬었다.

'오늘 티 파티를 무사히 끝내는 것만 생각하자. 이 사람들이 클리프를 지지할 수 있게 만들어야 해.'

"티 파티에 앞서 작은 공연을 준비했답니다. 즐거이 들어 주신다면 기쁠 거예요."

"공연이요?"

살랑살랑 흔들리는 드레스 자락 뒤로 잔뜩 호기심이 묻어났다. 에젠이 능숙하게 손짓하자 문이 열리며 필립이 모습을 드러냈다.

"귀부인들을 뵙게 돼서 영광입니다."

은빛 머리칼의 음유 시인은 하프를 안고 초록빛으로 장식된 작은 무대 위에 서서 인사했다. 유리창을 살짝 열어 놓은 탓에 온실 마법으로 일으킨 꽃바람이 살랑이며 들어왔다.

필립의 머리칼이 잠시 흔들리고 팔랑거리는 꽃잎이 그의 볼에 내려앉았다. 시인은 섬세한 손가락으로 꽃잎을 떼어 내며 귀부인들을 향해 미소 지었다.

"아, 역시 그 유명한……."

누군가 불쑥 중얼거리다 이내 소리 내어 말한 것을 깨달았는지 입을 다물었다. 간단히 목례한 그가 다시 하프를 짚었다. 흐드러진 은발을 뒤로 넘기고 그가 노래하기 시작했다.

꽃의 신이시여,
아름답고 충만한 나의 신이시여.
당신의 상냥함과 인정을 잊지 못하여,
불사의 요정이 내미는 손에 붉은 꽃망울 안겨 드리면,
색색의 하늘을 수놓을 망토에 제 노랫소리 담아 드리면,
언제쯤 그대가 계신 천국의 궁전에 닿을 수 있을까요.
매정한 나의 신이시여.
어찌 닿지도 못하게, 울지도 못하게 하십니까.
당신께서 나의 우매함을 미리 보아 아신 까닭이겠지요.
지는 꽃잎 되살릴 길 없다는 것을.
충만한 기쁨을 주셨던 신이시여.
어찌 잊으라, 어찌 살라 말하십니까.
당신에게 닿을 리 없는 꽃 한 송이 지고
나는 오늘도 목 놓아 울음 해 봅니다.
흩날리는 꽃잎 하나, 울부짖는 내 비명 하나,
불사의 요정이 나를 가엾이 여기면
당신을 다시 돌려주실 수 있을까 하여서요.

"어쩜……."

꿀이 흐르는 듯한 목소리였다. 달콤한 멜로디에 가려 다소 비관적인 가사는 들리지도 않았다.

귀부인들은 잠시 흐르는 침묵이 영겁인 것처럼 넋이 빠져 있다가 음유 시인 필립이 마지막으로 하프의 현을 흔들며 끝맺는 음률을 울릴 즈음에야 안개에서 깨어난 것처럼 소리를 냈다.

"아아."

"슬픈데 행복하군요. 어떻게 이런 감정을 일으킬 수 있는 거죠?"

누군가는 훌쩍이며 누군가는 새어 나온 눈물을 닦았다.

"저 음유 시인은 필레모리 선생의 살롱이 아니면 어떤 고관대작의 부름에도 응하지 않는다고 들었어요."

에젠은 애매하게 고개를 끄덕였다. 그녀는 흠잡을 데 없는 모습으로 미소를 짓고 있었으나 필립의 노래를 어쩐지 다른 이들처럼 마냥 반길 수가 없었다.

어쩐지 필립의 노랫소리를 들으면 지워지지 않는 껄끄러움이 어딘가 존재했다. 어쩌면 들을 때마다 속에 쓴맛을 남기는 비관적인 멜로디 때문일지도 모르지.

필립의 시선은 때때로 에젠을 향했다. 시선이 마주칠 때마다 필립은 미소를 지었다. 왜 그 미소조차 달가이 여겨지지 않는 것인지 그녀는 제대로 정의할 수 없었다.

필립의 노래는 계속해서 이어졌다. 참석자들은 처음 응접실에 들어온 모습 그대로 선 채 그에게서 눈을 떼지 못했다.
“벌써 끝났나요! 말도 안 돼, 이렇게 짧을 수가!”
이윽고 세 번째 노래가 끝나고 준비했던 공연을 모두 마친 필립이 인사를 하며 자리를 뜨려 했으나 귀부인들이 참을 수 없다는 듯 소리쳤다.
이내 큰 소리를 낸 자신에게 놀라면서 눈썹을 늘어뜨렸지만 아쉬운 듯 달싹거리는 입술만큼은 감출 수 없었다.
“실례인 것을 알지만 무어 후작 부인, 저분의 노래를 한 번 더 들을 수 있을까요? 도무지 이대로 그를 보낼 수가 없군요.”
왕정파 귀부인이 말을 꺼냈다. 그녀는 순간 저도 모르게 입 밖으로 낸 말의 뜻을 깨닫고 제 입을 가렸지만 이미 엎질러진 물이었다.
분위기가 살짝 차갑게 얼었다.
“앗, 제가 무슨 말을……. 용서하세요. 노래가 너무 감명 깊어 실언을 하였습니다.”
자신의 부탁이 티 파티의 호스트에겐 수치를 안겨 줄 수 있는 대단히 무례한 것이었음을 깨달았던 까닭이다.
에젠도 그 정도로 필립의 노래가 강력한가 싶어 조금 놀랐지만 이내 웃으며 고개를 끄덕였다.
“그럼요, 에른스트 부인. 다만 귀부인들께서 지치실까 염려되니 이곳에 앉아 다과를 드시는 게 어떻겠어요?”
화를 낼 줄 알았던 무어 후작 부인이 승낙하자 그들이 한

숨 돌린 표정을 지었다.

"필립, 미안하지만 한 곡 더 들려줄 수 있을까요?"

"귀부인께서 원하신다면 무엇이든지요."

필립이 자연스러운 미소와 함께 허리를 굽혔다.

조금 뒤 그의 노래가 끝났다. 몽롱한 분위기가 끊기자 귀부인들은 아쉬운 표정을 감추지 못했다.

"후작 부인, 한 곡만 더……."

에젠은 조금 난감해졌다. 노래가 생각보다 너무 강력한 탓에 티 파티에 집중시키기 힘들어질뿐더러 지금 노래를 끊어 버리면 도리어 반감을 일으킬지도 몰랐기 때문이다.

그러나 필립에게 다시 노래를 부탁하기도 어려웠다.

'필레모리 선생님이 저 사람은 고집이 세서 정해진 곡 수 이상은 절대로 부르지 않는다 했는데…….'

콧대 높은 귀부인들이었기에 이 정도로 명분을 잊고 휘둘릴 줄은 예상치 못했다.

"죄송해요, 하지만……."

"귀부인, 괜찮으시다면 티 파티가 끝날 때까지 하프 연주를 들려 드리고 싶습니다. 대화에 방해가 되지 않도록 할 테니 윤허해 주시겠습니까?"

그때 필립이 부드러운 목소리로 제안했다.

음악이 끊기지 않는 것은 잘된 일이었으나 미리 얘기가 된 적 없던 그의 제안은 꽤 당황스러웠다. 애초에 필립과 그녀가 합의한 곡 수는 최대 네 곡이었으니까.

에젠은 의아했지만 천천히 고개를 끄덕였다.

"그럼요, 필립에게 무리가 되지 않는다면 기쁘게 승낙하겠어요."

"부인들의 기쁨이 될 수 있다면 무어 어려울 게 있겠습니까. 그리고 제 손가락은 끊어지지 않는 쇠심줄처럼 튼튼하답니다."

필립이 웃으며 하프를 타기 시작했다. 부인들의 시선은 간간이 그녀와 시인 사이를 오갔다. 에젠은 고개를 돌렸다.

"……."

"어머나, 저 음유 시인이 후작 부인에게 반한 건 아니겠지요?"

누군가 웃음을 터뜨리며 농을 던졌다. 그래도 필립의 음악을 이리 가까이서 오랫동안 들을 수 있다는 사실에 그들은 고양된 상태였다.

티 파티에 와 놓고 대화는커녕 노래를 몇 번이나 청한 무례를 너그러이 넘어가 준 후작 부인에 대한 감사에 그들은 이전보다 훨씬 더 호의를 가졌다.

"여기 계신 모두가 세이렌의 혼을 빼어 놓을 만큼 아름다운 미색들을 가지고 계신데, 제가 감히 누굴 고르겠습니까. 다만 호스트이신 무어 부인께서 베풀어 주신 호의에 답하려는 것이랍니다."

필립이 빙긋 웃으며 대답했다. 그러나 에젠은 억지로 입꼬리를 끌어 올려야 했다. 그녀를 향해 짓는 필립의 그림

같은 미소가 어쩐지 거북하게 느껴지는 건 왜일까.

그를 도노반으로 오인한 적 있었던 기억 때문인지, 그녀는 영 필립이 어색했고 불편했다.

한편 필립의 공연에서 가장 강력한 게 그의 음색이었던 탓에 잔잔한 현의 음률만 흐르자 귀부인들은 하나둘씩 제정신을 차렸다.

"이런 티 파티가 자주 있다면 좋겠네요. 드물게 즐거웠어요."

"그런데 후작께서는 혹시 오늘 걸음하시는가요?"

우아하게 차를 들이켜던 손이 멈칫했다. 흔들리는 수면의 파동은 에젠만이 알았다. 그녀가 그린 듯한 미소를 얼굴에 띠웠다.

"아쉽게도 오늘은 자리하지 못했답니다. 국왕 폐하의 부름을 받고 황궁으로 급히 복귀해야 해서요."

"아, 그렇지요. 에브론과의 전선 때문에 황궁의 분위기도 이만저만 흉흉한 게 아니라고 들었어요. 전쟁이 일어나면 무어 후작이 당연히 총사를 맡게 되시겠죠?"

분위기가 일순 멈칫했다.

총사령관직이 왕정파에 미치는 기류는 예사롭지 않았다. 클리프 무어가 총사령관을 맡게 된다면 하이츠 왕국이 승리할 것이다.

그러나 그들이 우려하는 것은 그 뒤의 일이었다.

지금도 하늘 높은 줄 모르고 승승장구하는 무어 후작의

위세가 얼마나 더 위로 뻗어 갈 것인가. 국왕이 가뜩이나 그를 밀어 주지 못해서 안달인데 말이다.

승리의 깃발까지 끼고 돌아온다면 클리프 무어는 왕정파 전체를 집어삼키려 할지도 모른다는 것이 왕정파 귀족들 내에 암묵적으로 깔려 있는 불안이었다.

"글쎄요, 제 남편은 본디 나기를 무인이라 그런 복잡한 이해관계보다는 승패의 면면과 그 결과에 더 신경을 쓰는 편이라서요."

에젠은 그 동요를 알아차리지 못한 척 차분하게 대답했다.

하얀 얼굴에는 꾸며 낸 그늘이 졌다. 그녀는 남편 때문에 너무나 걱정이라는 듯 긴 한숨을 내쉬었다.

"그이가 원하는 것은 하이츠의 안위뿐이에요. 에브론과의 전쟁이 일어난다면 그는 하이츠에 승리를 가져오기 위해 최선을 다할 거예요. 그 과정에서 폐하께서 총사직이 필요하다 명하신다면 그는 따를 겁니다. 그 사람이 폐하께 어떤 충성을 다하는지 모두 아시잖아요."

클리프가 원하는 것은 권력이 아니라 전장 자체라는 말에 귀부인들의 긴장감 어린 기세가 부드럽게 풀어졌다.

그들은 총사직이 그가 아니라 국왕의 선택이라는 걸 상기했다. 더군다나 클리프 무어는 백년전쟁에서도 오랜 전쟁에 허덕이는 하이츠를 승리로서 구하지 않았던가.

나라의 안위만을 걱정하는 충신을 구태여 권력 싸움에 끌고 들어온 듯한 미약한 죄책감이 그들의 마음속에서 자라났다.

“흠흠, 아, 무어 후작 부인, 드리고 싶은 게 있어요.”

췰른 백작 부인이 선물로 건넨 것은 달랑거리는 금빛 방울이 달린 아이 장난감이었다.

“늦었지만 축하드려요. 늠름한 사내아이라죠? 후작 부처께서 든든하시겠군요.”

참석자들은 바뀐 주제를 열렬히 환영하며 에젠에게 축하 인사를 건넸다.

“아직 걸음마도 제대로 떼지 못하는걸요. 이안이 좋아하겠네요, 감사합니다.”

“아직 세례식 전인가요?”

하이츠 왕국에서는 아이가 태어나면 다섯 살이 되기 전에 세례식을 거쳤다. 신에게 아이의 태어남을 고하고 아이의 건강과 번영을 비는 의례였는데 고위 귀족일수록 세례식을 크게 하여 서로의 교류를 도모했다. 아이로서는 처음 세상에 드러나는 공식적인 의식과도 다름없었다.

“네. 세례식은 좀 더 늦게 하려구요.”

“후작 각하를 닮았다면 아주 잘생긴 외모를 지니게 되겠군요.”

“눈동자가 파란색이에요. 그이를 닮아서…….”

이안을 떠올리자 저도 모르게 미소가 지어졌다.

“혹 실례가 되지 않는다면 무어 영식을 저희도 볼 수 있을까요? 축복을 걸어 주고 싶어요.”

에젠이 사교 생활을 하지 않았기 때문에 이안 역시 출생과 동시에 그다지 큰 관심을 받지 못하고 잊혔다.

'또래 친구들을 만들어 줄 수도 있겠지.'

자연스럽게 아이를 내보일 좋은 기회였기에 에젠은 승낙했다.

"이안을 데려와 주겠니?"

에밀리가 고개를 끄덕였다.

얼마나 시간이 지났을까. 강보에 싸인 이안이 금빛 유모차에 누워 내려왔다. 조금 전 식사를 끝냈다는 아이는 새근새근 잠이 들어 있었다.

"어머…… 자는 모습이 천사 같네요."

"후작님을 많이 닮았네요."

그들은 이안의 이목구비에서 무어 후작을 보았다. 이 아이가 커서 얼마나 많은 여인들을 울리게 될지, 벌써부터 어렴풋이 짐작이 가는 듯했다.

그때 사건이 일어났다.

"아앗!"

찻물을 가져오던 하녀가 발을 헛디뎠다. 하녀는 휘청거리며 쟁반을 놓쳤고 뜨거운 물이 담긴 주전자가 떨어지는 쪽에 이안이 있었다.

"이안!"

뜨거운 물이 이안에게 엎어지려 할 때 누군가 번개같이 튀어나와 이안을 감쌌다. 뜨거운 물은 그대로 아이를 감싸지 않은 다른 쪽 어깨로 쏟아져 팔까지 번졌다.
"으윽……."
짧은 신음과 함께 주전자가 나동그라지는 소음이 울렸다.
"으아앙!"
그리고 아이의 자지러지는 신음까지 함께 이어졌다.
"세상에! 저걸 어째!"
"의원을 불러!"
부인들의 비명까지, 티 파티는 아비규환이었다.
"이, 이안……."
이안, 이안. 그중 가장 놀란 것은 에젠이었다.
정신을 차려야 한다고 생각했지만 머리가 하얗게 비었다. 그녀는 얼어붙은 채로 이안을 중얼거릴 뿐이었다.
그때 클리프가 나타났다.
그는 발만 동동 구르는 하녀들을 지나쳐 곧바로 필립에게 다가갔다. 한 손으로는 아이를 안고 다른 손으로는 쓰러진 필립을 일으켰다. 클리프가 알랭에게 명령했다.
"시인을 의원에게 데려가. 사제가 필요할 것 같으니 신전에게도 연락을 해 두도록."
그는 말을 마친 뒤 곧바로 등을 돌려 에젠에게 성큼성큼 다가갔다. 머리 위로 지는 커다란 그림자가 그때만큼 안심된 적 없었다.
"클리프! 이안이, 어떡해요. 우리 이안이……!"
그녀는 더 생각할 것 없이 그의 팔을 잡으며 매달렸다.

눈물이 터져 나왔다.

"에젠, 괜찮아."

"다쳤어요, 이안이. 뜨거운 물이 쏟아져서, 내가, 이안을, 데려왔, 데, 데리고 오는 게 아니었, 어떡해요. 이안, 이안—."

"괜찮아, 이안은 무사해."

한쪽 팔로는 아이를 안은 채로 남은 다른 쪽 팔이 그녀를 감싸 안았다. 자지러지는 아이의 등을 두드리면서 그가 에젠을 거세게 안아 이마에 입술을 비볐다.

"꿈이, 그때 꿈처럼……."

"진정해, 에젠. 아무것도 일어나지 않았어. 괜찮아."

사시나무 떨듯 이어지던 떨림이 점차 잦아졌다.

뜨거운 온도가 그녀를 안정시켰다. 집사와 하인이 필립을 데려가고 하녀들이 들어와 엉망이 된 응접실을 정리했다.

부인들은 에젠의 패닉을 이해했다. 잘못하면 가문의 후계가 위태로워질 수도 있었다. 결혼 오 년 만에 귀하게 얻은, 그것도 첫 자식이라 하지 않았는가.

한편 부인들의 이목을 가장 끈 것은 바람처럼 나타나 상황을 정리한 클리프 무어였다. 아내와 아들을 보호하는 듯한 그의 모습에 귀부인들의 눈은 더 커질 수도 없을 만큼 팽창해 있었다.

"쉬이, 에젠. 괜찮아. 괜찮으니까……."

겁에 질린 아내를 안심시키는 낮은 목소리에 그들이 덩

달아 얼굴을 붉혔다.

"……부부 사이가 좋지 않다는 말은 순 다 거짓말이었군요."

누군가 중얼거렸다. 사람들은 고개를 끄덕였다.

무어가의 티 파티는 그렇게 갑작스런 끝을 맞았다.

그러나 별처럼 나타난 후작의 존재감에 송두리째 마음을 빼앗긴 이들이 어찌나 바삐 말을 옮기고 다니는지, 수도 지척에 만연했던 무어 후작 부부의 불화설이 점점 힘을 잃기 시작했다.

이안을 향해 쏟아지는 뜨거운 찻물을 대신 맞은 필립은 신전에서 치료받고 있었다.

의료 산업이 발달하지 않은 하이츠의 시대상, 신전은 의료의 가장 최상위에 자리한 의료원 중 하나였다.

아무리 가주의 아들을 구했다고는 하나 연고도 없는 평민 출신 유랑 시인이 수천 명의 대기자를 앞지르고 신전에서 치료받을 수 있던 배경에는 무어 후작이 있었다.

"당신은 걱정하지 마. 할 수 있는 조치는 모두 다 취했으니까. 그 시인은 전과 다름없이 살아갈 수 있을 거야. 목소리 또한 아무런 변화가 없을 거고."

클리프는 그리 말했다. 거짓이 없을 것임을, 그가 그리 말한 한, 필립이 가능한 모든 최상의 치료를 받을 것임을 알지만 에젠은 그저 고개만 끄덕일 수가 없었다.

하마터면 이안을 잃을 뻔했다. 생명의 은인이나 다름없는 이를 두고 두 손만 놓고 있을 수가 없어 그녀는 신전으로 걸음했다.

“아, 그 시인 말입니까? 이쪽으로 오십시오.”

백색의 사제가 친절히 그녀를 안내했다.

딸칵, 조그만 개인 병실이 나왔다. 조금 기다리고 있으니 필립이 나타났다.

“귀부인.”

그가 에젠을 알아보고는 허리를 숙였다.

“괜찮나요?”

“예. 귀부인과 후작 각하 덕분에 빠르게 치료받을 수 있었습니다.”

말과는 달리 새하얀 붕대가 그의 팔과 어깨를 칭칭 감고 있었다. 성인에게도 이 정도의 상처를 입힐 정도라면 이안은 어떻게 됐을까.

“고마워요. 당신이 아니었으면 우리 이안은…….”

생각만 해도 끔찍한 상상에 그녀가 몸서리쳤다.

“도련님께서 무사하시다면 됐습니다. 저야 이런 상처는 익숙하답니다.”

“하지만…….”

“어렸을 적엔 더 심하게 다친 적도 많았는걸요. 다리가 부러지기도 했고, 지붕에서 떨어져 뼈가 보일 정도로 피부가 찢어진 적도 있는데 뜨거운 물 맞은 것 따윈, 아무것도 아닙니다. 도리어 이런 상처에 이만큼의 호사가 처음이랍니다. 신전의 개인 병실에 개인 사제라니, 저 같은 출신이 언제 이런 대우를 받을 수 있겠습니까."

그가 부드럽게 미소 지었다. 필립의 곱상한 미색으로 보건대 말썽이나 악동적인 유년 시절과는 거리가 영 멀어 보였다. 에젠의 죄책감을 희석해 주려는 듯했다.

"……개구쟁이셨나 보군요."

"그럼요, 매번 형님께서 절 치료해 주시며 너 같은 말썽쟁이도 없다고 하셨지요."

"형님이 계셨나요?"

대화의 흐름에서 흘러나오는 자연스러운 물음이건만 그가 잠깐 흠칫했다.

"예. 아주 상냥하고 아름다운 분이셨지요. 저는 형님의 속을 늘 썩이기만 했구요."

문장은 과거형이었다. 잠깐 행복했던 가족과의 기억을 떠올리는 듯 시인의 눈이 아득해졌다.

"그야말로 이해할 수 없는 맹목적인 애정이었습니다. 심지어 절 낳은 친어머니도 절 멀리하시는데, 형님만은 절 늘 감싸 주셨어요. 심지어 과자 하나라도 더 주시려고 안달이셨지요. 워낙 천성이 선한 분이시기도 하지만 제가 늘 아픈 손가락처럼 눈에 걸린다고 하셨답니다."

시인의 씁쓸한 말투에서 배어나는 분위기는 즐거우면서도 애달픈 데가 있었다.

"그래서 형님이 돌아가셨을 때, 그 죽음을 받아들이기가 더 힘들었어요. 뭐든 맹목적인 것은 짙게 자국을 남기기 마련이 아닙니까."

지극히 아름다운 목소리를 가지고 있으면서도 구슬픈 노래를 부르는 건 누군가를 잃고 그 상실에 아파했던 기억 때문인 듯했다.

"부군께서 걱정이 많으시더군요. 귀부인께요."

필립이 잠시 망설이다 덧붙였다.

"맹목적인 애정은 상대방을 짓눌러 상처 입히기 마련입니다. 사람을 나약하게 만들지요. 멀쩡한 희극으로 끝나는 일을 비극으로 끝맺게 만듭니다. 저는 부인께서 상처 입지 않으셨으면 좋겠습니다."

걱정이라 부를 만한 무언가가 담긴 눈동자가 그녀를 향했다.

맹목? 비극? 에젠은 속으로 자못 헛웃음을 내뱉었다. 그 비극을 막기 위해 제가 다시 돌아온 게 아닌가.

"죄송합니다. 제가 무슨 말을 하는 건지……. 무례를 용서하십시오."

에젠은 굳이 제 눈치를 살피는 필립의 사과에 대답하지 않았다.

오늘 그녀가 이곳에 온 이유는 필립의 상태를 살피기 위해서였고, 에젠은 오직 그것만 확인할 필요가 있었다.

"이안 대신 이런 일을 겪게 만들어 다시 한번 미안해요. 필립이 치료받는 동안, 부족한 점 없게 말해 두겠어요."

"괜찮습니다. 다만, 꼭 제게 사과를 표하고 싶으시다면."

필립이 조심스레 말을 꺼냈다.

"도련님과 가끔 찾아 주시겠습니까. 미천한 소인이 귀인들을 뵐 수 있는 방법은 그것뿐이니."

"살롱은……."

"제가 떳떳할 수 있는 공간은 아니지요. 가끔 생각나실 때 들러 주시는 것 정도로도 충분합니다. 그러니 부디……."

이번 일로 그는 당분간 하프를 연주할 수 없을 것이다. 고위 귀족과 인연을 만드는 게 중요할 테니 이런 부탁을 하는 거겠지.

"물론이죠."

그래서 이번에는 고개를 끄덕였다.

국왕을 알현하는 집현실, 흐드러진 햇살을 배경으로 방에서는 한창 국내를 떠들썩하게 하고 있는 에브론과의 전쟁 논의가 계속되고 있었다.

집무실에는 국왕와 클리프 외에도, 국왕이 측근으로 두

는 왕실 기사단장 세이자르가 함께 자리하고 있었다.

"전쟁을 할 명분은 충분해. 중요한 건, 이길 수 있느냐 하는 것이지."

국왕은 인상을 찡그렸다. 그의 아미에 진한 짜증이 서려 있었다.

"개싸움이야 누구나 할 수 있겠지만, 얼마나 물어뜯기느냐 하는 것이 관건이지. 에브론은 어린 왕세자의 즉위를 앞두고 있어. 이번 전쟁을 밀어붙이는 사람도 그놈이지. 어린 왕은 자신을 증명하기에 안달이 나 있으니 말이야. 짐은 먼저 걸어온 시비를 그냥 눈감아 주는 호인도 아니며, 에브론을 손에 쥘 수 있는 기회를 놓치고 싶지도 않아."

"……."

"그러나 문제는 짐의 적이 비단 밖에만 존재하진 않는다는 거겠지. 귀족파 인사들이 날 또 뭐라고 비난할지 눈에 선하군. 폭군, 학살자? 피에 취한 악마의 아들?"

"아둔한 이들의 말은 귀담아듣지 마소서. 폐하의 심중을 어지럽힐 하등의 이유가 없사옵니다."

"세이자르, 내 충실한 군신이여. 그대야 세상 사람들이 뭐라 그대를 불러도 상관하지 않겠지만 난 좀 다르다네."

"하긴, 바람둥이라든지, 마담 킬러라는 오명은 확실히 폐하에 비하면 달달하기까지 하군요."

국왕에게 장난스럽게 웃어 보이는 이는 왕실 기사단장 세이자르였다.

"마침 말이 나와서 하는 말인데 자네, 여인네들 드레스 자락 속으로 그만 기어들어 가는 게 좋겠어. 자네에 대한 원성이 여기까지 들려온다면 짐도 뭔가 조치를 취해야 할 테니까."

국왕이 세이자르의 아랫도리를 지그시 응시했다.

"가령, 정조대 같은? 요새는 사내를 위해 특별히 제작된 것도 나온다 하더군."

세이자르의 웃음이 사라졌다. 그는 살짝 질린다는 얼굴로 국왕을 응시했지만 국왕은 고개를 돌려 무표정으로 앉아 있는 클리프에게 농을 던졌다.

"자네에겐 정확히 그 반대가 필요하려나? 클리프 무어라면 십 리 밖에서도 몸을 바칠 여인들이 수도 없는데, 그대는 가련한 그녀들의 원을 들어주지 않을 텐가?"

클리프는 대화를 시도할 하등의 가치조차 없다는 듯, 무표정으로 서류를 넘길 뿐이었다. 빨리 이곳에 모인 본론으로 들어가자는 무언의 압력에 국왕과 세이자르가 쓴웃음을 지었다.

"보게."

국왕의 손에서 직인이 찍힌 두루마리가 펼쳐졌다.

"조만간 맥카이잔 공국의 대공이 하이츠를 방문할 거야. 겉으로는 십년전쟁 때 포로로 잡힌 맥카이잔인들을 다시 공국으로 데려가기 위해서지만 고작 이백 명도 안 되는 포로들 때문에 대공이 여기까지 직접 걸음할 리가 없지."

"……."

"대공은 현 에브론 왕의 숙부이자 왕실의 고명한 충신이야. 왕의 견고한 지지층이기도 하고 전쟁을 신봉하는 골수 무관이기도 하지. 그는 이번 하이츠행으로 우리 전력을 확인해 보려 할 거야. 더불어 사자라 불리는 자네의 무용도."

표정이 없는 클리프를 향해 국왕은 웃었다. 싸늘한 웃음에는 냉기가 감돌았다.

"두렵나? 듣자 하니 대공은 에브론 왕보다 더한 무골이라 하던데. 재상은 짐이 자네를 총사로 임명하면 반란이라도 일으킬 태세야. 물론 그 같은 통제광이 그런 악수를 두진 않겠지만, 그만큼 자네에게 권력을 쥐여 주는 것은 용납할 수 없다는 거겠지. 어리석은 것."

"……."

"그러니 지금 짐이 나서서 자네를 비호할 수 없는 걸 이해하게. 재상은 자네의 이름을 진창에 나뒹굴게 해서 짐을 이끌어 낼 미끼로 쓸 테니까. 그럼 도리어 다른 왕정파의 귀족들까지 등을 돌릴 수 있어."

왕은 그답지 않게 제 상황을 클리프에게 설명하려 했다. 이미 그가 다 알고 있는 것을 알면서도 부러 설명을 반복하는 것은 자신의 죄책감을 덜려는 방책에 가까웠다.

전장의 사자는 군주의 눈치에도 무심히 고개를 끄덕였다.

"마음에 두지 마십시오."

귀족 사회에서 제 위신이 얼마나 추락하든 아무 상관도

없다는 태도에 왕이 도리어 심통 난 표정을 했다. 눈앞의 기사는 세간의 관심이나 명예에 도무지 아무런 관심이 없는 듯했다.

왕이 어깨를 으쓱였다.

"하긴, 어차피 요샌 들어 먹을 욕도 사라지고 있지 않나? 자네 아내가 열심히 움직이고 있으니. 무어 후작의 위험한 야심보단, 무어 후작 부부의 사랑이 요즘 저잣거리를 신나게 돌아다니고 있단 말일세. 죽 쒀서 개 준 꼴이 된 그들이 이를 갈고 있을 테니 조심하게나."

"폐하, 명을 내려 주십시오."

에젠에 관해선 그만 말하고 하려는 일이나 시키라는 이야기나 다름없었다.

"하, 자네는 도대체 내가 그녀를 입에 올리기만 해도 견디지 못하는군."

어느 누가 감히 지존의 앞에서 이리 무도할 수 있을 텐가. 국왕이 헛웃음을 터뜨렸다.

"미리 말하지만 일전의 짐의 제안은 여전히 유효해. 필요하기도 하고."

클리프는 못 들은 척 서 있을 뿐이었다. 국왕 또한 그런 그를 못 본 척 말을 이었다.

"대공의 방문으로 무도회가 열릴 걸세."

목소리에 살짝 짜증스러운 기색이 어렸다. 왕궁에서 연회를 여는 것은 대공의 요구인 듯했다.

"그는 어린 왕세자를 대신하여 짐과 내 지지 세력들을 깔아뭉개려 들 거야. 그는 짐과 클레멘타인 사이의 알력 싸움을 이미 알고 있을 테지. 짐이 재상에 비해 얼마나 영향력이 있는지도 판별하려 들 걸세. 이 하이츠의 절대 군주에게 건방지기 그지없지만, 어쨌든 그렇다고 하여 공국의 수장을 죽일 수는 없는 노릇이니."

클리프가 고개를 끄덕였을 때 국왕이 불쑥 말했다. 이를 위해서 여태까지 구구절절 설명을 계속한 것이나 다름없었다.

"참고로 파트너 동반이네."

클리프가 멈칫했다.

"행여나 혼자 올 생각은 말게나. 그날, 나는 대공에게 내 가장 유능한 검을 선보여야 함과 동시에 섣불리 하이츠를 차지하려는 야심을 버리게 만들어야 하네. 모든 것은 완벽해야만 해."

무어 후작 부인이 두문불출하여 어느 사교계의 행사에도 참석하지 않는 것은 유명했다. 얼마 전 그녀가 오랜 공백을 깨고 작은 티 파티를 열긴 했지만, 왕실 무도회는 턱이 높았다.

"파트너가 없다면 내가 정해 주지."

국왕이 생각하는 파트너가 누구일지 이미 알 듯했다. 국왕이 다시 입을 떼기도 전에 클리프가 고개를 저었다.

"사양하겠습니다."

"또 홀로 들어가서 모욕을 당할 셈인가? 클레멘타인이

자네를 조롱할 게 눈에 보이는군. 겨우 가라앉힌 그대의 불화설에도 다시 힘을 실어 줄 테고."

"남들이 지껄이는 것 따위, 제게 모욕이 되지 못합니다. 그러나 제 아내의 존재를 부정하는 것은 제게 모욕이 됩니다."

"허."

"폐하의 심중을 받들고 이만 물러가겠습니다."

국왕이 혀를 찼다. 클리프는 자리에서 일어나 허리를 숙였다.

그리고 걸음걸이 하나 흐트러지지 않은 꼿꼿한 모양새로 집무실을 나가자 국왕이 한숨 어린 분통을 터뜨렸다.

"심중을 받들기는 개뿔이! 속을 뒤집지 않으면 다행이지!"

"그러니 불가능할 거라 말씀드렸잖습니까."

"난 아직 아스트리드의 한 글자도 입에 올리지 못했네! 클리프 저이가 그걸 말하기도 전에 가 버리지 않았나!"

클리프의 냉랭한 얼굴을 떠올린 국왕이 쓴웃음을 지었다.

"정말 바늘 하나 들어갈 구석이 없군. 에젠 크로포드에 관한 한 저치보다 견고한 성벽은 없을 테야. 제 이름에는 오물 따위 묻어도 상관도 안 하는 자가 제 아내의 이름에는 티끌 하나 묻는 것을 견디지 못하는군!"

왕의 목소리에는 일말의 불안마저 실려 있었다.

제가 완전히 클리프 무어를 통제할 수 없다는 사실은 절대 군주에게 통제하지 못하는 걱정을 실어 주었으나 그는 자신의 검에게 아내를 완전히 잘라 내라고 명할 수 없었다.

군주와 아내 사이에서 클리프 무어가 온전히 자신을 선택할 것을 자신할 수 없기 때문이기도 했다.

"그렇다면 다른 쪽을 공략해 보시는 것은 어떻습니까. 성벽을 두껍게 쌓아 놓는 것은 그 내부가 그만큼 취약하다는 반증이기도 하니까요."

"다른 쪽?"

돌아보는 국왕에게 왕실 기사단장, 세이자르가 미소 지었다. 뭇 사교계 여성들을 홀렸던 관능적인 미소였다.

"에젠 무어 말입니다."

신전에서 필립은 노래를 부르고 있었다.

살롱에서 늘 달콤하고 비정한 노래를 불렀던 것과 달리 그는 성가를 부르고 있었는데 깨끗한 음성에도 특유의 감정은 풍부했다.

에젠은 신전을 오가는 사제들마저 발을 멈추고 벽에 숨어 필립의 노래를 듣는 것을 보았다.

"아, 귀부인!"

노랫소리가 끊겼다. 에젠을 발견한 필립의 얼굴이 환해졌다.

"노래를 부르고 있었나요."

"예. 목은 괜찮아서 다행이지 않습니까."

그는 여전히 붕대로 감싼 팔을 들어 올렸다. 확실히 이전보다 붕대의 두께나 면적이 줄어들어 있었다.

"거의 나아 가고 있습니다. 치료 사제님이 한두 주가 지나면 완전히 말끔하게 아물 것이라 말씀하시더군요. 기분이 좋아져서 저도 모르게 노래가 부르고 싶어졌습니다. 이런 기분은 참으로 오랜만이에요."

신과 가장 가까운 곳에 머물러 있어서 그런지 필립은 많이 밝아져 있었다.

에젠은 필립과 함께 차를 들었다. 한적한 신전의 정원은 조용했고 산들바람만이 부드럽게 볼을 스치고 지나갔다.

"음악은 어떻게 시작하게 된 건가요?"

에젠이 불쑥 물었다. 필립이 그녀에게 막 작곡한 곡을 보여 준 참이었다.

하프를 연주할 수 없게 되었지만 그의 악상은 계속해서 이어지고 있는지, 뭉텅이로 내민 악보가 왠지 그의 천재성을 대변하듯 두꺼웠다.

"그냥, 그냥요. 딱히 어떤 시작이 없었던 것 같습니다. 멜로디를 들으면 악상이 눈에 보였어요. 이렇게 불러야겠다, 이 부분에선 힘을, 저 부분에선 숨을 들이쉬어야겠구나 같은 것들이 말이에요. 그걸 제일 처음 발견해 주신 분은 형님이셨죠."

그의 눈은 그리운 사람을 추억하듯 아득해졌다.

“제게 할 수 있다 힘을 주셨어요. 아무것도 믿지 못했지만 형님 말은 의심할 수가 없었습니다. 그래서 노래를 불러 보게 됐지요. 칭찬을 들으려고 시작한 음악이 지금 저를 지탱하는 유일한 존재가 되어 가고 있습니다. 다만 그분의 다독임은 더 이상 받을 수 없겠지만요.”

지난번 어렴풋이 필립이 형의 죽음을 말했던 기억이 떠올랐다.

“형님께 받은 걸 되돌려 드리기는커녕 죄송한 일뿐이었는데, 아무것도 듣지 못하고 가셨습니다.”

에젠이 멈칫했다. 필립이 제게 시선을 두고 있단 걸 알아차렸기 때문이다.

“하지만 저는 잊지 않아요. 한시라도 잊지 않으려 제게 매번 최면을 겁니다.”

“…….”

필립의 시선이 지나치게 오래 그녀에게 머물렀다. 미소를 짓고 있는 얼굴이 일순 불편해졌다.

“그분을 잊지 않는 것만이 아무것도 할 수 없었던 제가 할 수 있는 유일한 속죄니까요.”

그러나 에젠은 그 불편함이 어디에서 기인하는지 알 수 없었다.

그녀는 그저 목에 뭐가 걸린 것처럼 껄끄러움을 삼키고 작게 고개를 끄덕일 뿐이었다.

"가 볼게요."

"예, 귀부인. 감히 이런 몸으로 인사드리는 걸 용서해 주십시오. 매번 찾아 주셔서 감사드립니다."

에젠은 필립에게 인사를 하고 병실을 나왔다.

병실 밖에서 대기하고 있을 알랭이 보이지 않았다. 그는 늘 떨어지지 않았기에 에젠은 의아해서 그를 찾았다.

'휴게실에 가 있으려나.'

하긴, 알랭은 필립의 노래를 그다지 좋아하지 않는 듯했다. 필레모리의 살롱에 갔을 때도 필립의 노래가 들리면 인상을 찌푸리며 뒤쪽으로 피하곤 했으니 말이다.

기사들의 휴게실은 신전의 입구 쪽에 있었다. 에젠은 발걸음을 옮겼다. 해가 떨어지는 늦은 오후, 신전의 복도는 한산했다.

'…….'

잘하고 있는 것인지 알 수 없었다. 클리프는 그 뒤로 얼굴을 보기 힘들었다. 모르는 척, 막무가내로 그의 집무실에 놔두고 온 손수건도 마찬가지였다.

'그냥 손수건이 마음에 들지 않는 걸까, 아님 그걸 만든 내가 부담스럽다는 걸까.'

이렇게까지 그가 묵묵부답으로 응할 줄은 몰라서 에젠은 당혹스러웠다.

걸어가는 복도의 맞은편에서 기사가 보였다.

에젠은 호위 기사인 알랭인 줄 알았으나 곧 그가 아닌 것을 알아차렸다. 알랭은 그보다 더 키가 컸고, 검은 갑옷을 입었으나 어떤 장신구도 걸치지 않았다.

흑기사단의 갑옷과 비슷한 옷차림을 했지만, 흑기사단은 하지 않는 반짝거리는 십자가 모양 귀걸이와 아머를 착용하고 있었다.

에젠의 시선이 기사가 차고 있는 검을, 정확하게는 검집에 붙은 휘황찬란한 보석 장식 아래 체이프(칼집 끝에 씌운 쇠)에 희미하게 조각된 왕실의 문장을 읽어 냈다.

제대로 보지 않았다면 모르고 지나쳤을 만큼 작은 문양이었다. 보석의 쓰임이 과한 이유도 시선을 분산시켜 왕실의 문장을 쉬이 드러내지 않기 위함인 듯했다.

"무어 후작 부인."

기사는 그녀를 알고 있었다. 에젠이 고개를 들었다. 알랭을 찾는 시선에 기사가 빙그레 웃으며 양손을 들었다. 무기가 없는 손을 내보이는 자세는 정중했으나 눈은 장난스럽게 웃고 있어 안심할 수 없었다.

기사보다는 조금 전 필립처럼 음유 시인에 더 어울릴 것 같은 아름다운 외양으로 그는 눈을 휘었다.

"잠깐 말을 전해 드리려는 것뿐입니다. 그리 경계하지

마세요."

"……."

"이것 참, 절 불한당처럼 보시는 분은 당신이 처음입니다. 전 아직 아무것도 하지 않았다구요."

"인적이 드문 곳에서 구태여 여인을 멈춰 세워 위협하는 이가 불한당 취급에 억울하다 말씀하실 참입니까?"

"위협이라뇨?"

에젠의 물음에 그가 눈을 동그랗게 떴다. 아주 순수한 자신을 매도한다는 듯이.

그의 과장된 표정은 에젠에게서 약간의 웃음이라도 유발하려는 의도였으나 뜻밖에도 에젠이 무표정하게 그를 바라보고 서 있자 머쓱해져서 자세를 바로 했다.

"당신을 뵙길 원하시는 분이 계십니다."

그가 몸을 낮춰 속삭였다. 에젠은 그의 갑옷을 지그시 응시했다.

"이 복도를 지나 왼쪽으로 돌면 문이 나올, 왜 그리 보십니까?"

"알랭을 제자리로 보내 주세요."

"무슨 말씀을 하시는지 모르겠군요."

"내 남편은 오늘 일을 모르는 게 좋을 거예요. 그는 당신이 내게 접근하는 것 자체를 반기지 않을 테니까."

"저를 아십니까?"

"당신을 알진 못하지만 당신이 남편과 같은 분을 섬긴다는 건 알죠.”

기사의 미소가 그대로 굳었다.

“부디 남편의 눈을 오래 피할 수 있길 바라요.”

그리고 그녀는 기사를 지나쳐 복도를 걸었다. 움직이는 걸음걸이는 물 흐르는 것처럼 여전히 변화가 없었다.

“이것 참…… 도리어 내가 당한 기분이군. 알랭 보우필드를 겁박한 건 어떻게 아셨을까.”

세이자르가 머리를 긁적였다. 그녀가 지적한 대로 클리프 무어의 눈을 영영 피할 수는 없을 테다.

그러나 ‘그분’은 적어도 이 왕국 내에선 무어를 가장 오래 따돌릴 수 있는 힘을 가지고 있었다. 그리고 무어가 알아차릴 즈음에는, 그분과 에젠 무어의 만남이 이루어진 후일 테지.

“흐응…….”

세이자르는 고개를 갸웃거리며 턱을 쓸었다. 우습게도 제게 눈길 한번 주지 않고 싸늘히 지나치는 후작 부인의 뒷모습에서 영 시선을 뗄 수가 없었다.

끼이익—

가녀린 소음과 함께 백색이 칠해진 철제의 문이 열렸다.

흐드러진 햇살을 맞이한 채 서 있는 사내의 인영을 발견한 에젠이 멈칫했다. 그러나 이내 그녀는 표정을 지우고 걸어갔다. 사락거리는 드레스 자락 소리를 들었는지 그가 등을 돌렸다.

고귀한 얼굴이 에젠을 마주했다.

"하이츠의 군주를 뵙습니다."

에젠이 천천히 무릎을 굽히고 고개를 숙였다.

"날 보고도 놀라지 않는군. 세이자르 녀석이 일을 허투루 한 모양이지?"

"……."

에젠은 대답 없이 시선만 바닥으로 내릴 뿐이었다.

그녀를 내려다보는 국왕의 시선이 싸늘했다. 두 사람이 자리한 이 공간의 공기마저 그랬다.

전신을 샅샅이 훑는 듯한 국왕의 시선을 전혀 느끼지 못하는 척, 다소곳이 눈을 내리깐 에젠 크로포드의 얼굴에선 어떤 감정도 읽히지 않았다. 마치 클리프 무어처럼.

국왕이 헛웃음을 내뱉었다.

"일어나게. 이건 뭐, 같은 이를 마주하고 있는 기분이라 재미도 없군."

"……폐하의 배려가 하해와 같습니다."

어차피 그녀를 영원히 세워 둘 수도 없었다. 클리프 무어는 제 아내에게 행해지는 모욕을 참지 않을 것이다. 그와 골을 만들러 에젠을 만나러 이곳까지 걸음한 것이 아니었다.

"짐이 너를 왜 보러 이곳까지 걸음했는지 짐작이 가는가."

"……."

"고개를 들어라, 에젠 크로포드."

가벼운 음성에선 범접할 수 없는 오만이 읽혔다. 에젠이 고개를 들었다. 그녀를 부러 크로포드라 부른 국왕의 속내를 그녀는 잘 알고 있었다.

"이곳에 네가 있는 이유를 아느냐 물었다."

"……예."

"그렇다면 긴말할 것 없겠군. 그를 떠나라."

"……."

표정 없이 담담하던 얼굴에 처음으로 물결이 일었다. 가뜩이나 핏기 없던 여인의 얼굴이 창백해졌다.

국왕은 그제야 조금 만족스러웠다.

"네 아들이 작위를 승계할 수 있도록 보장해 주겠다. 죽을 때까지 호의호식할 수 있는 재산과 너를 보호할 새로운 작위, 기사들까지 모두 제공할 테니, 너는 전과 같은 호사를 영위할 수 있을 것이다. 원한다면 네 아들이 작위를 얻고 난 뒤 그를 보는 것도 허락하겠다. 아스트리드를 외면하고 짐이 네게 얼마나 커다란 호의를 베풀고 있는지 알아야 할 것이야."

엄숙한 그의 목소리는 감히 반박할 수 없을 정도로 무거웠다.

굳게 다문 그녀의 입술이 바르르 떨렸다. 왕의 앞에서 꼿꼿이 등을 세우고 압박감 어린 공기를 묵묵히 견디고 있는 그녀가 내보인 유일한 반응이었다.

감히 누가 국왕의 명을 거스를 수 있겠나.

왕이 약속하는 것들이, 일국의 국왕으로서 고작 여인 한 명에게 내려 주기엔 지나친 보상이라는 것을 알았다.

이것은 국왕이 보일 수 있는 최대한의 호의였다. 그리고 그녀는 태양의 긍휼한 배려에 감사하여 따라야 했다.

그랬을 것이다.

그녀가 시간을 거슬러 올라오지만 않았다면. 그녀가 그의 삶을 엿보지 않았다면.

이제 그녀에겐 이번 한 번뿐이었다. 국왕이 물러설 수 없는 것처럼 그녀 또한 그랬다. 아니, 그보다 더 간절했고 중요했다. 이번 기회마저 잃고 나면 다음이 영영 오지 않을 수도 있으니까.

에젠은 숨을 삼켰다. 전장에서 반평생을 보낸 거장이자 일국의 왕이 뿜어내는 분위기에서 밀려나지 않으려 애써 허리를 꼿꼿이 폈다.

대답 없이 고개를 숙인 그녀를 만족스럽게 내려다보며 왕이 등을 돌리려 할 때였다.

"그럼 알아들은 줄 알고—."

"그럴 수 없습니다."

나지막하게 흘러나온 목소리에 그가 걸음을 멈췄다.

"방금 무어라 하였나."

미미한 노기가 느껴지는 어조였다.

"그럴 수 없다 말씀드렸습니다."

"왕명을 거부하겠단 말이냐."

"……."

"이 무도한 것을 보았나. 오만이 내 코끝을 찌르는구나. 무어가 널 비호한다고 해서 내가 널 죽이지 못할 것 같으냐?"

말끝에 잘 벼린 살기가 숨어 있었다. 클리프만 아니었다면 국왕은 에젠을 죽였을 것이다.

기실 국왕에게 있어 그녀의 의미는 그가 뿌리째 뽑아낸 크로포드의 잔재, 그 이상도 그 이하도 아니었으니까.

"어떤 말을 하셔도 좋습니다. 저와 제 가문의 부덕함이 남아 있는 한, 폐하의 말은 옳으십니다. 그러나 제가 먼저 그를 떠나는 일은 없을 것입니다."

에젠은 떨리는 손끝을 말아 쥐었다. 아무도 그녀가 두려워하고 있다는 것을 알아차리지 못하게. 그리고 그것은 성공했다.

"그럴 순 없다?"

국왕은 이제 비꼬는 기색을 감추려 하지도 않고 있었다. 서늘한 시선이 그녀를 노려보듯 직선으로 내리꽂혔다.

"폐하는 제가 그의 짐이라 생각하시지만, 감히 말씀드리건대 저는 그의 전부이자 그가 살아가는 이유입니다. 제가 없으면 그를 온전히 쥘 수 있을 거라 생각하시겠지만, 그럴 수 없으십니다."

"마치 예언이라도 하는 것 같구나. 좋아, 더 해 보거라."

어디까지 가는지 보자는 듯, 그가 팔짱을 낀 채로 신전의 기둥에 삐딱하게 기대섰다. 입꼬리마저 한쪽으로 올라가 비웃는 것처럼 보였다. 아니, 실로 그러했을 것이다.

"……."

그러나 국왕이 알지 못하는 미래를 에젠은 알았다.

세상이 낮추어 봤던, 심지어 에젠마저 믿어 의심치 않았던 그녀의 죽음에서 클리프 무어는 모든 삶의 기력을 잃고 스러져 갔다.

"제가 사라지면, 그는 저택에 틀어박혀 칩거할 겁니다. 어미를 잃은 아이의 울음소리는 빈 저택을 울리고, 황폐한 전장의 비명은 사자를 잃은 드넓은 폐하의 궁에까지 다다르겠지만, 폐하께선 다시는 그를 손에 쥐지 못하실 겁니다."

"……너."

"어느 누구도 먼지와 럼이 가득한 낡은 지하실에서 그를 꺼내지 못할 테니까요. 그를 움직이는 것은 아무것도 남지 않았고, 그는 누구의 부름에도 응하지 않을 겁니다. 그는 모든 열의를 잃어버린 채, 점점 미쳐 갈 겁니다. 때때로 망령에 휩싸여 제 이름을 외칠 때도 있겠죠."

국왕의 표정이 점점 일그러졌다.

"그사이 호시탐탐 그를 노리던 이들은 그에게 척사대를 박탈할 것이고 그를 시기하던 이들은 그의 자리를 빼앗으려 하겠지요. 어렵지 않은 일일 겁니다. 그는 아무것도 하지 않을 테니까요."

"크로포드."

"안팎으로 외면당하는 그를 다시 일으키려 폐하께서는

충신을 보내시겠지만, 그마저도 그는 받아들이지 않겠죠. 어쩌면 아끼는 충신의 목마저 날아갈지도 모릅니다. 종국엔 폐하께서 그를 설득하려 친히 후작저까지 걸음하시겠지만, 그조차 무용할 것입니다."

"아주, 보기라도 한 것처럼 거침이 없군?"

"그는."

울컥거리는 기억을 삼키며 에젠이 애써 표정을 지웠다.

"평생 저를 찾아 헤맬 것이고, 마지막까지 저를 놓지 못할 겁니다."

마치 예언 같은, 아니, 국왕에겐 저주 같은 단언이었다.

"하여, 감히 그럴 수 없다 말씀드립니다."

말을 마친 그녀가 굳게 입술을 말았다. 싸늘한 침묵이 다시 내려앉았다.

국왕은 무언가를 생각하는 것처럼 입을 열지 않았다. 에젠은 조용히 그를 기다렸다.

"그래서 결국 짐은 너를 그의 옆에서 내보낼 수 없다는 말이군?"

한참 만의 침묵을 깨고 국왕이 말했다.

"그는 폐하의 오랜 충신이니, 설사 저를 떼어 놓는다 하셔도 그의 검은 폐하를 향하지 못할 겁니다. 그러나 그는 다시는 검을 들지 않을 테고, 폐하께서는 그를 영원히 잃어버리시게 될 것입니다."

"하!"

“저를 억지로 떼어 내 폐하의 검 자체를 잃어버리시는 것보다, 저를 허락하시고 한미한 검이나마 휘두르시는 것이 폐하께도 득이 됩니다.”

“건방지구나, 건방져. 상상이 과도하여 불쾌할 정도야.”

그리 말했으나 국왕은 클리프를 떠올리고 있었다.

저주를 내뱉는, 건방진 크로포드의 입을 다물게 하지 못하는 것은 국왕 또한 그것을 완전히 부정할 수 없기 때문이다. 아내의 이야기만 나오면 주인인 제게마저 완연히 이를 드러내는 클리프 무어를 떠올리면 가능성 있는 미래였다.

—이 전쟁이 끝이 날 때 너는 무엇을 꿈꾸느냐.

언젠가 석양이 지는 날, 붉은 노을과 피가 뒤섞인 지옥에서 국왕이 물었다.

—저는 꿈이 없습니다.

—하, 꿈이 없는 이가 이 처참한 곳을 뒹굴며 목숨을 걸고 짐의 곁에 머무르나? 원하는 것을 말해 보라. 이 전쟁이 끝나는 날, 내 네게 무한한 영광과 번영을 주리라.

—아무것도 필요하지 않습니다.

기울어지는 전쟁의 승기를 뒤엎은 용맹하고 젊은 용병이 잠깐 멈칫하는 것을 국왕은 알아차렸다.

—무엇이냐, 말해 보라.

—다시 볼 수 있으면…….

—무엇을, 누구를 말이냐? 설마, 여인이더냐?

젊은 사내는 답이 없었다.

—오호라, 여인이로구나. 그래서 그토록 목석같았구나. 무엇이 문제더냐. 젊고 용맹한 짐의 기사를 거부할 이 어디 있을 테냐. 아름다우냐?

—모릅니다. 울고 떠는 모습밖에 기억이 나지 않아서.

그러나 말과는 달리 살육에도, 승리에도 전혀 취하지 않은 무감각한 눈이 처음으로 색을 띠던 순간을 왕은 기억했다.

그 색이 아름다운 핑크빛이 아니라 핏빛 붉은 어둠이었다는 것도.

—영원을 맹세하는 연인이 되면 내 축복을 내려 주지. 네 여인은 왕국에서 가장 화려한 결혼식의 주인공이 될 것이다.

국왕의 말에 사내가 답했다.

—그녀는 바라지 않을 겁니다.

그리고 대답 없는 등에 몇 번이고 되물었으나 그의 말 한마디밖에 기억나지 않았다.

사내는 그저 오랫동안 핏빛 노을에 시선을 던졌다. 그리고,

—살아서 돌아간다면 저는,

"폐하."

에젠의 목소리에 국왕은 상념에서 벗어났다.

한 손으로도 쥘 수 있을 것 같은 가녀린 목의 여자가 클리프 무어의 역린이다.

윈도 꿈도 없던 이가 이를 드러내는 단 하나의 대상.

작달막한 여인이 말한 험난한 미래는 너무 비약이 많았

지만 적어도 마지막 말만큼은 진실일 테다. 여인을 떼어 내려 하다 클리프를 온전히 잃어버릴 수도 있는 가능성 말이다.

“폐하께서 원하시는 걸 알려 주십시오. 미천하나마 그의 곁에서 누가 되진 않겠습니다.”

“짐이 원하는 것이라?”

“저를 곁에 두고서도 그가 온전히 설 수 있다는 걸 증명하겠습니다.”

담담한 목소리 위에 미처 완전히 숨기지 못한 간절함이 새어 나왔다.

잠깐, 이것 봐라? 국왕이 한쪽 눈썹을 추켜올렸다. 멍청한 그 자식의 외길인 줄 알았더니 오가는 중인 모양이었나.

“…….”

하지만 마음에 들지 않는 것은 여전했다. 국왕은 그녀를 노려보았다.

그러나 바늘 하나 들어가지 않는 듯한 에젠의 벽에 결국 그는 내뱉었다.

“좋아, 증명해 보라.”

“……하명하십시오.”

“한 달 뒤, 맥카이잔 대공 부부가 하이츠를 방문한다. 그는 에브론 왕의 숙부이기도 하니 현시점에서 그는 왕의 대리라 볼 수 있지. 그러나 그는 나를 경계하며 대륙 전쟁에서 승리를 이끌었던 모든 하이츠인들을 경계한다. 하물며 클리프는 말할 것도 없겠지.”

“…….”

“너는 대공의 아내를 공략하여 짐이 대공과 휴전 협정을 맺을 수 있게 도우라. 그가 우리의 제안을 수락하게 만들어야 한다.”

일개 귀족 부인이 할 수 있는 일이 아니었다. 불가능할 것을 알고 있었다.

그러나 에젠은 조용히 허리를 굽혔다.

“예, 폐하.”

“그리 쉬이 말할 수 있을 테냐? 그러기 위해선 네가 두문불출하던 사교계에서 뒹굴어야 할 텐데?”

“예.”

“하잘것없는 티 파티와는 격이 다르다. 연심에 쉬이 내뱉지 말라.”

에젠은 국왕이 무엇을 원하는지 알아차렸다. 그는 휴전 협상에서 하이츠를 우위에 세움과 동시에 에젠을 사교계의 꽃으로 만들려는 속셈이었다.

클리프에 이어 그녀까지 왕정파의 얼굴로 만들어 클레멘타인 세력을 누르고 왕정파의 입지를 사교계까지 넓히려는 목적이었다.

현재 사교계의 꽃은 중립파의 아스트리드 공녀였다. 공교롭게도 미래에서 에젠이 죽은 뒤 클리프와 혼담이 오가던 여인이기도 했다.

"나가 보라."

국왕의 축객령에도 에젠은 그 자리에 서 있었다.

"할 말이 남았느냐?"

"성심을 다하여 폐하의 명에 따르겠습니다. 다만 저를 빌미로 그를 이용하지 말아 주시길 감히 부탁드립니다."

부부가 쌍으로 같은 말을 지껄인다. 국왕은 헛웃음을 터뜨렸다.

"용은 비늘을 건드리지 않는 이상 순종합니다."

"가소롭구나. 네가 그를 좌지우지할 만한 역린이란 말이냐."

국왕이 반문했다.

"짐은 이 하이츠의 군주다. 그가 네게 가지는 알량한 연심이 짐을 향한 충심에 비할쏘냐."

오만한 그의 말은 권위가 더해져 진실하게 들렸다. 그는 맑은 초록빛 눈동자를 도전하듯 응시했다.

"용서하십시오. 일백을 가지고 있는 이는, 고작 하나를 더 가지기 위해 나머지 백을 걸지 않습니다. 폐하께선, 그 하나를 위해 우매한 일을 저지르는 범부가 아니신 것을 잘 알고 있는데 미천한 이가 공연한 말을 지껄였습니다."

그녀는 공손히 고개를 숙이고 순종했다. 흠잡을 데 없는 인사를 마친 뒤 그녀는 뒤돌아 나갔다. 국왕은 더 이상 그녀를 붙잡지 않았다.

에젠의 발소리가 멀어지고 홀로 남은 신전에서 국왕은 우뚝 서 있었다. 차가운 대리석이 내뿜는 공기는 여전히 서늘하기만 했다.

"어리석다는 말을 돌려 하는군. 부부가 쌍으로 짐을 수치스럽게 만드는구나."

자신의 과욕을 그녀에게 송두리째 들켰다는 걸 깨달은 국왕이 헛웃음을 흘렸다.

"세이자르 님."

"자네는 주인을 닮았군, 지나치게. 좀 쉬이쉬이 넘어가도 좋을 일인데 말이지."

세이자르가 능글맞은 웃음을 지으면서 알랭을 툭툭 쳤다.

"주군께서 아시면 오늘의 대가를 치러야 하실 겁니다."

"거 원 참, 난 부인께 손가락 하나 대지 않았네. 잠시 폐하와의 면담을 제공해 드린 것뿐인데 그리 죽일 것처럼 쳐다볼 텐가?"

"세이자르 님!"

"그에게 계속 숨길 수 있을 거라고 생각하지도 않아."

세이자르가 어깨를 으쓱했다. 그가 알랭을 구속하던 구속구를 풀어 주었다.

"폐하께서 원하신 일이야. 잠시, 자네의, 아니 클리프의 눈을 피할 필요가 있었네."

"부인께 무슨 일이라도 생겼다면 제 검으로 맹세코 당신을 죽일 겁니다."

"내가 들은 바와 좀 다르군. 무어의 흑기사들은 후작 부인을 그리 반기지 않는다고 들었는데……. 아, 마침 저기 나오는군. 보게, 발끝 하나 건드리지 않았잖나."

신전을 걸어오는 에젠의 모습이 얼핏 보이자 세이자르가 능글맞은 웃음을 흘렸다.

알랭이 고개를 들었을 때 그는 이미 내빼고 난 후였다.

"마님."

알랭이 곧바로 일어나 에젠에게 달려갔다.

"죄송합니다. 호위가 미흡하여 마님을 제대로 모시지 못했습니다."

"됐어. 네 잘못이 아닌 걸 알고 있으니까. 가자."

에젠은 곧바로 세이자르를 지나쳐서 후작가의 마차가 있는 쪽으로 걸어갔다. 알랭이 곧바로 에젠의 뒤를 따랐다. 멀어지는 두 사람의 뒷모습을 보던 세이자르가 머리를 긁적거렸다.

"내가 안 보이는 건 아닐 테고 말이지. 나 참, 이리 대놓고 무시를 하는 건 클리프 무어 말고는 처음인데, 아내라서 닮은 건가."

"클리프에게 말하지 말아 줘."

신전을 벗어나는 마차에서 에젠이 말했다. 알랭이 멈칫

하더니 고개를 숙였다.

"죄송합니다, 마님. 그럴 순 없습니다."

"적어도 대공의 무도회가 끝날 때까지만."

평소답지 않게 조급하게 들리는 어투에 알랭이 고개를 들었다.

"조만간 맥카이잔 대공이 하이츠로 올 거야. 내가 신전에서 누구와 만났는지는 짐작하고 있을 테지."

"……예."

"폐하께서 명하셨어. 이번 일을 잘 해내면 날 그의 아내로 인정해 주시겠다고."

뜻밖의 말에 알랭이 흠칫하다 딱딱하게 답했다.

"마님께서는 누구의 인정도 필요하지 않으십니다. 설사 국왕 폐하라 하더라도."

"고마워, 그리 말해 줘서."

에젠이 쓸쓸하게 미소 지었다.

"그의 옆에 내가 설 수 있는 기회야. 그는 나를 보호한다는 명목하에 그걸 거세하려 들겠지."

"……."

"난 온실 속 화초가 아니고, 언제까지 그의 뒤에서 숨어 있을 수만은 없어. 그러지도 않을 거고. 말하지 말라는 게 아냐. 그냥 그때까지만 미뤄 줘. 그 정도는 해 줄 수 있겠지?"

"……."

"부탁해."

일렁이는 얼굴에 간절함이 담겼다. 증명하고 싶어 하는 눈이다. 최근 거침없이 달라졌던 후작 부인의 행보를 이제야 이해할 수 있었다.

알랭은 결국 고개를 끄덕이고 말았다. 소태를 씹은 것처럼 입이 썼다.

며칠 만에 클리프를 다시 보는 아침, 에젠이 큰 결심을 하듯 숨을 들이켜고는 말했다.

"이번 무도회에 참가할 거예요."

"무도회?"

그는 예상하지 못했다는 기색이었다.

"맥카이잔 대공이 하이츠로 온다고 들었어요. 그를 축하하려 연회가 있다고 들었는데—."

"아니, 어떤 연회를 말하는 건진 알아들었어. 나는 다만."

그가 무언가를 떠올리는 것처럼 잠시 생각에 잠겼다 인상을 찌푸렸다.

'참고로, 파트너 동반이네.'

국왕의 당부가 머릿속에서 떠올랐다. 푸른 눈동자가 그녀를 세세히 훑어 내렸다.

"……필레모리가 당신에게 함께 가자고 하던가?"

"네? 아뇨."

"그럼?"

누가 당신에게 무도회를 가겠다는 생각을 불어넣었지? 그의 눈이 그렇게 묻는 것처럼 보였다. 에젠은 어깨를 누르는 듯한 무거운 분위기에 흠칫했다. 피부가 따끔따끔했다.

전장에서 일생의 반을 살아온 사람답게 클리프는 원하는 답을 얻기 위해서라면 상대를 내리누르는 듯한 살벌한 기운을 뻗어 냈다. 그래서 그의 취조 앞에 입을 열지 않은 적이 없다고 언제가 들은 적 있었다.

에젠이 뒷걸음질 치듯 물러서자 클리프는 비로소 제 모습을 인지했다. 그가 황급히 표정을 갈무리하고 기운을 거둬들였다.

"당신을, 취조하려는 게 아니야. 미안해, 아팠나?"

내뿜던 위압감은 간데없이 그가 안절부절못하며 에젠에게 다가섰다. 내뻗은 손이 그녀의 살결을 만지려다 이내 황급히 떨어져 나갔다.

"괜찮아요."

에젠이 싸늘한 피부를 매만지며 말했다. 클리프의 시선은 여전히 그녀에게서 내내 떨어지지 않았다. 침묵이 둘 위로 내려앉았다.

클리프는 제가 험악한 기운을 내뿜은 이유를 설명해야 한다는 것을 깨달았는지 내키지 않는 얼굴로 입을 열었다.

"……왕실 무도회는 당신이 아는 티 파티와 달라."

무슨 말을 하려고 저리 뜸을 들이나 했더니.

"……듣기 좋은 음악과 서로 웃어 대는 칭찬 아래로 영역 싸움이 벌어져. 나는 당신이 휩쓸리길 원하지 않아. 필레모리는 작위 없는 예법 선생이지, 그녀는 당신을 완전히 보호할 수 없어. 그러니까 그녀가, 아니면 혹시 다른 누가 당신에게 달콤한 말로 그곳에 참석하기를 꾀었다면……."

차갑게 식은 그의 눈을 보며 에젠은 클리프가 그녀와 국왕의 만남을 알아차리게 되는 날이 얼마 남지 않았다는 것을 깨달았다.

'하지만 그가 알게 될 즈음엔, 이미 연회는 끝나 있을 거야.'

"무도회가 어떤지는 나도 알아요. 보는 것처럼 반짝거리지만은 않는다는 것도."

"원한다면 볼룸에서 연회를 열게. 왕실 연회에 밀리지 않을, 아니, 그보다 더 화려하게 열어 줄 테니—."

"클리프."

데뷔를 하지 않았다고는 하나 그녀 또한 사교계에 나가기 위한 준비를 마쳤던 귀족 영애였다. 에젠은 그가 저를 아직도 데뷔를 앞두고 가슴 설레 하는 열여덟 살 어린애로 생각하는 게 아닌가 싶어 어이가 없어졌다.

"그냥, 이곳에서 안전하게 있으면 안 되는 건가?"

냉담한 목소리가 물었다. 에젠은 귀를 의심했다. 그의 목소리가 조금씩 격양되고 있다는 것을 의식하지 못했다.

"당신이 원하는 건 모두 다 가져다주겠어. 갖고 싶은 것도, 배우고 싶은 것도, 만나고 싶은 이도 모두 다 데려다 놓을 테니…… 답답해하는 것 알아. 당신에게 이 좁은 저택은 가당치 않다는 것도, 하지만 조금만 기다려 주면—.”

“말도 안 되는 소리 말아요, 클리프. 당신은 신이 아니에요. 내가 원하는 게 뭔 줄 알고 매번 들어준대요? 그게 단순한 물건이나 사람이 아니면? 그래요, 하이츠라면? 이 왕국을 내가 원한다고 말하면 그땐 어떡할 테죠?”

“그걸 원해?”

차가운 불처럼 이글거리는 눈이 물었다.

“에젠, 하이츠를 원해?”

에젠은 순간 두려워졌다. 제 말 한마디에 뭔가를 단단히 비틀어 버릴 것만 같다는 걸 느꼈기 때문이다.

“아니요! 나는 왕실 연회를 가고 싶어요! 당신이 그냥 내게 그럴 자유를 주면, 아니, 그 자유조차 온전히 내 것이에요. 난 당신에게 내 일상을 이야기하고 싶은 거고, 클리프 당신은 그냥 고개를 끄덕거리면 되는 일이라구요. 그게, 그렇게도 힘들어요?”

“…….”

그녀의 거침없는 힐난에 클리프는 놀란 듯했다. 우습게도 평소보다 그의 동공이 커졌기 때문이다.

그의 얼굴이 딱딱히 굳어지며 조금 창백해졌다. 비틀거리지 않으려 일부러 몸을 경직시키는 것처럼 그가 꼿꼿이 섰다.

“에젠, 나는, 당신이 생각하는 것보다 적이 많아.”
‘알아요. 그러니까 가려는 거예요.’
에젠은 속엣말을 중얼거리는 대신 그와 애써 시선을 맞추려고 했다.
“내가 못 미더운가요?”
“…….”
“연회에 참석하고 싶어요. 난 잘 해낼 수 있어요. 당신이 걱정하는 일 같은 거 일어나지 않을 거예요. 그토록 날 보내고 싶지 않다면 나 혼자서라도 가겠어요.”
“…….”
그녀는 정말로 그리할 참이었다. 팽팽하게 맞서는 에젠의 시선을 견디던 클리프는 결국 한숨을 내쉬며 고개를 끄덕였다.
“당신 마음대로 해.”
딱딱한 말투에 에젠은 잠시 그가 마음이 상했나 싶었다. 이런 식이라면 그는 저를 에스코트하는 것조차 반기지 않을지도 모른다.
“……그래요. 파트너는 내가 알아서 찾아볼게요, 걱정할 필요 없어요.”
“무슨 소리야.”
그가 으르렁거리듯이 되물었다.
“알랭이나 하딩도 있고, 정 안 되면 다른 흑기사들도 있으니 괜찮아요. 파트너를 구하는 게 그리 어렵지는—.”

"죽고 싶으면 네 옆에 서 보라지."

그가 서늘하게 중얼거렸다. 잇새로 나온 혼잣말치고는 너무 잘 들렸다.

"당신 옆은 나뿐이야. 처음에도 그랬고, 마지막까지 그럴 테니까— 다른 생각은 그만둬."

클리프는 여전히 기분이 좋지 않아 보였다. 그가 뭔가 중얼거렸는데 알랭이나 하딩의 이름을 들은 것 같았다. 그러나 클리프가 내뿜는 살벌한 기운에 에젠은 궁금한 티를 낼 수 없었다.

그가 인상을 마구 찌푸리다가 이내 뭔가를 깨달은 듯이 에젠을 살폈다.

"혹시, 당신이 다른 사람과 가길 원하나?"

애써 가볍게 물어보지만 이미 흔들리는 동공과 경직된 얼굴은 그가 한없이 긴장하고 있다는 걸 보여 주었다.

"아니요."

그제야 조각 같은 이목구비가 풀어졌다. 클리프가 얕은 숨을 들이켜고 내쉬었다. 에젠은 문득 그에게 정말 다른 사람을 데려간다고 말했으면 그가 순순히 보내 주기나 했을까 묻고 싶어졌다.

"연무장으로 갈 거야. 하딩을 데려갈 테니 보이지 않아도 놀라지 말아."

"하딩이요? 그럼 알랭은."

"알랭은 그다음. 호위가 모두 자리를 비우면 안 되니까."

“알겠어요. 그리고 클리프, 혹시.”

에젠은 클리프의 주위를 훑어 내리며 혹시 모를 손수건의 존재를 찾았다. 그러나 그는 아무것도 모르는 얼굴이었다.

“아무것도 아니에요.”

그는 아직 보지 못한 걸까, 모르는 척하는 걸까.

‘그가 들고 다니는 모습을 보고 싶었는데.’

사실은 기뻐하는 얼굴을 보고 싶었다. 자수를 잘 놓는다고 어린아이처럼 칭찬을 들을지도 모른다고 못내 설레 하고 있었다.

에젠은 실망했지만 다시 씩씩하게 고개를 들어서 그를 배웅했다.

연회 참석을 반기지 않는 것과는 별개로 클리프는 에젠에게 파티 준비를 위한 모든 지원을 아끼지 않는 듯했다.

“후작 각하께서 보내셨습니다.”

아름다운 재단사가 저택으로 찾아와 자신을 소개했다. 에밀리의 말로는 수도에서 가장 유명한 디자이너로, 그의 드레스를 사려는 대기자 명단이 열 장이 넘는다고 했다.

‘내가 참석하길 원하지 않았으면서.’

그러나 클리프가 그녀에게 준비해 주는 것은 모두 최상

의 것이다. 우스운 모순이었으나 에젠은 그것을 기쁘게 받기로 했다. 어차피 드레스는 필요했고, 이왕이면 그와 함께 색을 맞출 수 있었으면 했으니까.

"마님, 코르사주는 준비하셨어요?"

"코르사주라니?"

"파티에 참석하는 여성이 파트너 남성에게 보내는 코르사주 말이에요."

아아, 그랬지. 잊고 있었다. 파티에 참석하지 않은 지도 너무 오래되었고, 그녀의 파트너를 향한 코르사주는 모두 그녀의 아비가 정략적으로 보냈기에 에젠에게 선택권이 없었다. 그저 받아 들고 전달하는 자의 입장이었을 뿐.

"수도의 유명한 플로리스트에게 만들어 놓으라 할까요?"

"아니, 이번에는 내가 골라 보고 싶어."

에젠은 직접 온실로 내려갔다. 정성껏 꽃을 고르고 클리프를 떠올렸다.

그는 꽃을 좋아하지 않는 듯했는데 제 것을 받아 주지 않으면 어떡하지? 하지만 파트너는 무조건 자신이 해야 한다고 했잖아?

"그러니까 받을 거야."

에젠이 제게 다짐하듯 말했다. 만약 손수건처럼 어딘가에 내팽개치고 들고 다니지 않는다면 이번에는 정말로 크게 상처받을 것 같았다. 이성을 잃고 그에게 왜 나를 거부하는 거냐 소리칠지도 모르지.

"아름답구나……."

만발한 정원의 꽃향기가 머릿속을 가득 채웠던 어두운 생각들을 몰아냈다. 에젠은 코르사주에 넣을 꽃들을 세심히 고르기 시작했다.

"데이지. 이건 너무 연약해 보여. 장미…… 이건 가시가 있으니까 찔릴지도 모르잖아."

평소의 무난하던 그녀는 없었다. 허리를 숙이고 세세하게 색과 꽃 종류의 배치를 떠올리는 그녀의 이마에 구슬땀이 돋아나 있었다.

저 멀리서 안절부절못하는 정원사가 보였다. 도와준다고 했지만 그와 함께 나가는 첫 사교 행사인 만큼 그에게 주는 선물은 전부 제 손으로 만들어 보이고 싶었다.

"에젠."

"악!"

갑자기 뒤에서 들리는 목소리에 에젠이 펄쩍 뛰었다.

힘이 풀린 다리가 무너지기 전 단단한 팔이 허리를 감싸 그녀를 다시 일으켜 세웠다.

"클리프."

햇살을 맞아 더욱 눈부시게 빛나는 남편이 눈앞에 있었다. 순간 헉 하는 한숨이 나올 뻔했다.

"그렇게 놀랄 줄은 몰랐어. 미안하군."

"아뇨, 괜찮, 아요. 어쩐 일이에요?"

입궁할 때의 정복을 입고 있는 그는 여전히 바빠 보였

다. 정원 어귀서 발을 동동 구르는 그의 보좌관이 보였다. 에브론과의 전쟁 때문에 온 축이 거기 다 쏠려 있겠지.

갑작스레 집으로 돌아올 만한 이유가 있었나? 하고 에젠이 궁금해할 때쯤 그녀의 얼굴을 내려다보던 클리프가 궁금증을 풀어 주었다.

“잠깐 들렀어. 당신에게 주고 싶은 게 있어서.”

그가 뭔가를 내밀었다. 벨벳의 화려한 상자였다.

“열어 봐.”

단조로운 목소리지만 그녀의 반응을 기민하게 살피고 있었다.

에젠은 천천히 상자를 열었다. 눈부시게 반짝거리는 다이아 목걸이가 그녀를 반겼다.

“이건…….”

“당신이랑 어울릴 것 같아서.”

아, 연회 준비의 일환이었나. 에젠이 납득하여 고개를 끄덕이려 했을 때까지 망설이고 있던 클리프가 내뱉었다.

“그리고 직접 달라고 말했잖아.”

“…….”

“그래서 왔어.”

에젠은 목걸이보다 그가 제 말을 기억해 준 것이 더 기뻤다. 한창 바쁠 와중에 저를 위해 움직였다니, 코르사주를 받아 주지 않아도 용서할 수 있을 테다. 매번 막혀 있던 둘 사이 대화의 물꼬가 트이는 것처럼 보이기도 했다.

"예뻐요."

"……."

"예뻐요, 정말."

에젠이 감동한 눈으로 목걸이를 내려다보자 그는 당황한 듯했다. 하긴, 이토록 생생한 반응을 내보인 적이 없으니 그럴 만도 하겠지.

에젠은 저도 모르게 그에게 달려가 목에 매달렸다. 눈을 질끈 감았던 것 같기도 하다.

촉 하는 젖은 소리와 함께 그가 놀란 눈으로 그녀를 내려다보는 게 느껴졌다. 에젠은 이내 얼굴이 붉어져서 그의 품에서 벗어났다.

"답, 답례예요. 저는 지금 당신에게 줄 만한 게 없으니까."

"……."

그는 할 말을 잃은 것처럼 입을 벙긋거리다가 뒷걸음질 쳤다.

"에젠, 나는……."

그가 그토록 당황한 걸 보는 건 처음이었다. 고작 볼에 입맞춤한 것으로 보이는 반응은 수십 번 몸을 맞대고 열기를 나눈 상대에게 보이는 것치곤 과한 감이 있었다.

갈 곳을 잃은 그가 에젠의 허리를 붙잡았다. 지나치게 힘이 들어가지 않게 노력하는 듯했지만, 여전히 거센 힘이었다.

"당신이 자꾸 이러면, 모른 척하고 싶어져."

그는 슬픈 목소리로 말했다.

"무슨 말이에요?"

"아무것도 보이지 않는 척, 눈을 감고 귀를 닫는 건 내겐 쉬운 일이지. 짐승을 길들이기엔 더할 나위 없이 좋은 방법이야."

"……."

"주인이 당신이기만 하다면."

호흡을 삼키는 남자다운 목젖이 오르락내리락했다. 둘 사이를 메우는 애달픈 침묵 속에서 에젠은 그가 방금 무엇을 삼킨 건지 묻고 싶어졌다.

"……가야겠어."

"조금만 더 있으면 안 되나요?"

에젠이 그의 손을 붙잡았다. 소매를 붙잡던 때에 비하면 장족의 발전이었다.

"훈련이 그토록 바쁜가요?"

"전쟁이 일어날 수도 있으니까. 맥카이잔 대공이 병사들을 국경 주변에 대기시키고 있어. 수도까지 진입하는 데 일주일밖에 걸리지 않을 테지."

그러니 에젠은 이 전쟁을 막아 내야 했다. 어깨를 내리누르는 무거운 부담마저도 그가 옆에 있으니 아무렇지 않게 느껴졌다.

맥카이잔 대공이 입국했다. 삼 일 뒤, 황궁에서 그의 환영 연회가 열릴 참이었다.

그즈음, 에젠은 클리프에게 줄 코르사주를 막 완성했다.

동그랗게 피어난 푸른 수국 주위로 작은 바이올렛과 은회색 은방울꽃이 더해지고 남색 공단을 두른 코르사주는 화려하진 않았지만 시간을 두고 하나하나 뜯어보고 싶게 눈길을 끌었다. 이번 연회에서 에젠이 입을 연보라색 드레스와도 잘 어울릴 테다.

"클리프는 아직 도착하지 않았지?"

에젠은 조심조심 클리프의 집무실로 들어갔다. 썰렁한 냉기가 주인의 부재를 알려 주었다. 그녀는 동굴에 숨어드는 토끼처럼 조심스럽게 발걸음을 옮겼다. 코르사주를 놓을 적당한 장소를 찾는다는 핑계로 에젠은 클리프의 책상을 뒤적거렸다.

'내 손수건을 여기 보관한 건 아닐까?'

그녀는 아직까지도 희망을 잃지 않았다. 그러나 손수건은 어디에도 보이지 않았다.

실망감을 감추면서 그녀는 예쁘게 장식된 코르사주를 그의 집무실 책상 위에 올려놓았다. 흐드러지게 핀 푸른 수국이 진한 꽃향기를 풍겨 냈다.

'클리프가 좋아할까? 취향이 아니라고 거절하진 않겠지?'

자못 마음이 두근거렸다. 그녀는 들어왔을 때처럼 조심스러운 발걸음으로 집무실을 떠났다.

"각하, 계십니까?"

에젠이 떠난 빈 집무실에 먼저 들어선 이는 클리프가 아니라 부단장 레오르였다.

"무슨……."

공기를 떠다니는 부드러운 꽃향기가 코끝으로 스며들어왔다.

갑자기 웬……. 꽃이라고는 약에 쓰는 것만 아는 투박한 기사는 인상을 찌푸렸다.

"마님께서 보내신 겁니다. 건드리지 마십시오. 각하께선 아직 부재중이십니다."

열린 문 뒤로 무어가의 노집사가 따라 들어와 덧붙였다. 에젠은 몰랐겠지만 집사는 그녀가 들고양이처럼 살금살금 집무실로 들어왔다가 나간 것을 모두 지켜봤었다.

들어갈 때 쥐고 있던 코르사주가 나올 때는 사라졌으니, 으레 주인을 위한 게 아닐까 짐작했다.

"부인께서 말인가?"

"예. 서류를 놔두고 가실 거면 거기 올려놓아 주시지요. 나중에 주인님이 오시면 말씀드리겠습니다."

노집사는 짧은 당부와 함께 다시 모습을 감췄다.

타악. 클리프의 판단이 필요한 사안이 담긴 서류를 책상 위로 올려놓고도 레오르는 미적댔다. 시선은 작은 꽃들이 만발하는 앙증맞은 코르사주에 머물러 있었다.

'코르사주라면 연회의 파트너가 동행할 때 필요한 거니…… 최근 연회라면 대공의 환영 연회가 되겠군. 각하와 부인이 함께 입장하겠지.'

레오르가 인상을 찡그렸다. 연합 훈련 때문에 왕궁에 머물러야 했던 사이, 저택에서 두 사람이 퍽이나 친근해진 모양이었다.

흐트러진 저택의 분위기부터가 그랬다. 그는 조금 전 코르사주를 건드리지 말라던 집사의 경고를 떠올렸다.

'건드리지 말라고? 부인의 수족이 되기라도 한 건가?'

자신만큼이나 후작 부인을 탐탁지 않아 했던 집사조차 그녀를 완전히 주인으로 인정하는 듯하자 그는 조급해졌다.

'모두가 나사가 빠졌어. 제정신을 차리고 있는 건 나뿐이로군.'

살얼음 같던 저택의 분위기가 후작 부인으로 인해 점점 달라지자 무어가의 일원들은 그 변화를 기껍게 수용하는데 온 정신이 팔려 있는 것 같았다.

레오르 쪽에 서서 후작 부인을 반대하던 이들은 점점 사라지고 모두 후작 부인의 열렬한 추종자인 하딩의 편으로 옮겨 가고 있었다.

말랑하고 부드러운 일상에 홀린 결과가 어떤 비극을 초래할지는 아무도 생각지 않는다. 그걸 걱정하고, 대비할 만한 이는 레오르 자신밖에 없었다.

그의 손은 코르사주 위에서 한참을 서성거렸다.

그러다가 이내, 뭔가를 결심한 듯 그는 손을 내려 꽃망울을 움켜쥐었다.

'각하를 위한 일이야.'

흐드러진 꽃잎이 억센 손아래서 부서지는 감촉이 달갑잖았다. 망가진 코르사주를 쥐고 레오르는 집무실을 빠져나왔다.

그리고 가장 먼저 보이는 정원의 쓰레기 더미에다 던져 버렸다. 오래된 나무나 가지치기를 하고 남은 잔재를 내다 버리는 곳이었다.

아무렇게나 내버려 둔 코르사주 위로 담담한 표정의 후작 부인이 떠올랐다. 레오르는 머리를 쥐어뜯으며 입술을 깨물었으나 다시 코르사주를 집어 들진 않았다.

"……제기랄."

제가 이렇게 끔찍하게 여겨진 적은 처음이었다.

한편 대공의 연회를 하루 남겨 둔 저녁, 에젠은 침실의 창문에 서서 호정을 내려다보았다.

해는 뉘엿뉘엿 저무는데 클리프는 아직 퇴궁하지 않았다.

'코르사주를 놔두고 온 지 이틀이 지났는데 왜 아무 반응이 없지?'

혹시 꽃의 색깔이나 종류가 마음에 들지 않은 것일까. 아니, 벌써 시들어 버린 건가?

그를 제대로 볼 기회가 없으니 알 턱이 있나. 에젠은 코르사주에 제가 어떤 꽃들을 장식했는지 떠올리다가 자리에서 일어났다.

"어디 가시려구요, 마님?"

"잠깐 유리 온실에 다녀오려고."

결국 꽃이 시들어 버려 클리프가 차마 그녀에게 말을 꺼내지 못했다는 생각에 도달한 에젠은 유리 온실로 향했다.

차라리 싱싱한 꽃을 새로 따서 만들어 줄 참이었다. 한 번 만들어 봤으니 이번에는 정원사의 도움 없이도 할 수 있을 것 같았다.

'클리프가 일찍 집에 오지 않는 게 좋을 때도 있구나.'

잘하면 그의 늦은 퇴궁 시간 전에 완성할 수도 있을 테다.

막 집에 도착한 그에게 선물로 직접 내밀 수도 있겠지. 그가 며칠 전 목걸이를 선물하기 위해 직접 찾아왔던 것처럼.

에젠의 얼굴이 발그레하게 물들었다. 발걸음이 바빠질 때였다.

"……마님? 왜 갑자기……."

갑자기 정원에서 우뚝 멈춰 선 에젠 때문에 에밀리는 하마터면 주인의 등에 코를 박을 뻔했다. 해가 졌음에도 빛을 밝히는 마법 덕분에 정원은 환했다. 그래서 그녀는 딱딱하게 굳어진 주인마님의 얼굴을 확인할 수 있었다.

"왜 그러셔요?"

"잠깐…… 어지러워서. 온실에서 차를 마시고 싶어. 가져다줄 수 있겠니?"

조금 전까지만 해도 생기 있던 마님의 목소리에서 열기가 쑥 빠져 있었다. 에밀리는 고개를 갸웃거리면서도 마님의 상태가 좋지 않은가 보다 생각하고 열렬히 고개를 끄덕였다.

"그럼요. 무릎을 덮을 담요와 보온 마법이 걸린 난로도 가져올게요. 조금만 기다려 주세요!"

에밀리가 자리를 떠나자 에젠은 천천히 움직였다.

정원수들을 손질하고 남은 잔해들을 모아 놓은 수풀 더미 쪽으로 걸어간 그녀는 천천히 손을 뻗어 버려진 나뭇가지에 걸려 있는 동그란 물체를 집어 올렸다.

남색 공단, 듬성듬성 빠진 은방울꽃, 구겨지고 반은 사라진 수국의 꽃잎들……. 그녀가 클리프에게 선물했던 코르사주였다.

잘못 본 줄 알았는데, 잘못 본 것이길 바랐는데…….

그녀는 고개를 들었다. 이 코르사주가 버려진 장소 위쪽으로 시선을 올리자 클리프가 쓰는 집무실의 창문이 보였다.

"……."

이걸 예상한 건 아니었는데. 설마 이럴 줄은, 전혀 예상 못 했는데.

"차라리 싫다고 말하지, 버릴 것까진…… 없잖아."

망가진 코르사주를 쥔 손 아래로 눈물이 한 방울 똑 하고 흘러내렸다.

아무 생각도 들지 않았다. 생각지도 못해서, 그래서 상처를 너무 크게 받아서 아무 생각이 나지 않았다. 머리가 새하얘졌다.

투욱.

에젠은 코르사주를 다시 수풀 더미로 던져 버렸다. 저걸 다시 들고 가고 싶지도 않았고 새것을 만들고 싶지도 않았다.

"마님, 차를 가져왔! 어? 아직 온실로 가지 않으셨어요?"

"돌아가고 싶어."

"네?"

"돌아가자. 헛걸음하게 만들어서 미안하구나. 차는 시녀들과 나눠 먹으렴."

에젠은 에밀리를 지나쳐 빠르게 걸어갔다. 침실로 돌아

가는 방향이었다.

"마님?"

황급히 그녀를 뒤쫓는 에밀리마저 사라지자 정원은 다시 적막해졌다. 삐쭉 솟아난 나뭇가지에 걸린 코르사주만 위태롭게 대롱대롱 매달려 있었다.

"에젠, 괜찮나?"

귓가에 들려오는 목소리에 에젠이 눈을 깜빡거렸다.

"안색이 좋지 않아. 어지러운 건 아닌가?"

에젠은 제가 어디 있는지 상기했다. 왕궁으로 가는 마차 안이었다. 클리프는 맞은편에 앉아 그녀를 살피는 중이었는데 서로의 무릎이 닿을 정도로 가깝게 다가와 있었다.

"괜찮아요."

에젠은 마차의 벽 쪽으로 등을 붙이며 그와의 거리를 띄워 냈다. 그의 얼굴을 제대로 보지 못할 것 같았다. 눈을 마주치면 곧바로 그에게 왜 코르사주를 버린 거냐는 물음이 튀어나올 것 같았다.

"하지만—."

"너무 긴장해서 그래요."

에젠은 입을 꾹 다물고 시선을 창문으로 돌렸다. 클리프가 내내 저를 응시하고 있다는 걸 알았지만 모른 척했다.

'아무 말도 하지 마, 아무 생각도 하지 마. 그냥 오늘 해야 할 일만 생각해. 맥카이잔 대공비를 찾아서…….'

그러나 가슴 한구석이 아직도 아렸다. 클리프가 그녀를 밀어내는 게 처음도 아니건만 왜 매번 처음처럼 상처받는지.

힐긋 곁눈으로 살펴본 그는 근사했다. 지나치게 근사해서 문제였다.

그는 새까만 정복을 입고, 검은 머리칼을 가지런하게 뒤로 넘겼다. 베누스(미의 신)가 섬세하게 그려 낸 듯한 준수한 외모에 무표정한 얼굴도, 액세서리 하나 없는 밋밋한 옷도 가려서 보이지 않았다.

에젠은 한숨을 내쉬었다. 아침부터 몇 시간 동안 꼬박 치장에 공들인 제가 도리어 초라해 보이는 건 왜일까.

"에젠—."

이런, 눈이 마주쳤다.

에젠은 언제 그랬냐는 듯 눈을 감고 자는 척을 했다. 클리프는 뭔가 말하려 하는가 싶더니 이내 입을 닫았다.

왕궁까지 가는 내내 마차엔 적막한 침묵만이 맴돌았다.

"이랴, 이랴!"

마차가 서고, 드레스를 정돈한 뒤 마차에서 내리려는 그녀에게 클리프가 손을 내밀었다.

잠시 물끄러미 제게 내밀어진 커다란 손을 내려다보던 에젠이 천천히 그 위에 손을 얹었다. 고작 손바닥이 닿는 작은 면적의 접촉에도 열이 올랐다.

마차에서 내리자 그녀는 곧바로 손을 뺐고 그런 그녀를 알면서도 클리프는 말없이 옆에서 걸을 뿐이었다.

"에젠, 억지로 참석할 필요는 없어."

내내 그녀를 조용히 살피는 듯하던 클리프는 연회장의 입구에 들어서기 전 그렇게 말했다.

"그게 무슨 말이에요?"

"당신 긴장하고 있잖아. 얼굴이 창백한 데다 손끝까지 차가워. 연회는 앞으로도 얼마든지 있어. 꼭 지금이어야 할 필요가—."

"지금이어야 해요. 내가 그러길 원하니까요. 난 인형도 아니고, 그저 익숙하지 않아서 그런 거니까 날 돌려보낼 생각은 말아요."

에젠은 클리프의 말을 더 듣지도 않고 잘랐다.

제가 여기 오는 게 그리도 싫었나? 그래서 코르사주를 버린 건가? 지금도 그래, 자기 본심은 얘기하지도 않으면서 날 위한답시고…….

에젠이 날카롭게 반응하자 클리프는 그녀에게 더 권하지 않았다.

"알았어, 그럼 들어가면 내 옆에 있어."

대신 타협안을 꺼냈다.

"여긴 왕정파만 오는 티 파티가 아니야. 나를 깎아내리는 데 인생을 건 치들도 함께할 테고, 그들에게 가장 좋은 먹잇감은 에젠, 당신이겠지. 그러니까 내 옆에서 벗어나지 않도록 해. 정신이 나가지 않은 다음에야 내 앞에서 당신을 공격하려 들진 않을 테니."

클리프와 함께라면 대공비와 만날 기회는 요원해진다. 그리고 제 옆을 벗어나지 말라니? 어린아이도 아니고 여기까지 와서 앞가림도 못할 만큼 제가 바보 같아 보였나?

"클리프 무어야!"

"무어 후작님이 왔어!"

수군거리는 말소리들이 귀에 들어왔다. 클리프가 힐긋 소음이 나는 쪽으로 시선을 던지자 이내 조용해졌다.

연회에 온 젊은 영애들이었다. 클리프와 눈이 마주쳤는지 그들이 얼굴을 붉혔다. 몇몇은 걸음을 멈춰 서기도 했다.

에젠의 머리에서 갑자기 열이 확 올랐다. 맹세코 예전처럼 설레고 부끄러워서 나던 열의 종류는 아니었다.

"나 혼자서도 할 수 있어요. 품 안의 어린아이를 대하듯 굴지 말란 말이에요. 당신이 그럴 때마다 아무것도 못 하는 천치가 된 기분이에요."

저는 클리프의 아내다. 그의 옆에서 온전히 한 사람의 몫을 다 할 수 있단 말이다.

그의 보호를 필요로 하지도 않았고 그에게 도움이 될 수도 있었다. 크로포드의 오명마저 짊어지고 홀로 싸워 온 클리프에게 힘을 줄 수 있단 말이다.

"이해했어, 사과하지."

그가 짧게 사과했다. 그러나 에젠은 여전히 씩씩거리는 숨을 삼키며 그를 노려보았다.

왜 이렇게 원망스럽지? 왜 이렇게…….

'에젠 무어. 네가 해야 할 일을 생각해. 클리프를 원망하지 마. 그는 최선을 다했어. 그가 널 위해 감내했던 일들을 생각하란 말이야.'

이성을 차린 에젠이 그의 손을 다소 세게 잡고 끌었다. 다분히 주변의 영애들을 의식하는 행동이었으나 정작 클리프를 긴장하게 만들었다는 건 알아차리지 못했다.

"무어 후작 부부 입장하십니다!"

문이 열리며 현재 하이츠에서 가장 많은 소문의 대상이 된 젊은 부부에게 수많은 사람들의 이목이 쏠렸다. 에젠은 입술을 깨물며 국왕과의 대화를 떠올렸다.

—저를 곁에 두고서도 그가 온전히 설 수 있다는 걸 증명하겠습니다.

'더 이상 그에게 짐이 되진 않을 거야.'

마음을 다잡았다. 샹들리에의 화려한 빛이 기다렸다는 듯이 그녀를 감쌌다.

"저 여자가 '그' 무어 후작 부인이란 말이지?"

"떠돌던 말과는 많이 다른걸? 장미같이 가시가 있는 여인이라더니, 꺾이면 그대로 꺾일 것 같은 들꽃 같잖아?"

"부인이 입고 있는 드레스를 봐! 나비의 실을 뽑아 엘프가 만든 거라 하지 않았어? 도대체 어떻게 구한 거지?"

연회의 화제는 단연 결혼 후 처음으로 모습을 드러낸 무어 후작 부인이었다.

그녀가 말하는 음절 하나하나, 걷는 걸음걸이 하나하나, 에젠의 일거수일투족을 수많은 눈이 주시했다. 사교계에 익숙하지 않을 거라 예상했으나 오랜 공백이 느껴지지 않는 완벽한 예법은 흠잡을 데가 없었다.

"모두 부인만 쳐다보고 있군요."

지난번 티 파티에 참석했던 왕정파의 부인들이 속삭였다. 그래도 안면을 익혀 놓은 탓에 얼굴부터 들이미는 사람들보다 이쪽이 좀 더 편하게 느껴졌다.

"저기 황색 옷을 입고 있는 배불뚝이 남자 보이세요? 저 사람이 총사령관 말콤 경이에요. 교향악단 옆에서 와인을 마시고 있는 붉은색 드레스를 입은 여자가 그 부인이구요. 조심하세요. 무어 후작님과 부인에게 단단히 앙심을 품고 있을 테니까요."

그들이 귀띔했다.

에젠은 탐욕스러운 얼굴로 시가를 뻑뻑 피워 대고 있는 말콤을 보았다. 그는 국왕의 옆에 있는 클리프를 노려보고 있었다. 정신이 확 들었다.

"맥카이잔 대공께선 여기 계신데 대공비께선 보이지 않으시네요."

에젠이 은근히 대공비의 위치를 물었다.

"그러게 말이에요. 오늘 한 번도 본 적 없는 것 같은데, 아까도 대공 혼자서 참석하셨구요. 혹 참석을 하지 않으셨나?"

귀부인들이 고개를 갸웃거렸다.

에젠은 연회 내내 정신없이 대공비를 찾았다. 대공의 옆에는 연보랏빛 드레스를 입은 젊은 여인이 내내 그와 함께 움직이고 있었다.

'대공비는 아닐 테고, 저 사람은 누구지?'

대공에겐 아들 셋뿐이니 딸도 아닐 터였다. 어쨌든 대공비를 찾아 그녀가 바삐 등을 돌릴 때였다.

쨍그랑—!

누군가와 부딪치고 유리잔이 큰 소리를 내며 깨졌다.

"이런, 이게 누구야. 그 유명한 무어 후작 부인이시군요. 초면에 잔부터 날리는 강렬한 인사라니, 이리 감사할 데가."

호기로운 목소리에선 반감이 흠씬 묻어났다.

고의적인 부딪힘. 붉은 드레스. 에젠이 고개를 들었다.

"말콤 백작 부인."

"절 아시는군요!"

백작 부인의 간드러진 음성이 날카롭게 공기를 울렸다. 그녀는 과장되게 가슴에 손을 얹으며 감격했다는 표정을 지어 보였다.

소리가 커지자 사람들의 이목이 모이기 시작했다. 백작 부인 쪽으로 귀족파의 인사들이, 에젠의 뒤쪽으로 왕정파의 인사들이 하나씩 모습을 드러냈다.

"총사직 때문에 나라가 시끄러운 와중에 연회에 참석했으니 마땅히 인사를 하러 오실 줄 알았는데, 전 제가 후작 부인의 눈에 보이지 않는가 싶어 이리 먼저 찾아왔답니다."

시비를 거는 듯한 말투였다. 애초에 왕정파의 남편을 두고 있는 에젠이 귀족파 쪽인 말콤을 찾아가서 인사할 이유가 없는데도.

"저를 그토록 기다리신 줄 몰랐어요. 다치진 않으셨나요? 다음번엔 잔을 들고 인사하러 오지 않으셔도 된답니다. 그냥 와 주셔도 기쁠 거예요."

에젠이 그녀의 무례를 에둘러 지적하며 깨진 유리잔에 시선을 주었다. 다행히 텅 비어 있었던 터라 음료가 튀진 않았다. 백작 부인의 얼굴이 붉으락푸르락해졌다.

"깨진 유리잔보다 부인과 부군의 명예가 깨지지 않을까가 더 걱정되는군요. 총사령관직은 군대를, 나아가서 이 나라의 안위를 책임지는 막중한 직위예요. 연륜과 경험이 재능보다 훨씬 더 중요하단 걸 부인께서도 모르지 않으시겠지요."

"무슨 말씀을 하시는지 모르겠군요."

"부군과 부인께서 좀 더 겸손해야 한다는 말씀을 드리고 있는 거랍니다. 숙부께서는 항상 제 분수를 알아야 한다고 제게 말씀하셨지요.”

백작 부인이 말하는 숙부는 재상 클레멘타인일 테지.

혹시라도 총사직을 뺏길까 싶어 득달같이 달려와 클리프도 아닌 제게 단념하라 말하는 것이 우스웠다.

“글쎄요, 총사직은 폐하께서 결정하실 사안이니 제가 왈가왈부하기 어렵네요. 늘 그러셨듯 폐하께서 하이츠를 위해 최선을 선택하실 거라 믿어요.”

“그러니까 그 최선이!”

백작 부인은 에젠이 듣고 싶은 말을 쉬이 들려주지 않자 일순 목소리를 높였다.

정작 총사직을 수여받는 건 클리프니 에젠을 붙잡고 늘어져 봤자 소용이 없을 텐데도.

“진실로 최선이길 바라는 거죠.”

말콤 백작 부인은 이를 악물며 애써 부드러운 목소리를 내었다. 그녀의 눈동자가 번득이며 준비해 둔 화살을 쏘아낼 만한 돌파구를 찾았다.

“아이를 보셨다고 들었는데 축하드려요. 혹 아직 가정 교사를 들이진 않으셨나요? 무어 영식의 교육이 시급할 텐데요.”

“아직은 품에 어르고 싶은 나이라서요. 걱정해 주셔서 감사드립니다.”

“좋은 가정 교사를 알아요. 부인께 추천해 드릴까요? 곧 필요할 테니까요.”

"생각해 두고 있는 이들이 몇 있습니다."

에젠이 거듭 거절하자 말콤 백작 부인이 코웃음을 치며 말했다.

"아아, 전 '제대로' 할 만한 사람이 필요하다는 말이었는데, 제 말이 다르게 들렸나 보군요."

"제대로, 라뇨?"

"문자 그대로예요. 우린, 알잖아요, 부인. 당신과 부군의 이야기는 왕국에 너무 많이 알려져 있으니……."

말콤 백작 부인이 눈썹을 한껏 아래로 늘어뜨렸다. 마치 안타까워하는 것처럼.

"누군가는 미담이라 일컫지만, 글쎄요, 저는 아직도 창창한 도노반 영식의 목을 그대로 날려 버린 후작의 잔인함을 기억하고 있답니다. 조금 전의 우려도 그런 맥락이에요. 정확하게는 숙부님의 우려겠지만요. 총사직에 오른 그가 그런 흉포함을 드러내어 무고한 생명을 희생시키는 일이 있어선 안 되니까요."

이 여자가 지금 무슨 말을 하는 거지?

에젠은 화를 가라앉히려고 노력했다.

언뜻 들으면 정말 걱정하는 듯한 백작 부인의 상냥한 목소리와 제 것이 달라서는 안 된다.

'마음을 가라앉히고 차분하게 반박해.'

그때 주변에서 어슬렁거리던 말콤 경이 끼어들었다.

"아무렴. 부인의 말이 맞소. 내 걱정이 아니 될 수 없는 노릇이지. 부모가 한 명은 전장에서 수많은 생명을 학살하고 한 명은 국왕 폐하를 능멸한 대역 죄인의 피가 흐르는데 제대로 된 교육자가 누가 있겠소?"

얼굴에서 다시 열이 올랐다. 저를 깎아내리는 것은 견딜 수 있으나 그까지 폄하하는 것은 참을 수 없었다.

학살이라고?

아무것도 모르면서. 그 전쟁터에서 그가 어떻게 살아남았는지, 그가 왜 에브론과의 전쟁을 막으려 이토록 애쓰는지.

그를 헐뜯기 바쁜 저들의 알량한 평화를 위해 클리프는 밤낮없이 움직인다.

이해받지 못할 걸 알면서, 칭찬은커녕 저렇게 더러운 말이나 들을 걸 알면서, 고작 저런 사람들을 위해서 그는 그녀의 곁을 떠나고 새벽의 찬바람을 맞으며 잠시 머물렀다 사라진다.

에젠의 눈에서 처음으로 불이 튀었다.

"그 학살로 전쟁을 종식시키고 하이츠의 평화를 되찾아 준 이가 누군지 잊으셨나 봐요. 이해해요. 따뜻한 벽난로 옆에서 차를 마시고 이런 연회에 참석하다가 가끔 왕실 군대나 몇 번 들러 주고 수도 근처를 순찰하시는 게 다인 분께선 이해하실 수 없는 희생일 테지요."

정확하게 총사령관으로서, 그리고 대륙 전쟁이 벌어질 동안 말콤이 행했던 행적들이었다.

십이 년간의 대륙 전쟁 동안 귀족파의 대부분이 수도에

남아 유유자적했고 말콤은 그중 선두를 달렸다. 이후에도 재상의 후광을 등에 업고 승승장구를 거듭했고 그의 나태도 계속해서 이어졌으나 누구도 이렇게 대놓고 그걸 지적한 적은 없었다.

에젠이 누군가를 공격하는 말을 이토록 망설임 없이 쏟아 낸 적은 처음이었다.

제기랄, 다 실패였다.

적어도 그들이 클리프에게 반감은 가지지 않게 해야 하는데, 다 실패로 돌아갔다.

"감히! 내 이 무례는 반드시 무어 후작에게 따지겠소. 집안에만 처박혀 있었다더니 세상 무서운 줄 모르고 지껄이는군!"

"아니라고 하시렵니까? 하이츠를 위해서 모든 힘을 쏟아부었다고, 따습고 편한 호강 따위 거절하고 당신의 청춘을 오롯이 하이츠에 바쳤다고 말하시렵니까? 경을 알고 경이 걸어온 길을 아는 사람들이 있는 이곳에서 그게 진실이라 말씀하실 수 있습니까."

"닥치시오! 언사가 천박하기 그지없어!"

말콤 경의 얼굴은 시뻘겋게 달아올라 있었다. 턱 아래로 겹쳐진 살들이 부들부들 떨렸다.

"무, 무어 후작 부인, 어서 사과드리세요. 사교계에 서툴러 실수했다고 말하면—."

"사과할 만한 말을 하지 않았습니다. 사과를 받아야 하는 건 저와 제 남편이 아닌가요."

재상 클레멘타인의 배경을 우려한 왕정파 귀족들이 그녀에게 속삭이듯 충고를 건넸고 에젠은 완강하게 거절했다. 그들을 물끄러미 바라보았다.

"……."

그녀는 그들의 얼굴에 서린 불편함을 읽어 냈다.

클리프가 한 일에 커다란 영예가 주어지는 게 달갑지 않은, 자신들을 넘어설까 두려운, 자리를 빼앗길까 불안한, 그런 유의 반감이 그들의 표정에서 고스란히 드러났다.

—무어 후작은 같은 파 내에서도 계속 견제를 받고 있거든.

듣는 것과 직접 보는 것은 달랐다.

"무어 후작 부인, 말씀이 너무 심하셨어요."

"저도 들었지만 그 정도는……."

'남편이 설치니 아내까지 도를 모르고 날뛰는군.'

'제가 전장에서야 영웅이지 여기서도 그럴 줄 알아? 국왕을 등에 업으면 우리가 뭐 두려워하기라도 할 줄 알았나?'

'클레멘타인에게도 저리 덤빌 정도면 같은 편인 우리는 아주 물로 보이겠군. 건방져. 폐하께선 도대체 언제까지 그를 기용하실 생각인 거지?'

싸늘한 시선 속에서 그들의 웅성거림이 들려왔다. 말곰의 언사를 지적하는 이도, 그녀를 지지하는 이도 없었다.

당신 얼마나 혼자였던 거야? 이런 곳에서 얼마나…….

에젠은 얼굴이 붉어져 오는 것을 느꼈다. 예상하지 않았던 것은 아니지만 저도 모르게 손끝이 떨렸다. 군중 속에 완벽히 홀로 남은 고독을 깨닫자 아지랑이처럼 수치심이 일어났다.

"에젠."

하필이면 그때 듣고 싶지 않은, 그러나 인정하지 않을 수 없을 만큼 반가운 목소리가 귀에 들렸다.

이 모든 사달의 원인이 된 당사자가 나타났다.

모세처럼 갈라진 사람들 사이로 보이는 그의 모습에 에젠은 눈물이 터질 것 같았다.

클리프는 오늘따라 근사했다. 심지어 코르사주가 버려진 이유가 너무도 빛나는 저 모습에 미치지 못하기 때문이라고 생각될 정도였다.

'그래, 원래 저런 사람이었지.'

이 세계에 속하고 이 세계에서 살아갈 사람의 유년 시절을 빼앗았지. 그것도 모자라 남은 인생마저도 황폐하게 살아가게 만들었지.

클리프 무어에게 있어 '크로포드'는 그의 인생을 거의 전부 빼앗아 가 버렸다고 해도 과언이 아니었다.

'그러니까 내가 다시 돌려줄 거야. 여기서 울면 안 돼.'

그녀는 이를 악물었다. 사교계의 흔한 공격에 당해 눈물을 보이는 건 패배의 인정이나 다름없었다. 그걸 돌려주는 일 따위 없을 것이다.

"무어 후작 부인, 조금 전 무례를 사과하면 내 후작의 얼굴을 봐서 그냥 넘어가리다."

클리프의 눈치를 보며 말콤이 얼른 상황을 마무리하려고 했다.

"천박은 아시지만 수치는 모르시는 분께 드릴 사과는 없습니다."

에젠이 클리프를 등지고 말콤을 똑바로 서서 바라보았다. 홀로 싸워야 한다면, 그가 그랬듯 저도 그러겠다.

"어찌 내게 감히!"

클리프 무어가 얼마나 저를 우습게 보았으면 이런 조막만 한 아녀자까지 저를 조롱한단 말인가. 말콤은 격분하여 손을 들어 올렸다.

그때 바람을 가르는 무언가가 말콤의 귓가를 스쳤다.

그리고 동시에 빠각— 하는 소음과 함께 사람들은 연회장의 중앙 기둥에 박혀 있는 단도를 발견할 수 있었다. 단도에는 말콤이 손목에 매고 있던 코르사주가 꿰여 박혀 있었다.

"무, 무어 후작……!"

클리프 무어는 심지어 예의상으로도 웃지 않았다.

당장에라도 천만 대군을 목전에 둔 것 같은 살벌한 살기가 보호하듯 에젠 무어를 감싸고 있었다. 그녀에게 손끝 하나라도 대면 마치 그대로 목을 베겠다는 듯이.

"죽고 싶으면 거기서 더 움직여 봐."

음산하게 실려 나오는 목소리는 사람들의 소름을 쭈뼛

세웠다.

“나, 나는…….”

말콤이 말을 더듬으며 주춤주춤 물러섰다. 강제로 코르사주가 뜯기며 붉어진 손목을 확인할 새도 없었다.

클리프는 왕실 연회에서 감히 검을 빼어 든 무례도, 그 어느 것도 사과하지 않았다. 마치 새끼를 공격한 적을 상대하는 어미처럼 날 선 기를 내뿜는 걸 서슴지 않았다.

싸늘한 분위기를 수습하고자 세이자르가 나섰다.

“클리프, 이제 기운을 좀 들여 매게. 이러다 여기 있는 사람들 목을 다 졸라 죽일 참인가? 백작께서도 알고 그러신 건 아닐 테니—.”

클리프는 기운을 거두지 않았다. 창백해진 에젠을 보고 세이자르가 혀를 끌끌 찼다.

“자네 부인 얼굴부터 살피게. 자네 기운 때문에 숨을 못 쉬고 계시잖나!”

그제야 기운이 황급히 거두어들여졌다. 사람들이 숨을 토해 냈다.

그때 에젠이 앞으로 나갔다. 그리고 조금 전 말콤 백작 부인이 떨어뜨린 술잔의 유리 조각을 지그시 밟았다. 파사삭, 유리가 짓이겨지며 부서지는 소리가 났다.

“누구에게 제대로 된 교육이 필요한지, 궁금해지는군요.”

차분한 말로 그녀가 그들에게 패배의 낙인을 찍었다.

말콤 백작 부부가 새파래진 얼굴로 황급히 연회장을 떠나는 것을 꼿꼿이 지켜보던 에젠은 등을 돌렸다.

사람들이 아까와는 다른 두려운 얼굴로 그녀를 응시했다. 흑사자의 배우자가 그리 말랑하지 않을 뿐만 아니라 귀족파의 고위 인사에게 맞설 만큼 호전적이라는 걸 눈앞에서 직접 목격했기 때문이다.

"무어 부인, 이리 오셔요. 아까는 실례가 많았지요?"

사람들은 그녀를 외면한 게 언제였냐는 듯 다시 곁을 내주려 했다.

환멸이 일어났다. 강자가 사라지고 나면 다시 밑의 하이에나들이 그 위를 타고 나타날 걸 알았다. 상대를 밟고 올라서는 게 이들의 생존 수단임을 부인할 수 없었다.

조금 전 에젠 자신이 그랬지 않은가. 그것도 제 힘이 아닌 다른 이의 권력을 빌려서.

"잠시 실례할게요. 이해해 주시겠지요?"

헐어 버린 속내를 감춘 에젠이 우아하게 무릎을 숙이며 대화의 끝을 알렸다. 살포시 미소 짓는 얼굴이 조금 전에 무슨 일이 일어났냐는 둥 태연했다.

웃으며 던지는 에젠의 마지막 물음은 조금 전 그들이 그녀에게 저질렀던 비겁한 행동을 상기시켰다. 그들은 아무 말도 하지 못하고 멀어지는 그녀의 뒷모습을 바라볼 수밖에 없었다.

"마님."

"잠시 막아 주렴."

인적이 드문 테라스에 다다른 에젠이 명하자 에밀리는 고개를 끄덕였다. 그 어떤 군대도 테라스로 들어가게 하지 않겠다는 듯 에밀리의 끄덕임에서 단호함이 묻어났다. 착한 아이였다. 에젠이 힘없이 미소 지었다.

그녀는 테라스의 문을 열었다.

사람들에게서 벗어나 홀로 남을 수 있는 공간으로 그녀는 도망친 것이다.

싸늘한 바람이 그녀를 맞이했다. 마치 오늘 그녀가 얼마나 나약했고 멍청했는지 보여 주는 것처럼. 들려오는 음악이 더 이상 설레지 않았다.

에젠은 오늘 하루를 되새겼다. 단 몇 시간 사이에 너무도 많은 일이 있었던 것 같았고, 감정은 아래를 향해 한없이 달음박질쳤다.

버려진 코르사주, 화려한 드레스를 입고도 초라하게 홀로 서 있던 자신, 외면하던 사람들, 그리고 그 속을 헤치고 그녀에게 걸어오는 오직 단 한 사람.

"……."

이를 악물었으나 자꾸 뜨거운 열감이 볼을 타고 흘러내

렸다.

하나도 쉽지 않았다. 다시 돌아온 생에서조차 저는 아무 것도 하지 못했던 부진아 에젠 크로포드에서 조금도 벗어나질 못했다. 그에게 도움이 되기는커녕 일을 더 엉망으로 만들어 버렸다. 부끄러웠다. 부끄러워서 쥐구멍에라도 들어가고 싶었다.

누군가 눈물을 닦아 냈다. 매우 조심스러운 손길이었다. 에젠은 눈을 다시 질끈 감았다. 누군지 예상했고, 동시에 제 예상이 틀리길 바랐기 때문이다.

"……왜 왔어요?"

"……."

"비웃으러 온 건가요? 당신 충고를 듣지 않고 내 멋대로 한 결과가 이렇게 되어 버렸으니까 날 비웃어 주고라도 싶어요?"

"……."

클리프는 말없이 그녀의 눈물만 닦아 내었다. 담담한 표정이 그녀를 안심하게 했고 조심스러운 손길이 그녀를 슬프게 했다. 울음이 터져 나온 것은 그때였다.

"내가 할 수 있었어요. 당신이 없었어도, 내가 충분히 해결할 수 있었다구요. 왜 끼어들어서!"

억지를 쓴다는 걸 알고 있었다. 어린아이 취급한다고 그에게 화를 냈는데 제가 지금 딱 그 꼴이라 그마저도 창피했다. 밤빛을 등진 그는 너무 멋졌고 저는 너무 초라했다.

그렇게 초라하지 않을 수가 없었다.
눈물이 뚝뚝 흘러내렸다. 아까처럼 입술을 깨물어도 멈춰지지가 않았다. 그냥 서러워졌다. 한 번 둑이 터지니 멈출 수가 없었다.
그때 그가 다가왔다. 검은 그림자가 시야를 가렸다. 옅은 사향이 코끝을 저미듯이 들어왔다. 부드러운 입술이 눈가에 닿았다.
"……울지 마."
흘러내리는 눈물을 삼켰다. 따뜻한 온기가 애달픈 눈꺼풀 위로 몇 번이고 내려앉으며 그녀의 서러움을 위로했다. 에젠이 아연실색해서 그를 밀어냈다.
"울지 마, 에젠. 당신이 울면……."
고개를 들어 바라본 그는 그녀보다 더 고통스러운 얼굴을 하고 있었다. 클리프는 말을 끝내지 못했다. 눈가의 키스는 저도 모르게 행해진 듯했다.
"당신이 울지 않았으면 좋겠어."
싸늘한 밤공기가 더 이상 느껴지지 않았다. 그녀는 저를 핥듯이 내려오는 시선이 뜨겁게 느껴졌다. 머리는 혼란스럽고, 눈물은 멈추지 않고, 볼이 발갛게 달아올랐다.
"미안."
그가 이내 정신 차리고 짧게 사과했다.
"미안해, 내가 생각이 짧았군."
그가 다시 등을 돌려 테라스를 나가려고 했다. 매번 돌아서는 저 널찍한 어깨가, 설레게 스미는 남성적인 향기가, 그림자 지는 턱선이, 저를 쳐다보는 시선이 미웠다.
에젠은 그를 붙잡았다.
"흐, 안아, 줘요."
울음 때문에 헐떡이면서 나온 목소리는 형편없었다. 그가 굳었다. 에젠은 그를 거칠게 잡아당겼다. 그러나 휘청거리는 건 오히려 그녀였다. 단단한 나무 같은 그는 미동도 없었다.
"에젠, 잠깐만."
"흐, 안아, 달라구, 흐."
에젠이 울음을 터뜨리자 그가 안절부절못하고 엉거주춤 그녀를 안아 들었다. 두렵지 않은 부유감에 그녀는 그의 목에 팔을 감았다. 콩닥콩닥 뛰어 대는 가슴이 자꾸 저미듯이 아파서 그녀는 계속 울었다.
"에젠, 울지 마."
그는 어찌할 바를 모르는 것 같았다. 그저 울음을 멈추게 하고 싶은데 어떻게 해야 할지를 모르는 듯했다.
에젠도 어린아이처럼 떼를 부리는 제 모습이 얼마나 볼썽사나울지 희미하게 인지했지만 지금은 그런 생각들을 다 뒤로 밀어 두고 그저 단단한 그의 품속에서 목 놓아 울고 싶었다.
"젠장, 울지 마. 내가 잘못했어. 당신이 해 달라는 대로 뭐든 해 줄 테니까."

"흐으, 흐……."

달아오른 눈가로, 차가운 밤바람이 스치는 관자놀이로, 귓불로 그의 입술이 날아들었다. 그는 에젠을 달래는 데 여념이 없었다.

동굴처럼 낮은 목소리는 연신 그녀의 이름을 불렀고, 부드러운 입술이 그녀의 이마와 코, 눈가, 얼굴 곳곳에 내려앉았다. 가볍게 떨어지는 입술이 찍어 내는 화인은 절대로 가볍지 않았다.

얼마나 시간이 흘렀을까. 에젠의 울음이 점차 잦아들었다. 서늘한 밤바람이 닿지 않게 그가 완전히 그녀를 감싸안고 있었다.

이성이 돌아오자 제가 무슨 짓을 했는지 깨달았다. 에젠은 몸을 떼고 옭아매듯 그의 목을 감싸고 있던 팔도 풀어내렸다.

"에젠."

그는 먼저 그녀의 상태를 살펴야 한다는 것처럼 에젠을 놓아주지 않았다.

"내려, 갈래요."

밀어내듯 다리를 버둥거리자 그가 짧은 한숨과 함께 그녀를 조심스럽게 내려 주었다. 지상으로 발이 닿으며 다리가 휘청거릴까 또 단단한 팔이 그녀를 붙잡아 부축했다.

에젠은 그를 올려다보았다. 최소 몇십 분은 그녀를 안고 서 있어야 했음에도 그는 전혀 피로하지 않은 것처럼 보였다.

"집으로 가. 마차를 대기시켜 놨어."

"아뇨. 아직 연회가 끝나지 않았어요."

끊이지 않는 음악이 아직 시간이 남아 있다는 걸 상기시켰다. 에젠은 오늘 이곳에 온 목적을 잊지 않았다. 어떻게든 대공 부인과 접점을 만들어 내야 했다.

"에젠."

저를 부르는 목소리만으로도 그가 뭘 하려는지 알 것 같았다.

'나를 내보내려 하겠지. 여긴 위험하다고, 상처받을 거라고.'

글쎄, 그가 할 말은 이렇게 잘 보이는데, 정작 그의 마음은 모르겠다.

혼란스러웠다. 제가 걱정되어 안절부절못하는 얼굴 위로 버려진 코르사주의 잔재가 덧씌워졌다. 클리프의 마음은 뭘까. 다가오는 듯하다가도 다시 저를 밀어내는 이유는 뭘까.

돌려보낸 차, 무시당한 손수건, 버려진 코르사주…….

그녀를 밀어내는 행동들이 에젠이 기억하는 지난 생보다 지나치게 명백해서 아팠다. 따끔해진 상처 위로 실망과 서운함이 자꾸 덧씌워지며 그녀는 설마 제가 착각하고 있는 게 아닐까, 하는 생각마저 들었다.

어쩌면 그 모든 게 그냥 클리프에게 다가가고 싶은 제 무의식이 만들어 낸 환상은 아닐까 하는.

"클리프, 난 당신을 잘 모르겠어요."

그러나 그는 이렇게 제 곁에 있다. 마치 늘 곁에 있는 것처럼 그녀를 살피고, 짧게 닿아 오는 입맞춤에는 착각일지도 모르는, 아니, 착각하고 싶은 애정이 흐른다.

그렇게 조금 안심하고 싶을 때 그는 또 언제 그랬냐는 듯 에젠에게서 한 발짝 멀어져 있었다. 쉼 없이 달려가도 계속해서 닿을 수가 없어서, 마치 우리가 마주했던 순간은 신기루 같아서,

그녀는 자꾸 혼란스러워졌다.

"당신이 내게서 뭘 원하는지 잘 모르겠어."

에젠은 그를 남겨 두고 테라스를 떠났다.

이번에는 그가 뒤따라 나오지 않았다.

"나라고……."

홀로 남은 테라스에 우뚝 선 남자에게서 동굴같이 낮은 음성이 흘러나왔다.

그는 마치 어둠에 동화돼 버린 것 같았다.

"나라고 당신 옆에 서고 싶지 않은 게 아니야."

오직 새파란 동공만이 그의 존재를 알려 주었다. 클리프는 주먹을 쥐었다. 그가 매번 품고 다니는 얇은 손수건 뭉치가 모습을 드러냈다. 그는 그것을 움켜잡았다. 마치 놓치면 곧바로 절벽으로 떨어지는 동아줄을 쥐는 것처럼. 손

수건이 억세게 구겨졌다.

아무것도 할 수가 없었다. 제가 옆에 있으면 죽을지도 모르니까, 제가 하는 어떤 행동이 언제 어떤 식으로 그녀를 죽고 싶게 만들지 모르니까 아무것도 할 수가 없었다.

두려움을 몰랐던 삶은 새롭게 심어진 공포를 감당하는 데만도 벅찼다.

그는 운명이란 게 얼마나 얄궂은 놈인지 잘 알고 있었다. 안심하는 순간, 기다렸다는 듯 그녀를 데려갈 것을 알았다. 그녀가 내보이는 생소한 감정들을 믿을 수가 없었다. 제게는 허락되지 않는 순간들이 눈앞에서 벌어질 때마다 신이 제게 경고하는 듯했다.

그럼에도 클리프는 그녀를 자유로이 보내 줄 수 없는 자신에게 자괴감과 무력감을 느꼈다. 사실 제가 없으면 해결되는 일인데, 그녀의 곁에 저만 사라지면 에젠은 더 이상 죽음을 꿈꾸지 않을 텐데.

그럴 수가 없었다.

"아무것도, 바라지…… 않을 테니까."

낮은 목소리가 맹세처럼 밤공기 위로 울려 퍼졌다. 그가 맹세한 수많은 거짓 위에 또 하나가 더해졌다. 바라지 않는다는 말이 얼마나 얄팍한 거짓인지 알면서도 그는 신이 눈감아 주길 바랐다.

"그녀가 제 곁에서 숨 쉴 수 있게 해 주신다면—."

그는 조건부 문장의 끝을 맺지 못했고 싸늘한 밤은 대답하지 않았다.

한참 황궁에서 대공의 환영 연회가 진행되는 시간, 흑기사단의 기사들은 연회에 참석하는 대신 오랜만에 휴가를 사용했다.

부단장인 레오르 또한 그중 하나였다. 참으로 오랜만에 쥐게 된 휴식이건만, 터덜터덜 돌아오는 발걸음마다 무거운 한숨이 담겼다.

레오르는 집으로 돌아가는 대신 친우의 집에 들르기로 했다. 언젠가 흑기사단에 함께 몸담았던, 그러나 피치 못할 부상으로 은퇴해야 했던 이였다.

'잘한 일이야.'

레오르는 애써 자위했지만 마음 깊은 곳에서 피어나는 죄책감까지 합리화할 순 없었다.

"아저씨이!"

청량한 웃음소리와 함께 밀색 머리 소년이 뛰쳐나왔다. 그에게 달려오는 소년의 팔다리는 나뭇가지처럼 가늘었지만 얼굴은 햇살처럼 밝았다.

"에드워드?"

레오르가 멈칫했다. 엉겁결에 그를 받아 들면서도 아이

가 내뿜는 밝은 기운에 쉽사리 동화되지 못한 까닭이다.
"어쩐 일이냐?"
"아저씨가 오신다는 전갈을 받고 기다리고 있었어요! 어서 들어오세요. 할머니가 아저씨가 좋아하시는 음식을 잔뜩 차려 놓으셨다구요!"
"존스 부인께서?"
레오르는 손에 쥔 자루를 내려다보았다.
"어서 오게."
전보다 푸근해진 인상의 헤임스가 그를 반겼다.
"자네!"
비스듬히 문에 기대서 있었지만 헤임스는 똑바로 서 있었다. 아무것도 없던 왼쪽 다리에 쇠로 만든 지렛대가 연결된 채로.
"괜찮지? 보기엔 이래도 꽤 유용해. 옷만 제대로 입으면 살짝 발을 저는 것처럼 보이거든. 그조차도 나 같은 인간에겐 감사할 따름이지."
따끈한 차를 내밀며 헤임스는 그간의 일들을 들려주었다. 부상을 입은 뒤 그에게 깊게 자리 잡았던 우울과 무력감이 사라진 얼굴이었다.
레오르는 곧 그 이유를 알 수 있었다.
"에드워드는 소학교에 나가게 됐어. 학비 때문에 걱정하고 있었는데 후작가에 종사했던 기사들에게 주어지는 연금이 있더라고. 후작가에서 매번 관리자가 나와서 노모를 돌

봐 주고 식사를 챙겨 주지. 아이에게 가정 교사를 붙여 주기도 하고. 다 마님의 배려 덕분이지."

친우의 재기를 도운 이가 무어 후작 부인임을 알게 된 레오르는 놀랄 수밖에 없었다.

"그게 무슨, 마님이 말인가?"

"그래, 처음부터 끝까지 치료를 도와주셨지."

놀람에 이어 그를 덮친 것은 깊은 부끄러움이었다. 레오르가 거친 수염이 난 얼굴을 쓸며 고개를 숙였다.

"미안하네, 내가 먼저 알았어야 했는데……."

"그런 말 말게. 각하를 제외하곤 이 부근에서 자네가 제일 바쁘다는 것 잘 알고 있으니까. 모르는 게 당연하지. 기사로서 영원할 것만 같던 영광이 끝난 후 수반되는 초라함을 자네가 어찌 알겠나. 자리에서 내려오기 전에는 모르는 법이지."

헤임스의 목소리는 단조로웠다.

"하지만 마님께서는 마치 보기라도 한 듯 알고 계셨어. 내 알량한 자존심까지도 염려해 주신 탓에, 나는 그분을 한 번도 뵐 수 없었지만 분에 넘치는 배려를 받았다는 걸 알아. 감사한 일이지."

"……."

레오르는 아무 말도 할 수 없었다. 제가 가졌던 그녀에 대한 편견이 산산조각 나는 듯한 충격에 멍해 있을 뿐이었다.

"……진정으로."

눈앞에서 버려진 코르사주와 음울한 얼굴의 후작 부인이 파노라마처럼 번갈아 지나쳤다. 건드리면 폭발하는 화산처럼 수면 아래로 어둠을 숨기던 주군의 얼굴도.

"진정 아둔한 이는 나였구나."

레오르가 깊은 한숨과 함께 탄식했다.

테라스를 빠져나온 에젠은 잠시 방황했다. 연회장으로 되돌아가야 한다는 건 알지만 어쩐지 발이 떨어지지 않았다.

'감정을 좀 추스르고 가야겠어.'

이대로 갔다간 또 상대편들에게 좋은 먹잇감을 주는 꼴밖에 되지 않을 테다. 에젠은 연회장의 반대편으로 걸었다.

얼마나 걸었을까. 시끄러운 음악 소리가 점점 멀어졌을 즈음, 파티에 지친 여성 참석자들을 위해 마련된 작은 티룸을 발견했다.

"아…… 실례했습니다."

그러나 문을 열고 들어간 작은 방 안에는 이미 선객이 와 있었다.

"아니에요, 들어와요. 어차피 혼자 쓰긴 휴게실이 너무 크니까요."

부드럽게 웃어 보이는 중년의 귀족 부인이 그녀에게 손짓했다. 나가기도 이상한 터라 에젠은 엉거주춤 안으로 들어왔다. 푹신해 보이는 카우치에 앉으려 했을 때 맞은편에 걸려 있는 거울이 눈에 들어왔다.

에젠은 거울에 비친 제 참혹한 모습에 깜짝 놀랐다. 눈은 부어올랐고 코는 빨개졌으며 결정적으로 양 볼에는 조금 전 눈물이 만들어 낸 길이 선명했다.

"자요, 받아요. 닦아야지."

어떡해야 하지 당황할 때 귀부인이 그녀에게 손수건을 건넸다.

"감사합니다."

"젊은 사람이 왜 그리 얼굴이 어두워요?"

에젠이 감사를 표하며 눈물 자국이 역력한 볼에 손수건을 꾹 누르자 귀부인이 상냥하게 물었다.

"그냥…… 참 제 맘대로 안 되네요. 도움이 되고 싶었는데, 제가 다 망쳐 버렸어요."

"원래 애쓰면 더 일이 안 되는 거야. 나도 그랬다니까."

"귀부인께서요?"

걱정이 없는 푸근한 얼굴을 보며 에젠이 되묻자 그녀가 킬킬 웃었다.

"왕년에는 내가 얼마나 많이 속을 썩였다고. 이게 다 쌓이고 쌓여서 단단해진 거예요. 그러니까 아가씨도 그럴 테지. 걱정 말아요."

"귀부인, 전 아가씨가 아니에요. 아이도 있는걸요."

"응? 말도 안 돼. 이렇게 어려 보이는데?"

그녀는 도리질하며 믿지 않으려 했다. 왠지 상냥한 귀부인에게 친근감을 느낀 에젠은 품속에서 이안의 초상화가 담긴 작은 펜던트를 꺼내 보여 주었다.

"아이고, 누굴 닮았는지 아주 잘생겼네요. 크면 여자들 여럿 울리겠어."

귀부인의 목소리는 유쾌했다. 에젠은 저도 모르게 뿌듯한 마음에 이안이 겨우 7개월인데 벌써 며칠 전 혼자서 자리에서 일어섰고 가끔 음악을 들으면 팔을 버둥거린다는 것도 자랑스레 이야기했다.

"한창 귀여울 때군요. 내 아들들도 그랬어요. 봐요, 이건 큰애가 막 태어났을 땐데……."

귀부인도 신이 나서 비슷한 초상화를 보여 주었다.

"아니, 이럴 게 아니라 우리 차 마시면서 이야기할까요? 여기 괜찮은 차를 가져왔거든요."

어디서 난 건지 그녀는 달콤한 향이 풍겨 나오는 찻잔도 가져왔다.

어쩐지 대화하기 편했던 푸근한 인상의 중년 여인이 대공비라는 걸 알게 된 건 오랜만에 즐거운 대화에 빠져든 에젠이 찻물을 일곱 번째로 들이켰을 때였다.

무어가의 분위기가 차갑게 얼어붙어 있었다.

무릎을 꿇고 있는 레오르의 앞에는 짓이겨진 코르사주가 놓여 있었다. 살얼음 같은 분위기에 눌린 흑기사들이 숨을 죽였다.

"각하!"

클리프가 검을 뽑자 흑기사들은 아연실색했다. 저대로 놔두면 각하의 손에 죽고 말 것이다. 그들은 거의 목숨을 내놓고 둘 사이에 끼어들었다.

"고정하십시오, 각하! 부단장님께서 일부러 그러시진 않으셨을 겁니다!"

"각하를 위해서!"

흑기사들이 레오르를 대신하여 변명했으나 레오르는 고개를 푹 숙인 채 아무 말도 하지 않았다.

"알량한 충심 따위 필요 없어."

주먹 쥔 클리프의 손이 잘게 떨리고 있었다. 시선은 부서진 코르사주에 박혀 있었다. 시든 푸른 수국과 맑은 색의 잔꽃이 공단에 매여 있었다.

아름다웠을 것이다. 에젠이 직접 제게 만들어 준 선물은, 처음으로 제게 준…….

그리고 시선이 다시 고개를 숙이고 있는 레오르에게 향했다. 울컥 치밀어 오르는 감정에 클리프가 검집에 얹은 손을 꿈틀거리다 마른 얼굴을 거칠게 쓸었다.

"빌어먹을, 어떻게 네가……."

무수히 많은 산전수전을 함께 겪으며 생사를 함께했던 세월이 클리프를 멈춰 서게 했다는 걸 레오르는 알아차렸다. 그렇지 않았다면, 이미 제 목은 바닥을 나뒹굴고 있었을 것이다.

"어떤 벌을 내리시든 달게 받겠습니다. 각하, 용서해 주십시오."

"네가 용서를 빌어야 할 이는 내가 아니지."

클리프가 어금니를 악물고 내뱉었다. 레오르는 굳어진 얼굴로 고개를 숙이고만 있었다. 저도 에젠을 만날 정도의 염치가 없기에 클리프를 찾아왔다.

차마 그녀의 얼굴을 제대로 볼 수가 없어서, 짧은 생각으로 감히 주인을 재단했던 제 오만함이 수치스러워서.

챙강—!

클리프는 검을 내던지고 곧바로 떠나 버렸다. 레오르를 향한 벌도, 용서도 내리지 않았다.

'그럴 가치조차 없다고 주군은 생각하시는 거야. 내가 바로잡아야 해.'

연무장에는 침묵이 감돌았다. 레오르는 차가운 땅에 이마를 대고 있다가 서서히 일어났다. 새까맣게 죽은 안색에 흑기사들이 애써 그를 위로하려 했으나 하딩의 저지에 입을 다물어야 했다.

"고작 개인적인 감정에 좌지우지될 만큼 흑기사로서의 당신의 명예가 하찮으셨습니까? 코르사주를 버린 건 정말 비겁한 짓이었습니다. 부단장님께 실망했습니다."

하딩이 클리프만큼이나 냉랭하게 일갈하고는 자리를 떠버렸다. 선배로서의, 동료로서의 믿음만큼은 굳건하던 하딩마저 가 버리자 흑기사들이 슬금슬금 눈치를 봤다.

"그래서 각하와 마님의 분위기가 그리 험악했던 건가?"

"지난밤 연회에서도 따로 오셨다더군. 나라도 그렇겠어. 정성껏 만든 코르사주가 저 꼴이 났다면……."

속삭인답시고 하는 말들이 속속들이 귀에 들려와 괴로웠다. 레오르는 아랫입술을 지그시 깨물었다.

'내가 바로잡아야 해.'

"마법사를 불러와."

클리프는 곧바로 수도의 유망한 마법사를 소환했다.

늦은 밤이었지만 무어 후작의 부름을 거절할 이는 없었다. 수도에서 손꼽히는 유망한 마법사 하나가 졸린 눈을 비비며 저택에 당도했다.

"각하."

"다시 소생시킬 수 있나?"

"예? 무얼 말입니까?"

졸린 눈을 비비며 마법사는 황당한 얼굴로 죽음의 사자라 불리는 악명 높은 후작을 쳐다보았다. 이윽고, 그가 소중하게 품에 쥐고 있는 뭉치를 발견했다.

저게 도대체 무언가? 침침한 눈가를 길게 늘어뜨리며 한참을 자세히 들여다보고 나서야 마법사가 말했다.

"코르사주군요. 꽃잎도 이리저리 뭉개진 걸 왜 안고 계십니까."

"소생할 수 있나?"

"소생이요? 저 코르사주 하나 때문에 소생 마법을 시전하란 말씀이십니까?"

마법사는 귀를 의심했다. 마법을 시전하는 것도 어렵거니와 고작 시든 꽃 한 송이를 살리겠다고 그 비싼 소생 마법을 의뢰하다니, 후작이 미친 건가? 싶었다.

"할 수 있나?"

문장의 형태는 물음이었으나 담겨 있는 냉기는 그렇지 않았다.

할 수 있냐가 아니라 할 수 있어야 한다는 말이렷다……. 마법사는 찔끔하여 얼른 클리프의 눈치를 살폈다.

"할 수야 있지만…… 각하, 다시 생각해 보시는 게 어떻겠습니까. 소생 마법의 가격은 이만 골드가 넘습니다. 영

구적으로 유지되길 바라시면 족히 오만 골드를 받아야 합니다. 하지만 이 코르사주는 아무리 비싸게 쳐 줘도 일 골드도—.”

“해.”

코르사주가 내밀어졌다. 마법사는 무어 후작이 귀머거리가 아닌가 싶었다. 아니면 천치든가.

그래, 당신 돈이 나가지, 내 돈이 나가나……. 마법사는 허탈한 기분으로 소생 마법을 걸었다.

“하아…….”

쉽지 않은 마법을 시전하는 데에는 시간이 꽤 걸렸다.

꽃잎 하나하나가 파릇파릇하게 살아나고 더러워진 리본마저 말끔하게 반짝거리자 마법사는 비로소 뻐근한 허리를 펴고 일어섰다. 그의 이마에는 땀이 송골송골 맺혀 있었다.

“수고했다.”

날 선 음성이었으나 처음보다 훨씬 따스하게 느껴지는 목소리로 후작이 중얼거렸다. 마법사는 힘이 빠져 그저 고개만 끄덕였다.

“저는 그럼 이만…….”

“잠깐, 아직 당신이 해 줄 일이 하나 더 남아 있어.”

이번엔 또 뭐냐. 목숨이 아깝지 않았다면 소리 내어 말했을 것이다.

“예. 말씀하시지요.”

짜부라진 꽃 한 송이도 살렸는데 뭘 못 살려 내랴. 늙은 마법사는 네 마음대로 해라 싶은 마음으로 인자하게 웃어 보였다.

"……."

후작은 대답 대신 품속에서 뭔가를 꺼냈다. 검은색 뭔가가 수놓아진 작은 손수건이었다.

'뭘 수놓았는지는 잘 모르겠군……. 동물인 것 같은데, 뭐야, 저건? 검은 덩어리? 그나저나, 수를 검은 실로 놓는 경우도 있었던가? 검은색으로 뭘 수놓을 수 있지?'

후작이 저런 아기자기한 물품을 직접 샀을 거라 생각되진 않으니 누군가에게 선물로 받은 것 같았다. 그러나 선물이라면 불길하다 생각되는 검은색으로 수를 놓을 리가 없다.

아, 끄트머리에 황금색으로 후작의 이름이 수놓아져 있었다. 선물 받은 건 맞는 게로군. 그나저나 저 덩어리는 도대체 뭐지?

마법사의 혼란은 후작이 검은색 덩어리가 수놓아진 손수건을 다른 손수건에 포장하듯 겹칠 때부터 시작되었다.

손수건 하나, 둘, 셋…….

마법사는 참을성 있게 기다렸다.

후작은 적을 내리치던 강건한 손가락으로 정확하게 여덟 겹의 손수건을 싸맸다.

얇게 사각으로 접혔던 손수건은 어느새 여러 겹의 손수건에 싸매여 두툼한 천 뭉치처럼 보였다. 과장을 보태어

어린아이 주먹 정도의 두께가 될 것 같았다.

'뭐 하자는 거야?'

후작이 그것을 마법사에게 내밀었다. 길고 두꺼운 손 아래에서 운명을 달리한 수많은 적들처럼 통통한 천 뭉치는 연약하기 짝이 없어 보였고 언제라도 그의 손아귀에서 찢어질 것처럼 가여워 보였다.

"압축 마법을 걸어다오."

"예?"

마법사는 대답 없는 후작 대신 두툼한 천 뭉치를 내려다보았다. 꽁꽁 싸맨 저 천 뭉치의 가장 안쪽에 후작이 제일 처음 꺼냈던 검은색 수의 손수건이 자리하고 있을 것이다.

"이건 왜……. 그냥 손수건을 보관하고 싶으신 거면 제가 보호 마법을 걸어 드리겠습니다."

"그걸론 충분치 않아."

"예?"

"시작, 안 하나?"

마법사의 충고는 깡그리 무시한 채 날 선 시선만 되돌아왔다.

"예에."

이제 후작의 기행에 더 휘말리고 싶지도 않았다. 이러나 저러나 이 사람도 정상이 아니라는 건 확실했다. 그나마 소생 마법보다는 난이도가 낮은 마법을 요구해서 다행이라 생각할 뿐이었다.

"……."

마법사는 다시 땀을 뻘뻘 흘리며 마법을 시전했다.

그는 그저 이 저택을 빨리 빠져나가고 싶었다.

5. Wuthering

기적 같은 일이 벌어졌다.

왕궁 연회에 지쳐 숨어 들어간 작은 방에서 에젠은 그토록 찾아다녔던 맥카이잔 대공비를 만났고, 심지어 그녀와 가까워졌다.

에젠은 하이츠행이 무료하다는 그녀에게 필레모리의 살롱을 소개했고, 대공비는 매우 즐거워했다. 그중에서도 그녀가 제일 좋아했던 건 음유 시인 필립의 노래였다.

"당신, 요즘 맥카이잔 대공비와 만나나?"

조용히 움직였다고 생각했으나 클리프의 눈을 피하긴 어려웠다.

그는 심각한 얼굴로 물었고 조심스럽게 그녀가 대공비와의 친분을 지속하지 않으면 좋겠다는 의사를 피력했다. 그녀가 원하면 물러서던 평소와는 달랐다.
"싫다고 했잖아요. 그럴 순 없어요."
"에젠, 맥카이잔 대공은 유랑을 위해 이곳에 온 게 아니야. 대공비가 움직일수록 그의 행동반경도 넓어져. 하이츠의 군력을 탐색할 빌미를 주게 되는 거라고. 전쟁이라도 일어난다면 괜한 원망이 당신에게 갈 수도 있단 말이야. 내 말 이해하겠어?"
"알아요, 그래서 더 만나야 해요. 클리프, 날 보내 줘요."
"안다니?"
순간 허를 찔린 에젠이 숨을 삼켰다. 클리프를 설득하느라 말이 필터를 거치지 않고 나온 탓이다.
"누가 당신에게 그걸 발설했지? 대공비와 친해진 게 당신의 의사가 아니었나?"
"아니에요. 잘못 말한 거예요."
"에젠."
클리프는 멍청하지 않았다. 아니, 오히려 집요하게 캐묻지 않아도 고작 몇 번의 답과 행동으로 모든 것을 유추할 만큼 명석했다. 클리프의 머릿속에서 아귀가 맞지 않던 돌들이 틈을 맞춰 들어갔다. 푸른 시선이 심문하듯 그녀를 내리눌렀다.
그리고 이윽고,
"폐하시로군."
낮게 중얼거리는 그의 목소리는 지나치게 음산해서 에젠

마저 어깨를 훅 떨었다.

그가 입을 다물었다. 에젠을 이해하려는 대신 그는 자리에서 일어섰다. 에젠은 곧바로 서재를 나가려는 그를 가까스로 붙잡았다.

"그러지 말아요."

"당신은 내게 말했어야 했어."

잇새로 새는 숨소리가 거칠었다. 냉담하고 준열한 시선에서 에젠은 그가 매우 화가 나 있다는 걸 알아차렸다.

"다 잘됐잖아요, 내가 잘 해냈으니까 된 거잖아요. 그러니까—."

"늦게 올 거야. 먼저 자도록 해."

딱딱하게 굳은 얼굴에도 에젠을 밀어내는 손길만큼은 미치도록 다정해서 에젠은 울고 싶었다. 타오르는 불꽃처럼 걸음걸음마다 분노를 발산하는 남편의 발걸음이 어디로 향할지 알았기 때문이다.

"그래서, 성국에선 아르제이위를 파견하겠단 말인가?"

"예, 폐하께서 예상하신 대롭니다."

"신의 힘을 보였는데도 생각보다 후원금이 들어오지 않으니 몸이 달았겠지. 우리도 눈치를 봐서 조금씩 지원을 줄여도—.”

콰앙—

커다란 소음과 함께 오동나무 문이 그대로 떨어져 나갔다.

한창 활발히 진행되고 있던 논의가 잠시 멈췄다.

“무어 후작, 무례하다! 폐하의 공간에 어찌 허락도 받지 않은 채 발을 들이는가!”

노백작이 목소리를 높였다.

“폐하의 신임을 받고 있다 하여 자네의 방만함이 하늘을 찌르는군!”

안 그래도 눈엣가시 같은 존재인데 기회를 잡았다는 듯 의양양함이 눈에 보였다. 국왕은 쓴웃음을 지으며 손을 휘휘 저었다.

“짐이 허락했다. 오렌 백은 이만 물러나라.”

“하지만 폐하!”

“물러나래도.”

백작은 마지못해 자리에서 일어났다. 나가는 내내 클리프를 노려보고 나갔다.

평소 같으면 무표정으로 응대했을 클리프였지만 지금만큼은 그렇지 않았다. 클리프의 손이 검집에 다다랐을 때였다.

“클리프.”

국왕이 나지막하게 경고했다. 슬며시 목덜미를 스쳐 가는 살기로 노백작은 조금 전 무어 후작의 손에 제 목이 떨어졌을지도 모른다는 걸 깨닫고 황급히 방을 나갔다.

"오렌 백은 왕세자 때부터 반대를 무릅쓰고 나를 변함없이 지지한 공신이네. 내 아들의 스승이자 내 가족이기도 하지. 정신이 나간 건가?"

"그 물음 그대로 되돌려 드리지요."

국왕을 향한 흉흉한 시선에 그가 쓴웃음을 지었다.

"아아, 알게 된 건가. 생각보다는 늦었군그래."

자네가 붙인 기사가 너무 마음이 약한 모양이야, 그렇지 않나?

혼잣말처럼 국왕이 물었다. 에젠의 호위로 붙인 알랭이 그녀의 부탁으로 입을 다물고 있었다는 걸 알아차린 클리프의 수려한 얼굴이 더 일그러졌다.

"전쟁이 필요하신 거면 제가 선봉에 서겠다 말씀드렸습니다."

주먹을 쥔 클리프의 몸에서 흉흉한 기운이 한껏 뿜어져 나왔다.

"적장의 목을 베어 오라 하시면 그리할 것이고, 십만 대군을 학살하라 하시면 그리할 것이라고도 말씀드렸습니다. 그런데 어찌!"

국왕은 단연코 클리프 무어가 그토록 생생한 감정을 표현해 낸 걸 본 적이 없었다. 그는 말 그대로 불같이 화를 냈다.

"제 아내를 사사로운 권력 싸움에 끼워 넣지 마십시오. 폐하라 하더라도 그것은 용납하지 못합니다."

"자넨 자네 아내가 아주 건드리면 부서지고 만지면 깨지는 유리인 줄 아나 보군?"

국왕이 입꼬리를 올렸다.

"그녀를 만나 보니, 자네가 그리 걱정할 만한 위인은 아니던걸?"

그는 클리프의 눈에서 불이 튀어나오는 걸 보았다. 클리프 무어는 으르렁거리듯 이를 드러냈다.

"꺾이면 그대로 꺾이는 들꽃 같은 여인도, 세간의 말처럼 상대를 말려 죽이는 독화도 아니었어."

"뭐든 상관없습니다. 제 에젠을 건드리지 마십시오."

"자네의 에젠?"

국왕이 반문했다. 그것을 신호로 제가 너무 크나큰 약점을 드러냈단 걸 알아차린 클리프가 감정을 갈무리했다. 그러나 딱딱하게 굳어지다 못해 목석같은 얼굴에선 흉흉함이 사라지지 않았다.

"전하의 검으로 부족하십니까."

국왕은 제 계략을 들켰다는 걸 깨달았다. 에젠 크로포드에게 큰 기대는 없었다.

그녀가 성공한다면 그것대로 좋으며, 실패한다면 그걸 빌미로 그녀를 이용할 수 있었다. 사교계에도 국왕의 의사를 불어넣을 수 있는 대상이 되어 줄 것이다.

"휴전 협정과 로이젠 반환. 전쟁 없이, 하이츠의 피를 단 한 방울도 흘리지 않고 협상으로 가져오게. 그러면 소원대로 자네의 부인을 내버려 두지."

국왕은 해낼 수 없는 카드를 제시했다.

로이젠은 이미 사십 년 전 에브론과의 전쟁에서 패배해 빼앗긴 하이츠의 영토였다. 가뜩이나 양국의 태세가 일촉즉발인 상황에서 이미 에브론의 영토가 된 지 오래인 분쟁 지역을 다시 하이츠로 돌려 달라 말하는 것은 오히려 전쟁을 도발하는 것이나 다름없었다.

국왕은 네가 어떻게 나올 것이냐는 투로 클리프를 바라보았다. 감정을 완전히 갈무리한 얼굴에선 아무것도 읽을 수 없었다.

"알겠습니다."

클리프에게서 승낙의 말이 들려온 타이밍과 동시에 국왕이 한숨을 내쉬었다. 저도 모르게 숨을 참을 만큼 자신이 긴장하고 있다는 반증이었으나 국왕은 자각하지 못했다.

"하나, 제가 폐하께 불가침 협정을 안겨 드리면 약속해 주십시오."

"무어라?"

"크로포드의 이름을 그녀에게서 찾지 않으며 그들의 죄 또한 그녀에게 묻지 않겠다고, 폐하도, 하이츠의 그 누구도 그녀를 모욕하지 않겠다고 약속해 주십시오. 크로포드가 아니라, 무어가 아니라, 그저 에젠 그녀 자체로서 저와 함께할 수 있음을 인정해 주십시오."

그 말은 곧 앞으로 에젠의 비호가 됨과 동시에 그녀를 보호하라는 뜻이었다. 국왕이 눈썹을 치켜세운 뒤 핀잔하듯 물었다.

"그건 자네의 역할이 아니던가?"

"미진한 제 힘만으로는 그녀를 온전히 보호할 순 없음을 깨달았습니다. 다 죽여 버려 봤자 생명은 다시 태어나기 마련이고, 제가 그들의 숨을 다 앗아 가 버린다면 저는 더 이상 폐하의 검이 아니게 될 테니까요."

"하! 지금 짐의 앞에서 짐의 신민들을, 아니, 수족들을 학살하려 했다 이 말인가? 자네 미쳤나?"

"그들이 예외가 아니듯, 폐하께서 원하시는 클레멘타인의 무리에게도 동일하게 적용됩니다."

"하!"

국왕이 날카로운 헛웃음을 터뜨렸다. 그는 죽이기엔 너무 뛰어나고 버리기엔 지나치게 소중한 자신의 검을 노려보았다.

빌어먹을, 에젠, 에젠, 에젠!

그 여자가 무어 그리 특별한 데가 있어서 저 사내는 반쯤 돌아 버린 건가? 이젠 오기마저 일었다.

"그러니 폐하의 아래에서 그녀가 보호받길 바랍니다. 그 누구보다 고귀하고 가치 있는 인간으로서, 그녀가 더 이상 외부의 편견과 속단에 상처받지 않길 바랍니다. 그녀가 안전하길 바랍니다. 더 이상 그녀가 꿈꾸는 미래에 죽음이 자리하지 않기를 바랍니다."

"클리프, 자네……."

"그리할 수만 있다면 저는 무엇이든 할 수 있습니다. 그리해 주신다면 폐하께서는 가장 날카롭고 가장 뛰어난 검을 휘두르실 수 있습니다."

그러나 낮은 목소리만큼이나 고요히 침전한 두 눈에서 아직도 활활 빛나고 있는 시퍼런 불길을 발견했을 때,

"제가 폐하께 원하는 것은 오직, 그뿐입니다."

국왕은 결국 두 사람을 인정할 수밖에 없다는 걸 깨달았다. 클리프 무어는 이제 더 이상의 곁을 내주지 않을 것이다.

—저를 떼어 내려 하시면 폐하께서는 그를 영원히 잃어버리시게 될 것입니다.

어쩌면 에젠 무어의 말이 맞았는지도 모르겠다.

"당신은 이제 이 일에서 빠져. 내가 해결할 테니."

늦은 밤, 왕궁에서 돌아온 클리프는 그를 기다리고 있던 에젠에게 싸늘히 일갈했다.

"그럴 순 없어요, 클리프, 잠깐만!"

냉랭히 그녀를 지나치는 그를 붙잡았다. 클리프는 그녀를 뿌리치진 않았지만 굳어진 얼굴을 풀지도 않았다.

에젠은 점점 화가 나기 시작했다. 저를 빼내려고 또 이번에는 무슨 일을 맡은 걸까. 국왕은 주어진 기회를 쉬이 놓쳐 버릴 이가 아니었다.

“말도 안 되는 소리 말아요. 그건 폐하와 나 사이의 계약이에요. 당신이 이렇게 마음대로 끼어들 순 없다구요!”

“이미 폐하와 합의된 일이야. 당신은 이제 더 이상 관여하지 마.”

진심으로 피로해 보이는 얼굴에 에젠은 할 말을 잃었다. 분명 그를 도와주려고 시작한 일이었다. 그에게 더 짐이 되지 않으려고 시작한 일이건만 결과는 그가 제 일까지 떠맡게 되어 버렸다.

“내가 그렇게 못 미덥나요? 내가 해내지 못할 것 같아서 이래요?”

“에젠, 당신의 능력에 관한 말이 아니란 걸 알고 있잖아.”

“그럼 왜……!”

날카로운 고함이 튀어나올 것 같은 건 그녀만이 아닌 듯했다.

“맥카이잔으로 끝날 것 같나?!”

일그러진 클리프의 얼굴에 참담함이 비쳤다.

“이번 한 번으로 끝날 수 있을 것 같아? 국왕과 거래한다는 게, 그의 패가 된다는 게 무슨 뜻인지 모르겠어? 말 한마디, 행동 하나하나에 정치적 권력 관계가 달라지는 살얼음판이야. 에젠, 당신 뒤에 붙는 성도, 작위도, 배경도 없이 자유롭게 있을 수 있는데 왜 당신은 그걸 벗어나지 못해서 안달하는 거야! 그렇게도 숨이 막히나?"

"클리프, 난……."

"상처받을 거야. 당신이 온전한 당신일 수 없게 만드는 세계야. 남을 밟고 올라서야 하는 이 일그러진 개싸움에, 당신을 끌어들이고 싶지 않았어."

그가 비틀거리듯 벽에 몸을 기댔다. 잔뜩 건조해진 얼굴로 헝클어진 머리를 쓸어 넘겼다. 얼굴에는 피곤이 겹겹이 쌓여 있었다.

"내가 너무 많은 걸 바란 건가?"

에젠은 입을 뗄 수가 없었다. 속에서는 하고 싶은 말이 솟구치는데 정작 클리프의 얼굴이 저만큼이나 고통스러워 보여서 그녀는 그가 뒤돌아 걸어갈 때도, 복도 끝으로 사라질 때도 한 발자국도 움직일 수 없었다.

"마님."

그때 클리프를 수행했던 기사가 우물쭈물 그녀에게 다가왔다. 에젠은 클리프가 사라진 복도 쪽으로 내내 시선을 두고 있다가 그제야 그 기사가 척사대의 부단장 레오르라는 걸 알아차렸다.

레오르의 얼굴이 잊고 있던 비극의 과거를 되새겼다. 이 기사가 그토록 울부짖었는데도 클리프는 미동 하나 하지 않았다. 그저 깊게 의자에 파묻혀 하루하루를 죽지 못해 살았다.

'내가 왜 이러는지, 당신은 모르잖아.'

당신이 죽고 싶지 않게 만들려고, 당신을 살리려고 내가…….

"마님, 저 드릴 말씀이 있습니다. 제가…… 마님께, 사죄를……."

서러운 눈빛으로 클리프가 사라진 쪽을 노려보는 에젠에겐 레오르의 목소리가 들리지 않았다. 그가 평소답지 않게 몹시도 긴장하고 있다는 것도, 당장이라도 무릎을 꿇을 듯 후들거리는 다리로 서 있다는 것도 말이다.

에젠은 그대로 휙 뒤돌았다. 걸어가는 방향은 클리프와 정반대였다.

"마, 마님."

레오르는 대답조차 않고 저를 외면한 후작 부인의 뒷모습에 얼굴이 새파래졌다.

"그러니까 부단장님, 왜 갑자기 배치를 바꿔 달라 하시는 겁니까?"

하딩이 끈질기게 저를 쫓아다니는 레오르를 보며 이해할 수 없다는 듯 물었다.

"제가 마님의 호위를 맡고 있단 걸 모르십니까?"

"내가 모르는 것 같나?"

"정녕, 그분의 호위를 맡으시겠단 말씀이세요?"
"그래."
"하, 부단장님이요? 참 믿음직한 이야기군요."
믿지 못하겠다는 듯 하딩이 되물었다. 레오르는 저를 악마 취급하는 척사대의 수석 기사를 한껏 노려보았으나 지은 죄가 있어 아무 말도 하지 못했다.
"제가 바꿔 드리고 싶어도 그럴 수 없습니다. 애초에 마님의 호위는 각하의 승인을 받아야 하는 것 알고 계시잖습니까. 저는 아직 각하께 아무런 언질도 받지 못했습니다."
"알고 계신다."
사과할 이를 정확하게 지칭하던 주군이었다. 레오르는 그가 후작 부인의 호위를 맡는 걸 반대하지 않을 거라고 생각했다.
"……그렇다고 해도 안 됩니다. 제가 그러고 싶지 않습니다."
하딩은 완강했다.
"막말로 부단장님이 부인께 무슨 짓을 저지를지 어찌 압니까? 그분의 코르사주마저 몰래 빼돌려 버리신 분이 이번에는 또 뭘 버리실 줄 알구요?"
"너, 이……."
그에게 화를 왈칵 내려던 레오르가 순간 허를 찔려 입을 다물었다. 잊을 만하면 사방에서 상기되는 제 어리석음이 그는 정말로 수치스러웠다. 새파랗게 젊은 놈에게마저

신뢰받지 못할 정도로 저는 후작 부인을 미워하고 있었나. 아니, 그렇게 보이고 있었나.

가슴으로 회한이 스며들었다. 아주 오랫동안, 아집에 사로잡힌 크나큰 실수를 했다는 낭패감과 더불어 영영 그 실수를 만회할 수 없을지도 모른다는 두려움이 레오르를 사로잡았다.

레오르가 숨을 들이켰다. 평민 출신이나 그 자존심만큼은 국왕의 것 못지않게 높았던 이가 천천히 허리를 숙였다. 하딩이 기겁했다.

"부단장님, 일어나세요! 지금 뭐 하시는 겁니까?

"사과…… 드리고 싶다. 내 잘못을, 그분께 정식으로 고백하고 사과드리고 싶어."

그의 무거운 목소리가 땅으로 퍼져 나갔다.

"부탁한다, 하딩."

"제가 도와드리겠습니다."

차를 따르려 찻주전자를 들어 올리던 손 아래로 그을린 손이 들어왔다. 별로 무겁지도 않은 찻주전자이건만 그녀의 호위 기사는 성실했다.

"고마워요."

그러나 에젠은 제 호위가 바뀌었다는 것도, 그가 레오르라는 것도 알아차리지 못할 만큼 다른 곳에 신경이 쏠려 있었다.

"마님."

김이 모락모락 나는 찻잔은 뒤로하고 그녀는 생각에 빠졌다. 내가 잘못한 걸까. 다른 접근을 시도했어야 할까.

"저…… 마, 마님."

에젠은 긴장한 목소리로 저를 부르는 기사의 부름을 듣지 못하고 창가 쪽으로 걸어갔다. 창문 밖으로 떠나는 클리프의 마차를 음울하게 바라보았다.

그가 그리 화를 낼 줄은 몰랐다. 그대로 국왕에게 달려가 담판을 지을 줄도……. 고목처럼 딱딱하고 얼음처럼 차가운 얼굴을 하면서 클리프는 성질이 급했고 불같았다.

"마님……?"

'날 보려고도 하지 않으시는구나.'

레오르는 나날이 깊은 자괴감에 빠졌다. 이미 제가 한 짓을 알고 계시기 때문일지도 몰랐다. 그녀의 음울한 얼굴이 마치 저 때문인 것 같아 레오르는 미칠 것 같았다.

'날 용서하지 못하시겠지.'

피가 말랐다.

에젠과 클리프가 다른 이유로 그랬다는 걸 레오르는 알지 못했다.

아름다운 선율이 신전에 울려 퍼졌다.

아이를 데리고 병문안을 온 에젠을 위해 필립이 부드러운 자장가를 바쳤기 때문이다. 칭얼거리던 이안도 천상의 목소리를 듣자 새근새근 잠에 빠졌다.

아이는 필립을 특히나 좋아했는데 비단 그가 노래를 잘 불러서만은 아닌 듯했다.

"갸아—!"

아이는 필립의 은빛 머리칼을 쥐고 쭉쭉 잡아당겼다.

"이안, 그러면 안 돼!"

에젠은 아이를 말리려 했지만 통통한 손이 꽉 쥔 머리칼을 빼긴 힘들었다. 필립의 머리칼이 손에 잡히지 않으면 아이가 울음을 터뜨렸기 때문이다.

"괜찮습니다, 부인. 도련님께서 미천한 것의 머리칼이나마 이리 좋아해 주시니 기쁜걸요."

에젠은 민망한 기색을 감추고 필립에게 고맙다 인사했다.

"얼굴이 많이 상하셨습니다."

칭얼거리던 이안이 필립의 머리칼을 만지작거리며 놀고 있는 동안 두 사람 사이에는 어색한 침묵이 감돌았다.

에젠은 필립이 편하면서도 불편했다. 그의 노랫소리가

늘 가슴을 저미는 것처럼 통증을 유발해서일까.

그러나 필립은 이안을 구해 주었으며 그녀가 사교계에서 자리 잡을 수 있게 많은 도움을 주었다. 신전에서 치료를 받고 있는 요새도 간혹 에젠의 부탁을 받고 살롱에서 공연을 해 주곤 했기에 그는 여러모로 고마운 존재였다.

에젠은 그가 불편한 이유가 어쩌면 제가 다른 남자와의 대화에 익숙하지 않기 때문일 거라고 생각했다. 아니, 꼭 그렇지만도 않은 것 같다. 저는 클리프와의 대화에도 익숙하지 않았으니까.

결국 생각은 다시 그에게로 향한다. 에젠은 저도 모르게 깊은 한숨을 내쉬었다. 이안과 놀아 주고 있던 필립이 고개를 들었다.

"맥카이잔 대공의 무도회에 참석하셨다지요."

"네?"

필립의 눈초리가 사르르 접혔다.

"겨울의 요정처럼 아름다우셨다 들었습니다. 신전을 방문하는 여인들이 귀부인께서 얼마나 아름다우셨는지 입을 모아 칭찬하시더군요."

"아……."

에젠이 머쓱하게 웃었다.

"고민이 많으신가 봅니다."

바람이 불어오는 듯한 목소리는 어쩐지 가슴 깊은 곳에 안정감을 주었다.

“외람되지만, 세간에 떠도는 이야기들을 들었습니다. 부군께서 귀부인을 많이 아끼신다지요. 예전의 악연일랑 잊고 행복한 부부로 거듭나실 거라고 믿어 의심치 않습니다.”

“…….”

“쏟아진 물을 주워 담긴 힘든 것처럼 이미 벌어진 과거의 흔적들조차 어찌할 순 없는 일이니 말입니다. 덮을 순 있어도 완전히 지워 내는 건 불가능하니…… 귀부인과 부군께서 느끼시는 고충이 이만저만이 아니겠군요.”

“물론, 쉽지만은 않겠지요.”

그 내용은 그렇지 못했지만 말이다. 에젠이 애써 차분하게 응수했다.

“언젠가는 괜찮아질 거예요. 과거는 어쩔 수 없다지만 앞으로 다가올 미래까지 비관적으로 볼 필요는 없잖아요?”

분명 필립이 그녀를 걱정해서 하는 말이란 걸 알고 있는데 그 말에 일일이 반박하는 자신이 유치하게 느껴졌다.

서로의 악연을 상기하는 건 에젠 자신뿐만이 아닐 테다.

‘클리프도 지치면 어떡하지. 그도 나처럼 잊지 못했다면…….’

에젠이 밀려오는 두려움을 애써 외면하고 웃어 보였다. 필립은 그녀를 물끄러미 바라볼 뿐이었다.

살랑이는 바람이 위태로운 미소 위로 내려앉았다.

클리프는 이전보다 훨씬 더 바빠졌다. 저택에 들어오는 시간은 점점 늦어졌는데 그 이유의 대부분은 국왕이 내린 평화 협정을 해결하기 위해서였다.

그는 하이츠 왕국 내 맥카이잔 대공이 머무르고 있는 대공저로 방문을 요청했으나 번번이 거절당했다. 명색이 하이츠 국왕이 가장 아낀다는, 국왕의 최측근이라는 사람을 사사로이 만날 수 없다는 이유에서였다.

맥카이잔 대공은 깐깐한 중년 사내로 에브론의 국왕이 왕위에 오른 뒤에도 대공에게 의지한다 말할 정도로 정의로운 사내였다. 그런 그에게 무수히 많은 사람들의 삶을 앗아 간 전장의 흑사자가 달가이 보일 리 없었다.

한때 대륙 전쟁에 참전했던 그는 클리프 무어, 살육에 미친 흑사자의 진면목을 잘 알고 있었다.

"대공을 뵈러 왔다. 클리프 무어라 이름하면 아실 터."

세상의 법도를 굳건히 믿고 지키는 정의로운 대공은 서신을 돌려보내는 무례 따위가 클리프를 저지할 수 있을 거라 믿었다.

그래서 대공의 경비병들은 어느 날 대뜸 대공저로 들이닥친 무례한 불청객의 고집에 당황하여 그를 안으로 들여보냈다.

"여기서 잠깐 기다리십시오. 대공 전하를 모시고 오겠습니다."

나이가 지긋한 노인이 허리를 숙이며 방을 빠져나갔다. 널찍한 응접실에 홀로 남게 된 클리프는 노인이 나가자마자 날카로운 시선으로 방을 살폈다. 그리고 지니고 있는 검과 무기를 확인했다.

하루라도 빨리 대공과 만나 협상을 체결하는 게 중요했기에 이리 들이닥쳤지만, 그는 이 상황이 대공이 쥐도 새도 모르게 저를 암살하기 좋은 기회라는 것도 알고 있었다.

지금은 전쟁의 전초, 누구나 서로의 눈치를 보고 서로의 목을 칠 기회만을 살피는 시기였으니.

그때 문고리가 돌아갔다. 클리프는 미동하지 않았으나 그의 손은 익숙하게 검으로 향했다.

"클리프 무어라 하셨습니까."

문을 열고 들어온 이는 대공이 아니었다. 검은 머리칼의 키가 큰 여자는 뜻밖에도 바지 차림이었는데 뾰족하게 깃을 세운 칼라나 반듯한 선의 정장이 매우 잘 어울렸다.

대공저의 기사라기엔 허약해 보였고, 대공의 여인이라기엔 풍기는 분위기가 자못 범상치 않았다. 바늘 하나 들어가지 않을 듯한 촘촘한 아우라가 클리프와 대치했다.

"하이츠의 흑사자는 이곳이 아직도 전장인 줄 아시는가 봅니다. 규범도, 예의도 차리지 않으신 걸 보니."

여자의 목소리가 어쩐지 익숙했다.

"무례는 추후 사과드리겠습니다. 대공 전하를 뵈러 왔습니다."

"전하께서는 언약도 없이 막무가내로 뵐 수 있는 상대가 아니신 걸 아시는지요."

"하여 연통을 넣었건만 답하지 않으시기에."

"예약을 받는 시정잡배처럼 뭐든 넣으면 성사되리라 생각하셨던 겁니까?"

그녀가 코웃음 쳤다. 조롱 조의 어투였으나 색채가 옅었다. 마치 그를 시험하기라도 하는 듯이.

더 이상 대화의 필요성을 느끼지 못한 클리프는 다시 반복했다.

"대공 전하를 뵈러 왔습니다."

"사람 말 안 듣는 건 여전하구나, 클리프 무어."

여전이라니, 마치 그를 알고 있기라도 한 듯한 말투였다. 그러나 처음 보는 여자의 친근한 언사에도 클리프는 아무런 표정 변화가 없었다.

"날 알아보지 못하겠어, 클리프?"

여자의 푸른색 눈동자가 똑바로 그를 응시했다. 여자가 장난스러운 웃음을 지었다. 그녀의 얼굴에 냉랭한 기운이 사그라지고 순수한 반가움과 기쁨만이 남았다.

무표정하게 그녀의 시선을 받아 내던 클리프였다. 그러나 오가는 시선 사이에서 갑자기 그의 눈이 경악에 잘게 떨렸다. 에젠을 제외한다면 그에게 이 정도의 감정을 불러

일으키는 인물은 매우 드물었다.

"……로잘린."

한참 만에 그가 간신히 발음했다.

"그래, 나야."

초라하게 떨리는 볼썽사나운 목소리는 여자도 다를 바 없었다. 여자는 미소 짓고 있었지만 그녀의 두 눈에 이슬이 가득 맺혔다. 클리프와 같은, 물처럼 푸른 눈동자였다.

여자가 두 팔을 벌려 클리프를 안았다.

그녀가 적이 아님을 머리로는 이해했음에도 클리프는 딱딱하게 몸을 굳혔다. 그의 어깨를 감싸는 이의 감촉이 낯설었다. 에젠이 아닌 타인의 온도에 생리적인 거부감이 일었다.

너무도 오래 잊고 있던 이라, 아니, 이제 이 세상에 존재하지 않다 생각했던 이라 이 갑작스런 만남이 그토록 낯설고 이질적일 수밖에 없었다.

"살아남았구나, 친애하는 내 사촌."

반가움과 슬픔이 궤를 같이한 탓에 여자는 클리프의 혼란을 알아차리지 못했다. 그녀는 울면서 웃는 기괴한 얼굴로 클리프를 끌어안았다.

"네가 살아 있단 이야기를 들었어. 듣기만 했는데, 이렇

게 다시 마주치게 되니까 실감이 나지 않네."

로잘린은 김이 모락모락 피어오르는 찻잔을 들어 올렸다.

감정적인 해후가 끝나자 그녀는 확실히 조금 전보다 이성적인 상태로 돌아왔다. 다리를 벌린 채 의자에 느슨히 기대 있는 포즈는 평범한 레이디보다는 느긋한 신사에 가까웠고, 그녀의 모습은 고목처럼 정자세를 유지하는 클리프와 비교되어 더 방만해 보였다.

"왜? 아, 이거? 네가 기억하고 있던 얌전한 숙녀와는 좀 다르지?"

클리프의 시선이 저를 바라보고 있는 걸 알아차린 로잘린이 어깨를 으쓱했다.

"일할 때는 이 차림이야. 드레스를 입는 걸 좋아하긴 하지만, 치마만 두르면 동료가 아니라 여자로 착각하는 멍청이들이 있어서. 너는 뭐 다른 줄 알아? 그 천방지축 말썽꾸러기가 이렇게 반듯하게 자라다니, 눈을 의심했다고."

흘러간 오랜 세월을 실감하는 건 클리프만이 아니었다. 로잘린은 아득한 눈으로 창밖을 바라보았다. 유독 푸르른 대공저의 앞마당은 유년 시절 뛰놀곤 했던 무어 후작저의 생기 있는 정원을 떠올리게 했다.

"이모가 지금 널 보셨으면 깜짝 놀라실 거야. 네가 하도 예절 교육을 빼먹어서 나중에 무어가에 시집올 아가씨가 없을지도 모른다고 걱정하시던 게 엊그제 같은데."

클리프 또한 로잘린이 보고 있던 푸른 정원으로 시선을

돌렸다.

—클리프! 로잘린처럼 얌전히 있지 못하겠니? 이러다간 이번 연회에서 우리 집 장남이 천방지축 말썽쟁이라는 걸 다 들키고 말 거야.

—이모, 화내지 마세요. 클리프는 익숙하지 않을 뿐이에요. 아직 놀고 쏘다니길 더 좋아하는 나이잖아요.

—너도 나와 같은 나이면서 잘난 척하지 마, 로잘린!

—클리프, 내가 숙녀에게 나쁜 말 하면 안 된다고 그랬잖니!

오래전, 발밑 아래 아래로 깊숙이 묻어 두었던 클리프의 기억이 되살아났다.

로잘린이 그의 옆에서 놀고 있을 때, 그의 고운 모친이 말썽꾸러기 아들 때문에 골머리를 썩였을 때.

—이런, 우리 아들이 또 말썽을 부린 모양이지?

허허 웃는 그의 부친이 그를 안아 들었을 때. 까끌까끌한 수염이 볼을 마구 비볐을 때.

그를 보호하는 다정한 가족과 단단한 가문이 존재했을 때.

"……너도."

그러나 모두 이젠 존재하지 않는 과거임을 그가 누구보다 잘 알고 있었다.

클리프는 무표정한 얼굴로 빼꼼히 고개를 들기 시작하는 기억들을 묻어 버렸다. 몸에 먼저 배어 버린 습관은 그의 경악도, 혼란도 다시 내보이지 않았다.

로잘린이 장난스럽게 웃었다.

"좀 더 극적인 반응을 해 주지 않으련? 죽었던 줄 알았던 가족이 이렇게 살아 돌아왔잖아? 설마, 반갑지 않은 건 아니지?"

클리프는 대답하지 않았다. 아니, 대답하지 못했다.

"살아 있는 줄 몰랐어. 그는 내게, 날 제외하고 남아 있는 무어는 없다고 말했으니."

크로포드가 무어가를 습격한 날, 저를 제외한 모두가 죽었다. 크로포드 백작이 그리 말했고, 제가 본 핏빛으로 가득 찬 집에서 살아 있는 건 클리프 무어 저 하나뿐이었으니 클리프도 그리 믿었다.

클리프가 '그'를 언급하자 로잘린의 얼굴이 와락 일그러졌다. 푸른 눈동자에 일순 화마 같은 분노가 스쳐 지나갔다.

"아니야, 클리프. 어째서인지 난 살려 두더군. 난 이모의 조카니, 그러니까 네 외가 쪽이니 완전한 무어의 혈통이 아니기 때문인지도 모르고, 어쩌면 크로포드 백작의 변덕인지도 몰라. 낸들 알겠어, 무어를 다 죽이고 너만 살려서 데려간 것도 이해할 수 없는데."

로잘린이 싸늘한 얼굴로 앞섶을 풀었다. 셔츠 단추가 풀린 어깨 위에 붉은 흉터가 아로새겨져 있었다.

"어쨌든 그 개새끼는 날 외국의 노예상에게 팔아넘겼어."

클리프는 곧바로 그것을 알아보았다. 대륙에 통용되는 노예의 낙인이었다. 그녀의 입매가 삐뚠 호선을 그렸다.

"노예로 대륙을 떠돌아다니다 십 년 전에 맥카이잔 대공을 만났어. 전하께서 날 노예 신분에서 풀어 주셨지. 어디서 굴러먹었는지 모를 노예 계집아이에다 심지어 난 외국인이었는데도 그분은 날 믿고 보좌관으로 기용해 주셨어. 정점에 그토록 가까이 서 계신 분이 편견이 없다는 건 매우 드문 일이야. 내겐 감사한 일이기도 하고."

로잘린의 목소리에선 제 주인을 향한 존경과 자부심이 드러났다. 그녀가 대공의 메시지를 전하는 위치로 클리프를 응대한 이유가 여기 있었다.

클리프는 레오르가 가져온 맥카이잔 대공의 보고서를 떠올렸다.

"조사 보고서에서 네 이름을 본 것 같기도 하군."

대공이 오른팔로 아끼는 수석 보좌관의 정보에 로잘린이라는 이름이 있었다. 그러나 성이 달랐고, 로잘린이라는 이름에서 죽은 외사촌을 떠올리지 않을 만큼 그는 과거에 무뎌져 있었다.

"아, 내가 무어가의 일족이라는 건 아무도 몰라. 전하께도, 아무에게도 내 출신을 밝히지 않았으니까. 앞으로도…… 그럴 거고."

로잘린의 얼굴에 드물게 죄책감이 어렸다.

"현 시국에서, 그리고 앞으로도 맥카이잔에서 계속 살아갈 내가 하이츠인이라는 걸, 그것도 멸문당한 무어의 일족이라는 걸 밝힌다는 건…… 무슨 뜻인지 알잖아, 클리프."

그녀는 문장을 끝맺지 않았다.

죽은 무어 후작 부부는 병으로 부모를 잃고 고아가 된 외종질을 기꺼이 가족으로 받아들였다. 그런 그들을 부정한다는 것이 그녀에겐 꽤 힘든 일인 듯했다.

"이해해."

클리프가 대답했다. 높낮이 없는 목소리였음에도 푸른 눈동자는 진실을 담았다.

"너라면 그렇게 말해 줄 줄 알았어. 쓸데없이 다정한 자식."

로잘린이 힘없이 웃으며 눈물이 새어 나온 눈가를 닦았다. 그녀는 어릴 적의 클리프를 떠올리는 듯했다.

천방지축 어린아이인 듯하면서도 속이 깊고 배려심 많던 소년을.

"네가 살아 있다는 걸 듣고, 언제라도 너를 만나러 돌아오고 싶었어. 대공 전하가 하이츠를 방문하신다는 걸 듣고, 나도 따라가겠다 졸랐지. 하이츠에 오면 널 곧바로 볼 수 있을 거라고 생각했는데 그것도 쉬운 일은 아니더라고."

"……."

"하이츠와 대치하는 현 상황에서 내가 널 찾아간다는 게 정치적으로 다른 의미가 될 수 있으니까. 내 개인적인 원으로 전하께 누를 끼칠 순 없으니 너와 자연스럽게 마주칠 수 있는 기회를 기다릴 수밖에 없었어. 그게 이렇게 빨리 실현될 줄은 나도 몰랐지만."

로잘린은 눈앞의 장성한 사내를 응시했다.

푸른 눈망울을 반짝이던 소년은 이제 없었다. 조각 같은 얼굴에는 그 수려함마저 어쩔 수 없는 그늘이 마치 처음부터 그와 함께했다는 듯 어려 있었다. 그것만으로도 그가 살아온 험난한 세월이 보이는 듯했다.

"클리프, 어떻게 살았니."

크로포드에게 강탈당한 그의 순수가 안타까워 로잘린은 다시 입술을 짓씹었다.

"나만큼 너도 힘들었겠지. 아니, 더 했을 거야. 그놈이 널 데려갔으니 네가 오죽 모질게 살아남았을까."

클리프는 대답하지 않았다.

"네가 크로포드에게 복수했다는 거 들었어. 그들에게 맞는 비참한 말로더구나. 내가 그걸 직접 보지 못했단 게 천추의 한이야. 그들의 죽음은 어땠니? 살아 있다는 게 죄스러울 정도로 만들어 줬겠지? 더러운 목숨을 구걸하디? 그들이 우리에게 준 고통의 십 분의 일이라도 느끼게 해 줬겠지? 오랫동안, 사무치도록 고통스럽게?"

"……."

"늘 생각했어. 그들을 어떻게 죽여 버릴지. 매일 밤, 그들이 고통스럽게 살려 달라 비는 꿈을 꿨어. 내가 그랬듯, 제 가족들의 피를 뒤집어쓴 채 목숨을 구걸하게 만들고 싶었어. 하나도 남김없이, 정말 하나도 남김없이 죽여 버리고 싶었어."

로잘린은 그녀의 상상 속에서만 이루어지던 잔인한 처

단을 되풀이했다. 그건 그녀를 살게 한 유일한 희망이기도 했다.

그래서 딱딱하게 굳어 있는 사촌의 얼굴을 알아차리지 못했다.

"네가 그들을 처단하고 가문을 복귀했단 걸 들었을 때 얼마나 울었는지……. 비로소 이 가슴에 맺힌 한이 풀어지는 것 같았어. 클리프, 너무 늦었지만 내 원수를, 우리의 원수를 갚아 줘서 고마워. 이모와 이모부도 편히 잠드실 수 있었을 거야."

그는 이번에도 대답하지 않았다. 무표정하게 굳은 얼굴에선 마치 수면 아래로 온갖 인간적 요소들을 욱여넣기라도 한 듯 감정을 쉬이 읽어 낼 수 없었다.

로잘린은 그의 딱딱한 반응이 지난 모진 세월에 너무 시달렸기 때문이라 생각했다.

이해할 수 있었다. 받아들이고 표현하는 방식이 다를 뿐. 어찌 그렇지 않겠는가.

로잘린은 그의 내면을 파헤치는 대신, 살아남은 가족과 해후의 기쁨을 나누기로 했다. 그녀는 홀로 살아남았던 세월의 물꼬를 텄다. 할 이야기가 아주아주 많았다.

얼마나 시간이 지났을까. 끓어오르던 찻물이 모두 식어 빠질 때가 되어서야 대화는 막바지로 치달았다.

"오늘은 너무 나만 지껄인 것 같아. 오랜만에 널 보니 너무 감상적이 되어 버렸나 봐. 다음번엔 네 이야기를 듣자."

"……."

클리프가 잠깐 침묵을 지키더니 알겠다고 말했다. 짧지 않은 간극에 로잘린은 기이함을 느꼈으나 구태여 입 밖으로 말하지는 않았다.

"로잘린."

"응."

"에브론과의 평화 협정을 추진할 거야. 맥카이잔 공국이 그 다리가 되어 줬으면 해."

풀어져 있던 공기가 순식간에 굳었다.

"그 얘기는 다음에 하도록 하자."

"앞으로 이십 년간 에브론과 맥카이잔, 하이츠 삼국 간의 평화를 약속하는 불가침 조약이야. 그리고 그 대가로 로이젠 지역을 반환받고 싶어."

로잘린의 얼굴이 딱딱한 돌처럼 굳어졌다.

"제정신으로 하는 말은 아닐 거라 믿을게."

"로즈."

클리프의 음성에 로잘린이 흠칫했다. 참으로 오랜만에 듣는 제 애칭이었다. 무어가의 학살 이후로 아무도 그녀를 그리 불러 주지 않았다. 살아남은 무어가가 없었으므로.

클리프가 왜 지금 그 애칭을 부르는지 모르지 않았다.

"제기랄, 이 시점에 널 만나는 게 아니었는데. 내가 가족애에 취해서 너무 성급했구나. 클리프, 지금 네가 내게 뭘 부탁하는지는 알고 있어?"

"상생을 꾀하자는 거야. 지금으로선 전쟁이 양쪽에게 득보다 실이 더 많다는 거, 너도 알고 있을 텐데."

"그렇다고 로이젠 지역을 반환해 달라고? 뭘 믿고? 대륙 전쟁에서 끝끝내 승리한 하이츠 너희를? 막말로 로이젠을 받고 그 힘으로 우릴 칠 줄 어찌 알아."

"지켜야 할 게 있어."

대륙 전쟁에서 하이츠가 남겼던 잔혹한 잔재를 토하던 로잘린이 멈칫했다.

"뭐?"

"지키고 싶어. 그러려면 이 협정이 필요해."

"너 지금 무슨……."

로잘린이 이해할 수 없다는 듯 고개를 갸웃거릴 때였다. 클리프가 마지막으로 그녀를 붙잡았다.

"도와줘."

하아, 한숨을 내쉬며 로잘린은 머리를 쓸어 올렸다.

타인의 도움 따위 필요로 하지 않는 클리프였다. 아쉬운 소릴 할 바에야 제가 감당하여 죽어나는 걸 택할 만큼 자존심이 센 그라는 걸 알았다.

"맥카이잔 쪽의 도움이 없으면 이 협정이 불가능할 만큼 미친 짓이라는 걸 알고 있긴 하구나."

수려한 얼굴로 피곤하다는 듯 머리를 헝클이는 그녀의 모습은 어쩐지 그와 닮아 있었다.

"일단 알겠어. 방법을 강구해 보자."

하이츠에 가십 하나가 돌기 시작했다.

"그 얘기 들으셨어요?"

"무슨 얘기, 아, 요새 무어 후작이 맥카이자 대공가로 출근한다는 얘기 말이에요?"

"대공의 보좌관 중에 여인이 하나 있는 모양이에요. 호수 같은 물빛 눈동자에 미색이 아주 뛰어나다 합디다. 둘이서 어찌나 붙어 다니는지, 대공마저 당황한 모양이에요."

"미혼이라지요?"

"하루가 멀다 하고 거기 발 도장을 찍는 이유가 뭐겠어요?"

"후작 부인이 남편을 변호하려 왕실 연회에서 말콤 경과 대거리한 걸 보고 부부 사이가 좀 좋아진 줄 알았더니…… 그것도 아닌가 봐요."

"몇 년간 남처럼 살았던 사이가 그 짧은 새에 뒤바뀔 리가 있겠어요? 전 연극이었다고 봐요. 총사 임명 때문에 무어 후작이 욕을 이만저만 얻어먹은 게 아니잖아요? 그러니 외부에 건실한 가정임을 보여 주는 게 절실했겠죠."

발 없는 말은 널리널리 퍼졌고 에젠에게까지 들어왔다.

"마님, 삿된 말에 괘념치 마십시오."

레오르가 눈치를 보다 그녀를 위안한답시고 중얼거렸다.

하딩이 왜 그런 말을 꺼내느냐는 눈으로 그를 꼬집었다.

"저…… 마님…… 말씀드리고 싶은 게 있습니다."

제 죄를 고백할 기회가 주어진 것을 깨달은 레오르가 쭈뼛거리며 다가왔다.

레오르는 무릎을 꿇고 코르사주를 버린 게 저라는 것을 고백했다. 수염 난 마초적인 얼굴에 진실한 부끄러움이 올라와 있었다. 목석같은 사내는 죄의 고백마저 그리하는 모양이었다.

"마님께서 저를 보시는 것이 껄끄러우시다면 제가 기사단을 떠나겠습니다."

코르사주가 버려진 것을 봤을 때의 상처가 생생했기에 그녀는 아직 레오르를 용서할 수 없었다. 그러나 그가 흑기사단을 떠나는 것도 원하지 않았다. 레오르는 그녀의 말을 듣고 그렇다면 마님의 곁에서 속죄하겠다고 했다.

레오르가 나간 뒤 에젠은 창밖을 내다보았다. 며칠째 텅 빈 호정이 어쩐지 쓸쓸하게 보였다.

'그럴 리가 없어. 클리프가 다른 사람을 만날 리가.'

에젠은 믿지 않았다. 곧바로 부정했다.

그러나 하루가 다르게 덩치를 불려 가는 무어 후작의 스캔들이 사실이 아님을 증명할 만한 장본인은 코빼기도 보이지 않았다.

클리프는 더욱 바빠졌다. 늦은 시간이나마 집에는 들어왔던 게 아주 옛날로 느껴질 만큼 요즘은 그를 만날 일이 매우 요원해졌다. 왜인지는 모르나 그는 황궁과 맥카이잔 대공가를 번갈아 오가느라 바쁜 듯했다. 얼굴조차 제대로 보지 못하는데 소문이 사실이냐 물어볼 새가 있을 리 없다.

'집에는 들를 시간조차 없다는 걸까. 아님 내 얼굴을 보고 싶지 않다는 걸까?'

지난번에 화가 난 채로 헤어졌다. 그래서 아직도 화가 풀리지 않은 걸까?

"클리프를 봐야겠어."

그럼에도 에젠은 조금 믿는 구석이 있었던 것 같다. 사람들의 말이 절대 사실일 리 없다고.

코르사주를 버린 게 그가 아니라는 걸 알았으니, 그가 눈가에 내린 부드러운 입맞춤을 기억하고 있었으니.

'어떤 여인일까.'

모순적으로 호기심이라고만은 말할 순 없는 음습한 의심 또한 자꾸 고개를 들었다.

에젠은 사친쿠스 자작의 살롱에 와 있었다.

학계와 상업 쪽의 유명 인사들이 교류하는 티 파티였다. 클리프의 일정을 물어보니 그가 오늘 이곳에 참석할 예정이라고 했다. 사친쿠스 자작이 공국에서 크게 사업을 하고 있기에 살롱의 참석자는 맥카이잔 공국인들이 많았다.

"무어 후작 부인? 아, 여긴 어떻게……."

에젠을 발견하고 자작 부인이 숨을 들이켰다. 흐리는 말꼬리에서 에젠은 호스트의 당황을 읽었다. 왜 당황하는 거지?

"들었어요."

"네, 이렇게 어려운 걸음을 해 주셔서 얼마나 감사한지 몰라요. 정말로, 감사합니다, 부인."

놀람이 무색하게 자작 부인은 이내 평정을 되찾았다. 그녀는 잠시 휴게실을 찾는 에젠의 손을 살포시 이끌며 사람들의 이목을 피할 수 있는 곳으로 직접 안내해 주었다.

손님을 맞기 바쁜 호스트치고는 과한 친절이라 생각했는데 뜻밖에도 그녀는 에젠의 손을 잡고 토닥였다. 연신 와줘서 고맙다는 말과 함께.

"그 마음이 어떤지 저도 잘 알아요. 불에 타들어 가는 것 같고, 할 수만 있다면 목을 쳐서 다 죽여 버리고 싶죠."

"네? 무슨 말씀이신지……."

"하지만 부인, 조금만 참으셔요. 잠깐의 바람은 스쳐 지나가는 거고, 원래 남자들이란 어리석어서 밖으로 돌기 마련이니까요. 기다리다 보면 다시 집으로 터덜터덜 들어오기 마련이랍니다."

에젠이 그녀의 말뜻을 알게 된 건 얼마 지나지 않아서였다.

살롱의 홀 안쪽에서 클리프와 여자를 발견했기 때문이다.

처음에는 믿기지 않아서 눈을 비볐다. 그는 벽에 기대 있었고 여자는 쉴 새 없이 뭔가를 말하고 있었다. 클리프는 팔짱을 끼고 간간이 고개를 끄덕이면서 여자의 말을 경청한다는 듯 귀를 기울였다. 간혹 여자의 말에 인상을 찡그리며 고개를 젓기도 했다.

그 일련의 행위와 주고받는 표정들이 놀랍도록 편안해 보여서 에젠은 어찌할 바를 몰랐다. 누가 발에 못을 쾅쾅 박아 놓은 것처럼 한 발자국도 움직일 수가 없었다.

"저기, 무어 후작 부인이야?"

"부인이 왔어?"

에젠을 발견한 다른 참석자들이 웅성대기 시작했다. 그들의 시선이 에젠과 클리프, 그리고 새로운 상대를 번갈아 오갔다.

클리프도 그 웅성거림을 들은 모양이다. 그가 무심히 고개를 들었을 때 눈이 마주쳤다. 잠깐 커지는 동공에 에젠은 그가 자신을 보고 놀랐다는 걸 알아차렸다.

왜 놀라는 거야?

갑자기 날 선 물음이 떠올랐다. 에젠은 클리프의 시선을 피하지 않고 성큼성큼 다가갔다.

"클리프."

갑작스레 대화에 난입한 이의 등장에 여자의 고개도 에

젠을 향해 돌아갔다.

"에젠."

"오랜만이에요. 며칠 만인가요? 벌써 이 주는 다 된 것 같아."

그녀가 먼저 인사를 건넸다. 횡설수설 평소 같으면 하지 않을 쓸데없는 말까지 지껄였다. 자연히 돌아올 답인사가 돌아오지 않았다.

"에젠, 당신이 왜 여기……."

클리프가 일순 말을 멈추더니 이내 시선을 내리깔고 그녀와 눈을 마주치지 않았다.

"나가서 얘기하지."

대신 그리 중얼거렸다. 고개마저 그녀에게서 살짝 비켜난 채로.

믿을 수 없었다. 누군가 에젠의 머리에 꽝 돌을 던진 것 같았다.

"누구예요?"

두 사람을 번갈아 보던 여자가 물었다. 맙소사, 넋을 잃고 홀릴 것처럼 풍부하고 아름다운 목소리였다.

"……내 아내야."

"아내라고요?"

여자의 눈이 등잔만 하게 커졌다. 호수 같은 물빛 눈동자는 별을 박아 놓은 듯 아름다웠다.

"클리프, 지금 이분이 당신의 아내란 거죠? 맙소사!"

여자는 믿을 수 없다는 듯 그녀와 클리프를 번갈아 바라보았다. 놀라서 벙긋 벌어진 입술마저 한 폭의 그림같이 어울렸다.

클리프. 그녀는 그를 클리프라 불렀다.

그리고 클리프는 여자가 친근하게 부르는 제 이름에 어색함을 느끼지 않는 듯 그녀의 호칭을 수정하지 않았다.

두 사람은 언제부터 그런 자연스러운 사이가 된 것일까. 그리고 그는 왜 그녀에게 에젠과의 결혼을 숨겼던 것일까. 사실 그가 숨기고 싶었던 건 결혼보다 에젠의 존재 그 자체였던 건 아닐까? 답을 알 수 없는 물음이 칼날처럼 가슴을 찔렀다.

"……그래."

클리프는 딱딱한 얼굴로 잠깐 턱을 문질렀다. 남성적으로 굵고 길게 뻗은 검지가 성마르게 턱선을 쓸었다. 그가 곤란할 때 으레 하는 행위란 걸 에젠은 알고 있었다.

"이런, 제가 너무 놀라서 부인께 실례된 모습을 보인 건 아니겠죠? 로잘린 윈델우드예요, 부인. 로잘린이라고 불러주세요. 맥카이잔 대공 전하를 모시고 있답니다."

여자는 곧바로 에젠에게 몸을 돌려 인사했다.

'맥카이잔 대공 쪽 사람이라면…….'

에젠은 그제야 그녀가 사람들이 말하는 클리프의 연인이라는 걸 알아차렸다. 그가 그럴 리 없다고, 그저 헛소문이라 치부했던 막연한 자신감이 클리프의 옆에 있는 로잘린을 확인하자 산산조각 났다.

발끝이 무너지는 것 같았다. 에젠은 간신히 발끝에 힘을 주고 비틀거리지 않는 데 성공했다.

"에젠…… 무어예요."

가까스로 흘러나온 목소리가 꺽꺽거리는 것처럼 형편없었다.

"세상에, 무어 후작 부인! 제가 에젠이라 불러도 될까요? 이렇게 뵙게 돼서 얼마나 기쁜 줄 몰라요."

여자는 지나칠 만큼 —지나치다 말하는 것에 감히 부족함이 없을 정도로— 처음 보는 에젠에게 반가운 낯을 했다. 심지어 에젠의 두 손을 덥석 붙잡기까지 했다.

그녀의 손은 부드러웠지만 얼음처럼 차가워서 에젠은 손을 떨쳐 내고 싶은 충동을 간신히 참았다.

"정말로 제가 얼마나 기쁜 줄 모르실 거예요. 결혼한 지 얼마나 되신 거예요? 세상에, 결혼식은 어땠죠? 분명 아름다웠을 거예요. 클리프가 어떻게 청혼을 했죠? 아이는 있나요?"

"……."

에젠은 여자의 얼굴만 멍하게 응시했다.

여자는 제가 봇물 터지듯 질문을 마구 쏟아 내고 있다는 걸 깨달았는지 살짝 얼굴을 붉히며 사과했다.

"죄송해요. 제가 너무 흥분했나 봐요. 무어가에 다시 안주인이 생겼다는 게 너무 기뻐서……. 다행이에요. 정말로……. 클리프가 더 이상 혼자이지 않다는 게……."

여자의 목소리가 젖어 들었다. 감격스러워하는 것 같았다.

당신이 왜 그걸 감격스러워해? 그의 외로움을 왜 당신이 상관하는 거야?

에젠은 입술을 깨물었다. 누가 머리를 뒤흔드는 것 같았다. 관자놀이가 씰룩거렸다.

“이런, 클리프. 어떻게 이런 사랑스러운 부인과 결혼했단 걸 내게 말하지 않을 수 있죠? 정말로 너무하군요.”

여자가 클리프를 툭 쳤다. 서슴없이 그의 팔을 치고 흘겨보는 모양새가 자신과 클리프보다 훨씬 자연스러워 보였다. 심지어 클리프는 그녀의 손길에 가만히 있기까지 했다.

“그럼 두 사람은 언제 만난 거예요? ‘그 일’ 뒤겠죠? 아무래도 그전에는 누굴 만날 만한 상황이 아니었을 테니까.”

여자가 눈을 반짝이며 물어 왔다. ‘그 일’이라니? 여자가 무슨 말을 하는 건지 이해할 수 없어 에젠이 멈칫했다.

여태까지 대화를 피하려고만 들던 클리프가 두 여자의 대화에 끼어든 건 그때였다.

“로잘린. 내 아내는 당신의 취조를 받기 위해 여기 참석한 게 아닙니다.”

딱딱한 말투로 클리프가 발을 움직였다. 굳이 그 큰 덩치를 가지고 두 여자 사이를 비집고 끼어들 듯이 앞으로 나섰다.

“그리고 아내 또한 볼일을 봐야 할 테지요.”

클리프의 시선이 그들을 숨죽여 지켜보고 있는 다른 무

리에게로 향했다.

에젠은 그것이 마치 얼른 이 자리를 나가서 자신과 로잘린 둘이 있을 수 있도록 만들어 달라는 것처럼 보였다. 혹은 다른 무리들에게 얼른 에젠을 데려가라고 하는지도 몰랐다.

"아, 실수했네요. 바쁘실 텐데 제가 너무 오래 붙잡았죠?"

여자는 클리프의 날 선 음성에도 전혀 굴하지 않은 듯했다.

저였다면 그가 또 왜 화가 난 걸까 몇 시간을 고민하기만 했을 텐데 말이다. 그래서 그가 이 사람에게 끌리는 걸까.

"휴게실로 데려다줄게. 에젠, 머리가 아픈가?"

클리프가 에젠의 손목을 조심스럽게 잡으며 물었다. 변함없이 단조롭고 다정한 어조에 에젠은 저도 모르게 그의 손을 확 뿌리쳤다.

"에젠?"

"……혼자, 갈 수 있어요."

그녀는 눈에 힘을 꽉 주고 깜박거리지 않으려 노력했다. 열이 눈두덩으로 다 몰려드는 것 같았다.

"로잘린, 만나서 반가웠어요. 좋은…… 시간 보내시길 바랄게요."

마지막 말은 그녀 나름대로 뼈가 있었다.

그러나 여자는 눈치채지 못했는지 쾌활하게 웃었다. 심지어 두 팔을 벌려 에젠을 제멋대로 끌어안기까지 했다.

"다음에 또 뵐 수 있었으면 좋겠네요. 클리프 빼고, 우리 여자들끼리도 좋구요. 하이츠에 아주 좋은 티 살롱을 안답니다.”

에젠의 귓가에 여자가 속삭였다. 몸이 떨어지고 에젠이 그녀를 바라보자 여자는 눈을 찡긋했다.

“……그러죠.”

에젠은 제 목소리가 너무 차갑게 들리지 않길 바랐으나 확신이 없었다. 그녀는 제가 할 수 있는 최대한의 흠잡을 데 없는 예법으로 두 사람에게 인사를 하고 뒤돌았다.

‘무너지면 안 돼.’

돌아서는 가녀린 등이 얼마나 용을 썼는지, 그녀의 신은 모를 것이리라.

두 사람은 티 파티 내내 붙어 있었다.

식사를 하고 춤을 추고, 다과를 들 때도 그녀는 계속 클리프의 옆에 자리했다. 뭔가를 이야기하는 듯 두 사람은 끊임없이 대화했다.

클리프가 무슨 말을 하면 그녀는 아까처럼 활짝 웃음을 지으며 감격하기도, 인상을 일그러뜨리기도, 질린다는 표정을 짓기도, 그의 어깨를 툭툭 때리며 웃기도 했다.

두 사람의 행동을 이토록 정확히, 자세하게 기억하고 있는 이유는 에젠의 모든 신경이 그들에게 쏠려 있었기 때문이 아닐까.

에젠은 차마 끼어들지 못할 심도 깊은 대화를 하는 듯한 두 사람을 보며 제 속에 존재하는지도 몰랐던 강렬한 감정들을 발견했다.

처음은 질투였다. 그러나 그것은 조금씩 커지며 다른 감정들을 불러일으켰다. 열등감, 자책감, 초라함 같은 치졸하고 아름답지 못한 유의 것들.

여자의 외모는 어쩐지 익숙하리만치 친숙히 느껴졌다.

여자는 정말로 아름다웠다. 비단 그녀의 외양뿐만이 아니라 머리부터 발끝까지 흐르는 당당함과 자신감, 뿜어져 나오는 쾌활한 생기가 그랬다. 저처럼 우중충한 안개가 아니라 쨍쨍 내리쬐는 화창한 햇살 같았다.

여자는 클리프를 데리고 다니며 맥카이잔 쪽 사람들을 소개했고, 클리프 또한 그랬다. 맥카이잔과 하이츠 양국 사이에 자리한 미묘한 긴장감이 두 사람에게만은 존재하지 않는 듯했다.

"무어 후작이 공국의 여자에게 단단히 반한 모양인데? 저리 내내 끼고 다니는 걸 보니."

"자칫하면 두 사람 때문에 전쟁이 일어나지 않을 수도 있겠군. 무어 후작이 저러는 건 아주 오랜만에 보네."

그들은 말을 하면서도 에젠을 힐긋힐긋 쳐다보았다. 그녀의 눈치를 살폈다. 무어 후작이 누구도 이해하지 못할 기행의 사랑에 빠졌던 첫 번째 상대가 에젠 그녀였기 때문이다.

"하지만 기혼자가 저리 타락한 모습을 보이는 것도 영 불편하군."

"아서라. 무어 후작은 예외지. 그가 유부남이란 걸 도무지 받아들이지 못하는 여인들이 어디 한둘이던가?"

"에젠, 저런 말에 신경 쓰지 말아요. 우리, 조용한 곳으로 가요. 여긴 도무지 천박하고 시끄러워서 더 머물고 싶지도 않군요."

뜻밖의 상황에 맥카이잔 대공비는 매우 당황한 듯했다. 난감한 얼굴로 클리프와 로잘린, 그리고 홀로 서 있는 에젠을 번갈아 보던 그녀는 애써 에젠을 위로하려 했다.

"뭔가 오해가 있었을 거예요. 저는 오랫동안 로잘린을 봐 왔지만 그녀가 저 사람들이 말하는 무도한 사람이 아니라는 걸 알아요."

그러나 그녀의 위로는 내내 두 사람을 눈으로 좇는 에젠에게 별다른 위로가 되지 못했다.

"괜찮……."

괜찮다고 말하려 했으나 억지 미소마저 나오지 않아서 에젠은 그냥 입을 다물었다.

"표정 풀어, 클리프. 누가 보면 내가 네 목줄을 잡고 끌

고 온 줄 알겠다. 공국 인사들을 설득시키겠다고 한 건 너였어. 알아?"

로잘린은 고목처럼 딱딱하게 굳은 사촌에게 핀잔을 주었다.

클리프는 자꾸만 얼굴 쪽으로 향하는 손을 막으려 주먹을 쥐었다. 에젠이 이곳에 왔고, 로잘린과 마주쳤다. 할 수만 있다면 로잘린의 시야에서 그녀를 영원히 숨겨 두고 싶었다.

"왜 그렇게 손을 떨어 대?"

로잘린이 그의 손을 내려다보며 이상하다는 듯 물었다.

"오기 싫어도 부지런히 눈도장을 찍어야 해. 대공 전하께서 비로소 네 허무맹랑한 제안에 관심을 가지시는 것 같다고. 웃음과 즐거움, 그리고 사람들을 사랑하는 분이시니 너와는 완전 상극이지. 학살자 이미지에서 벗어나려면 우리 쪽 사람들에게 좀 웃어 주기라도 해 봐. 맥카이잔인들은 너를 지옥에서 온 악마 정도로 보고 있단 말이야."

"……."

클리프의 차가운 표정엔 여전히 변화가 없었다. 로잘린이 한숨을 내쉬었다. 어릴 땐 곧잘 웃기라도 했는데……. 모진 과거가 사촌을 어떻게 변화시켰는지 생각해 봤자 비관적이 될 뿐이었다.

그녀는 대화의 방향을 바꾸기로 했다. 어차피 그의 신경이 내내 한곳에 쏠려 있다는 걸 눈치챈 참이었으니까.

"그만 좀 봐. 네 부인께선 밥도 잘 드시고, 사람들과 말도 잘 하시고 즐겁게 계시는 것 같은걸? 어차피 집에 가면 볼 거면서 뭘 그렇게 불안해하는 거야? 아까 내 비서에게 두통약을 전해 달라고 보냈어. 그러니까 작작해라. 결혼 안 한 사람 이거 서러워서 살겠니?"

로잘린은 클리프의 신경을 완전히 돌리는 걸 실패했다는 걸 깨달았다. 허탈하면서도 자못 안심이 되었다. 그런 상대가 그에게 생겼다는 것이.

"난 네가 복수에 계속 사로잡혀 살 줄 알았어. 그런데 결혼을 하고 아이까지 있다니, 아까 네 부인을 만나고 얼마나 기뻤는지 몰라. 네가 비로소 그 악몽에서 완전히 벗어날 수 있게 된 것 같아서."

"……."

"분발해야겠네. 난 아직 거기서 나오려면 시간이 걸릴 것 같거든. 어떻게 한 거니? 비법 좀 알려 줘 봐."

로잘린이 쓴웃음을 지었으나 클리프는 한참 말이 없었다. 에젠이 눈치채지 못할 정도의 찰나, 클리프는 내내 그녀를 바라보고 있었다.

"……에젠이 날 구했어."

"응?"

"그곳에서 날 인간으로 대해 주는 유일한 사람이었지."

로잘린은 좀 더 설명해 달라는 듯 그를 바라보았지만 다물린 입술에서 새어 나오는 말은 더 없었다.

"무슨 말인진 모르겠지만 네가 부인을 엄청 아낀다는 건 알겠네. 다정하게 이름을 부르는 네가 정말 지나치게 낯설기도 하고. 하긴, 이모부도 밖에서야 범죄자들이 벌벌 떠는 호랑이셨지만 집에서는 이모께 꼼짝도 하지 못하셨지. 역시 그 피가 어디 안 간다니까."

즐거운 기억을 떠올리는 로잘린의 눈은 반짝거렸다.

"네 팔불출 같은 모습도 볼 수 있다면 좋을 텐데. 다음 주에 다시 공국으로 돌아가야 한다는 사실이 미치도록 아쉬워. 네 아이도 보고 싶었는데 말이야. 아들이라고 했나? 이름이 뭐라고 했지?"

"……이안."

"이안. 예쁜 이름이네. 신의 선물이라니, 정말로 사랑스러운 이름이야."

대륙을 떠돌아다녔다는 말이 거짓은 아닌지, 로잘린은 아이의 이름에 담긴 의미를 곧바로 알아차린 모양이었다.

"널 닮았다면 아주 괴팍하겠네."

"아내를 닮았어, 다행스럽게도. 사랑스럽지."

내내 굳어 있던 클리프의 얼굴이 아이의 이야기가 나오자 조금 부드럽게 풀어졌다. 어느 세월에 아버지의 모습을 하고 있는 사촌을 바라보는 그녀의 눈빛이 따뜻해졌다.

"자."

그녀가 손을 내밀었다. 하얀 손바닥 위에는 우아하게 세공된 다이아몬드 반지가 놓여 있었다. 사파이어가 알알이 장식하고 있는 다이아몬드가 광활한 빛을 발했다.

"이모님 거야."

클리프의 어깨가 잠깐 굳었다.

"정확하게는 무어가의 안주인에게 대대로 내려오는 반지지. 무어가의 초대 가주가 아내에게 선물했다는데, 믿거나 말거나지만 영원한 사랑을 이뤄 준다더라. 너 결혼하면 며느리한테 물려줄 거라고 이모가 얼마나 많은 기대를 하셨는지……. 결국은 네가 결혼 못 할 것 같다는 말로 끝났지만 말이야."

킥킥거리던 그녀의 얼굴에서 이내 장난기가 사라졌다.

"여태껏 내가 보관하고 있었는데 이제 돌려줄 수 있게 되었네. 제기랄, 또 볼썽사납게 눈물이 나오는군. 클리프, 나름 감동적인 순간이니까 못 본 척해."

"……."

로잘린이 그의 손에다 반지를 쥐여 주었다. 차가운 금속성의 감촉이 손안에 전해졌다.

"이제 가족과 행복하게 살아, 클리프. 넌 충분히 그럴 자격이 있어."

일주일이 꼬박 지났다.

자작의 티 파티 날, 에젠이 먼저 저택으로 돌아갔다는 연통을 받은 이후로 그는 에젠의 얼굴을 볼 여유조차 없었다.

티 파티에 참석한 대공 쪽 사람들과의 만남이 협정의 교섭까지 이어진 탓이다. 자작의 살롱에서 대공저로 자리를 옮겨 일주일간 꼬박 같은 안건을 수십 번 조율하고 협상했다.

맥카이잔 대공은 로이젠 지역의 반환 요구를 굉장히 고깝게 여기는 것 같았으나 동시에 삼국의 불가침 조약을 기꺼이 여기는 듯했다. 수많은 대화가 반복되면서 영원할 것 같았던 협상은 마침내 얼추 끝을 보였다.

협정의 구두 계약이 성사되자마자 클리프는 마차에 몸을 실었다. 벨벳 의자에 깊숙이 몸을 파묻은 그는 눈을 감았다.

로잘린은 협상이 끝났으니 에젠을 보고 싶다고 졸랐고 그런 그녀를 겨우 말리고 혼자 돌아오는 참이었다.

에젠과 이안의 존재에 로잘린이 지나치게 기뻐하는 이유를 알았다. 그녀에게도 가족이 생겼다는 의미이기 때문이겠지. 하지만 만약 그녀가 모든 진실을 알게 된다면…….

눈을 감았음에도 클리프의 눈가가 희미하게 찡그려졌다.

'왜 지금, 왜 하필 지금.'

신은 그와 로잘린을 마주치게 만든 건지. 원망스러웠다.

하나뿐인 혈육의 생존이, 그녀와의 재회가 아무런 의미가 없다는 말이 아니었다. 분명 그녀가 살아 있다는 것에, 훌륭히 장성하여 이렇게 그녀와 마주할 수 있다는 게 기쁜 일이나, 마냥 순수하게 기뻐할 수만은 없었다.

무정한 세월은 흘러간 지 오래였고 빛바랜 추억들은 과

거에 머무른 채 남아 있어야 했다. 로잘린이 그렇듯, 클리프에게도 그만의 세계가 있었다. 어떤 희생을 치르더라도 지켜야만 하는.

이전에는 없던 변수가 그의 불안을 가중시켰다. 이미 지나치게 많은 변화가 일어났다.

그가 존재했던 이전에는 로잘린을 만나는 일도, 공국이 전쟁 전 하이츠에 개입하지도, 협정 같은 평화 조약이 만들어지지도 않았다. 하이츠는 에브론과의 전쟁에서 패배했고, 그는 저택에 틀어박혔으니까.

초조한 손가락이 눈썹을 반복적으로 문질렀다.

'로잘린이 누군지 에젠이 알면 안 돼.'

크로포드 백작이 지은 죄를 제 것처럼 짊어졌던 에젠이었다. 로잘린의 진짜 정체를 알아차린다면, 에젠이 얼마나 괴로워할지 알 수 없었다. 제 가족이 지은 죄를 갚아야 한다며 또 죽고 싶어 할지도 몰랐다.

크로포드의 멍울을 끝끝내 벗어던지지 못하는 지나치게 정의로운 여자였다, 에젠, 그의 아내는.

—당신을 모르겠어요.

나지막하게 속삭이는 듯한 목소리는 아직도 그의 뇌리에 강렬하게 박혀 있었다. 울음이 가시지 않은 젖은 얼굴로 힘없이 속삭이던 목소리. 얄팍한 희망만이 간신히 남아 있는 듯한…….

어쩐지 불길한 예감이 들었다. 단 한 번도 떠나지 않으며 상대를 좀먹어 가려는 악몽의 그림자가 마치 클리프와 그가 필사적으로 보호하려는 그녀의 위에 드리워져 있는 것 같았다.

제가 잘못된 선택을 하고 있다는 인지는 있었다. 그녀가 제 부재에 섭섭해한다는 것도, 그녀에게 걷잡을 수 없는 오해를 불러일으키고 있다는 것도.

그러나 제가 여기서 더 뭘 할 수 있나.

클리프는 그 정답을 알려 주는 이에게 세상이라도 가져다 바칠 수 있을 것 같았다.

행복하게 해 주고 싶고 그렇게 할 수 있을 것 같은데 에젠은 도무지 행복해 보이지 않았다. 그녀가 좋아하는 모든 걸 갖다 바쳐도, 그녀가 그토록 열망했던 자유도……. 지금은 잘 모르겠다, 에젠이 정말로 그것들을 원하고 있는지.

그렇지 않다면 왜 그런 얼굴을 할까. 왜 기뻐하지 않을까. 날이 갈수록, 그녀는 여위어 가는 걸까.

이것 역시 신이 제게 말하는 메시지일까.

알량한 그의 발악 따위로는 소용없을 거라는.

마치 제가 에젠의 곁에서 완전히 떨어져 나가야지만 에젠의 진정한 행복이 시작될 것 같은 불길한 예감이 들었다. 그토록 만반의 준비를 했음에도 다가오는 운명이란 놈을 피하기엔 역부족할까 봐,

그는 불안해졌다. 자꾸 일어나는 변수와 계속해서 엇갈리는 마음이 마치 신이 제게 에젠을 포기하라 말하는 것

같았다.
모르면서, 아무것도 모르면서.
에젠을 볼 때마다 그는 잔인한 상상을 했다. 그녀가 죽든 말든 붙잡고 제게서 벗어나지 못하게 하고 싶었다. 아니, 이미 한 번 해 본 걸 되새기는 일이니 어렵지 않았다.
이미 그것으로 그녀를 잃었으면서도 아직도, 아직까지도!
이 추악하고 끔찍한 집착을 버릴 수 없는 자신에게 클리프는 더할 나위 없는 자괴감을 느꼈다.
'왜 내게는 그녀가 허락되지 않는 거지.'
왜 내게는. 왜 내게만.
그는 이를 악물었다. 저도 모르게 씹힌 입술의 연한 살이 고통을 호소했으나 그의 얼굴에는 미동도 없었다.
그녀를 놓을 수는 없기에 그는 다시 자리에서 일어섰다. 손에는 무어가의 반지가 쥐여져 있었다.
'여기서 더 나빠지지 않을 거야.'
그는 반지를 쥔 채로 지극히 자위적인 위안을 되뇌었다.
가문의 반지가 되돌아왔다. 그 어느 때보다 큰 의미를 가지고 있는 가족의 선물이. 그의 신경줄을 매번 녹여 놓는 변수들이 항상 그에게 불안과 절망만을 가져다주진 않았다는 반증이 아닐 텐가.
'조금의 희망이라도 있을 거야.'
클리프는 제 새끼손가락에도 들어가지 않을 듯한 작은 반지를 마치 황금처럼 소중하게 감싸 쥐며 위안했다.

작은 반지를 희망의 상징이라 여겨 마음을 다잡고 만지작거렸다.

자작의 티 파티가 끝나고 에젠은 터덜터덜 집으로 돌아왔다. 언젠가 그랬듯 혹시 마차에 그가 타고 있지는 않을까 두리번거렸으나 클리프가 그녀를 쫓아 나오는 일은 없었다.

다만 그의 명령 때문인지 평소엔 볼 수 없었던 수십 명의 흑기사들이 그녀를 후작저까지 호위했다.

클리프는 그 뒤로도 집으로 돌아오지 않았다. 않는 건지 못한 건지 모르겠지만 그의 부재에 저택은 썰렁하고 텅 빈 것처럼 느껴졌다.

'영원히 돌아오지 않으면 어떡하지.'

예전 같았으면 말도 안 된다고 생각했을 그런 두려움들이 점점 에젠을 좀먹으며 몸을 키워 댔다. 직접 보지 않았으면 지금보다 덜 비관적이었을 텐데. 그와 그녀를 제 눈으로 확인하지 않았다면 지금보다 좀 더…….

'미래만 생각하다가, 클리프가 다른 사람을 마음에 둘 수도 있다는 걸 생각하지 못했어.'

죽을 때까지 저를 놓지 못했던 사람이니까 영원할 줄 알았다. 기실 영원한 건 없다는 걸 알고 있었으면서도.

그를 보내 줄 수 있을까?

"엄마는…… 어떡하지?"

에젠은 아이를 안은 채 중얼거렸다. 달콤한 냄새가 나는 아이의 이마에 입을 맞추면서도 그녀의 얼굴은 어두웠다.

밤이 깊었다.

시중인들마저 모두 잠에 빠진 시간, 저택은 조용했다. 에젠은 쌔근쌔근 꿈나라를 노니는 이안의 볼을 쓸어 주고 아이 방을 나왔다.

저택에는 저녁에도 불이 환하게 밝혀져 있었다. 에젠이 그리 명했기 때문이다. 그가 언제 돌아오더라도 기다리고 있다는 걸 보여 주고 싶었다. 지금 와서는 쓸데없이 기름만 낭비하는 꼴인지도 모르지만.

"에젠?"

아니다. 가치 있는 일이었음이 드러났다. 그녀가 우뚝 멈춰 섰다.

에젠의 침실 앞에 클리프가 있었다.

"클리프."

그에게로 달려가는 발걸음이 바빠졌다. 클리프는 제게로

걸어오는 그녀를 묵묵히 기다려 주었다.

"이안에게 다녀오는 건가?"

에젠이 고개를 끄덕였다. 시선은 그를 훔쳐보느라 정신이 없었다. 그의 얼굴이 까칠했다. 저녁이라서 그런지 그림자가 지는 모습에선 짙은 피로가 묻어났다.

어쩐지 아주 오랜만인 것 같았다. 실로 그랬다. 클리프를 가장 마지막으로 본 것이 그때 그 살롱에서였으니까.

'그리고 그녀와 함께 있었지.'

생각하고 싶지 않았는데, 애써 지우려고 했는데 또 좋지 않은 기억이 떠올랐다.

어딜 갔다 왔어요? 혹시 내내 그녀와 있었나요?

"에젠?"

질문이 입 밖으로 튀어나올 것 같아 에젠은 고개를 돌렸다.

"얼굴색이 좋지 않아. 식사는 제대로 하고 있는 건가?"

"……네."

"의사가 필요하진 않아? 약은 먹었어? 맥카이잔 대공비와는 어때?"

그가 왜 그걸 궁금해할까. 그 여자가 맥카이잔 대공의 수하라서 그런 걸까?

"잠시 당신 얼굴을 보려고 들렀어. 거의 마무리가 되어가고 있으니 이렇게 도둑고양이처럼 당신을 찾아오는 일도 끝이야."

아뇨, 찾아와 줘요. 꼭 그녀를 더 보지 않겠다는 말처럼 들려서 에젠이 그의 소매를 절박하게 잡았다.

"뭐가, 뭐가 마무리된다는 거예요?"

그가 멈칫했다. 에젠의 기이함에 갸웃거리면서도 이번 일이 국가적인 사항이라 쉬이 입 밖으로 내도 되는지 고민하는 눈치였다.

그러다 이내 그가 시원스레 고백했다.

"전쟁이 일어나지 않을지도 몰라."

"좋은 일인 거죠?"

"이곳을 떠나지 않을 수 있으니까 좋은 일이지. 적어도 내게는 말이야."

에젠이 숨을 깊게 들이마셨다. 폐부로 들어오는 공기가 달콤했다.

'그래서 그 여자와 있었던 거야. 맥카이잔 공국과의 협정을 성공시켜야 했으니 대공의 최측근인 그녀가 필요했던 거야.'

내내 마구 구겨져 있던 마음이 조금씩 풀어졌다. 그것이 그때 살롱에서 보았던 두 사람의 기묘한 친밀감을 완벽하게 설명할 수 없다는 걸 알았지만 지금의 에젠에겐 그 정도의 안심만이라도 절박했던 탓이다.

클리프는 에젠을 조심스럽게 살폈다. 에젠이 줄곧 찡그리던 관자놀이 근처를 섬세한 손가락으로 눌렀다.

"아파? 또 악몽을 꾼 건 아니지? 그렇다면 내게 말해."

늦게까지 잠들지 않은 그녀를 걱정하는 그는 여전히 변

함이 없었다.

“젠장, 시간이 더 없다는 게 안타깝군. 폐하께 경과보고를 드려야 해. 날이 밝으면 협정을 마무리 지으러 대공저로 다시 들어가 봐야 하고.”

그가 다가와 이마에 입술을 찍고 물러났다.

“당신에게 줄 게 있어.”

클리프가 평소답지 않게 머뭇거렸다. 남자답게 길고 쭉 뻗은 건장한 손가락이 꼼지락거렸다.

“당신이 좋아할진 모르겠지만…….”

그가 내민 것은 앙증맞은 반지 상자였다. 커다란 그의 손 위에선 마치 사탕처럼 작아 보였다.

에젠은 엉겁결에 그가 내미는 작은 상자를 받았다. 조심스럽게 열어 본 상자 안에는 반짝거리는 다이아몬드가 박힌 반지가 있었다.

“이건…….”

“저번에 당신이 그랬잖아. 소중한 건…… 직접 전해 달라고.”

그의 말꼬리가 흐릿해졌다. 지난번 선물의 답례로 그녀가 한 입맞춤이 떠올라서였을까. 커다랗고 투박한 손으로 벅벅 쓸어내리는 목덜미가 불그스름하게 달아올라 있었다.

“그래서 온 거야.”

이걸 위해 바쁜 와중에도 자택을 들렀다는 말인 듯했다. 반지보다 그녀의 부탁을 여전히 기억하고 있다는 것이 더 기뻤다.

"이 반지를 가지고 있는 사람에게 행복이 깃든대. 내려오는 전설로는 그래서 사랑이……."

그가 문장을 끝내지 못하고 몹시도 머뭇거렸다.

"사랑이 영원히 이어진다더군."

에젠은 말문을 잃었다. 그에게 섭섭했던 많은 일들이 우습게도 붉어진 얼굴로 내미는 반지 하나에 눈 녹듯이 풀렸다. 반지에 담겨 있는 비현실적인 이야기조차 로맨틱하게 느껴졌다.

우습게도 눈물이 나올 것 같았다. 내심 아무렇지 않은 척했지만 사람들이 말하는 그의 최근 행보에 대해 꽤 상처를 받고 있었다. 섭섭하고 밉고 원망스러웠던 감정들이 바람에 실려 나갔다.

"……."

그러나 클리프는 변함이 없었던 것이다. 타인의 말과 편견에 또 그를 오해해 버렸는지도 몰랐다.

그가 말없이 반지만 내려다보는 그녀를 초조하게 바라보는 것도 모른 채 에젠은 기쁘고 감동이 차올라 할 말을 고심했다.

"난……."

뭐라고 말하지? 당신에게 화가 나 있었다고? 오해했었다고?

침묵이 자꾸 길어진다는 걸 알아차리지 못했다.

클리프가 멈칫했다. 그의 표정이 잠깐 납덩이처럼 가라앉았다.

"에젠. 부담을 주려던 건 아니야. 반지의…… 의미에 꼭 신경 쓸 필요는 없어."

낮은 목소리로 클리프는 황급히 말을 바꿨다. 무엇을 기대했던 것인지 자조하면서도 그의 얼굴에는 실망이 번져갔다. 에젠이 망설이는 이유는 분명했다. 아직 사랑을 말하기엔 너무 일렀다. 제기랄, 너무 무거웠는지도 몰랐다.

사랑이라니, 뭘 기대한 것인가. 에젠은 아직 아무 준비도 되어 있지 않다는 걸 알면서도 매번 제 성급한 마음을 밀어붙이기만 하는 꼴이었다. 클리프가 애써 초조한 기색을 지워 냈다.

"아뇨, 클리프. 마음에 들어—."

"어차피 로잘린이 준 거야. 부담스러우면 거절해도 상관없어."

순간 에젠은 차갑게 머리가 식는다는 말을 온몸으로 경험했다.

머릿속에서 고심하던 말들이 뚝 끊어졌다. 에젠은 믿을 수 없다는 얼굴로 그를 응시했다. 실망한 기색의 클리프를 살필 여유도 없었다.

"로잘린…… 그 여자가 준 건가요?"

클리프는 에젠의 목소리가 높아졌다는 걸 깨닫지 못했다.

반지의 의미를 에젠이 받아들이지 못한다고 생각해서 애

써 아무렇지 않은 척하기 위해 온 신경을 다 쓰고 있었던 탓이다.

"그래."

"……그것뿐이에요?"

"더 뭐가 있겠어."

클리프는 끝까지 로잘린이 누군지 말하지 않을 작정이었다.

무어와 크로포드의 악연은 이전의 삶에서 모두 끝났다. 더는 지난 과거를 간신히 얻은 기회로 주어진 이 삶에까지 끌어들이지 않을 테다. 그게 설사 그에게 하나 남은 피붙이라고 해도.

한편 에젠은 잠깐 반지의 의미에 혹했던 자신에게 분노가 일었다. 시야가 뿌옇게 흐려지고 몸이 부르르 떨려 왔다. 이럴 만한 자격도 없다는 걸 알았지만 이성은 치솟는 감정을 이기지 못했다.

"그녀가 이걸 당신에게 준 이유가 뭐겠어요?"

영원한 사랑을 이뤄 준다는 반지. 여인이 사내에게 주는 연심의 증표가 아니라면 무엇이던가.

클리프는 전혀 그녀의 말을 이해하지 못한 듯했다.

"뭐? 그게 무슨……."

머리끝까지 치솟는 화를 이기지 못한 에젠은 반지를 그대로 집어 던졌다. 클리프의 손에 있던 상자까지 낚아채서 함께.

채앵―!

날카로운 금속의 소음과 함께 반지가 바닥으로 데굴데굴 굴렀다. 동시에 클리프의 얼굴이 바위처럼 굳었다.

"이게, 당신의 대답인가?"

"……."

에젠은 답을 하지 못했다. 떨리는 손을 주먹 쥔 채 가쁜 숨만 몰아쉬었다. 던져진 반지만 심하게 노려보았다.

'이러면 안 돼. 이성을 차려야 해. 그에게 미안하다고 해. 던지려던 게 아니었다고, 사실은, 내가…….'

클리프가 등을 돌려 뚜벅뚜벅 걸어갔다.

그러나 영영 그녀를 지나쳐 버릴 줄 알았던 그는 떨어진 반지를 조용히 집어 들었다. 그가 반지를 줍고 다시 그녀 쪽으로 걸어오는 순간이 마치 영겁 같았다.

딱딱하게 굳은 클리프의 얼굴은 다시 두꺼운 가면을 써 버린 듯 아무것도 읽히지 않았다.

"다음…… 번에는 당신이 좋아할 만한 거로 고를 수 있도록 보석상을 보내지."

잠깐의 일렁임은 어디 가고 어느새 감정을 모두 추스른 듯한 담담한 목소리에 에젠은 폭발했다.

"꼴도 보기 싫으니까 가져가요!"

그녀로서는 생전 처음 내 보는 괴성이었다. 도무지 자제할 수가 없었다. 참고 참아 왔던 모든 것들이 지금 한 번에 다 터진 것 같았다.

"이 반지도, 당신이 보내는 선물도 싫어요! 쳐다보기도 싫다구요!"

클리프의 턱이 이를 악문 듯 단단해졌다.

"싫어?"

"그래요, 싫어요! 싫다구요, 꼴 보기 싫어서 미치겠어!"

그는 단 한 번만 물었으나 에젠은 몇 번이고 미친 사람처럼 소리치며 대답했다. 그를 상처 내지 못해 안달인 것처럼.

"매번 그랬어요. 제멋대로야. 내가 원하는 건 아무것도 모르면서 당신 마음대로만 하잖아요. 그게 싫어! 내 말은 들으려고도 하지 않잖아!"

아니다. 그는 늘 귀를 기울이고 있었다. 이건 어린아이가 떼를 쓰는 것과 다름없었다. 갓난아이 제 아들보다 못한 볼썽사나운 짓을 지금 자신이 하고 있다는 걸 에젠은 믿을 수가 없었다.

"왜 그래요, 왜 자꾸 날 힘들게 해요!"

그럼에도 치밀어 오르는 화는 도무지 멈춰지지가 않았다. 서러움이 턱 끝에서 달랑거렸다. 애써 괜찮은 척했지만 여태까지 쌓였던 클리프에 대한 섭섭함이 둑이 터져 버린 것처럼 쏟아졌다.

"당신은 아무것도 몰라요. 내가 원하는 건 하나도, 당신은 내가 원하는 걸 단 하나도 몰라!"

"그럼 내가 더 어떻게 해야 한다는 거지?!"

클리프도 폭발한 건 매한가지였다.

"내가 줄 수 있는 것 중에서 제기랄, 당신이 좋아할 만한 건 하나도 없는데 나보고 어떡하라는 거야?"

"클리프, 난……!"

"나라고 당신을 기쁘게 하고 싶지 않은 줄 알아? 에젠, 당신이 가장 원하는 걸 들어주지 않아서 그래, 응?"

그가 성큼성큼 다가왔다. 그에게서 발산되는 짙은 열감이 그녀의 손목을 감쌌다. 올가미처럼 옭아맸다.

"그래도 그건 들어줄 수 없어. 당신이 내 곁을 떠나게 두진 않을 거야."

그가 악문 잇새로 중얼거렸다. 상처 입은 눈에선 핏발이 비쳤다. 무표정한 얼굴 아래로 수많은 감정을 숨기던 그는 없었다.

평정을 잃은 목소리, 붉게 달아오른 얼굴, 거친 숨에 오르락내리락하는 가슴, 어쩌면 이것이 에젠이 다시 돌아온 이래 내내 숨겨 왔던 클리프 무어의 본모습일지도 몰랐다.

"당신이 진정으로 원하는 건, 얻지 못할 거야. 젠장, 날 비난하고 싶다면 그렇게 해. 악을 쓰고 죽을 때까지 날 흠씬 때려도 좋아. 어쩔 수 없어. 그게 나란 인간이고, 난 이렇게 제멋대로야."

그가 거칠게 마른 얼굴을 쓸다가 이내 고개를 들었다. 에젠을 응시하는 두 눈에는 파르라니 불꽃이 일었다. 흉포하면서도 어딘가 간절해 보이는 눈빛이 에젠을 칭칭 옭아맸다.

두려웠다.

저 선득한 감정을 감당하지 못하면 그와 그녀의 사이가

곧바로 비극으로 치달을 것만 같은데 지금의 저는 무엇 하나 제대로 해결하지 못할 것 같아서 에젠은 저도 모르게 뒷걸음질 쳤다.

"……."

에젠의 손목을 쥐던 강렬한 열기가 힘없이 떨어져 나갔다. 마치 그녀가 도망칠 것을 예상한 것처럼.

클리프의 시선은 여전히 에젠에게 박혀 있었다. 생기를 잃은 푸른 눈동자가 익숙했다. 저 눈을 알고 있다. 어떤 희망도, 기쁨도, 삶의 희로애락도 거세된 채 어둠 속에 침잠했던 그때의 눈.

"에젠, 세상을 가져다줄까."

날 선 침묵의 끝에서 그가 물었다.

평서문같이 들리는, 끝이 낮은 물음을 던지는 목소리는 평소처럼 낮고 평범했다.

"당신을 부정하는 국왕을, 당신을 조롱하고 외면했던 놈들의 목을 가져다줄까. 그럼 날 떠나지 않을 건가?"

"클리프, 그게 무슨……."

"이 왕국을 바칠까. 전쟁을 부르짖는 에브론을 당신에게 안겨 주면, 대륙을 통일해서 그 자리 당신에게 주면, 당신 내 옆에 있어 줄 건가?"

에젠은 할 말을 잃었다. 클리프의 말을 듣고 있으면서도 머리로는 제대로 이해하지 못하고 있었다. 그녀가 답하지 못하자 그는 계속해서 자신이 할 수 있는 일을 나열했다.

죽이고, 부수고, 파괴하는, 어딜 봐도 단단히 비틀어지기만 한 제언들을.

"곁에만 있어, 에젠. 내가 바라는 거 그거 단 하나잖아. 그거면 당신은 날 발밑에 둘 수 있어. 원하는 게 뭐든지, 다 가져다 바칠 수 있는데 왜 당신은……."

한계를 모르고 치닫는 어두운 목소리가 내뱉는 말들이 어째서 애원처럼 들리는 건지.

어느새 그는 뒷걸음질 쳤던 에젠의 코앞으로 다가와 있었다.

"알잖아, 당신 손짓 하나에, 말 한마디에 내가 어떻게 무너지는지."

그녀의 눈동자 움직임까지 붙잡으려는 강박적인 불안이 푸른 눈동자에 비쳤다.

하아. 에젠은 허탈한 한숨을 삼켰다. 어디서부터 그와 그녀의 생각이 어긋난 건지, 그 어긋남을 고칠 수는 있을는지 가히 예상이 되지 않았다.

'클리프가 말한 것들은 내게 아무런 쓸모가 없다는 걸 그는 알까.'

에젠은 대륙도, 왕국도, 국왕의 목도 필요 없다. 그녀가 원한 건 처음부터 오직 단 하나였다. 그 단 하나를 위해 긴긴 시간을 거슬러 왔다.

"내가 원하는 건 당신이에요."

다시 제가 에젠에게 줄 수 있는 것들을 주절거리던 클리프의 입이 딱 다물어졌다.

다행이었다. 아직 청력은 살아 있는 모양이니까.

"뭐?"

"당신을 원한다구요. 클리프 당신이 내 곁에 있기를, 나를 봐 주기를, 다른 사람과…… 하아, 있지 않고 나랑 있었으면 좋겠다구요. 몇 번이나 말해야 해요?"

클리프는 조금 전 살벌한 냉기를 뿜어내던 게 언제였다는 듯, 석상처럼 멈춰 섰다.

에젠은 저를 옭아매듯 붙잡는 그에게서 좀 더 용기를 냈다.

"당신이 만들어 준 이 화려한 저택도, 예쁜 정원도, 아름다운 음악도 다 필요 없어요. 국왕 폐하의 목도— 세상에, 클리프, 당신이 조금 전 무슨 말을 했는지 아무도 몰라야 할 거예요. 반란으로 잡혀가고 싶은 게 아니라면—."

"에젠, 그게 무슨 뜻인지 말해 줘."

클리프는 더 견딜 수 없다는 듯 조급히 물었다. 목구멍에 채워지지 않을 기갈이 일었다.

그걸 긁어내리든가, 지금 그녀를 붙잡고 빨리 말해 달라 윽박지르든가, 하는 하고 싶은 한정적인 행위들을 겨우 참아 낸 건 오직 제대로 확인하기 위해서였다.

믿기지가 않아서, 도무지 가능한 일이 아니어서.

에젠이 숨을 들이켰다. 제정신에 입 밖으로 꺼낼 만한 말이 아니었지만 지금이 아니라면 영영 할 수 없을 테다.

"말 그대로예요. 당신을 원해요. 클리프 무어 당신을요."

"말도 안 돼."

그토록 절박히 답을 요구할 땐 언제고 클리프는 곧바로 부정했다. 제대로 듣지도 않고 고개부터 젓는 모양새에 애써 묻어 뒀던 그녀의 분노가 다시 일어났다.

"왜 믿지 않는 거예요! 계속 말했잖아요, 당신이 좀 더 일찍 들어왔으면 좋겠고, 바쁘지 않았으면 좋겠고, 나와 이안과 시간을 보냈으면 좋겠고! 당신이랑 하루의 시작과 끝을 같이하고 싶다구요. 더 이상 침실도 따로 쓰고 싶지 않고, 당신을 보려고 연무장에 숨어 들어가고 싶지도 않아요. 그냥, 내가 당신의 옆에 있는 게 숨 쉬는 것처럼 자연스럽길 원해요. 무슨 말인지, 알아듣겠어요?"

눈을 질끈 감고 에젠은 물을 쏟아 내듯 속엣말을 모두 토해 냈다. 그녀는 슬며시 클리프의 반응을 살폈다. 뜻밖에도 그는 석상처럼 뻣뻣이 굳어 있었다.

귀로 들은 말이 머리까지 전달되지 못한 것처럼 멍하게 서 있자 흥분한 에젠이 다시 소리쳤다.

"알아들었냐구요! 모르겠으면 다시 물어봐! 몇 번이고 똑같이 대답할 테니까!"

"……."

"클리프!"

"알아…… 알아들었어."

평소답지 않게 그가 말을 더듬었다. 그러나 아직 멍한 얼굴이었다.

바늘도 들어가지 않을 완벽한 남자가 나사라도 빠진 것처럼 멍청하게 얼어붙은 모습이 못 견디게 가슴이 저려서 에젠은 그를 붙잡았다. 조금 전 그가 그랬듯이.

"선물로는 충분치 않아요. 날 폐하에게서, 왕국의 모든 이들에게서 보호하려는 걸로는 충분치 않아요. 당신은 내게 좋은 남편이 되어 주려고 하지만 남편의, 의, 의무는 그것뿐이 아니잖아요."

"맙소사, 에젠, 지금 당신이 무슨 말을 하는 줄은 알아?"

손목을 감싸던 열이 탁 떨어져 나갔다. 그는 마른 손으로 얼굴을 거칠게 쓸었다. 에젠은 그를 다시 붙잡으려 했으나 이번에는 클리프가 뒷걸음질 쳤다.

"다가오지 마. 지금은 안 돼. 좋지 않아, 좋지 않다고."

"클리프."

"미친. 스무 살 난 놈팡이도 아니고."

목부터 귀까지 벌겋게 달아오른 살을 숨기려 거칠게 쓸어 대면서 그가 고개를 저었다.

"내가 뭘 말하는 건지 알잖아요."

"당신, 너무 흥분했어."

그가 또다시 한발 물러섰다.

"너무 화가 나서…… 그래서 자기가 무슨 말을 하는지 모르는 거야, 그렇지? 저번에도 그랬잖아. 감정이 앞서서, 지금 당신이 누구랑 마주하고 있는지 잊고 있는—."

"키스해 줘요."

클리프가 또 멍청히 굳었다. 저도 모르게 벌어진 입매를 이를 악물며 다물었다.

"당신, 무슨 말을 하는지—."

"나한테 입 맞춰요, 클리프."

에젠은 한 번 더 명령했다. 얼굴이 불에 탈 것처럼 달아올랐지만 이런 용기를 낼 순간이 다시 오지 않을 걸 알았다.

에젠에게는 그와 이어질 수 있는 기회가 그만큼 간절했다.

"제기랄…… 이러지 않아도 돼. 당신이 내 곁에 있는 걸로 충분해, 많이 바라지 않는다고 했잖아. 그걸로 난, 견딜 수 있단 말이야."

그가 받은 숨을 내쉬었다. 마치 호흡 곤란이라도 온 것처럼.

에젠은 그를 올려다보았다. 애달픈 마음이, 절절히 끓는 이 간절함이 그에게 전해지길 바랐다.

그녀를 내려다보는 시선은 밝지 않았다. 어두운 동굴에서 내내 머무른 것처럼 그의 시선은 습하고 건조하기만 했다. 푸른 시선은 그녀가 눈빛으로 전하는 무언의 고백을 열렬히 기뻐하는 것 같기도, 동시에 처절히 부정하려는 것 같기도 했다.

"후회할 거야."

뜨거운 손가락이 그녀를 붙잡고 잡아당겼다. 검지로 전해지는 열이 가냘픈 어깻죽지를 따라 내려갔다. 클리프는 희미해지는 이성 속에서 애써 손끝에 힘을 줬다.

부수면 안 돼, 너무 세게 쥐면 부서질 거야. 그토록 지키고 싶던 당신을 내가 또 망가뜨릴 거야. 그럼에도 당신을 놓아주지 못할 테지.

"미치겠어, 에젠. 당신은 내게서 도망쳤어야 해. 날 원한다느니, 남편의 의무를 행하라느니 그런 달콤한 것들을 나한테 들이밀어서는 안 됐다고."

그가 에젠에게서 손을 떼고 양손으로 제 얼굴을 감쌌다. 얼마나 힘을 주었던지 그의 얼굴이 시뻘겋게 달아오르는 게 느껴졌다.

"당신은 몇십 년 굶은 짐승 새끼에게 머리를 들이민 거라고. 내가 그렇게까지 인내심이 강하다고 생각했다면……."

"클리프, 당신 손으로 자기 얼굴을 부술 생각이 아니라면 그 손 좀 놔요."

에젠은 결국 낑낑거리며 제 손으로 그의 손을 떼어 내야 했다. 그러나 그것도 잠시, 드러난 그의 눈에 벌겋게 핏발이 서 있는 걸 보고 깜짝 놀랐다.

"당신의 날개가 꺾일 거야. 더 이상 자유롭지 않을 거고, 숨 막히게 당신을 옭아매던 그 과거로 돌아갈 수도 있어. 날 더 자극하지 마."

"클리프."

"내가 멈출 수 있을 때 그만해, 에젠. 난…… 당신을 다치게 하고 싶지 않아. 정말로."

그의 눈동자에서 물기가 일렁였다. 상처 입히고 싶지 않다는 말이 가슴을 저미듯 스며들었다.

'이 사람은 늘 그랬어.'

늘 그녀를 먼저 보호하려 했다. 얼마나 고통스럽든지간에 클리프 무어의 의식에서 에젠 크로포드는 가장 우선시되었다. 에젠이 알지 못하는 시간 속에서 그는 얼마나 오랫동안 마음을, 바람을, 소망을 죽여 왔을까.

"싫어."

에젠은 고개를 저었다. 그가 손을 밀어내기 전 클리프의 옷깃을 잡고 먼저 매달렸다.

"싫어, 당신을 원해."

맑은 녹빛 눈동자가 애처롭게 그를 올려다보았을 때 클리프의 둑이 터졌다.

"제기랄."

뜨거운 입술이 예고 없이 에젠을 집어삼켰다.

화염이 곳곳에서 터지는 것 같았다. 그는 쉴 새 없이 에젠을 밀어붙였다. 두꺼운 혀가 에젠을 속박하고 흉포히 안을 휘저었다. 숨 쉴 틈도 주지 않았다. 아랫입술을 물고 입안의 여린 살들을 집요히 문질렀다.

혀가 맞닿을 때마다 기이한 쾌감에 열이 올라 머리가 터질 것 같았다. 지나치게 선정적인 감각이 선득하게 등을 타고 오르자 에젠이 도리질하며 그를 밀어내려 했다.

"클리프, 잠깐……."

"안 돼. 불붙인 건 너야."

미는 대로 밀려 주던 클리프 무어는 없었다.

굵은 손가락 하나하나가 틈새 하나 없이 에젠을 옭아매고 도리어 제 품속으로 끌어당겼다.

여전히 그녀의 입술에서 떨어지지 않으며 그는 놓아주지 않을 것처럼 그녀를 으스러지듯 안다가도 이내 간간이 돌아오는 이성으로 팔에 힘을 풀었다.

그에게 이런 격정적인 모습이 있을 줄은 몰랐다. 에젠이 아는 과거의 그도 이처럼 막무가내는 아니었다.

그는 도무지 만족되지 않는다는 듯, 에젠의 얼굴 곳곳에 집요하게 입술을 붙였다. 몇 번이고 살덩이를 빨고, 가냘픈 눈가에 입을 맞추고, 다시 부드러운 입술을 집어삼켰다.

우습게도 그 짙은 입맞춤에 에젠은 그제야 안도감을 느꼈다. 열렬한 기쁨이 지나가면 가슴이 미어지는 듯한 아픔이 찾아왔다. 그가 전해 오는 열이 그토록 애처로울 수가 없었다.

'난 이 사람을 사랑하는 거야.'

처음으로 클리프 무어, 그녀의 인생에서 가장 강렬하게, 가장 깊숙하게 자리 잡은 사람에 대한 감정이 정확하게 정의 내려졌다.

이토록 애달프게, 세상 그 누구보다 소중하게 느껴지는 게 사랑이 아닐 수 있을까.

저를 감싸는 손을, 이 품을, 이 온기를 잃느니 차라리 죽음이 더 쉬이 느껴지는 게 어떻게 사랑이 아닐 수 있을까.

"에젠, 나의 에젠."

클리프는 쉴 새 없이 뭔가를 중얼거렸다. 그러나 내내 붙어 있는 채로 중얼거린 탓에 그의 속삭임은 전부 입 안으로 사라졌다.

자잘한 키스가 얼굴 위로 내려왔고 그는 그녀의 목과 어깨에 얼굴을 묻었다. 허리를 감싸던 손이 아래로 향하며 드레스 자락을 걷어 올렸다.

"흐으, 흣!"

배 속으로 열이 몰리고 오금이 저려서 에젠은 저도 모르게 다리에 힘을 주었다.

"쉬이……."

델 듯한 따뜻한 손이 그녀를 달래듯 부드럽게 허벅지를 쓸었다. 에젠은 그의 입술을 힘겹게 받아 내며 숨을 몰아 내쉬었다. 둔부를 쥐고 자신 쪽으로 끌어당기는 그의 힘은 뼈를 부술 것같이 강했다.

그러나 그 손길이 몹시도 부드럽고 애정이 묻어나서 에젠은 움찔움찔 떨기만 했다. 모든 피부의 세포가 살아 있는 것처럼 촉감이 선연했다.

뭉근히 아래를 쓸던 그의 손길이 더 깊은 곳으로 다다를 때였다.

"읏, 아파……."

순간 에젠의 입에서 아릿한 신음이 터졌다. 아직까지는 쾌락보다는 통증에 가까웠다. 아직 준비되지 못한 여성이 뻐근한 아픔을 호소했고, 가뜩이나 물기가 어렸던 눈동자에 생리적인 눈물이 가득 고였다.

주르륵, 볼을 타고 미끄러진 물방울을 뒤늦게 확인한 클리프가 그대로 굳었다. 제길, 내가 지금 에젠에게 무슨 짓을…….

불타오르던 눈빛에 한 가닥 남은 이성이 그를 붙잡았다.

"계속해요."

"당신, 아직 좀 더 쉬어야 해. 이안을 낳고…… 얼마 안 됐잖아. 무리하면…… 안 돼."

"괜찮다니까요."

아프긴 했지만 지나치게 오랜만이기 때문이 더 클 것이다. 그가 더 만져 준다면 괜찮을 걸 알았다.

에젠은 자신을 감싸는 부드럽고 따뜻한 온기에서 멀어지고 싶지 않았다. 그녀가 도리질했지만 클리프는 완강했다.

"도무지, 부드럽게 할 자신이 없어. 너무 오래 참아서…… 상처 입힐 거야."

"괜찮으니까 클리프, 어서……."

"그럴 순 없어. 당신, 지금도 울고 있잖아."

클리프가 어두운 얼굴로 그녀의 볼을 닦아 냈다. 에젠은 제가 그런 줄도 몰랐다.

"아니에요, 이건 당신이…… 당신이랑……."

당신을 사랑하게 됐다고, 멀고 먼 시간을 돌아 비로소 깨닫게 된 이 감정을 어떻게 설명해야 할까. 에젠이 좀 더 나은 설명을 하기 위해 고심하고 있을 때 클리프는 미끄러지듯 그녀의 어깨에 얼굴을 기댔다.

가녀린 쇄골에 그의 뜨거운 숨이 토해졌다. 그는 악문 잇새로 알아듣기 힘든 단어를 내뱉는가 싶더니 에젠이 다시 입을 열기도 전에 황급히 그녀에게서 떨어져 나갔다.

"클리프?"

언제 불타올랐냐는 듯, 고개를 든 그는 다시 무표정해 있었다. 단단하게 굳어 버린, 최근 에젠에게 가장 많이 보여 주었던 냉철한 표정으로.

"들어가."

클리프는 흐트러진 그녀의 행색을 정돈해 주고 그녀를 침대 안으로 밀어 넣었다.

그녀를 안아 드는 손길은 조금 전 저를 지분거리던 손길과는 달리 너무도 깔끔했다. 군더더기 없을 정도로.

에젠은 그 변화에 너무나 상심하여 그의 악문 잇새나 아직도 흉흉한 눈빛, 그리고 안간힘을 써서 쥐고 있는 주먹 쥔 손 따위를 확인할 새도 없었다.

"쉬어. 당신에겐…… 휴식이 필요해."

그리고 빌어먹을 내게도. 그가 살포시 중얼거리는 것 같았다.

'이렇게 가 버린다고?'

조금 전 불같은 포옹과 입맞춤은 어디 가고 미련 없이 돌아서려는 그를 에젠이 절박하게 붙잡았다.

"싫어, 가지 마요. 여기에 날 혼자 두고……."

처음으로 용기를 냈는데…… 온몸이 새빨갛게 타 버릴 것 같은 부끄러움과 수치를 참고 겨우 당신에게 고백했는데 이렇게 가 버린다고?

에젠은 이번에는 정말 서러워서 울음이 터질 것 같았다.

"당신도, 나도 좀 더 준비가 되면, 그때…… 제길, 지금 내게 손대면 안 된다니까. 어서 자."

그의 얼굴이 일그러졌다. 자기는 그녀를 제멋대로 매만졌으면서 에젠이 그에게 손을 내밀자 불에 닿기라도 한 듯 물러났다.

클리프는 마치 짐짝처럼 그녀를 침실로 밀어 넣고 황급히 문을 닫았다. 에젠에게 손을 뻗는 걸 참으려 거세게 힘을 준 탓에 클리프가 쥔 문의 철제 손잡이가 기형적으로 뒤틀린 건 아무도 몰랐다.

"문, 열지 마."

그가 이를 악물고 경고했다. 그리고 문이 닫혔고, 성큼성큼 떠나 버리는 그의 발소리가 들렸다.

에젠은 그의 경고를 무시하고 문을 다시 열었으나 복도는 텅 비어 있었다. 불과 몇 초 만에 그는 같은 공간에 더 머무르기도 싫은 것처럼 사라져 버린 채였다.

왈칵 울음이 올라왔다.

"흐으……."

혼자 남겨졌다. 가슴속에 수많은 감정들이 몰아쳤고 그건 조금 전의 몽실몽실하고 차오르는 듯한 행복과는 전혀 다른 감정들이었다.

'어떻게 그냥 가 버릴 수가 있어.'

그에게 실망했고, 언제 열기가 타올랐냐는 듯 떠나 버린 그가 야속하고 미웠다.

진짜로 너무너무 미웠다. 클리프가 지금 눈앞에 있다면 그 차가운 얼굴을 할퀴고 냉랭한 등을 마구 때려 주고 싶었다. 분노에 에젠의 가녀린 어깨가 부들부들 떨렸다.

'분노라고?'

이렇게 화낼 일이 아닌데, 아까 그가 반지를 건넬 때도 그랬고, 대뜸 그에게 고백할 때도 그랬지 않았나. 최소한의 감정조차 조절하지 못하는 성급하고 유치한 어린아이가 돼 버린 것 같은 자괴감 또한 일었다.

'그대로 가 버렸어. 당신을 원한다는 내 말을 듣고서도, 그렇게 틈 하나 없이 날 안았으면서 어떻게 뒤도 안 돌아보고 가 버릴 수 있지?'

이게 가능한 일일까. 에젠의 머릿속에서 자꾸 조금 전의 상황이 되풀이되었다.

반복될수록, 그의 손길에 고양됐던 감정이 가라앉고 비관적인 이성이 자리 잡기 시작했다.

그때의 열기는 그저 육체적인 흥분이 아닐까. 이성이 돌아왔으니 이러면 안 된다는 걸 깨닫고 그녀를 밀어낸 건 아닐까. 그도 그럴 것이 키스해 달라고 매달리던 저는 분명 그를 유혹하고 있었으니까. 수치도 모르고 몸이 달아서 그에게 달려들어서…….

그녀의 눈가가 일그러졌다.

저를 밀어내던 손길은, 뒤돌아보지 않던 매정한 등은 그녀를 거부한다는 암묵적인 메시지였나. 사려 깊은 사람이니 에젠이 상처받지 않길 바라서 그렇게…….

"흐, 흐흡, 흐."

에젠은 훌쩍훌쩍 울기 시작했다.

울음소리가 방문을 타고 새어 나갔으면, 클리프가 들었으면, 그래서 그녀에게 다시 돌아왔으면 했지만 억눌린 채 살아온 세월은 그녀를 그리하지 못하게 했다.

결국 에젠은 숨죽이며 울다 지쳐 잠들었다.

챙— 채앵!

늦은 밤, 거친 금속음이 어둠에 휩싸인 연무장을 울렸다.

날뛰는 본능을 내리누르려는 클리프의 발악에 연무장 곳곳이 부서졌음에도 그는 쉴 새 없이 몸을 혹사시켰다.

'상처 입히면 안 돼.'

살벌히 검을 내리칠 때마다 오직 같은 말만 반복하는 그였다. 그러나 수백 수천 번 그리 되뇌어도 클리프의 머릿속에 가득 찬 건 에젠뿐이었다.

하얀 얼굴과 젖은 눈가, 붉게 달아오른 입술과 실크처럼 부드럽던 살결…….

"제정신이 아니군—."

그에게서 다시 욕설이 터졌다.

그야말로 눈이 돌았다. 저를 올려다보는 눈동자 하나에, 소매를 잡는 손끝 하나에 이성을 잃었다. 여태까지 참아 왔던 모든 것들이 거대한 산이 되어 클리프를 덮쳤고, 그는 정신없이 그녀를 탐했다.

언제나 에젠의 감정을, 그녀의 의사를 우선시하던 자신은 어디 가고 본능대로 움직이고 있었다.

클리프는 제 본능이 에젠에게 얼마나 위험한지 알고 있었다. 그것이 저를 얼마나 눈멀게 할 수 있는지도, 여태까지 간신히 쌓아 온 모든 것을 무너뜨릴 수 있다는 것도.

에젠이 원하지 않을 시 멈출 수 있을 만한 최소한의 제어조차 지금의 그에게는 불가능했다.

아껴 주고 싶었다. 소중히 대하고 싶었다. 천천히, 부드럽게, 오직 에젠을 위해서만 움직이고 싶었다. 지난 생에선 그러지 못했으니까, 완전히 이성을 잃고 그녀를 배려하지 못했으니까 이번만큼은 제대로 시작하고 싶었다.

그래서 황급히 그녀를 남겨 둔 채 볼썽사납게 도망칠 수밖에 없었다. 결국 클리프가 침실로 다시 향할 수 있었던 시간은 해가 밝아 올 때쯤이었다.

너른 침대의 한쪽에서 에젠은 잠들어 있었다. 그녀를 확인하자마자 다시 심장이 달음박질쳤다. 열이 다시 올랐다. 그나마 손끝 하나 움직이기 힘들 정도로 지친 탓에 아까처럼 활활 타오를 정도의 열은 아니었다.

에젠에게 다가가며 클리프는 몸을 혹사시키길 잘했다고 생각했다.

"……."

눈물 자국이 말라붙은 눈가가 애달파서 클리프는 저도 모르게 입술을 내려 그녀의 눈가에 키스했다. 안쓰럽고 가슴이 아팠고, 동시에 더할 나위 없이 사랑스러웠다. 이토록 기꺼운 감정을 그녀에게 할애할 수 있다는 게 그저 꿈 같았다.

'날 원한다고 했어.'

같은 순간을 반복해서 복기한 건 그 또한 마찬가지였다.

빛 한 줄기처럼 에젠의 그 한마디 고백이 클리프를 지탱하게 했다. 여태까지 그를 갉아먹던 심연이 힘을 잃기 시작했다.

'에젠이 날 증오하지 않아.'

오히려 그를 향해 먼저 손을 뻗었다. 집착하듯 옭아매는 손길을 밀어내지 않았고 가녀린 몸은 그의 품으로 부드럽게 안겨 들었다.

클리프는 소리 없는 숨을 내쉬었다. 시선은 내내 에젠에게 박혀 있었다. 아득하게만 느껴졌던 어둠의 출구가 보이는 것처럼 그녀는 사람을 숨 쉬게 만든다.

어떻게 이토록 기적 같은 순간이 존재할 수 있을까.

창문으로 햇살이 비쳤다. 날이 점점 밝아 오고 있었다. 클리프는 에젠의 옆에서 무거운 몸을 겨우 일으켰다.

할 수만 있다면 에젠이 깰 때까지 그녀의 옆에 누워 기다리고 싶었지만 서명만 남은 협정을 미룰 순 없었다. 이 일이 끝나고 나면 그녀의 곁에서 모자란 시간들을 채울 수 있을 테지.

클리프는 떨리는 펜촉으로 짧은 메모를 남겼다. 평소처럼 휘갈겨 쓴 필체가 아니라 꾹꾹 눌러쓴 필압이 그의 긴장과 설렘을 동시에 보여 주고 있었다.

"……."

침실을 나서려던 그는 다시 되돌아왔다. 허리를 숙여 에젠의 이마와 관자놀이에 깊게 입술을 대고 나서야 그녀의 곁을 떠났다.

"부인을 부탁하지. 일어나서 날 찾으면 전해 줘."

"예, 각하."

메모를 건네받은 하딩이 열성적으로 고개를 끄덕였다.

'각하께서 마침내 마음을 전하셨구나!'

그 어느 때보다 부드러운 얼굴을 하는 클리프를 보고 후작 부부의 관계 발전을 미리 짐작한 그는 그저 기쁠 뿐이었다.

정오의 대공저.

기다란 테이블의 끝 상석에 맥카이잔 대공이 앉아 있었다. 오른쪽에는 클리프가, 그리고 왼쪽에는 로잘린이 앉았다.

성공적으로 하이츠와 에브론, 그리고 맥카이잔 3국의 평화 협정을 마치고 대공이 개인적으로 제안한 식사 자리였다. 협정 외의 비공식적인 만남이었기에 이 자리에는 대공의 최측근 로잘린만이 자리했다.

클리프는 곧바로 거절하고 돌아가려 했으나 대공이 아직까진 서명 전이라며 협정 취소를 들먹이는 탓에 어쩔 수 없이 참석해야 했다.

"들지, 클리프."

협박을 할 땐 언제고 음식을 권하는 대공의 목소리는 호탕하고 유쾌했다. 식사 시간은 시끄럽지 않았고 단출했다. 이미 신경이 딴 데로 가 있는 클리프가 대화에 열성적이지 않았기 때문임이 컸다.

"자네를 위해 준비한 작은 선물이네."

"제게는 과분합니다."

클리프 무어는 대공이 은근하게 건네주는 모든 선물을

거절했다.

"자네의 위치를 생각해 보면 현명한 처사이긴 하건만, 너무 내 성의를 무시하는 것 아닌가?"

대공이 넌지시 불쾌감을 표시하는데도 그는 끝까지 아무것도 받아 들지 않았다.

처음 대공저로 왔을 때와 같이 빈손으로 왔다가 빈손으로 가는 그의 모습은 이번 삼국 협정을 투명하게 이끈 주역으로서의 행보다웠다.

"하지만 이건 받게. 아무런 의미 없는 그저 내 순수한 마음의 선물이라면 받아 주겠나? 산모에게 좋은 거라네. 대륙 신전에 신탁을 내리는 장수거북의 정수를 모은 환약이야. 아이를 낳고 몸을 추스르기에 그만이지. 내 처도 첫 아이를 낳고 몸이 허약해져 몇 달을 침대에서 벗어나질 못했다네. 자네의 아내도 몸이 약하다고 들었어."

"……."

이번에는 거절의 말이 흘러나오지 않았다. 클리프의 얼굴에 처음으로 갈등의 빛이 비쳤다. 정치적인 해갈을 위해서는 아무것도 받아들이지 않는 것이 옳건만, 병약한 아내를 떠올리자니 쉬이 거절할 수 없는 듯했다.

"걱정 말게. 오늘 이 테이블에서의 일은 내 지위를 걸고 밖으로 새어 나가지 않도록 할 테니."

"약값은 치르겠습니다."

끝까지 대공에게 빚을 지지 않겠다는 강경한 태도는 여

전했다. 그런 반응을 예상했다는 듯 대공이 장난스러운 웃음을 지었다.

"고맙다는 인사로 알아듣겠네. 애처가라고 들었는데 과연 왕국을 떠들썩하게 한 세기의 사랑답군."

맥카이잔 대공이 잠시 망설이다가 고백하듯 말했다. 그래도 타국의 사람인데 지나치게 친근히 구는 게 아닐까 싶었기 때문이다.

"사실, 자네 부부를 보고 이 협정을 결정한 걸세."

부부라니? 클리프가 대공을 바라보았다.

그 혼자 대두되어야 할 사안에 에젠이 떠오른 것은 예상 외였다. 대공이 에젠을 본 적 있었나? 두 사람이 맞닥뜨릴 만한 계기는 없었다.

대공의 영문 모를 말에 로잘린 또한 고개를 갸우뚱거릴 때였다. 대공은 허심탄회하게 토로했다.

언젠가 젊은 날의 자신을 보는 듯한 기분이 들어서인지, 복잡한 협상이 모두 끝난 마당이라서인지, 클리프를 향하는 맥카이잔 대공의 눈빛은 뜻밖에도 부드러웠다.

"미안하지만 자네를 조사해 봤네. 자네와 자네 아내 이야기가 가장 떠들썩하더군. 가문을 몰살한 원수의 딸을 감싸 안을 만큼 진실한 사랑이라 말이야."

순간 로잘린이 뻣뻣하게 굳었다.

"그런 은원마저 뛰어넘는 사람이 진행하는 협상이라면 믿어 봐도 되겠다 생각했네. 지난 세월, 우리 삼국간 있었던 험악한 과거는 뒤로하고 앞으로 나아갈 수 있으리라고. 나는 늘 그런 시작을 기다리고 있었지. 비록, 그걸 빌미로 로이젠 지역을 반환해 달라는 건 말도 안 됐지만 말이야. 일단 시작을 하려면 누군가는 희생을 하여야 하는 법이니 내 이해하기로 했지."

"……."

웃고 있는 건 맥카이잔 대공 하나뿐이었다.

그는 조금 전 제 말을 기점으로 날카롭게 갈려진 분위기를 알아차리지 못했고 클리프는 설명을 요하는 로잘린의 시선에 답하지 않았다.

그는 표정 없이 식사를 끝내고 곧바로 되돌아갔다. 그러나 그 어떤 것도 뒤늦게 무어 후작 부부의 결혼에 대한 모든 전말을 알게 된 로잘린을 막을 순 없었다.

로잘린은 언젠가 클리프가 그랬듯, 후작가의 대문을 밀고 들어와 클리프가 있는 집무실 문을 박차고 들이닥쳤다.

쾅—!

"언제까지 숨길 작정이었어?"

로잘린의 날카로운 고함이 찌르듯 그를 향해 울려 퍼졌다.

클리프가 대공저로 떠난 아침, 에젠은 국왕으로부터 서

신을 받았다.

국왕과 만나는 것은 이번이 두 번째가 되겠으나 그가 그녀를 황궁으로 불러들인 것은 처음이었다.

에젠은 하딩이 건넨 클리프의 쪽지를 받았다. 어젯밤 미안했다고, 협정이 끝나는 대로 다시 얘기하자는 짤막하지만 배려 깊은 메시지였다.

그러나 그 사려 깊은 배려가 에젠을 다시 들뜨게 하지는 못했다. 그에게 거부당하고 텅 빈 침실에서 홀로 일어나야 했던 순간의 서러움이 더 깊게 밴 탓이다.

"세상에, 국왕 폐하께선 무슨 일로 마님을 부르시는 걸까요?"

이유 모를 기대에 어쩔 줄 모르는 에밀리와 달리 에젠은 씁쓸히 웃었다.

'클리프의 옆에서 떨어져 나가라고 말하시려는 거겠지.'

그러나 정작 화려한 왕궁에서 국왕이 에젠에게 한 말은 뜻밖이었다.

"널 인정하겠다."

순간 귀를 의심한 에젠이 무례를 잊고 고개를 들었다. 국왕이 오만한 얼굴로 그녀를 내려다보고 있었다.

"앞으로 그대와 이리 따로 보는 일도 없을 것이며, 그대는 내 충신의 아내로서 걸맞은, 아니 그보다 더한 대우를 받게 될 것이다. 내 비를 제하면 이 왕국에서 가장 귀한 여인으로 여기는 것이지만 왕비와 달리 그대에게는 골치 아픈 정치 싸움도 없을 것이며, 그대는 귀족 간의 알력도 상관없이 평온한 삶을 누릴 수 있겠지."

국왕은 그것이 자못 아니꼬워 견딜 수 없으면서도 질린다는 표정이었다.

"무슨 말씀인지 모르겠습니다."

"그럼 그리 죽고 못 사는 그대의 지아비에게 물어보라. 짐이 어깃장으로 내놓은 억지 내기까지 하겠다고 나서며 오직 너 하나를 지키려 불더미로 뛰어드는 위인이니 그대에겐 충실히 설명해 줄 테지."

국왕의 말은 계속해서 이어졌고, 에젠은 그의 핀잔 같은 설명을 듣고 나서야 클리프가 그토록 바쁘고 지쳤던 진정한 내막을 깨달을 수 있었다.

'그는 날 싫어하는 게 아니었어. 날 원하는 게 아니라면 국왕 폐하와 척을 지면서까지 협정에 매달렸을 리 없잖아.'

에브론 쪽의 인사들과 쉴 새 없이 어울렸던 이유도, 타국의 경계를 사지 않으려 협정이 마무리될 때까지 그 내막을 발설하지 못한 이유도 모두 알게 되었다.

클리프의 행위에 에젠이 기여하지 않은 건 없었다. 그 강렬한 깨달음이 그토록 기쁠 줄이야.

핑퐁처럼 이랬다저랬다 하는 감정의 고저가 한없이 유치하게 느껴졌지만 그 어떤 것도 지금 그녀가 느끼는 감격스러움을 저어할 순 없으리라.

"짐의 할 말은 끝났으니 이만 물러가라."

불퉁한 국왕의 목소리도 귀에 들리지 않았다.
'어쩌면 그도 날……. 클리프의 마음도 나와 같을지 몰라.'
에젠의 가슴속에 다시 희망과 기쁨이 샘솟기 시작했다.

"내가 평생 모르길 바랐어?"
지금 로잘린의 새된 괴성은 그녀 자신을 제대로 추스르지 못할 정도였다.
막무가내로 저택으로 들어온 것도 모자라 후작의 집무실까지 침입해서 소리치는 그녀의 모습은 미치광이 같았다.
흑기사들이 그녀를 내보내려 했으나 클리프의 저지에 물러났고, 로잘린은 그조차 클리프의 배려라는 걸 알아차리지 못할 정도로 이성을 잃은 상태였다.
"어떻게 그럴 수 있어? 크로포드가 우리한테 한 짓을 잊었니?"
그녀는 거의 클리프의 얼굴에 칼을 꽂을 것처럼 보였다.
아름답고 큰 두 눈에는 배신감과 경악, 그리고 믿을 수 없는 분노가 담겼다. 그녀가 수십 년간 내리눌렀던 생생하고 악독한 기억들이 넘치듯이 밀려들어 와 그대로 모습을 드러냈다.
"어? 말해 봐, 클리프 무어! 잊었냐고!"

격분한 로잘린이 클리프의 멱살을 쥐었다. 셔츠를 쥐고 거칠게 흔드는데도 클리프는 반응이 없었다. 그저 묵묵히 그녀의 악다구니를 받아 낼 뿐이었다. 그것이 그녀의 분노를 더욱 부채질했다.

"네 부모님이 어떻게 돌아가셨는지도? 그들이, 그놈들이 우리를 어떻게 학살하고 도륙했는지 잊었어! 클리프 무어! 그러고도 네가 인간이야? 그러고도 네가 그분들의 자식이야!"

로잘린의 피 끓는 고함 소리는 집무실을 넘어서 번져 나갔고 그녀의 격분한 손이 그의 뺨을 후려 갈겼다.

"크로포드 때문에 내가 어떤 삶을 살았는지 알아? 알고 이러니? 노예가 어떻게 살아남을 것 같아? 가장 천한 바닥까지 구르며 내 나라 땅 한 번 밟지 못하고 평생 떠돌아다녀야 했어. 살아남으려고 귀를 닫고 개처럼 기었고 인간쓰레기들의 발을 핥았어. 죽을 수가 없어서! 살아남아서 그놈에게 복수하려고! 죽여 버리려고!"

매섭게 돌아간 고개에도 그는 반응을 보이지 않았다.

로잘린의 분노를 이해했고, 어떤 말을 해도 그녀를 이해시킬 수 없다는 걸 너무도 잘 알았기에 그는 아무 말도 하지 않았다.

"이모와 이모부는 내게 부모님 같은 분들이셨어. 나조차 그분들을 잊을 수 없는데, 난 아직도 눈만 감으면 죽어 가는 무어가 식구들이 어른거리는데, 씹어 죽여도 시원찮을 크로포드 개새끼의 악몽에 시달리는데, 클리프 무어 네가 어떻게 그럴 수 있어! 네가 무슨 자격으로 그분들을 대신해서 크로포드를 용서해! 그 악독한 피를 이곳에 들여! 네가 뭐라고!"

짹그랑—

순간 허공을 가르는 날카로운 파열음에 두 사람의 시선이 모두 문 쪽으로 향했다.

로잘린을 데리고 나가려다 저지당한 흑기사들이 나가며 제대로 닫지 않은 문틈으로 보이는 산산조각 난 찻잔. 바닥으로 번지는 뜨거운 찻물…….

그리고 거기에 에젠이 있었다. 클리프는 그대로 얼어붙었다.

"에젠!"

"나, 나는…… 차를, 아니……."

에젠이 입을 벙긋거렸다.

"인, 인사를 하고, 싶, 싶어서, 아니, 사실은 당신이, 왔다, 그래서……."

여느 때보다 가냘픈 목소리는 경악하는 동공과 새파랗게 질린 얼굴 때문에 더 애처로워 보였다.

무어. 이모. 노예. 복수. 크로포드.

에젠은 그제야 여자의 정체를 깨달았다. 그리고 그것은 로잘린도 마찬가지인 모양이었다.

언젠가 에젠을 향했던 로잘린의 이유 모를 호감은 온데간데없었다. 에젠을 열렬히 반겼던 상냥한 두 눈이 그녀를 죽일 듯이 노려보았다. 눈빛이 칼날이었다면 에젠은 이미 제가 수차례 베여서 이미 피투성이가 되었을 것임을 알았다.

착각했구나.

멍한 깨달음이 그녀를 후려쳤다. 클리프가 그토록 협정에 매달린 이유는 에젠을 위해서가 아니었다. 로잘린 때문이다. 그녀를 위해, 공국의 평화를 가져올 협정이 그토록 중요했던 것이다.

그리고 로잘린 그녀는 크로포드의 살육에서 살아남은 클리프의 유일한 가족이었다.

그제야 멍청한 둔재가 세상의 이치를 깨닫는 것처럼 모든 것이 선명해졌다. 클리프가 그녀를 계속해서 피하고 밀어냈던 이유는…….

그녀는 잊었지만 그는 잊지 못했던 것이다. 아니, 잊을 수 있을 리가 없었다. 무어를 학살한 크로포드. 그와 자신의 사이를 가로지르는 가장 근본적인 인과를.

그리고 제가 얼마나 과분한 걸 바랐는지도 깨달았다. 에젠이 보았던 미래에서 클리프가 저를 잊지 못했던 이유는 그녀가 죽어서였다. 에젠의 극단적인 선택이 도리어 둘의 관계를 전환하는 계기가 되어 준 셈이었다.

그러나 이번 생은 어떤가. 클리프는 아직 그녀의 죽음을 겪지 않았다.

그러니까, 그러니까…… 지금으로서는 크로포드와 무어 간의 은원을 해소할 만한 어떠한 계기도 존재하지 않는 셈이다.

사랑은 사치였다. 그런 알량한 감정은 아직 시작되지도, 시작될 수도 없었다는 걸 왜 몰랐나. 인과가 수반되지 않은 상황에서 클리프가 자신을 마음에 담을 수 있는 여유가 없다는 것을 에젠은 너무 늦게 알아차렸다.

날 어떻게 봤을까.

키스해 주지 않는다고 울먹거리고, 저를 보아 주지 않는다고 악을 쓰고 투정을 부리고 그를 곤란하게 만들고……. 심지어 남편의 의무를 수행해 달라 고집부렸지. 정작 제게 아내의 자격조차 주어지지 않았다는 걸 모르고.

"아, 아아……."

그 때늦은 깨달음이 그녀를 부끄럽게 했다. 얼굴이 고통스럽게 달아올랐다.

피해자를 눈앞에 두고도 가문의 지독한 죄를 잊은 채 치욕스럽게 사랑을 꿈꿨단 사실이, 크로포드의 죄 없는 희생양이 되어야 했던 클리프와 그의 가족을 봤음에도 감히 실없는 질투와 독점욕을 느끼고 있었단 사실이 그토록 부끄러울 수가 없었다.

버젓이 살아 숨 쉬고 있다는 게 이토록 수치스러울 수가 없었다.

'사라지고 싶어.'

그 순간 그녀를 관통하는 감정은 단 하나였다. 사라져야 했다, 적어도 이곳에서, 클리프의 시야에서.

에젠은 뒷걸음질 치며 도망쳤다.

"에젠!"

클리프 또한 창백하게 질린 채 그대로 에젠을 쫓았다.

조각 같은 얼굴에 핏기가 사라져 있었다. 그는 로잘린이 혼자 남겨지는 것도, 로잘린에게도 최소한의 설명이 필요하다는 사실조차 떠올리지 못했다.

문 뒤에 서 있던 에젠을 발견한 이후로 그의 머릿속에는 오직 그녀뿐이었다.

제기랄, 어디까지 들은 거지? 왜 하필 지금…….

그는 입술을 짓씹으며 도망치는 아내를 쫓았다. 아내의 뒷모습을 쫓는 것은, 늘 그랬듯 끔찍하리만큼 고통스럽고 불안했다. 악몽이 기다리고 있었다는 듯 그를 향해 손짓하는 것 같았다.

"에젠, 멈춰!"

에젠은 그대로 내달렸다. 그저 도망치고 싶다는, 그 자리에 더 있을 수 없던 절박함에 쉴 새 없이 발을 놀렸으나 얼마 가지 않아 그에게 붙잡혔다.

공교롭게도 두 사람이 서 있는 곳은, 되돌아온 날 처음 서로를 마주했던 백색의 대리석 계단 앞에서였다.

"에젠. 잠깐, 하아, 아냐. 이건 당신이 생각하는 그런 게—."

"미안해요."

두서없는 말을 지껄이며 그녀를 보호하려는 그는 여전히 다정했다. 에젠은 수치스러워서 미칠 것 같았다.

이런 사람에게 저는 무슨 짓을 하려 한 거지?

뜨거운 울음이 울컥 터져 나왔다. 에젠은 새파랗게 질린 채로 더듬거리며 사과했다.

“정말 미안해요. 클리프, 내가, 내가 너무 미안해요.”

“에젠, 내 말부터 들어.”

“알, 알고 있었는데, 잊어버렸어요. 생각하고 싶지 않아서, 이번에는 다를 것 같아서…….”

“내 말을 들어 줘, 응? 에젠, 숨 쉬고, 제기랄, 제발 숨 좀 내쉬어.”

에젠은 제가 헐떡거리는 것도 알지 못했다. 목이 졸린 듯, 가쁜 숨을 캑캑 내쉬는 것도 몰랐다. 그저 눈물이 가득 찬 큰 두 눈으로 절박하게 그를 올려다보면서 끊임없이 사과를 반복했다.

어떻게든 그에게 설명해야 한다는 듯이. 무지한 제 행위가 절대로 응분의 과오를 잊었기 때문은 아니라는 것을 그에게 이해시켜야 한다는 듯이.

걷잡을 수 없이 치밀어 오르는 울음을 누르고 그것을 모두 설명하는 것은 쉬운 일이 아니었다.

“알아요, 내, 내가 과분한 걸 바랐다는 걸, 당신에겐 내가 그저, 원수의, 가족을 몰살한, 원수의…… 그, 그건 절대로 바, 바뀔 수가 없는 건데…….”

“아니야, 그게 아니야, 에젠!”

클리프는 미칠 것 같았다. 눈물이 쉴 새 없이 볼을 타고 흐르는 그녀의 애처로운 모습에 투박한 손이 눈물을 닦아 내려 뻗어 나갈 때였다.

"안, 안 돼요. 싫어!"

클리프의 손길을 절박하게 뿌리친 에젠이 그 반동에 휘청했다. 문제는 그녀의 뒤에 가파른 계단이 자리하고 있다는 것이다.

클리프가 다급하게 손을 뻗었으나 에젠의 뇌리에 깊게 밴 죄책감이 다시 그의 손을 피했고 그녀는 그대로 계단 아래로 굴러떨어졌다.

"에젠!"

찢어지는 고함 소리가 저택을 쩌렁쩌렁 울렸다.

서늘하게 날 선 대리석의 계단을 몸으로 받아 낸 에젠이 꽝 하고 바닥으로 부딪혔다. 그 몇 초의 순간이, 함께 몸을 던진 그가 에젠을 놓친 찰나가 영겁처럼 길었다.

"안 돼, 맙소사, 안 돼……."

클리프는 곧바로 바닥에 쓰러져 있는 그녀에게로 달려갔다. 정신을 잃은 몸을 붙잡고 피가 흘러나오는 머리를 감싸 안았다.

"에젠, 에젠!"

마치 그녀의 이름 말고는 아무것도 모르는 백치처럼 클리프는 그녀의 이름만을 목 놓아 불렀다.

하얀 드레스가 붉게 색이 지기 시작했고 그것은 곧 커다란 웅덩이를 만들어 냈다. 흐릿하게 풍기는 피비린내가 클리프의 가슴을 저몄다.

“제기랄, 안 돼, 절대로 다시 반복할 순 없어!”

그는 아연실색했다. 그녀를 안고 쉴 새 없이 고함쳤다.

“날 다시 버리지 마. 에젠, 제발! 당신, 눈을 떠! 제발, 어서? 응?”

클리프는 내내 저를 좀먹어 왔던 불안이 마침내 현실이 되었다는 걸 깨달았다.

이래서 그토록 불안했던 거다. 단 한 순간도 안심할 수 없었던 거다. 신이 그에게 에젠을 허락하지 않을 걸 알았기에. 종국에 이토록 매정하게 그녀를 데려갈 걸 알았기에.

저택을 울리는 주인의 처절한 고함 소리에 하인들은 놀라 달려 나왔다. 그들이 마주한 건 쓰러진 부인을 안고 아귀처럼 부르짖는 주인의 모습이었다.

“의사를 불러, 닥치는 대로 불러! 빨리, 빨리! 에젠, 제발 눈을 떠. 버리지 마, 에젠, 날 또다시 혼자 두지 마. 제발, 당신을 또 잃을 순 없어! 에젠, 제발!”

로잘린은 에젠을 안고 미친 사람처럼 소리치는 클리프를 보았다.

처음 보는 사촌의 모습이 낯설었다. 정신을 잃은 여자를 끌어안고 온몸이 새빨개져서 목이 터져라 우짖는 모습은 마치 악(惡)을 잃은 악마 같았다.

인간의 형상이라 보기엔 그의 얼굴에 서린 고통이 너무 생생해서 로잘린은 할 말을 잃었다.

건장한 하인들이 황급히 들것을 가져와 에젠을 옮겼다. 저택의 주치의도 새파래진 얼굴로 달려왔다.

황궁의 주치의가, 대륙의 내로라하는 의원들이 시시각각으로 저택으로 들이닥쳤다. 그들은 미친개처럼 핏발 선 눈으로 아내 옆에 달라붙어 있는 후작의 강박을 감당해야 했을 뿐만 아니라, 그 무엇보다 심각한 난제를 직면해야 했다.

후작 부인이 끝내 깨어나지 않았기 때문이다.

저택은 잠깐 화사하게 피어났던 게 언제였냐는 듯이 살얼음 같은 고요 속으로 숨어들었다.

홀을 울리던 아름다운 음악 소리도, 바람을 타고 실려 오던 꽃향기도 모두 사라졌다. 하인들은 후작의 심기를 거스를까 숨죽인 채 움직였고 저택에서 들리는 유일하게 생생한 소음은 어린아이의 울음소리뿐이었다.

"으아, 으아아!"

부모의 부재에 혼자 남겨진 아이는 내내 칭얼거렸다.

유모인 메리 부인이 곁에서 이안을 돌보긴 했지만 모든 저택의 신경이 에젠의 안위만 바라고 있는 상황에서 아이는 소외될 수밖에 없었다.

이안은 저택에 맴도는 음울한 기운에 영향을 받는지 울

다가 울지 않는 걸 반복했다. 제 자지러지는 울음이 아이 곁에 있어 주지 못하는 부모의 가슴을 더 후벼 팔 걸 본능적으로 알아차렸기 때문인지도 몰랐다.

"으아우, 아아……."

로잘린은 푸른 눈동자를 반짝거리는 제 조카를 내려다보았다.

"……네가 이안이구나."

"아우!"

제 이름이 불리니 반가운지 아이가 벙긋거렸다. 통통한 두 팔을 휘저으며 그녀의 손을 꼭 잡아 쥐었다. 아이는 낯을 가렸으나 신기하게도 핏줄이라는 걸 아는지 로잘린에겐 생글생글 웃어 보였다.

이 아이는 클리프의 아들이자, 크로포드의 핏줄이다.

꺄르르 웃음을 터뜨리는 아이를 내려다보는 로잘린의 얼굴은 복잡했다.

아이의 얼굴 위로 새파랗게 질렸던 에젠의 얼굴과 미친 듯이 울부짖던 클리프의 얼굴이 겹쳐진 탓이다.

클리프는 과거 어느 때처럼 에젠의 곁에서 떠나지 않았다.

누구도 그녀에게 접근하는 것을 허락지 않았고, 잠시 들르는 주치의가 에젠의 상태를 확인할 때조차 그는 먹지도 자지도 않은 채 주인을 지키는 맹수처럼 그녀의 곁에 달라붙어 있었다.

하루가 다르게 그는 여위어 갔고, 조각 같던 얼굴은 움푹 파여 저승사자에 가까웠으나 온몸에서 풍기는 흉흉함에 아무도 그를 저지하지 못했다.

오직 에젠의 안위만이 그의 정신을 붙잡아 두는 유일한 매개체인 듯했다.

"주인님, 이안 도련님께서 아프십니다."

그러나 그는 아이에게마저 무관심할 순 없었다. 클리프는 이안의 상태를 살피려 잠시 자리를 떴다. 그리고 그가 이안의 방으로 들어섰을 때, 아이는 쌔근쌔근 잠들어 있고 로잘린이 흔들의자에 기대앉아 있었다.

"……."

흔들의자에 앉아 있는 이가 로잘린임을 확인하자 순간 클리프가 저도 모르게 살기를 내뿜어 냈다.

목을 벨 듯한 매서운 기운은 이내 그가 주먹을 쥐면서 사라졌으나 로잘린은 본능적으로 조금 전 클리프가 진정 저를 죽이려 했단 걸 알아차렸다.

"네 아내, 아직 정신을 차리지 못했다지?"

"나가."

그는 짧게 일갈하며 등을 돌렸다. 억눌린 잇새로 흘러나오는 목소리가 힘겨웠다.

"클리프 무어. 내게서 감히 등 돌리지 마."

"지금은…… 내 눈에 보이지 마라. 내가 참아 줄 수 있는 건 여기까지야."

로잘린이 헛웃음을 내뱉었다. 지금 제가 살아 있는 유일한 이유는 클리프에게 자신이 하나 남은 가족이기 때문임을 깨달았기 때문이다. 그럼에도, 하나뿐인 가족에게조차 이리 살기를 내뿜을 만큼 그 여자가 소중하던가?

"참 눈물겹기도 하구나. 네 그 위대한 사랑, 세상 사람들 다 알고 있는데 왜 나만 몰랐을까. 하긴, 이모, 이모부도 모르셨을 거야. 네가 알량한 네 연심에 빠져서 가족까지 등질 위인이란 걸."

비꼬는 그녀의 조롱에도 클리프는 그대로 뒤돌아 나가려 했다.

"내가 잘못한 거니?"

그녀는 날카롭게 물었다. 클리프의 발걸음이 멈췄다.

"말해 봐. 내 가족을 잃은! 내 모든 걸 몰살당한 내가 미안해해야 하는 거냐고 물었어, 클리프."

그는 대답이 없었다.

로잘린의 물음이 가지는 의미를 알았다. 살아남은 자로서, 그의 선택에 대한 최소한의 설명을 요구하고 있었다.

그리고 그녀가 납득하든 납득하지 않든 간에, 지금 클리프가 그녀를 죽이고 싶을 만큼 원망스럽든 간에, 그것은 클리프의 의무였고 로잘린은 그 의무를 되받을 자격이 있었다.

"크로포드에 있었을 때."

메마른 목소리가 조용히 허공 위로 울려 퍼졌다.

"그 작자에게 흠씬 두들겨 맞고 온몸에 열이 오를 때마다 비몽사몽에 눈을 뜨면 에젠이 내 옆에 있었어. 눈을 감고 있으면 어느새 내 곁에 와 있더군. 날 때리는 제 아버지를 말리다 저도 얻어맞아서 퉁퉁 부어오른 뺨을 붙잡고 훌쩍이면서 치덕치덕 약을 발라 댔지."

"……."

"미안하다고 했어. 미안하대, 나한테. 하, 우습지도 않았지. 입으로 조잘대는 사과가 같잖아서, 그냥 죽여 버리고 싶었는데…… 한 손으로도 쥘 수 있는 그 가느다란 목을 꺾을 수 있었는데……."

헛웃음을 터뜨린 클리프가 고개를 들었다. 단 며칠 만에 이렇게 될 수 있을까 싶을 정도로 그의 얼굴은 버석하게 말라 있었다.

"그럴 수가 없었어. 그 작은 애가 주는 따뜻함 그게 뭐라고, 그게 사라질까 봐 죽일 수가 없었어. 나한테 따뜻한 건 이제 에젠 하나밖에 없었으니까."

"……."

"그래도 죽이려고 했어. 제가 저지른 것도 아닌 죄에 무겁게 짓눌리면서도 날 일으키는 손을 꺾어서 죽여 버리고 싶었어. 크로포드의 모두를—, 로즈. 정말로 그러려고 했어. 그래야 하니까, 나는 무어니까, 그래야만 하니까. 그런데—."

클리프가 숨을 들이켰다. 기억을 떠올리는 것조차 고통스러운 것처럼.

"전장의 바닥을 뒹굴면서 얼굴이 자꾸 떠오르더군. 칼에 찔리고 사경을 헤맬 때도 어디서 자꾸 물기가 뚝뚝 떨어지는 것 같은, 울먹이는 그 중얼거림이 귀에 아른거리고, 그 찰나의 온기가 자꾸 닿는 것처럼 느껴져서…… 죽으면 그것마저 다 잃어버릴 걸 알아서 살고 싶었어. 살아남아야 했어. 그리고 깨달았지."

거칠게 터 버린 세월이 그의 푸른 눈 안에 자리 잡고 있었다.

"에젠이 나를 살렸어."

그건 로잘린에게 이해를 구하는 눈이 아니었다.

"그 지옥에서 나를 살아갈 수 있게 한 사람도, 나를 살리려고 했던 단 한 사람도 에젠이야. 에젠이 아니었으면 너는 지금 나를 마주할 수도 없었어."

"클리프!"

"날 살아가게 하는 유일한 숨통이야. 우습게도 처음부터 끝까지 그랬지."

그의 푸른 눈이 어느 때보다 단단한 심지를 담고 로잘린을 바라보았다. 영영 부러지지 않을 듯한 강렬한 기개가 보였다.

"그녀를 죽이고 싶다면, 끝까지 크로포드의 죄를 에젠에게 물을 거라면, 넌 나도 같이 잃어야 될 거야."

그의 냉정한 말에 로잘린의 눈이 붉어졌다. 눈가에 안간힘을 써서 끝내 흘러내리지 않는 물기가 그녀의 자존심이었다.

"끝까지 이기적이구나. 잔인해, 정말로."

그녀는 마지막 남은 희망을 버리지 못하는지 클리프를 설득하려 했다.

"크로포드는 안 돼. 세상 모든 이들이 다 돼도 그 여자는 안 돼. 정신 차려, 클리프 무어. 크로포드가 무슨 짓을 했는지—."

"네가 하는 그 생각, 나라고 안 한 줄 알아?"

시린 눈이 로잘린을 노려보았다. 그 시선에 겹겹이 담긴 어둠이, 처절한 음성이 그녀의 목덜미에 쭈뼛하는 소름을 일으켰다.

"그 증오에 얽매이다가 내가 어떻게 된 줄 알아? 무어라는 그 이름 때문에 나는 평생 에젠을 잃어야 했어. 내가 그 긴 세월 동안 매분 매초 뭘 생각했는지 안다면…… 로즈. 무어는 더 이상 내 전부가 아니야. 에젠이, 오직 그녀만이 내 전부야."

악문 잇새로 짓이기는 듯한 음성이 흘러나왔다.

"그러니 이제 다시는 놓지 않아."

로잘린은 그를 설득할 수 없다는 걸 깨달았다.

그를 평생 이해할 수 없을 거라는 것도, 그와는 앞으로 완전히 맞닿을 수 없는 평행선을 걸어가게 될 거라는 것도.

"알아들었어."

자리에서 일어나는 로잘린의 얼굴 위로 회한과 실망, 그리고 노여움이 자리 잡았다.

"너를 다시 볼 일도, 이곳으로 돌아올 일도 없을 거야, 그 어떤 이유가 됐든! 나는 크로포드를 용서한 너를 절대로 이해할 수 없고, 이해할 생각도 없으니까."

"……."

"그냥 같은 하늘 아래 살아 있다는 것만 안 채로 이대로 각자 살아가자. 죽어서도 나한테 연락하지 마. 나 또한 그럴 테니."

로잘린은 그를 스쳐 지나갔다. 클리프는 아무 말도 하지 않았다.

그러나 그의 푸른 눈동자는 내내 그녀의 등만을 바라볼 뿐이었다. 로잘린 무어. 유년 시절을 함께했던 친구이자 가족의 기억은 떠올리려 하지 않았을 뿐, 여전히 남아 있었다.

몰살당한 가문에서 살아남은 유일한 가족마저 떠나보내는 자신의 마지막 시선에 담긴 의미가 무엇일지, 그는 감히 정의하지 못했다.

"으아아앙!"

배가 고픈 이안이 어느새 일어나 빽빽 울어 댔다. 클리프는 비틀거리는 걸음으로 이안에게 다가가 아이를 들어 올렸다.

"……쉬이, 착하지……. 울지 마라, 우리 아가……."

거칠게 쉬어 버린 목소리로, 터 버린 손으로 등을 토닥이며 아이를 토닥였다. 클리프는 달콤한 향을 풍기는 아이의 작은 어깨에 얼굴을 묻었다.

울지 마라는 되뇜은 과연 아이만을 향한 것이었을까.

백색의 홀에 클리프가 있었다. 언제나처럼 숨 막히게 잘생긴 모습으로, 그녀의 가슴을 떨리게 했던 모습으로 서 있었다.

"클리프!"

에젠은 참지 못하고 그에게 달려갔다.

그는 에젠을 안아 올렸고, 다정히 입을 맞춰 주었다. 단단한 팔이 허리를 감싸고 뜨거운 입술이 그녀를 집어삼키자 에젠은 열렬한 기쁨에 신음했다.

아름다운 푸른 눈동자에 대고 에젠은 말하고 싶었다.

사랑해요. 당신을 사랑해요.

그러나 어쩐지 목소리가 나오지 않았다. 어떻게 해서든 한 글자라도 그에게 전하고 싶어 입술을 벙긋거렸을 때,

〈에젠 크로포드!〉

델 것처럼 뜨거운 손이 저를 붙잡았다. 에젠은 아연실색

해서 고개를 돌렸다.

목이 잘린 아비가 제 팔을 붙잡고 있었다. 그의 뒤에는 화살이 박힌 제 형제들이 대롱대롱 매달린 채였다. 붙잡힌 살결에 붉은 피가 뚝뚝 떨어졌다.

"놔, 놔!"

〈너는 크로포드다!〉

그들이 움켜쥔 팔에 흠뻑 더운 피가 묻어났다. 제 아비, 크로포드 백작의 손에 죽은 무어가 사람들의 피였다.

"놔, 이거 놔!"

에젠은 힘껏 발버둥 쳤다. 도망쳐야 했다. 여기서 벗어나야 해. 그녀는 미친 듯이 몸을 뒤틀고 팔을 휘둘렀다.

"에젠, 나야. 에젠!"

"날, 내버려 둬! 날 제발, 놓아 달란 말이야!"

"괜찮아, 에젠, 나야. 숨 쉬어, 괜찮아. 아무도 없어."

간절한 목소리가 귓가에 스치는 순간 에젠은 악몽에서 깨어났다. 땀에 흠뻑 젖어서 발버둥 치는 그녀를 단단한 품이 안고 있었다.

'클리프.'

에젠은 눈을 깜박거렸다.

그러나 시야에 여전히 숨 막히게 수려한 남자가 자리하고 그의 푸른 눈동자가 저를 내려다보면서 계속해서 뭔가를 말하자 곧 차가운 깨달음이 찾아왔다.

그녀는 무슨 일이 있었는지 기억했다. 클리프의 연인이라 생각했던 로잘린이 찾아왔고, 서재에서 둘의 사이로 자연스럽게 비집고 들어갈 걸 고민한 그녀는 차를 가지고 갔다.

그리고 그녀가 뭘 들었더라? 로잘린은 클리프의 새로운 사랑이 아니라 학살에서 살아남은 그의 하나뿐인 가족이었다.

그리고?

로잘린. 무어. 크로포드.

악몽 같은 기억이 물밀 듯이 밀려와 하나씩 자리를 잡았다.

—네가 무슨 자격으로 그분들을 대신해서 크로포드를 용서해! 그 악독한 피를 이곳에 들여!

가문을 몰살한 원수의 딸, 한 번의 삶을 되돌아왔음에도 그와 그녀 사이의 인과는 아직 완전히 지워지지 못한 채였다.

그녀는 실패했다.

'한 번만 다시 기회가 주어진다면.'

그때는 다를 것이다. 좀 더 일찍 돌아간다면 아비를 막는 게 가능할지도 모른다.

'다시 돌아가려면…… 한 번 더 기회를 얻으려면 어떻게 해야 하지?'

그때 에젠의 머릿속을 번개같이 스치는 것이 있었다.

죽음.

죽음은 끝이라 생각했던 그녀에게 매번 새로운 삶을 선사했다. 그녀 자신의 죽음은 클리프를 미래로 이끌었고, 클리프의 죽음이 그녀를 다시 과거로 되돌렸다.

그러니 이제 다시 그녀의 차례였다.

"영영 깨어나지 못하는 줄 알았어."

새파랗게 질려 가는 그녀를 알아차리지 못한 클리프는 무거운 얼굴로 그녀를 껴안았다. 에젠은 황급히 그를 밀어냈다.

"열, 열매 어디 있어요?"

"뭐?"

"아마자꽃. 빨간, 빨간 열매 말이에요. 당신이 가져갔잖아요."

잠시 혈색이 돌아오는 듯하던 클리프의 얼굴에서 다시 핏기가 사라졌다.

"그거 돌려줘요. 끝내고 싶어요. 그거 돌려주세요. 내 거잖아요, 내게 다시 돌려줘요."

에젠은 얼어붙은 그의 안색을 살펴볼 새도 없어 보였다. 그녀는 절박한 얼굴로 그의 팔을 붙잡고 애원했다. 에젠의 머릿속에는 얼른 이 삶을 끝내고 다시 시작해야 한다는 생각밖에 없었다. 신이 언제 다시 이 기회를 거둬 갈지 모르기에 그녀는 조급할 뿐이었다.

"에젠, 제발!"

그는 순간 이성을 잃고 고함쳤다. 여위어 더 날카로워진 이목구비가 놀랍도록 사나워졌다. 팔을 붙잡던 가녀린 손가락이 그가 뿜어내는 험악한 분위기에 떨어졌다가 다시 거미줄처럼 달라붙었다.

"클리프, 어서 돌려줘요. 날 믿고—."

"도대체 어디까지 당신은 날 지옥으로 끌고 갈 셈인 거야. 내게서 그토록 벗어나고 싶었나? 당신이 날 뿌리치다 떨어졌을 때 내가 무슨 생각을 한 줄은 알아?"

클리프가 거칠게 으르렁거렸다. 그러나 흉흉히 빛나는 그의 눈 깊은 안쪽에는 그조차도 어쩌지 못할 깊은 자상이 새겨져 있을 것이다.

그마저도 오로지 에젠만이 그를 상처 입힐 수 있기에 가능한 일이었다.

"날 원망하는 것 알아. 이 꼴이 되고서도, 피투성이가 된 당신을 쥐고서도 놓아주지 못하는 내 아집이, 이 이기심이 역겨울 거라는 거, 누구보다 내가 제일 잘 알고 있으니까. 그래서 당신이 더 견딜 수 없는지도 모르지."

클리프가 그녀의 팔을 움켜쥐었다. 억센 통증에 에젠이 인상을 찌푸리는 것도 알아차리지 못할 만큼 그는 한계에 몰려 있는 듯했다.

"차라리 날 죽여, 에젠."

그의 눈에선 선연한 고통이 드러났다. 메마른 입술과 핼쑥한 안색의 그는 시체에 가까워 보였다.

"그럴 바에야 차라리 날 죽이고 자유로워져. 응? 그럼 되잖아. 더 이상 날 아프게 하지 말고 그냥."

그는 아예 지니고 있던 단검을 꺼내 그녀에게 쥐여 주었다. 손바닥에 쥐여지는 그것은 그의 가슴에 박혀 있던 날

붙이와 닮아 있어서 에젠은 벌벌 떨었다.

"이, 이런 짓 하지 말아요."

"그럼 어째서 당신은 내게 이러는 건데!"

처절한 외침이 에젠의 떨림을 멈추고 말문을 막았다.

"열매를 달라고? 에젠, 진심으로 내가 그걸 돌려줄 거라 생각해? 죽고 싶다고? 에젠, 당신 정말 어떻게, 내게 어떻게 이렇게 잔인할 수 있는 거야?!"

그가 거의 피를 토하듯 소리쳤다. 에젠은 그가 제 말을 전혀 이해하지 못했다는 걸 알아차렸다.

그래, 자신이 이미 한 번의 삶을 죽고 나서 다시 되돌아왔다는 걸, 그 기적을 실제로 겪은 그녀가 아니면 세상 어느 누가 믿을 수 있겠나.

그러니 아마자꽃을 달라는 요청에 대한 클리프의 반응은 지극히 이성적이었다. 그를 이해시켜야 했다.

"그러면 다시 돌아올지도 몰라요. 더 일찍 돌아갈 수도 있어요. 클리프, 나를 믿어요. 그럼 우리 다시 시작할 수 있어요. 제발, 죽고 싶어요. 내가 죽을 수 있게 해 주세요."

"에젠!"

"그럼 당신이 나를 사랑할 수 있을 거예요."

제발 그만하라는 듯 처절하게 그녀를 부르던 그의 고함이 우뚝 멎었다.

"뭐?"

"우리가 함께할 수 있게, 내가 좀 더 일찍 돌아가서 아버지를 막을게요. 이번에는 그때로 보내 주실 수도 있어요. 내가 신께 빌 테니까…… 그때처럼 간절하게 바라면…….”

그가 믿을 수 없다는 얼굴로 에젠에게 되물었다.

“당신을 사랑할 수 있게라니?”

해일이 그를 내려치는 듯했다. 클리프가 믿을 수 없다는 듯 에젠의 말을 반복해서 중얼거렸다.

믿어 주는 건가? 에젠이 다시 포기하지 않고 그에게 매달렸다.

“그러니까 클리프, 빨간 열매를 어서—.”

“안 된다고 말했어. 에젠, 제발…….”

내뻗는 가녀린 손가락을 틈 하나 없이 움켜쥐며 그가 절박하게 되뇌었다.

“가문 따윈 내게 아무런 상관이 없다는 걸 모르겠어? 상관없어, 에젠. 이젠 정말로 아무것도 상관없어. 빌어먹을 이름도, 의무도, 인과도 집어치워. 당신만 있으면 돼. 당신만 살아서 내 곁에 있으면 나는…….”

그가 무너졌다. 차가운 이마를 그녀의 손 위에 대면서 그가 애원했다.

“두 번 죽게 만들지 않을 거야. 날 혼자 두지 마. 다시 당신을 잃을 순 없어. 날 아프게 하지 마, 다시 그 지옥 속에 살아가게 하지 마.”

그가 무슨 말을 하는 거지? 에젠이 숨을 멈췄다. 멍청하게 입이 벌어졌다.

꼭……. 꼭 그도 알고 있는 것처럼 들리지 않는가. 겪은 것처럼 말하지 않는가. 그녀의 상실이, 그의 광기가 모두 존재했던 그 처절한 생이 꼭 클리프 자신에게 일어났던 것처럼…….

"에젠, 제발 이렇게 빌 테니까 당신이, 당신도 바라는 게 내 사랑이면 죽지 마. 난 이미 당신을 사랑하고 있으니까, 그런 말 하지 말란 말이야."

"그, 그럴 리가 없잖아요."

에젠이 격하게 고개를 가로저었다. 기실 믿지 못하는 건 그녀도 마찬가지였다.

"바뀌지 않았어요. 우린 지금, 함께해선 안 돼요. 그건 내가 발버둥 쳐도 바뀌지 않는 거라구요. 돌아가서 바로잡아야 당신과 내가 다시……."

"그렇지 않아!"

"안 돼요. 우린 안 돼요. 이번은, 내가 너무 어리석게 낙관적이었어요. 다시 바꿀 수 있을 거라고…… 처음부터 안 되는 거였는데."

"아니, 아니야. 에젠. 제발 내 말 들어. 한 번만, 한 번만 내 말을 들어 줘."

그가 거세게 도리질했다. 덜덜 떨리는 손으로 황급히 그녀의 어깨를 붙잡았다.

"당신이 나를 사랑할 순 없을 거라 생각했어. 난 당신을 살고 싶게 만들어야 했으니까, 그래서 가까이 갈 수가 없었어.”

에젠은 숨을 들이켰다.

“난…… 지난 생에서 널 사랑하면서도, 너를 사랑하는 나를 용서할 수가 없었지. 가문의 무게에 억눌려서 난 당신을 내버려 두지도, 놓아주지도 못한 채로 살았고, 당신은 날 떠났지. 그리고 그 뒤는…….”

간헐적인 떨림이 음성 사이로 스며들었다.

“그 뒤의 시간들은, 당신 없는 내 시간들은…….”

차마 끝맺지 못하는 문장에 담긴 시간을 에젠은 알고 있었다.

그녀는 입을 막았다. 전율이 등을 타고 기어올랐고 다리가 후들거렸다. 입을 막은 손을 떼면 울음이 터져 나올 것 같았다.

돌아왔다. 그도, 자신도 한 번의 삶을 겪고 다시 돌아온 것이다.

‘이걸…….’

이걸 기적이라고 부를 수 있을까. 두 번째 기회가 주어졌음에도 또다시 이렇게 비틀려져 버렸다는 건 무슨 의미일까. 둘을 불쌍히 여긴 신의 자비일까, 변하지 않는 운명을 인정하게 하기 위한 신의 농간일까.

목구멍에 고통스러운 압박감이 일었다.

“안, 안 돼요.”

속이 헐었다. 목소리가 자꾸 흐느끼는 듯이 새어 나왔

다. 에젠은 그를 밀어냈다. 뜨거운 품이 놓아줄 수 없다는 듯 그녀를 다시 으스러지게 안았다.

그럼에도, 에젠은 쾅쾅 뛰어 대는 심장에 손을 얹고 안간힘을 다해서 밀어냈다.

“클리프, 우린 안 돼요. 당신도 돌아왔다는 건, 그럼에도 우리가 바뀌는 게 없었다는 건, 흐으, 그건 안 된다는 말이에요. 어쩌면 당신도 그걸 원하는 건지도 몰라요. 아직 깨닫지 못한 거예요. 당신이 너무 오랫동안 날 생각해서, 그게 무의식에 배어 버려서—.”

핏기가 증발해 버린 듯 클리프의 얼굴이 하얗게 질렸다. 에젠이 입을 열 때마다 그녀는 한계치를 모르고 그를 지옥으로 끌어내리는 것 같았다.

“무슨 소릴 하는 거야, 아니라니까, 에젠. 아니야. 제발 날 믿어. 그렇지 않아.”

에젠은 억지로 입꼬리를 올렸다.

득달같은 그의 부정에 우습게도 안심해 버리지만 진실로는 알고 있다. 그저 사실을 두고 못 본 척 기만하고 있다는 것을.

홀로 깨어나는 침실, 사라진 손수건, 식어 빠진 채로 되돌아온 차, 보이지 않는 그, 돌아오지 않는 그, 멀어지는 그……. 클리프에게 냈던 에젠의 용기는 끝끝내 그에게 닿지 못했고 수많은 순간들은 그렇게 지나가 버렸다.

“아니라고 했잖아! 왜 믿지 못해! 제기랄, 왜 믿질 않아!

가슴을 열어서 보여 주면, 그러면 당신 믿겠나?"

"……손수건…… 버렸잖아요."

이번에도 클리프는 세차게 고개를 흔들었다. 만져 보기도 아까운 그걸 끝자락만 매만지다 손때가 들까 차마 품속에만 넣고 있었다는 말을 어떻게 할까. 어떻게 하면 당신 날 믿어 주려나. 날 떠나지 않으려나.

"거짓말."

"아니야! 절대로, 당신이 준 건 단 하나도……."

클리프는 말을 더듬었다. 제 숨겨 온 기행을 밝혀도 될지 확신할 수 없었다.

그 자신조차 에젠에 관한 광적인 애정을 이해할 수가 없는데, 그녀가 저를 다시 경멸하면, 숨 막혀 하면, 떠나려 하면 저는 어떻게…….

그가 고민할수록 에젠의 눈은 점점 침전했다. 희망을 잃어 가는 그 연약한 시선에 클리프는 더 이상 물러날 수 없을 거란 걸 깨달았다. 그는 결국 품속에 고이 간직하고 있던 손수건을 꺼냈다.

최고급 실크 손수건이 나왔다. 버리지 않았다기에 잠깐 흔들리던 에젠의 눈이 금세 어두워졌다. 그녀가 선물한 게 아니었다.

"클리프, 이건……."

그때 클리프가 조심스럽게 곱게 싸맨 손수건을 들췄다. 안쪽에 잘 싸매진 손수건 하나가 더 있었다. 이것도 제가 준 게 아니었다. 그런데 안쪽에 손수건 한 겹이 또 있었다.

"이게 무슨……."

"잠깐만, 더 있어."

손수건을 푸니 또 다른 손수건이 나왔다. 반복적인 기행을 몇 번이나 거치고서야 마침내 에젠의 눈에 익은 물건이 드러났다.

그녀가 검은 사자를 수놓은 손수건이었다. 가장자리에 수놓았던 클리프의 이름 또한 보였다.

그러나 그녀의 손수건은 그것을 싸고 있었던 다른 손수건들에 비해 심히 초라해 보였다. 어찌나 곱게 싸 놓았던지 누가 보면 국왕의 인장이라도 숨기고 있는 줄 알았을 것이다.

"당신이 내게 줬던 시간 이후로 단 한 번도 내게서 떨어진 적 없어."

그가 고백하듯 말했다. 다른 손수건 여러 겹 안에 싸여 있던 그녀의 손수건은 사용감이 전혀 느껴지지 않았다. 에젠은 믿을 수 없었다.

"클리프. 날 상처 입히지 않으려고 거짓말까지 할 필요는 없어요."

"거짓말이 아니야."

"그러니까 검집조차 거추장스러워하는 당신이 손수건을 여섯 개나 쓴다는 말인가요? 게다가 이런 걸 어떻게 들고 다녀요, 얼마나 두꺼운지 손모아장갑마냥 뭉툭한데."

"내가 쓰는 게 아니라…… 당신 걸 감싸는 데 썼어. 그리고 마법으로 줄이면 그렇게 두껍진 않아."

클리프가 성마르게 항변했다. 그러나 그다지 설득력 있는 답변은 아니었다. 손수건 뭉치의 두께를 줄이는 데 들 마법의 값이 손수건 전체 값의 몇백 배라는 걸 감안한다면 더더욱 그랬다.

"손수건 하나 감싸는 데 나머지 손수건 다섯 개를 쓴다는 말인가요? 클리프, 제발 솔직해져요. 여기까지 와서 내게 숨길 게 더 남았나요?"

"제기랄, 때가 묻으니까!"

그가 결국 폭발한 듯 버럭 소리쳤다.

"두세 개로 감싸 놓으면 내가 자꾸 풀어서 다시 만지게 된다고. 그렇게 했는데도 너무 만져 대서 당신이 수를 놓아 준 내 이름의 실 색이 어둡게 변했어! 그러니까 처음부터 많이 감싸 놓으면 번거로워서라도 여간해선 다시 열지 않으니까……."

설명을 계속하던 클리프의 목소리가 점점 줄어들었다. 순조롭게 자멸하고 있다는 걸 깨달은 탓이다.

에젠은 할 말을 잃고 그를 바라보았다. 떨리는 푸른 눈동자가 잠시 수치심에 다른 곳을 향하다가 이내 간절하게 에젠을 담았다.

'정말일까?'

에젠은 소중한 것을 움켜쥐는 것처럼 손수건의 끄트머리

를 조심스럽게 쥐고 있는 건장한 손가락을 내려다보았다. 그가 말한 대로, 그녀가 황금색 실로 수놓은 클리프의 이름 끝부분이 갈색에 가깝게 변해 있다는 걸 알아차렸다.

그때 작은 깨달음이 에젠의 머리를 스치고 지나갔다.

"그럼 내가 끓여 준 차는? 코르사주는요? 당신은 내게 아무 말도 하지 않았어요. 그것들도 지금 저런 식으로 보관하고 있다는 말인가요?"

"……."

그의 침묵이 답을 대신했다. 에젠이 머리를 짚었다. 그녀의 기분이 급속도로 저하되고 있다는 걸 깨달은 클리프는 두려움을 느꼈다.

"……에젠, 나는 단 한 번도 당신에게서 멀어지고 싶어 한 적도, 당신을 원하지 않은 적도 없어. 더불어 당신이 내게 안겨 준 그 모든 것도 나한텐……."

하아, 그가 한숨을 삼켰다. 그의 삶에 있어 에젠이 차지하는 의미를 그녀에게 제대로 이해시킬 수 없다는 사실이 이렇게 머리를 처박고 싶을 일인지 몰랐다.

"나한테는 전조였어. 당신이 바뀔 때마다, 우리의 과거가 하나하나 달라질 때마다 당신을 자유롭게 하지 못하는 내겐 꼭 신이 경고를 내리는 것 같아서 변수를 더 만들 수가 없었어. 당신을 다시 잃을 바에야, 차라리 난 숨겨야 한다고 생각했어."

"……."

"소중한 건 들키면 안 돼. 신은 날 사랑하지 않아. 빼앗길 걸 아니까, 여태까지 늘 그랬으니까. 이번에도…… 그래서 그럴 수가 없었어."

그가 천천히 무릎을 꿇었다. 신에게 기도하듯 양손을 모아 그녀를 붙잡았다.

"다시 한 번만 기회를 줘."

그가 간절하게 애원했다.

"되돌릴 수 없는 과거는 이제 흘려보내 줘. 내게도, 당신에게도 아픔뿐인 것들은 뒤로 미루고 우리를 볼 순 없는 건가?"

"클리프, 나는……."

"난 당신밖에 보이지 않아. 당신도 그러면 안 되는 건가?"

그녀는 고개를 절레절레 저으며 몸을 뒤틀었다.

"에젠, 제발."

그가 애처롭게 에젠을 붙잡았다. 애원하는 목소리에 놀라 고개를 들었을 때 그녀는 더 놀라야 했다.

붉어진 눈가에서 흘러내리는 투명한 물방울들이 설마 그의 것일 리가 없었다. 그 클리프 무어가 울고 있을 리가 없잖은가.

"에젠, 제발 한 번만 더 기회를 줘."

"……."

"사랑해, 당신을 사랑하고 있어."

"안 돼요, 그러지 마요. 클리프, 날 그냥 보내 주면, 어쩌면…… 당신도 나도 돌아왔으니까, 기회가, 흐, 다시, 흐.”

붙잡히면 바뀌지 못할 것이다. 에젠은 피를 토하는 마음으로 그의 손을 뿌리쳤다.

“에젠, 제발!”

클리프는 어떻게든 그녀를 붙잡으려 하고 에젠은 절박하게 그에게서 벗어나려 하는 다급한 움직임 사이로 무언가가 시트 위로 톡 굴러떨어졌다. 조금 전 손수건과 함께 싸여 있던 뭉치 안에 함께 보관되어 있던 것이다.

“펜던트…….”

손끝에 닿는 차가운 금속의 감촉이 낯설고도 익숙했다.

“아, 이건.”

더 당황할 것이 남아 있었다는 것에 놀란 클리프가 황급히 그것을 숨기려 손을 뻗을 때였다. 펜던트에 닿은 건 에젠이 빨랐다.

“이건, 젠장, 에젠. 소름 끼쳐 하지 마. 그냥 가지고 있었던 거야. 그냥 나는—.”

에젠의 소지품을 몰래 주워 몇십 년 동안 간직하고 있었다는 사실을 들키는 게 끔찍한지 클리프의 얼굴이 새파래졌다.

그는 모른다. 에젠이 이미 안에 뭐가 들어 있는지 안다는 것을. 왜냐하면 에젠이 그걸 알게 된 건, 그의 죽음 이후니까.

클리프의 손이 툭 떨어지며 풀리던, 서늘하고 비 내리던 그날 밤, 축축한 바닥에서 죽어 가던 그. 더 이상 저를 보지 않던 흐리멍덩한 동공, 싸늘하게 식어 가던 체온…….

어둡고 습한 과거 속에서도 가장 끔찍했던 순간이 되살아났다.

"클, 클리프. 당신 죽은 거 아니죠. 이 방이 사라지는 게, 그 복도로 내가 다시 돌아가는 거, 아니죠."

에젠은 황급히 손을 뻗어 그를 쥐었다. 가슴께에 닿은 손가락 끝으로 규칙적으로 뛰는 심장 소리가 들려왔다.

울컥, 절박한 울음이 터졌다.

"살아, 살아 있지, 당신. 응? 클리프, 클리프!"

그녀는 클리프의 목을 껴안고 흐느꼈다.

갑작스런 오열에 당황해서 그녀를 안아 드는 강인한 팔, 맞닿은 살갗에서 전해지는 뜨거운 온도, 쿵쿵 뛰는 심장 소리, 그 모든 것들이 그가 아직 살아 숨 쉬고 있다는 걸 증명했다.

"죽지 말아요."

그는 살아 있다. 오직 그것만이 그녀에게 중요하다는 걸 펜던트가 다시 에젠에게 일깨워 주었다.

그가 지금 살아 숨 쉬는 이 순간을 흘려보내서는 안 된다. 운명이 그와 저를 허락하지 않는다고 해도, 응분의 대가를 치러야 한대도 상관없다. 그가 살아 있는, 그래서 그녀와 함께할 수 있는 기회는 두 번 다시 없을지도 모르니까.

"당신의 곁에 있을 테니까, 당신이 말하는 거 뭐든 믿을 테니까, 그 어둠 속에서 살아가지 말아요."

흐느끼듯 흘러나온 음성에 그녀의 등을 쓸어내리던 클리프의 손이 멎었다. 근육이 경직되면서 너른 어깨가 뻣뻣하게 굳어졌다.

"고통 속에서 평생 나를 그리지 말아요. 혼자 있지 말아요. 클리프, 날 혼자 두지 말아요."

홀로 죽어 가던 그를 다시는 보고 싶지 않았다. 함께하는 미래가 어떠하든 그 잔인했던 끝보다는 나을 테다.

이렇게 따뜻한 숨결로, 쿵쿵 뛰어 대는 심장 소리로, 이마에 닿는 부드러운 입술로 그가 살아 있다는 걸 확인받을 수 있으면 지옥이라도 다녀올 수 있을 테다.

"당신이 내 옆에 있으면 그럴 수 있어. 다시는 떠나지 않을 거야."

그 또한 그녀의 눈물을 받아 삼키며 고개를 끄덕였다.

"사랑해, 에젠."

흘러내리는 눈물은 비단 에젠의 것만은 아니었다.

그의 너른 품에 틈 하나 남지 않고 안긴 채 에젠은 두 사람의 과거, 현재, 그리고 미래까지 모두 감싸 안았다.

6. Will the Spring Come

잠에서 깨어나자 백색의 천장이 그녀를 반겼다.

멍한 눈을 끔뻑끔뻑하며 위를 바라보던 그녀는 제 옆에 잠들어 있는 클리프를 발견했다.

파리한 안색에도 뚜렷하게 빛나는 이목구비는 마치 명계의 왕을 마주하고 있는 것처럼 숭고하고 아름다웠다. 어쩐지 가슴이 저려서 그를 물끄러미 바라보고 있는데 따뜻한 온기가 그녀의 손을 잡았다.

"자고 있는 거 아니었어요?"

에젠이 놀라서 중얼거리자 모양 좋게 자리 잡은 입술 사이로 쉰 목소리가 흘러나왔다.

"당신이 그냥 사라질 것 같아서 잠이 들 수가 없었어."

"……."

그는 그 뒤로도 내내 깨어 있던 모양이었다.

에젠은 클리프의 얼굴을 조금보다 더 샅샅이 살폈다. 눈가에 내려앉은 피곤이, 창백한 혈색이 낯설었지만 여전히 클리프 무어, 그였다.

에젠은 저도 모르게 얼굴을 내밀어 지쳐 보이는 그의 턱에 키스했다. 그의 턱이 살짝 굳는가 싶더니 이내 모양 좋은 입술이 아름다운 호선을 그렸다.

"날 자극하지 않는 게 좋을 거야, 에젠."

낮게 흐르는 목소리에 놀랍게도 웃음기가 배어 있었다. 에젠은 문득 떠올렸다. 그녀가 용기 내어 먼저 다가갔으나 그가 밀어냈던 그날 밤을.

"클리프."

"응."

가슴이 아프지만, 여전히 두렵지만 물어야 할 것 같았다. 이제 그와 자신은 앞으로 나아가기로 했으니 지난 아픔들을 완전히 해소할 필요가 있었다.

에젠은 잠시 떨리는 목을 가다듬고 물었다.

"그때, 날 왜 밀어낸 거예요?"

"응?"

"그날 말이에요, 내가 당신에게…… 함께 있자고 한 날, 날 밀어낸 건…… 아직 당신도 날 받아들일 수 없었기 때문이었죠?"

클리프가 눈을 떴다. 깊이를 가히 짐작할 수 없는 호수같이 새파란 눈동자가 그녀를 응시했다.

"무슨 소릴 하는 거야? 난 이미 과거는 다 잊었다고 했잖아. 왜 그런 말도 안 되는 생각을 했지?"

"그렇잖아요. 당신이⋯⋯ 그렇게 가 버렸으니까⋯⋯ 날 버려두고 도망치듯 사라져서⋯⋯."

그는 아주 놀란 표정을 지었다. 저도 모르게 당황스런 표정을 짓다가 낮게 욕설을 지껄이기도 했다.

"당신이 그렇게 생각할 줄은 몰랐어. 싫어한 게 아니야. 절대로, 맙소사, 싫다니, 당신이 날 원하지 않는다면 모를까, 내가 어떻게⋯⋯."

"그러면요?"

그가 솥뚜껑 같은 손을 들어 얼굴을 벅벅 문질렀다. 건장한 팔에 핏줄이 서고 모양 좋은 귀가 발갛게 익어 있었다.

"내가 어떻게 감히 당신을 거부할 수 있겠어. 무슨 말도 안 되는 생각을⋯⋯."

"하지만 거부했잖아요."

그녀는 황급히 자신을 밀어내고 도망치던 그의 등을 아직도 생생히 떠올릴 수 있었다.

"그건 당신이 싫어서가 아니라⋯⋯ 제기랄, 당신이 아파했잖아. 익숙하지 않았으니까."

에젠이 단단히 오해를 하고 있단 걸 깨달은 클리프는 좀 더 순화적인 언어로 당시의 제 상황을 설명하려 애썼다.

—아파요.

에젠은 안쪽을 파고들 때 따끔하던 고통을 떠올렸다. 그리고 그걸 듣자마자 곧바로 그녀를 향한 손길을 멈추던 클리프도.

"나도 그런 당신을 배려할 만한 상황이 아니었지. 그땐 반쯤 미쳐서 눈이 돌아가 있었으니까. 우리가 만약 그날 함께했다면 당신이 많이 다쳤을 거야. 상처 입히고 싶지 않았어. 좀 더 준비가 된 후여야 한다고 생각했다고."

"그건……."

"나도, 당신도, 우리의 처음을 그렇게 불붙듯이…… 아니, 제기랄, 그러니까 성급하게 끝내고 싶지 않았단 말이야. 그게 내게 어떤 의미인지, 나는 당신을……."

길게 설명하는 것도, 단어 선택을 재차 고심하는 것도 그답지 않았다. 그러나 클리프는 에젠이 제가 그의 행동을 오해했다는 걸 납득했다고 말할 때까지 계속해서 반복했다.

에젠은 천천히 고개를 끄덕였다. 제 쪽에서 봤을 땐 영락없는 거절이라 생각했었으나 그의 입장에선 달리 해석될 수도 있었겠다 싶었다.

"우리, 대화가 너무 없었나 봐요."

"그래. 그랬지."

클리프는 한결 편안한 얼굴을 하는 아내를 확인하고 그제야 한숨을 내쉬었다. 그리고 고개를 숙여 그녀의 이마에 입술을 맞추었다.

"당신의 작은 머릿속을 다 들여다볼 수 있으면 좋겠어.

무슨 생각을 하는지, 누굴 떠올리는지, 더 이상 혼자서 아파하지 않도록."

"……나도 그래요. 나도 당신이 혼자이지 않았으면—."

에젠은 그의 목에 팔을 감쌌다. 이어지는 말은 들이닥치는 입맞춤에 삼켰다. 고삐가 풀린 말처럼 클리프가 깊게 입을 맞추었다. 헐떡이며 겨우 그를 받아 내던 에젠이 그의 입술을 밀어내며 속삭였다.

"우, 하아, 우리 이제 대화해요. 또 엇갈리면 안 되잖아요."

"에젠, 설마 지금 하자는 건 아닐 거라 믿어."

이를 악문 그의 입술 사이로 거친 신음이 새어 나오는 것 같았다.

"지금이 아니면……."

"앞으로 평생이 있겠지. 그러니 오늘 밤은 내게 줘."

에젠은 소나기처럼 퍼붓는 키스의 향연 속에서 정신을 차리려고 노력했다.

그러나 내심 불안한 감이 있었다. 또 엇갈릴까 봐, 또 그때처럼 서로를 이해하지 못하고 멀어질까 봐 무서웠다.

"하지만 클리프."

그의 품에서 벗어나려는 에젠의 연약한 손을 클리프의 손이 뒤덮었다. 건장한 손이 작은 손 사이로 조심스럽게 파고들어 깍지를 꼈다. 마치 그녀의 두려움마저 벗어날 수 없게 옭아매듯이.

그리고 모양 좋게 뻗은 그의 검지가 그녀의 손바닥을 천천히 긁었다.

"아……."

분명 그저 살을 긁는 것뿐인데 등에 소름이 일었다. 그녀가 잘게 어깨를 떨자 그가 하얗게 드러난 어깨에 짙게 키스했다. 동굴 같은 목소리가 그녀의 귓가에 낮은 울림을 만들어 냈다. 다시 몸이 움찔 떨렸다.

"에젠, 절대로 다치게 하지 않을 거야. 오직 당신이 기쁠 수 있게……."

"흐으."

"제발, 응?"

가슴을 떨리게 만드는 달콤한 말에, 저를 올려다보는 절박한 시선에 안 된다고 말할 수 있을 리 없었다. 에젠은 숨을 들이켰다.

"에젠, 나의 에젠……."

그녀를 재촉하듯 뜨거운 입술이 여린 어깨선을 타고 점점이 올라왔다. 움푹 파인 쇄골에 입을 맞추고 이내 목선을 타고 화인을 찍었다.

"너무 오래 널 기다렸어. 그러니 이 순간이 내게 얼마나 기적 같은지, 넌 상상조차 못 하겠지."

푸른 눈동자가 일렁였다. 그녀를 담는 눈과 목소리, 그녀를 옭아매는 손길은 어쩐지 처절해 보이기까지 해서 에젠은 가슴이 아팠다.

"내게도, 기적 같은 일이에요."

저도 같은 마음인 걸 알아 달라는 듯 에젠이 작은 목소리로 중얼거렸다.

클리프가 굳었다. 같은 연심을 고백할 때마다 이러는 걸 보면 그는 도무지 에젠 또한 그를 사랑할 수 있다는 사실에 아직도 적응하지 못하는 듯했다.

굳어 있는 그에게 에젠이 다가가 입술을 맞댔다. 마치 잠자는 공주를 깨우는 것처럼 가냘픈 접촉에 클리프가 속절없이 무너졌다.

거기까지가 그의 인내심이었던 모양이다. 마치 무너진 둑처럼 그가 쉴 새 없이 밀려들었다. 뜨겁게 토해지는 열정 속에서 에젠은 숨을 들이켰다.

입 안을 가득 채우는 그의 숨결에, 몸을 가득 덮는 그의 온도에, 그녀를 감싸는 그의 무게에 가슴이 저렸다. 깊은 탐닉에 때때로 모습을 드러내는 거친 날것의 그마저도 에젠은 두렵지 않았다. 그저 내내 되뇔 뿐이었다.

마음을 나눈 상대와 함께하는 게 이리도 가슴 벅찬 일이었던가.

그리고 드디어, 마침내, 같은 모든 수식어들과 함께 그들은 대화를 시작했다.

수십 년의 세월을 돌아오고서야 그들은 대화의 부재가 서로에게 얼마나 깊고 짙은 오해를 낳았는지 깨달았고, 비로소 서로의, 그리고 자신의 이야기를 꺼내기 시작했던 것이다.

안타깝게도 절절한 깨달음이 타고난 성정 자체를 바꾸지는 못했다.

예를 들자면 클리프가 쉴 새 없이 종알거리는 수다쟁이로 변하는 일 따윈 일어나지 않았다. 그가 가장 열심히 앵무새처럼 쉬지 않고 말했던 때는 자신이 에젠을 원하지 않는다는 오해를 풀 때가 마지막이었다.

그래서 둘 사이에서 그나마 대화를 주도하는 이는 대부분 에젠이 되었다. 그녀가 열심히 말을 하면 클리프는 조용히 들었다.

그러나 에젠 또한 대화에 익숙하기보다는 노력하는 형이었기 때문에 가끔은 저만 말을 너무 많이 하나 싶어 이야기를 하다 멈추었다.

"……그래서, 그 그림이 좋았나?"

그럴 때마다 클리프는 그녀의 눈치를 보면서 물었다. 그녀는 그가 저만큼이나 대화에 익숙하지 않은 사람이라는 걸 알았다. 하지만 이렇게 자신이 그녀의 말 하나하나에 귀 기울이고 있다는 걸 보여 줄 때면 그 커다란 사람이 참을 수 없이 사랑스럽게 느껴졌다.

"아뇨, 난 당신이 좋았어요."

에젠은 더 이상 참지 않았다. 동문서답과 함께 에젠이 그의 목을 감싸 안고 입을 맞추자 그가 놀랍게도 소리 내어 기쁜 웃음을 터뜨렸다.

“심장 마비로 죽일 게 아니면 예고 좀 해 줘, 에젠.”

그는 고개를 숙였다. 입술에 닿아 오는 애정 어린 키스가 애달프고 소중해서 그녀는 늘 저도 모르게 손을 뻗어 그를 찾았다.

그리고 이제는 클리프가 그 손을 마주 잡아 주었다.

“에젠, 몸은 좀 괜찮니?”

에젠은 여전히 완전히 회복하지 않은 채였다. 주치의는 지난번과 이번의 병마가 겹쳐 몸이 완전히 회복될 때까진 외출은 꿈도 꾸지 말라는 엄벌을 내렸다.

그것이 필레모리가 지금 무어 저택으로 찾아온 이유였다.

“전 괜찮아요. 선생님, 제 남편이에요.”

에젠은 필레모리에게 클리프를 소개했다. 두 사람이 정식으로 인사하는 건 이번이 처음이었다. 마주 보는 두 사람 사이에 감도는 미묘하게 호전적인 분위기를 에젠은 알아차리지 못했다.

“비비안 필레모리예요.”

"클리프 무어입니다."

차가운 손이 악수하는 짧은 찰나, 두 사람이 서로를 탐색했다. 필레모리의 시선은 차갑게 식어 있었고 클리프의 얼굴에서는 아무것도 읽어 낼 수 없었다.

"이리로 오세요, 선생님. 보여 드리고 싶은 게 있어요."

에젠은 필레모리의 손을 이끌고 무어가 저택의 정원으로 데리고 갔다. 들뜬 목소리에 기대감과 즐거움이 가득 실려 있었다.

필레모리가 멈칫하면서 그녀를 바라보았다. 잠시 보지 못한 사이, 여전히 가냘픈 미색이 돋보이는 제자는 뭔가 바뀌어 있었다. 감출 수 없던 음울함이 사라진 새하얀 얼굴에는 햇살처럼 찬란한 미소가 빛났고 맑은 초록빛 눈동자에는 생기가 감돌았다.

맹세코, 그녀를 처음 보았던 어린 시절에도 에젠이 이토록 밝게 빛난 적은 없었다.

누가 그녀를 이렇게 변화시킨 걸까. 서늘한 시선이 제자의 옆에서 묵묵히 걷고 있는 무어 후작의 등을 응시했다.

"무어가의 정원이에요. 여긴 선생님께 꼭 보여 드리고 싶었어요."

"나도 사치에는 일가견이 있다만…… 세간에 떠도는 리틀 헤븐 하이츠를 직접 보게 되다니, 감개무량하구나."

반짝이는 꽃과 과일을 가득 실은 카누가 유유히 정원의 연못을 유랑하며 지나가자 필레모리가 넋을 잃고 쳐다보면서 작게 감탄했다.

"잠깐만요, 온실에 선생님 드리려고 만든 부케를 놔두고 왔어요."

"내가 가지."

클리프는 제 아내가 움직이는 꼴은 볼 수 없다는 듯 제가 자리에서 일어났다.

"에젠, 오는 길에 두통약도 좀 가져다주겠니? 어제 살롱에서 밤을 새우고 헐레벌떡 뛰쳐나왔더니 머리가 쿡쿡 쑤시는구나."

"그것도 제가 가져다 드리죠."

감히 내 아내에게 심부름을 시키느냐는 듯, 클리프가 일갈했다.

에젠이 일어서더니 클리프의 팔을 찰싹 때리고는 그의 방향으로 뒤돌았다. 필레모리가 있는 쪽에선 에젠의 뒷모습만 보여서 어떤 표정을 짓고 있는진 모르겠지만 필시 혼을 내고 있는 듯했다.

"선생님 앞, 란 말이에요, 내가 얼굴을…… 창피, 알아요?"

속삭임 사이로 씩씩거림도 간간이 들렸다. 필레모리는 다채로운 행동과 언사를 보여 주는 자그마한 여자가 자신의 제자가 맞는지 눈과 귀를 의심해야 했다.

"선생님, 제가 다녀올게요. 잠시 구경하고 계셔요."

에젠이 다시 클리프를 향해 뭔가 종알거렸고 클리프 무어는 얌전하게 고개를 끄덕였다.

얌전하게? 필레모리가 다시 생각했다. 클리프 무어가 얌전하게라고? 내가 미친 건가?

"……."

에젠이 자리를 뜨자 필레모리와 클리프 사이에는 싸늘한 침묵만이 맴돌았다. 누구도 먼저 입을 열지 않았고 그렇다고 눈앞에 펼쳐진 정원의 장관을 보고 있지도 않았다.

필레모리는 혀를 찼다. 제 아내 앞에서는 뭉개지는 푸딩처럼 굴더니 지금은 바늘 하나 들어가지 않을 것처럼 풀어 나오는 기운이 촘촘하다.

에젠이 정원의 유리 온실 안으로 완전히 사라지는 걸 확인한 필레모리가 먼저 입을 열었다.

"무어 후작. 이제 털어놓죠. 서로 간만 보는 거 질색이니까."

"……."

"내가 에젠을 도주시킬 경로, 준비한 거 알고 있을 텐데요."

고저 없는 낮은 음성이 물었다.

"쿠이시 공국과 에브론, 둘 중 어떤 걸 말씀하시는 겁니까."

필레모리가 멈칫했다. 쿠이시 공국은 오 년 전, 살육의 밤 때 에젠을 도망치게 하기 위해 계획했던 도주책이었다. 그가 그것까지 알고 있었다고?

"내가 그때 에젠을 도망시키려 했다는 걸 알고 있었는데도 에젠을 다시 만나게 내버려 둔 건가요?"

"예."

"어째서?"

"에젠이 당신을 다시 보길 원했으니까요."

필레모리는 혼란스러웠다.

"그 아이에게 집착하는 것 아니었나요? 에젠이 도망치는 걸 막으려고 나이젤까지 죽였던 당신이……."

"나이젤 도노반의 죽음 또한 언젠가 제가 치러야 할 것을 압니다."

"난 당신을 믿을 수가 없어요."

필레모리는 힐난하듯 그를 응시했다.

"에젠에 대한 당신의 감정이 정상적이지 않다는 걸 알죠? 사랑이라고 생각해요?"

"걱정할 일 없으실 겁니다. 제 감정이 버거워지면, 그래서 에젠이 제게서 벗어나길 원한다면 그리할 테니."

"그게 끝이에요? 하이츠의 흑사자가 언제부터 그렇게 순순한 인간이었나?"

클리프는 그녀의 조롱하는 어조에도 표정 없이 고개를 끄덕였다.

"나도 알고 당신도 아는 것이지만 에젠이 그걸 알게 될 일은 없을 겁니다."

"……."

"내가 평생 보일 일 없을 테니, 걱정 마시죠."

쓸쓸한 웃음 속에 자리 잡은 깊은 어둠을 필레모리는 보았다.

이이는 바뀌지 않았다. 에젠같이 선한 이와는 도무지 맞지 않는 어둠만이 가득한 불길한 인간이었다. 상대방을 좀먹게 만드는, 상대마저 깊숙이 안으로 끌어당기는. 그러나 그는 제 모든 어둠을 안간힘을 다해 아래로 밀어내고 있었다.

"왜 그렇게까지 하는 거죠?"

필레모리의 물음에 그의 입술이 살짝 올라가 호선을 이뤘다. 푸른 시선은 필레모리가 아닌 에젠의 뒤를 좇고 있었다.

클리프 무어는, 순간 세기의 미남들에 질릴 정도로 이력이 난 필레모리마저 아찔하게 할 만한 미소를 지었다.

"에젠이 숨 막히면 안 되니까."

필레모리는 할 말을 잃었다.

"선생님, 찾았어요!"

저 멀리서 에젠의 목소리가 들려왔다. 그의 입꼬리가 올라가며 미소가 좀 더 깊어졌다.

온몸으로 어둠을 내뿜고 있으면서 정작 에젠을 바라보는 눈빛은 햇살만큼 밝아서, 그가 말하는 어두운 각오와는 달리 클리프의 웃음이 충만하고 행복해 보여서 필레모리는 아무 말도 할 수 없었다.

"에밀리, 차를 준비해서 정원으로 내와…… 필립?"

에밀리에게 간단한 다과를 제시하던 에젠은 저택에 방문한 뜻밖의 인사에 눈을 동그랗게 떴다.

"여긴 어쩐 일인가요? 아니, 상처는, 움직일 수 있는 거예요?"

"예. 신전의 사제님들이 치료가 거의 끝나서 붕대를 풀 수 있다고 하셔서요. 귀부인께 감사 인사를 드리고 싶어 무례를 무릅쓰고 찾아왔습니다."

필립이 제 손을 내보였다. 상처가 사라진 말끔한 손을 본 에젠이 안도의 한숨을 내쉬었다.

"잘됐네요. 정말. 마침 필레모리 선생님도 여기 계세요. 함께 차라도 들고 갈래요?"

필립은 고개를 끄덕였고 에젠은 그를 정원으로 안내했다.

"지난번보다 얼굴이 한결 나아 보이십니다, 귀부인."

필립이 조심스럽게 말했다. 마지막으로 만났을 때 그가 보낸 나름의 충고를 외면하듯 자리를 떠 버린 걸 떠올린 에젠이 미안한 미소를 지어 보였다.

"걱정해 줘서 고마워요. 아, 필레모리 선생님이 저기 계시네요."

필레모리 쪽을 보던 에젠이 이내 작은 웃음소리를 냈다. 필립은 에젠의 시선이 닿는 곳에 클리프 무어가 서 있다는 걸 알아차렸다.

"선생님, 찾았어요!"

에젠이 즐겁게 외치며 부케를 흔들어 보였다. 그러나 정작 시선은 필레모리가 아니라 클리프에게 향해 있는 듯했다. 클리프가 제 쪽으로 오려고 하자 손을 휘휘 저으며 그를 저지하려 한 에젠의 얼굴은 이전과 달리 기쁨이 넘쳐흘렀다.

“두 분 사이가 좀 좋아지신 건가요?”

옆에 타인이 있다는 걸 뒤늦게 인지했는지 에젠은 살짝 볼을 붉혔다.

“네.”

“…….”

“너무 돌아왔어요. 그래서 지금이 더 소중한 건지도 모르지만요.”

어쩐지 힘겨웠던 나날들은 다 오늘의 초석인 것만 같아, 그 각각의 의미가 있었던 것만 같아 에젠은 저도 모르게 발로 땅을 콕콕 찔렀다.

그런 그녀를 필립은 물끄러미 바라볼 뿐이었다.

“……행복하십니까?”

“네?”

에젠이 고개를 들었다. 그녀의 눈은 필립을 잠시 바라보다가 이내, 자신을 향해 걸어오는 클리프를 향했다. 기다리라고 했는데, 말을 안 들어. 한숨을 내쉬는 혼잣말엔 웃음기가 어렸다.

“네, 행복해요.”

추호의 의심도 없는 확신 어린 목소리였다. 그녀의 시선은 내내 클리프에 박혀 있었다.

그래서 보지 못했다. 순간 종잇장처럼 일그러진 음유 시인의 얼굴을.

"먼저 실례할게요. 필레모리 선생님은 저기 계세요."

에젠은 이내 필립을 떠났다.

필립은 에젠을 향해서 걸어오던 클리프가 그녀를 기쁘게 안아 올리는 것을 바라보았다. 정원 저편에선 유모가 이안이 있는 아이 바구니를 들고 달려왔다. 아이는 발을 버둥거리며 에젠의 품에 안겼다.

"그림같이 잘 어울리는구나."

언제 왔는지 필립의 옆에 선 필레모리가 투덜거렸다.

"마담."

"저 위험하기 짝이 없는 작자는 여전히 싫지만……."

그때 클리프가 다시 에젠의 이마에 키스했다. 그녀와 아이를 소중하게 감싸 안는 그는 영락없는 한 가족의 가장이었다.

"에젠이 저렇게 환하게 웃는 건 처음 봐. 이제 좀 마음이 놓이네. 어쩔 수 없구나. 난 저 아일 저렇게 웃게 만들진 못할 테니까."

필립은 대답하지 않았다.

시간은 물 흐르듯 흘러 어느새 이안의 첫 번째 생일이 다

가왔다. 에젠은 벌써 일 년이 지났다는 것을 믿을 수 없었다.
아이의 생일을 처음 축하하는 건 에젠도, 클리프도 마찬가지였는데 굳이 따지자면 클리프 쪽이 좀 더 심각하게 이 처음을 받아들였다.

"이안 생일 파티 때문에 대연회장을 개조하겠다구요? 클리프. 고작 한 살짜리 생일이에요. 천장화와 실내 분수, 샹들리에, 이게 다 뭐예요. 공주님도 그렇게 성대하게 하진 않으실걸요."

"상관없어, 남의 딸이 어떻게 하는지 따윈."

클리프의 무심한 말에 에젠은 정말로 국왕이 그에게 약점을 잡힌 건 아닐까 싶었다.

"이안이 태어났을 땐, 당신한테 온 신경이 쏠려서 기뻐하지도 못했어. 이번엔, 제대로 해 주고 싶어. 한 번도 제대로 챙겨 준 적 없었으니까."

미래의 삶에서 그는 한 번도 아이의 생일을 축하하지 못했다. 그녀 때문에, 또 아이를 위해서. 그제야 에젠은 과하다 싶을 정도의 파티 규모 뒤에 서린 그의 속내를 짐작할 수 있었다.

"이안은 그것보다 당신이 안아 주는 걸 더 좋아할 거예요."

"그건 당연한 거고."

클리프는 빠르게 아이를 어르는 데 익숙해지고 있었다. 그는 더 이상 아이의 침대에 서서 아이를 선으로만 덧그리지 않았다.

이안을 직접 안아 들고, 칭얼거리는 등을 토닥였으며 심지어 아이의 자지러지는 울음을 달래기 위해 유모가 말하는 '둥가둥가'를 하기까지 했다.

장성한 사내가 제 팔뚝까지지도 오지 않는 작은 아이를 안고 몸을 느리게 좌우로 흔드는 모습은 그야말로 우스꽝스러웠지만 아무도 감히 그 말을 입 밖으로 낼 수 없었다.

딱딱한 얼굴의 남자는 온통 아이에게 신경이 쏠려 있었으나 그 온몸에선 여전히 범접할 수 없는 아우라가 흘러나왔다.

보고를 하러 그를 찾은 흑기사들 또한 그 모습을 보고 아연실색했으나 하루가 이틀이 되고, 일주일, 한 달이 넘어가면서 그들은 곧 아이를 어르면서 보고를 받는 주군의 모습에 꽤 익숙해졌다.

또 이 기회로 평소엔 여간 얼굴을 보기 힘든 귀여운 도련님도 볼 수 있으니 나쁠 건 없었다.

"각하, 그래서 지금 아이테온 쪽 국경의 목책이 어그러져서 빠른 대처를 요하고 있는 상황입니다."

"그대로 밀고 나가. 제2 전선이 뚫리면 회책으로 대신하고, 잠깐."

"으아아앙—!"

"무기 조달은 육상으로 착하지, 한다. 정리되는 대로, 쉬이, 이안. 착하지…… 갈 테니 먼저 나가 보도록."

"예?"

우는 아이를 달래기 위해 내뱉는 '쉬이'는 그저 한 음절의 숨을 내뱉는 짧은소리였음에도 어쩐지 숨 막히게 간지러워서 흑기사들은 붉어진 뒷목을 쓸었다.

"세상에 저는 추호도 저런 광경을 볼 거라곤…… 우리 각하가 저런 분이신 줄 몰랐습니다."

"너도 네 새끼 낳아 봐라. 저렇게 안 되는지."

하딩이 어쩐지 어안이 벙벙해져서 중얼거리자 레오르가 핀잔했다. 저는 저런 아버지가 아니었지만 이상적인 아버지상이 저런 모습이 아닐까 싶었다.

순조롭게 준비되던 이안의 첫 번째 생일 파티의 날이 밝았다.

"세 시간밖에 남지 않았다. 꾸물거릴 시간 있으면 어서 움직여! 정원의 장미 나뭇가지들은 왜 아직까지 삐죽삐죽한 것이냐? 여기 이 난간의 먼지는 또 어떻고? 테이블의 촛대를 아몬드유로 다시 닦아라!"

깐깐한 노집사의 목소리가 저택 구석구석을 울렸다.

평소 같았으면 고개를 절레절레 흔들며 진절머리 나는 표정을 지었을 하인들은 그의 지적에 열심히 움직였다.

귀여운 무어가 도련님의 첫 생일 파티를 주최하게 되었다는 자부심이 그들의 피로마저 잊게 만든 것이다.

한편, 집사가 하인들을 달달 볶는 동안 이 층의 후작 부부는 단장에 한창이었다.

"클리프. 진주가 예쁜 것 같아요, 아니면 루비?"

곱게 머리를 틀어 올린 에젠이 장신구를 들어 올려 보였다.

심드렁한 얼굴로 제 목에 걸린 크라바트(Cravat : 넥타이처럼 매는 남성용 스카프)를 잡아당기던 클리프가 고개를 돌렸다.

"당신이 원하는 쪽."

"그러니까 어떤 게 더 예뻐 보이냐구요."

"내가 말하면 그걸로 할 건가?"

"참고는 하겠죠."

에젠의 입가에 장난스러운 미소가 걸렸다. 무심하게 제 칼라를 매만지던 클리프가 손동작을 멈추고 그녀 쪽으로 걸어왔다.

"나는 뭐든지 당신이 원하는 대로 하잖아."

그가 조르듯 그녀의 귀에 속삭이며 키스했다. 통통한 귓불에도, 가녀린 목선에도, 가볍게 내려앉은 입맞춤이 점점 길어졌다.

"그러니까, 흣, 참고, 한다고 했잖아요. 저리 가요."

그를 밀어내자 클리프가 하는 수 없다는 듯 허리를 폈다. 그의 모습이 맞은편 거울에 비치자 에젠은 작게 한숨을 내쉬었다. 원래도 잘생긴 사람이었지만 오늘처럼 작정하고 꾸미니 가만있어도 사람을 홀릴 것처럼 빛이 났다.

"부인께서 내 의견에 귀 기울여 주다니 이리 감사할 데가."

"클리프, 얼굴에는 키스하지 말아요, 경고했어요."

포기하지 않는 클리프의 손이 에젠의 턱선을 쓸자 그녀가 경고했다. 그녀는 조금 전 공들여 화장을 마친 상태였다. 나직한 경고에 얼굴 쪽으로 향하던 입술이 잠깐 방황했다.

"입술은 다시 바르면 되잖아."

"여러 색을 겹쳐 발랐단 말이에요, 에밀리가 아니면 못 해요. 그리고 지금 에밀리는 연회장 장식을 확인해야 해서 몇 시간은 돌아오지 못한다구요."

"내가 해 줄게."

클리프는 에젠의 턱을 조심스럽게 들어 올린 뒤 뜨거운 입술로 그녀를 집어삼켰다.

'시간이 얼마나 남았더라.'

"이안도 확인해야 하고, 조금 이따 올 교향악단도 확인해야 해요."

"응."

"클리프, 이럴 시간 없다니까요."

"그래."

입맞춤을 밀어내자 그가 이제 목과 귀에 입을 맞추기 시작했다. 조금 전보다 좀 더 농염하고 짙었다.

"클리프, 내 말 안 듣고 있죠."

"응."

"귀를 잡아당기기 전에 멈춰요."

아쉽다는 듯 목 위로 비를 뿌리던 입맞춤이 마지막으로 진득하게 목을 한 번 깨물고 연약한 살을 빨아 당겼다.

"진짜!"

에젠이 성을 내며 클리프의 팔을 꼬집었다. 그래 봤자 근육으로 가득해서 제대로 손톱이 박히지도 않았다.

"오늘은 당신이 내게 상 줘야 해. 이 웃기지도 않는 걸 몸뚱어리에 달고 나가는 건 오로지 당신 때문이야. 알아?"

클리프가 나직하게 속삭였다. 에젠은 그의 강인한 손가락이 칼라에 달린 얇은 리본을 금방이라도 찢어발길 듯이 만지작거리고 있는 걸 알아차렸다.

이안의 생일 파티 때 입어야 할 클리프의 예복 선정으로 처음으로 두 사람 사이에 이견이 있었다.

그를 따라다니는 '죽음'이나 '흑사자' 같은 어두운 분위기를 조금 바꿔 보고 싶었던 에젠은 검은색 대신 밝은 색, 정확하게 말하자면 은색과 금색이 뒤섞인 예복을 제안했다.

클리프는 국왕이나 세이자르가 입을 것 같은 화려하고 휘황찬란한 예복에 진절머리를 쳤다.

"우리 결혼식 때도 이런 건 안 입었어."

그가 나지막하게 반발했으나 끝내 에젠을 이길 수는 없었다.

그녀의 안목은 정확했다. 은색 예복에 황금 자수가 수놓아진 정장은 —비록 본인은 숨 막히게 싫어했지만— 그와 숨 막히게 잘 어울렸다.

가지런하게 넘긴 머리와 요새 들어 조금 부드러워진 인상까지 합쳐지니 전장의 사자가 아니라 평화로운 왕국의 왕자님처럼 보였다.

죽음이나 학살은 전혀 경험해 보지도 않을 것만 같은 동화 속의 왕자님 말이다.

물론 그건 에젠의 생각이었다. 지금쯤 연회장을 확인하고 있을 에밀리는 주인의 모습을 보고 흠칫 몸을 떨었다. 그녀가 본 하얀 정장을 입은 클리프는 왕자님보다는 반듯한 외면 뒤로 온갖 모사를 꾸밀 것 같은 냉혈한처럼 보였기에.

"필레모리 선생님이 봐 주시기로 했지만 마냥 맡겨 놓을 순 없으니까요. 아차, 필립도 오기로 한 거 알죠?"

국왕은 이안의 생일 파티에 직접 열두 살 난 제 아들을 보내는 것으로 아끼는 신하에 대한 성의를 드러냈다. 비록 클리프는 그 호의를 달가워하는 것 같지 않았지만 차기 국왕이 될 왕자를 외면할 순 없었는지 그를 맞이하러 나갔다.

클리프는 왕세자를 맞이하러 자리를 비우고 에젠은 연회 준비를 감독하다가 필레모리가 도착했다는 소식을 듣고 1층으로 내려갔다.

"에젠!"

"선생님!"

필레모리는 초대객인데도 불구하고 먼저 저택에 나타나 주었다. 그녀는 필립과 함께였다.

"오면서 장식들을 봤어. 하다하다 그런 장식들은 처음이더라. 여기로 들어오는 길 한 뼘 한 뼘마다 서 있는 신상이라니. 왕실 예배당에서 훔쳐 온 줄 알았다니까. 솔직히 말해 봐, 도대체 얼마가 든 거니?"

필레모리는 눈을 찡긋하며 속삭였다.

"내 살롱에도 몇 개 들여놓고 싶은데…… 여기처럼 많이는 못 하겠지만 말이야. 비싸겠지?"

"그이한테 말해 놓을게요."

"아서라, 공짜로 받아서 그 사람한테 무슨 빚을 지게 하려고?"

필레모리는 아직도 클리프와 상극인지 고개를 절레절레 저었다.

"축하드립니다, 부인. 도련님의 영광스러운 순간에 함께할 수 있는 기회를 주셔서 감사합니다."

필립이 예의 아름다운 모습으로 허리를 굽혀 그녀의 손등에 입술을 댔다.

"오늘 특히 더 아름다우시군요."

필립은 무어가의 후원을 받으며 점점 더 승승장구하고 있었다. 그는 오늘 이안의 생일을 축하하는 노래를 부르기로 했다. 음유 시인 필립이 이안의 생일 연회 내내 공연할 거란 말에 파티의 초대장을 얻으려 수도가 들끓었다.

"행복하십니까."

필레모리가 잠깐 사라지고 에젠이 연회를 확인하느라 정신이 없을 때 옆에서 자리를 지키고 있던 필립이 조용히 물었다.

"네? 네. 그럼요. 행복해요. 필립에게도 고맙게 생각하고 있어요. 절 많이 도와주고 또 이안도 구해 주셨으니까요."

"부인께서 행복하시길 바랐는데, 사람 마음이 참 간사한가 보군요."

필립이 쓰디쓴 얼굴로 웃었다. 여자보다 아름다운 얼굴에서 슬픔이 배어났다.

"제가 정말 바랐던 게 뭔지 혼란스러워지거든요."

"무슨 말인지—."

"마님!"

저 멀리서 에밀리가 달려왔다.

"테이블 배석에 문제가 생겼어요, 마님. 갑자기 클레멘타인 경이 참석하겠다고 조금 전 전갈을 보내왔거든요."

재상 클레멘타인은 클리프의 오랜 숙적이자 정적이었다.

이번 파티에도 정치적 이해관계를 고려해서 참석자들을 선발했고 거기엔 분명 귀족파의 수장은 없었다. 그런데 그가 왜 갑자기?

"필립, 잠시 실례할게요. 조금 이따 얘기하도록 해요."

그는 조용히 고개를 끄덕였다. 에젠은 분주하게 발걸음을 옮기다가 잠깐 뒤를 돌아보았다.

필립은 움직이지 않은 채 계속 그 자리에서 멀어지는 그녀를 보고 있었다.

"필립? 괜찮은가요?"

에젠이 묻자 필립이 부드럽게 답했다.

"그럼요. 언제나 괜찮았지요."

그녀는 멈칫했다. 웃고 있는 그림 같은 미소에서 위화감이 느껴졌다. 그가 이안을 구해 주기 전, 그를 처음 봤을 때 느꼈던 기시감 어린 께름칙함이.

"마님!"

에밀리가 울상을 지으며 재촉했다. 에젠이 양해를 구하며 떠났고 필립은 예의 바르게 목례했다.

'왜…… 이렇게 불안하지?'

일순 철렁 내려앉는 가슴에 에젠은 멈칫거리며 발걸음을 옮겼다.

연회 두 시간 전, 에젠의 불안은 현실이 되어 나타났다.

"마님, 어, 어떡해요. 도련님이, 이안 도련님이 사라지셨어요!"

에밀리가 눈물로 얼룩진 얼굴로 중얼거렸다. 옆에는 눈이 벌게진 메리 부인이 함께 서 있었는데 그녀는 시퍼런 멍을 목에 매달고 있었다.

알록달록하게 장식된 아이 방의 침대는 텅 비어 있었다.

"이안은, 이안은요!"

"마님, 메리 부인은 목을 심하게 졸려서 목소리가 나오지 않고 있어서……."

주치의가 흥분한 에젠을 진정시키려 할 때였다.

메리 부인이 입술을 달싹였다. 목구멍에 치미는 끔찍한 고통에 인상을 일그러뜨리면서도 그녀는 기어코 입 밖으로 범인의 단서를 토해 냈다.

"필, 필립……."

더듬거리는 쇳소리에서도 그 음절만은 정확하게 알아들을 수 있었다.

"필립이라고? 노래 부르는 그 시인 필립 말이에요? 그가 부인을 이렇게 만든 거예요?"

메리 부인이 격하게 고개를 끄덕였다.

"이안은? 우리 이안도 설마 그가 데려간 거예요?"

부인의 얼굴에서 눈물이 쏟아졌다. 그녀는 다시 한번 고개를 끄덕였다.

"마님!"

에밀리가 이안의 침대에 놓인 쪽지를 가져왔다. 미리 준비해 놓은 것처럼 빳빳한 종이에 쓰여 있는 필기체는 가지런하고 분명했다.

[진정한 선의의 마지막 기억이 잠든 곳에서 아이를 찾을 수 있을 겁니다. —필립 D.]

"그놈이 도노반이라는 걸 어째서 몰랐던 거지?"

"가문에서 인정받지 못한 사생아였습니다. 자작 부인이 외부인과 통정하여 낳은 사내라 족적에 오르지 않았던 거였습니다. 그래서……."

알랭은 비참한 마음으로 고개를 숙였다. 좀 더 샅샅이 뒤졌어야 했다. 필립 도노반을 조사하라는 주군의 감을 제대로 수행하지 못한 건 제 불찰이었다.

그리고 그 결과가 지금 너무 거대하게 다가왔다.

"에젠!"

알랭의 보고를 들으며 또 한 번 무너지는 에젠을 클리프가 받쳐 안았다.

"어, 어떡해요? 나 때문이야. 나 때문이에요, 그래서 우리 이안이."

"정신 차려, 지금 당신이 이성을 잃으면 안 돼."

클리프는 몸을 떠는 에젠을 단단하게 지탱했다.

"단서부터 찾아야 해. 알랭, 너는 지금부터 사병들을 풀어 그놈의 흔적을 찾아. 뭐가 됐든, 머리카락 한 올이라도 닥치는 대로 찾아내."

"범위가, 너무 넓습니다. 지역을 좁힐 만한 단서라도……."

에젠이 퍼뜩 필립이 남긴 메모를 떠올렸다. 클리프 또한 마찬가지인 듯했다. 그의 목 위로 힘줄이 불거졌다. 긴장을 감추려 했으나 맥이 요동치고 있는 게 드러났다.

"선의가 잠든 곳이라니, 빌어먹을, 어딜 말하는 거지."

선의.

나이젤 도노반이 에젠 크로포드에게 보내 주었던 선의.
에젠은 비틀거리며 자리에서 일어섰다.
"어디, 있는지…… 알 것 같아요."

그들이 당도한 곳은 폐허가 된 크로포드 성이었다.
"클리프."
말을 타고 가는 내내 그의 얼굴은 미라처럼 굳어 있었다. 클리프는 지금 무슨 생각을 하고 있을까. 전혀 읽을 수 없는 무의 얼굴에 에젠은 불안해졌다.
필립 도노반. 그가 이안을 데려간 이유를 짐작할 수 있었다. 행복하냐고 몇 번이고 묻던 그. 그의 형을 죽여 놓고도 아무렇지 않게 살아가는 제 모습이 그에게 얼마나 추잡하게 보였을까.
그러나 이전 같았으면 자기 환멸에 빠지고 있었을 에젠은 더 이상 물러설 데가 없었다.
'미안해요, 나이젤. 내 죄는 나중에 모두 갚을게요. 몇 번이고 사죄하고 갚을게요. 제발, 그러니까 제발 필립을 말려 줘요. 이안을 해치지 말아요.'
나이젤에게 사과를 되뇌면서 에젠은 클리프를 불안한 눈으로 응시했다. 덜덜 떨리는 손가락이 초조하게 손바닥을 긁어 내렸다.

“내 옆에 있어야 해요. 나한텐 이안만큼이나 당신이 소중하니까.”

그 어떤 희생을 치르더라도, 양심이나 운명 따위는 모두 외면할 수 있을 만큼 그가 소중하니까. 이기적인 걸 알지만, 추잡한 걸 알지만 도저히 클리프를 놓을 수가 없었다.

그러나 클리프는 대답 대신 어두운 미소만 지을 뿐이었다.

에젠은 뭔가 더 말하려 입술을 달싹였으나 뭘 말해야 할지는 알 수 없었다. 그사이 그들은 빠른 걸음으로 버려진 크로포드의 성 안으로 들어섰다.

이가 나가고 여기저기 깨진 바닥이 그녀를 반겼다. 에젠의 반평생이 이곳에서 시작됐고 끝났다.

익숙한 내부였으나 부친이 자랑스러워하던 사치와 영광이 사라진 가문은 초라했다. 여전히 몇십 년을 돌아 다시 밟는 이 땅이 그랬다.

“어디 있지?”

정신없이 필립의 흔적을 찾고 있을 때 특유의 미성이 위쪽에서 메아리치듯 울렸다. 아름다운 선율도 함께였다.

“오셨군요.”

에젠은 고개를 들었다. 이 층으로 향하는 계단 끝 난간 위에 필립이 걸터앉아 있었다.

그가 하프를 켜며 인사했다. 멀쩡한 손은 여전히 귀를 녹일 것 같은 연주를 하고 있었다.

"더 오래 걸릴 줄 알았는데. 당신들한테 양심이 완전히 사라진 건 아니었나 봅니다."

싱긋 웃으며 그가 손을 흔들었다. 그리고 어딘가를 바라보았다. 필립의 시선 끝에는 아이가 있었다.

"이안!"

"으아아앙!"

계단의 맨 위에 이안을 감싼 포대기가 위태롭게 놓여 있었다. 부모의 도착을 알아차린 건지 이안이 자지러지게 울기 시작했다.

'울지 마, 오, 이안, 제발 울지 마.'

에젠이 저도 모르게 몸을 덜덜 떨며 아이에게 향하려 할 때였다.

"한 발짝만! 더 움직여도 이 아이를 걷어차 버릴 겁니다. 계단에서 공처럼 데구루루 구르는 모습을 보고 싶지 않다면 거기서 움직이지 마세요."

필립의 흔들리지 않는 음성이 이토록 두려울 수가 없었다.

"돌려줘요! 필립, 제발! 제발!"

에젠이 피가 끓는 음성으로 외쳤다.

"잘못한 건 나잖아요. 내 죄는 내가 받을 테니까 이안은—!"

"닥쳐!"

부드럽게 웃고 있던 필립의 얼굴이 악귀처럼 일그러져 있었다.

"그 입, 닥치세요. 당신은 용서를 빌 자격조차 없으니까."

그가 거칠게 하프를 뜯었다. 현이 뜯겨 나가며 그의 손가락 또한 핏방울을 튀겼다.

"죽은 내 형의 시신은 어땠습니까? 형의 피가 뿌려진 이 성에서 내가 얼마나 울부짖었는지, 당신들, 감히 상상이라도 할 수 있겠습니까? 장미 정원이었다지요, 클리프, 당신이 형님을 죽인 곳이. 여기 다시 와 봤습니까? 남의 땅에서 편히 잠들지도 못한 내 형님을 한순간이라도 기억한 적 있었어요?!"

"필립, 날 원망하는 거 이해해요. 하지만 아이는 내버려 둬요. 이안은 아무것도 몰라요, 아무 잘못도 하지 않았어요. 그러니까 내가—."

"아이는 내버려 두라니! 하! 내버려 둬?! 내 형은 그럼 무슨 잘못으로 당신을 대신해서 죽었지?!"

필립이 죽일 듯이 에젠과 클리프를 노려보았다.

"그렇게 빨리 형을 잊은 당신이 할 말은 아닌 것 같군요. 이해하려 했습니다. 에젠 크로포드, 당신도 피해자니까, 클리프 무어가 억지로 밀어붙인 결혼에 괴로워했으니까 나는! 나는 끝까지 당신을 이해하려 했어요. 그런데 이제 와서 저놈과 행복해지겠다고요? 내가 그렇게 놔둘 줄 알아?"

그가 이를 부득부득 갈았다. 부드럽던 인상이 아귀처럼 일그러졌다.

내내 저런 마음으로 곁에 있었을까. 저런 증오와 미움으로 저를 보는 그를 왜 알아차리지 못했을까.

'에젠을 부탁해.'

그사이 클리프가 옆에 서 있던 하딩에게 눈짓했다.

에젠은 어느새 필립에게서 저를 보호하듯 막아서던 클리프가 사라져 있다는 걸 알아차리지 못했다. 필립과 에젠이 서로에게 정신이 팔린 사이 클리프는 한 발짝 한 발짝 필립에게 다가가고 있었다.

"다가오지 마!"

뒤늦게 클리프의 존재를 알아차린 필립이 고함치며 이안을 들었다.

"집어 던져 버린다고 했어, 한 발짝만 더 다가오면."

"복수는 내게 해, 필립 도노반."

낮은 목소리가 그 어느 때보다 커다랗게 홀을 울렸다. 에젠은 그가 뭘 하려는지 알아차렸다.

혼자 감당하려는 거야. 죽으려는 거야. 나와 이안을 살리는 대신 혼자 죽으려는 거야.

"안 돼!"

에젠이 소리치며 클리프에게 달려가려 했다.

"마님! 안 됩니다!"

"놔, 이것 놔!"

그러나 이미 클리프에게 명령을 받았던 하딩이 그녀를 붙잡았다. 에젠은 발버둥 쳤으나 하딩 또한 안간힘을 써서 그녀를 막았다.

"죽이고 싶은 건 에젠도, 아이도 아니잖아. 나이젤 도노반을 죽인 건 나이니, 날 죽여."

클리프가 재킷을 벗어 내렸다. 얇은 셔츠 한 장만을 거친 채 그가 품고 있던 칼을 필립 쪽으로 던졌다.

"그걸로 날 찔러."

그는 어느새 필립과 시선을 맞추고 있었다.

"하! 그게 가능하기라도 하나?"

필립이 빈정거렸다. 전장의 흑사자, 눈앞의 남자가 어떤 인간인지 필립이 모를 리 없었다. 그러자 클리프는 단검을 들어 제 양팔에 상처를 냈다.

"안 돼, 그러지 마!"

에젠의 애끓는 외침이 적막을 꿰뚫었다. 신음 하나 내지 않으며 클리프는 제 양팔에 상처를 냈다.

"이제 네 마음대로 해."

클리프는 양팔을 내린 채 가만히 섰다. 벌어진 상처에서 흘러내리는 핏방울이 똑똑 바닥으로 떨어졌다.

클리프 무어가 가드를 내리고 무력하게 몸을 내민다는 게 가능이라도 한 일인가. 필립이 헛웃음을 내비쳤다. 제가 이리도 우습게 보였나? 그렇게 한두 번 찔리고 끝내려고?

"형처럼 단칼에 보내 줄 줄 알아? 아주 오래 고통을 느끼게 해 줄 거다. 넌 내가 가진 원한을 모르니 그리 쉬이 말할 수 있겠지!"

클리프는 대답 대신 눈을 감을 뿐이었다. 그 모습을 직접 목도하는 순간 뇌리를 태우는 분노의 불길에 필립은 단검을 쥐어 들고 클리프에게로 걸어갔다.

날 선 검날은 그대로 클리프의 어깨를 파고들었다. 하얀 셔츠 위로 붉은 반점이 점점 크게 번져 갔다.

"읏."

짧은 신음을 삼키며 클리프가 입술을 깨물었다.

"안 돼! 안 돼! 하지 마, 그러지 마!"

"마님, 제발! 마님!"

에젠은 제정신이 아니었다. 그녀는 미친 듯이 발버둥 치며 클리프에게 달려가려 했으나 하딩은 안간힘을 써서 그녀를 막았다. 자신을 상처 입히면서까지 에젠과 아이를 지키려 했던 주군의 희생을 헛되이 만들 순 없었다.

그러나 클리프가 무력히 공격당하는 것을 지켜봐야만 한다는 것에 그 또한 어찌나 이를 악물고 있는지 입 안에 핏기가 밸 정도였다.

다시 한번, 클리프의 팔이 베였다.

서걱. 그의 가슴팍에 피가 새어 나온다.

서걱. 이번엔 허벅지였다. 살을 베는 소리가 그토록 소름 끼치는 줄 이제 알았다.

"제발, 제발, 필립, 그러지 마요."

"무어 네놈이 한 발짝이라도 움직이면, 네 아이를 걷어 찰 거야. 여기서, 그대로."

계단 끝에 위태롭게 놓여 있는 아이는 필립의 다리가 닿을 만한 지점에 놓여 있었다. 자지러지는 아이의 울음소리는 계속해서 울렸고 클리프는 이를 악물고 신음을 토해 내지 않았다.

"각하!"

"오지 마!"

참다못한 레오르가 일어서려 하자 클리프가 거칠게 소리쳤다.

"내 허락 없인 누구도 움직이지 마라!"

필립이 삐뚤게 웃으며 그의 목으로 검날을 가져다 댔다.

"네가 죽기 전에도 그렇게 지껄일 수 있을까."

"각하! 네 이놈!"

레오르가 결국 참지 못하고 필립에게 창을 날렸다.

그러나 지나치게 거대한 창은 빗나가 필립을 맞히지 못하고 비켜났다.

콰앙—!

노쇠하여 부식된 기둥의 정중앙에 레오르의 창이 박혔다. 이내 쩌어어억, 하는 소름 끼치는 소리와 함께 금이 갔다.

오래전부터 부식이 시작됐던 크로포드 저택이었다. 쩌억 벌어지는 금은 계단에까지 이어졌다. 그 진동에 계단의 끝에 놓여 있던 이안마저 위태롭게 달랑거렸다.

"도련님이 떨어지겠어!"

흑기사 하나의 외침과 함께 기우뚱 아이가 계단 쪽으로 기울어졌다.

클리프가 번개같이 몸을 날렸다. 그는 아기를 안고 그대로 계단을 굴렀다. 중간 계단의 바닥으로 떨어지며 콰앙—하는 육중한 충격에 계단의 금이 더 선명해졌다.

쿨럭. 그가 크게 기침했다. 붉은 핏방울이 튀어나왔다.

"클리프!"

동시에 위태롭게 천장에 매달려 있던 낡은 샹들리에가 클리프와 이안이 있는 곳으로 떨어졌다.

알알이 유리로 된, 언젠가 크로포드 백작이 비싸게 샀다고 자랑한 커다란 샹들리에의 쇠사슬이 끊어지는 걸 보며 클리프는 눈을 질끈 감고 아이를 더 깊숙이 품 안으로 안았다. 이안이 다치지 않도록.

파사사사삭—!

바닥으로 떨어진 유리가 소름 끼치는 파열음을 냈다. 그리고 클리프는 고개를 들었다.

필립이 두 사람 대신 샹들리에를 막고 서 있었다. 머리, 어깨, 샹들리에의 날카로운 유리에 벤 온몸에서 붉은 핏방울이 흘러내렸다. 필립은 놀란 눈으로 저를 올려다보는 클리프와 아이를 보았다. 그리고 저 멀리서 달려오는 에젠도.

"제기랄……."

그는 그대로 쓰러졌다.

"의원을 데려와, 어서!"

혼란 속에서 클리프는 정신을 차렸다. 그는 빠르게 기사들에게 지시했다. 에젠은 입을 막은 채 쓰러진 필립에게 한 발짝 한 발짝 다가갔다.

"왜, 어째서……."

필립은 무겁게 감기려는 눈꺼풀을 들어 올렸다. 울고 있는 에젠 크로포드가 보였다. 물기에 젖은 얼굴은 듣던 대로 아름다웠다.

—예쁜 사람이야. 웃어 주면 좋을 텐데. 볼 때마다 눈가가 붉은 게 울고 온 것 같아. 우는 것보단 웃는 게 보고 싶은데.

들뜬 형의 목소리가 바람에 실려 오는 것 같았다.

—그녀가 행복하면 좋겠어. 꼭 날 선택하지 않는다 해도. 우는 건 그만하고 웃었으면 좋겠어.

"형님이…… 당신이 울면 슬퍼할 거야."

그래, 저는 어리석은 동생일 뿐이었다. 형이 알량한 복수를 바라지 않을 거라는 걸, 제가 복수를 대신할 깜냥도 못 된다는 걸 왜 이리 늦게 깨달았을까.

"당신이 행복한 걸, 당신이 웃는 걸 보고 싶다고 했으니까……."

필립은 힘겹게 눈을 감았다.

또다시 누군가가 저 때문에 죽는 건가? 새파래진 얼굴로 에젠이 그를 흔들었으나 그는 정신을 잃은 후였다.

"필립, 필립—!"

"아직 숨이 붙어 있어. 어서 신전으로 데려가."

"흐, 클리프 당신도, 당신도 너무 많이 다쳤어요."

필립이 난도질한 상처에서 피가 짙게 배어났다. 바닥으

로 뚝뚝 떨어지는 핏방울이 웅덩이를 만들었다. 언젠가처럼, 그녀가 보았던 미래의 악몽처럼…… 에젠이 공포에 질려 얼어붙었다.

"에젠."

클리프가 거세게 그녀를 잡아당기며 에젠의 시야를 가렸다. 떨고 있는 어깨를 감싸 안았다. 그의 너른 품에 아이와 에젠이 안겼다.

"에젠, 이안."

두 사람이 온전히 제 품에 있다는 걸 확인하고 나서야 클리프는 정신을 놓았다.

정신이 들었을 땐 전신을 관통하는 통증이 짜르르 그를 강타한 후였다.

클리프는 조용히 신음을 삼키며 눈가를 찌푸렸다. 아득했던 눈앞이 점차 잦아들며 시야가 제대로 보이기 시작했을 때 클리프는 저를 바라보고 있는 가냘픈 인영을 발견할 수 있었다.

"에젠."

그는 곧바로 그녀를 향해 손을 뻗었다. 그가 깨어나서 가장 먼저 한 일은 그녀의 안위를 확인하는 일이었다.

"괜찮아? 괜찮은 거야?"

"나, 나는……."

에젠이 울먹이며 물러섰을 때 그의 눈이 깊게 침잠했다. 그녀에게로 뻗어나던 손이 툭, 아래로 허탈히 떨어졌다. 어둠에 익숙한 듯한 눈동자가 뭘 생각하는지 그녀는 곧바로 알아차릴 수 있었다.

그는 지금 과거와 현재를 분간하지 못하고 있었다. 그녀가 그를 거부하던 과거로 다시 돌아갔다 생각하는 것이다.

서로가 이어지는 일이 그에게는 그토록 환상 같은 일인 걸까.

"나 괜찮아요."

에젠은 그가 더 어둠 속에 머무르길 바라지 않았다.

다시 그에게 다가갔고 클리프는 마치 허황된 꿈에게 손을 내밀듯 그녀에게 손을 뻗었다. 손가락이 맞물렸다.

"하아……."

가냘픈 손이 그를 거부하지 않고 잡혀 들었을 때 클리프는 나지막한 한숨을 내쉬었다.

그녀가 제 손을 뿌리치지 않는 것에, 그녀와 마음을 확인했던 게 제가 그리던 환상이 아니라는 것에 안심했던 탓이다.

그가 무너지듯 몸을 앞으로 숙였다. 맞잡은 손 위로 그의 이마가 닿았다. 에젠은 손등으로 전해지는 그의 떨림을 힘겹게 견뎠다.

"이안은?"

다음으로 그가 물은 말은 역시 아이의 안부였다. 클리프의 푸른 눈동자가 빠르게 방 안을 훑었다.

"잘 있어요. 목에 작은 찰과상이 나긴 했는데 시간이 지나면 흔적도 없이 나을 거래요."

어쩐지 아내의 목소리는 거칠게 쉬어 버린 것처럼 들렸다.

"필립도 신전에서 치료받고 있는 중이에요. 경과가 나오는 대로 알려 주기로 했지만 목숨은 위험하지 않다니까…… 걱정하지 않아도 될 것 같아요."

에젠은 그가 궁금해할 다른 이들의 이야기까지 해 주었다. 그러나 내내 멍하게 흘러나오는 그녀의 목소리는 떨렸고 시선은 그를 비스듬히 비껴 있었다. 클리프의 손아귀에서도 어느새 빠져나온 채로 호흡을 여러 번에 걸쳐 짧게 내쉬었다. 애써 이성적이려 하는 최대한의 노력인 듯했다.

"레오르 경이랑, 하딩 경이, 무너진 잔해를 수습, 수습한다고 했어요. 이안은…… 아직 너무 어려서 그때 일을 기억하는 것 같진 않다고 하더군요. 이안이 자꾸 당신을 찾았는데."

"에젠."

"당신 눈을 뜨질 않아서…… 피는 너무 많이 흐르고…… 당신은 다시 그때처럼 누워서 눈을 감고 있고, 날 보지 않는데 난 아무것도 할 수가 없어서 그냥 계속 멍청하게 우는 것 말고는."

"에젠."

흑. 울음을 삼키는 소리와 동시에 클리프가 그녀를 품 안으로 끌어당겼다. 에젠이 거세게 그의 어깨를 쳤다. 하나도 아프지 않았다. 상처 부위를 마구 때리는 손길보다 그녀의 볼을 타고 흘러내리는 눈물 한 방울이 더 날카롭게 클리프의 가슴을 저몄다.

"왜, 흐, 왜 그렇게 무모한 짓을 한 거죠?"

울음 사이로 애써 제대로 된 목소리로 질문하려는 노력이 가여울 정도였다. 벌벌 떨리는 손끝이 그가 정신을 잃은 동안 그녀가 겪었을 공포를 고스란히 드러내고 있어서 클리프는 목이 멨다.

"당, 당신이 사라지면, 나는 어떡, 흐, 하라고, 알잖아! 내가 당신이 죽는 걸 얼마나, 두려워하는지 알면서, 흐, 어떻게……!"

"미안해."

정말로 진실한 사과 말고는 할 말이 없었다. 연심을 걷어내고 나면 그녀에게 제가 줄 수 있는 것은 너무도 보잘것없어서 그는 초라해졌다.

"미안해, 에젠. 이렇게 죄 많은 남자의 아내로 살아가게 해서 미안해."

그는 에젠의 눈물 방울방울에 입을 맞추면서 용서를 구했다.

"이렇게 많은 피를 묻히고도, 이렇게 더러워진 영혼으로 당신을 옭아매서 미안해."

그건 오랜 시간 그의 심연에서부터 깊이 잠들어 있던 열등감이었다. 티끌 하나 없는 도화지에 제가 저지른 참상을 너무 잘 알고 있기 때문이다.

왜 이런 일이 일어났는지, 클리프 무어는 알고 있었다. 에젠 단 하나만을 쥐겠다는 탐욕으로 수많은 희생을 뒤로 한 제 저열한 이기심이 결국 이 결과를 부른 것이다.

그리고 그 깨달음 앞에서도 아무것도 바뀌는 게 없을 걸 알기에, 그는 용서를 구할 수밖에 없었다.

"넌 내게 너무 과분한데, 그런데도 널 놓아줄 수가 없어서 미안해."

그의 낮은 음절 하나하나에 고통이 배어났다. 에젠은 이것이 그가 안에서 안으로 숨겨 왔던 마지막 어둠이었다는 걸 알았다.

왜 일찍 깨닫지 못했을까. 저와 이안을 위해 계단으로 한 발짝 한 발짝 걸어가던 그를 왜 막지 못했을까.

"왜 그렇게 말해요. 당신이 내게 어떤 의미인 줄 알면서……!"

"난 누군가를 아프게 할 줄만 알지. 힘겹고 고통스럽게, 지치게 만들어. 당신이 더 잘 알잖아."

그가 나지막하게 말했다. 그녀를 품에 안은 손길은 더없이 다정한데 귓가에 닿는 숨결은 여전히 따스하기만 한데 그가 내뿜는 어둠은 그렇지 못했다.

"심지어 내 이름조차 무어(황무지)인걸. 누구에게도 따스한 보금자리 따위 되지 못하는 황량한 곳이지."

그의 턱이 잠시 굳어졌다. 한동안 말을 잇지 못하던 그가 마지막 어둠까지 토해 내듯 고백했다.

"그걸 당신이 알아차리고 날 떠날까 봐 두려웠어."

"……."

"이안에게 달려간 건…… 순수한 부정 때문만은 아니었어. 이안을 잃으면 당신이 고통스러워할 거니까…… 그러면 당신이 또, 날 떠날까 봐 미치도록 두려웠어."

그가 탄식 같은 한숨을 내쉰 뒤 눈을 감으며 비참하게 진실을 말했다.

"난 남편도, 아버지 자격도 없을 테지. 그러면서도 꾸역꾸역 당신의 곁에 남아 있으려고 발악하는 내가 얼마나 저열한지는."

그가 감은 두 눈은 무거운 추를 매단 듯 영영 떠지지 않을 것처럼 보였다. 그는 언제라도 저를 감싸는 어둠 속에 몸을 맡길 것 같았다. 그러면 그 어둠이 기다리고 있었다는 듯 그를 잡아먹을 걸 알았다.

에젠은 도리질했다. 그리고 고개 숙이고 있던 그의 턱을 들어 올렸다. 살이 빠져 더 날렵하게 드러난 턱선이 날카로웠다.

"아니에요, 클리프."

그를 부르는 음성에 눈꺼풀이 열렸다. 푸른 눈동자가 에젠을 응시하고 있었다. 저를 보고, 저를 담고 있는 눈동자였다.

“클리프 무어는 이 세계에 부유하던 나를 붙잡아 매었는걸.”
(Moor는 동사로서 배/선박 등을 줄로 매어 잡는다는 뜻도 있음)
에젠은 그 시선에 대고 답했다.
“우릴 가능하게 한 건 당신이에요. 그 많은 시간들을 되돌아서 우리가 함께 있을 수 있는 건 당신 때문이에요.”
“…….”
클리프는 할 말을 잃은 듯했다. 황량한 푸른 눈동자에는 오직 그녀만을 담은 채였다.
에젠은 그의 목을 힘껏 껴안았다. 그가 두렵지 않도록, 그가 힘겨워하지 않도록. 함께인 것이 그에게 고통보다 행복으로 남을 수 있도록.
“그러니 다시는 날 떠나지 말아요. 날 여기 홀로 남겨 두지 마.”
그러나 그녀의 확신이 그를 구원했다는 것만은 분명해 보였다. 한참 만에 목이 멘 목소리로 그가 약속했다.
“……약속할게. 다시는…… 당신을 떠나지 않겠다고.”
에젠은 그에게 입을 맞추었다. 닿기가 무섭게 허겁지겁 매달리는 그의 열기가 애처로웠다. 그러나 동시에 따스했다.
“사랑해, 에젠.”
그는 이지를 잃은 앵무새처럼 같은 말을 되뇌었다. 에젠은 아무 말도 하지 않고 그가 비로소 토해 내는 모든 사랑 고백을 받아들였다.

"에젠…… 에젠……."

언젠가 어두운 지하실에서 그녀를 그렸던 것처럼 그는 절박하게 그녀를 찾았다. 그리고 그의 옆에 그녀가 있었다. 엉겨 붙은 입술만큼이나 단단하게 에젠을 안는 팔은 영영 풀리지 않을 듯했다.

늘 클리프의 곁에서 자리하고 있는 듯했던 어둠이 완전히 사라지고 있다는 것을 두 사람 모두 느낄 수 있었다.

"이안이 무사한지 봐야겠어. 제기랄, 당신을 안고 있는데도 도무지 안심이 안 돼."

조급하게 그녀의 입술에서 떨어져 나간 클리프가 한숨 같은 탄식을 내뱉으며 중얼거렸다. 에젠이 웃으며 고개를 끄덕였다.

"바아아! 파아아!"

아이가 그를 찾았다는 에젠의 말이 정말인지 이안은 클리프를 보자마자 팔을 활짝 벌리며 안겨 들었다. 침이 뚝뚝 떨어지는 입술로 그에게 키스를 날리고 버둥거리며 뭔가를 웅얼거리기까지 했다.

"바아바아!"

뭔가를 발음하려는 듯한 옹알이였다. 클리프는 그걸 알아차릴 정신도 없는지 이안을 안은 채 아이의 말간 이마에 입을 맞췄다. 품에 스미는 달콤한 아이의 냄새가 가슴을 저몄다.

하마터면 아이를 잃을 뻔했다는 안도감이 그에게 짙게 배어들었다. 클리프는 아이의 이마에서 입술을 떼지 않으며 신에게 감사를 중얼거리다 다시 에젠에게 손을 뻗었다.

단단한 품에 안기며 에젠은 배어나는 눈물을 닦았다. 눈물샘이 완전히 고장 난 것만 같았다.

클리프의 미친 회복력으로 그는 곧 자리에서 일어날 수 있었다.

한두 달은 침대에서 내내 요양해야 할 것이라고 말하던 의사는 그를 괴물 보듯 바라보았다.

"고향으로 돌아가면 내 무어가가 있는 쪽으로는 머리도 놓지 않으려 합니다."

클리프가 누워 있는 동안 에젠에게 '새로운' 방식으로 시달린 주치의가 고개를 절레절레 흔들었다. 그러나 클리프의 서늘한 시선과 에젠이 내미는 황금에 곧 부르면 오겠다는 말을 남기고 떠나갔다.

무어 저택으로 새로운 전보가 날아들었다. 신전에서 치료받고 있던 필립이 사라졌다는 소식이었다. 그는 소리 없이 사라졌는데 어디로 갔는지는 행방이 불분명했다.

"도노반가를 복위시키고 필립을 찾아서 도와줘."

클리프의 명령을 받은 이들이 은밀하게 움직였다. 필립은 그의 도움을 거부하지 않았으나 끝끝내 하이츠로 돌아오지는 않았다.

갑작스런 음유 시인의 부재에 사교계가 크게 들썩였다. 연인과 도피했다느니, 영감을 찾아 떠났다느니 갖은 추측이 난무했지만 아무도 그 이유를 제대로 알지 못했다.

[미안해요, 행복하세요.]

에젠에게 짤막한 전보 하나가 전해진 이후로 필립은 완전히 모습을 감췄다. 사람을 풀어 찾으려고 했으나 그럴수록 그는 흔적 하나 없이 깊숙이 숨어들어 연락을 피했다.

아주 오랜 시간 후, 동대륙에서 천상의 음을 연주하는 기인이 나타났다는 소문으로 그의 안녕을 짐작할 수 있었을 뿐이다.

그리고 두 사람이 찾아간 곳은 나이젤의 무덤이었다.

도노반가와 가까운, 깨끗하고 밝은 햇살이 비치는 곳에 그가 잠들어 있었다. 살육의 밤 당시 아무렇게나 버려졌을 거라 생각했던 나이젤의 마지막이 제대로 된 묘지로 남아 있다는 것에 에젠은 놀랐다.

"당신이 한 거예요?"

"……."

에젠은 침묵에서 긍정을 읽었다. 나이젤의 죽음을 처리하고 수습할 만한 이는 그밖에 없을 테였다.

에젠은 한 걸음씩 걸어갔다. 나이젤이 누워 있을, 푸른 잔디가 덮인 곳으로.

"미안해요."

에젠은 나이젤의 묘 앞에서 뒤늦은 사과를 건넸다.

"정말 미안해요, 나이젤. 내가 너무 이기적이어서, 너무 겁쟁이여서 이렇게 늦게 용서를 구해요."

푸르디푸른 잔디 아래로 눈물이 뚝뚝 떨어졌다. 클리프는 못 본 척 뒤돌았고, 그녀는 쏟아지는 뒤늦은 눈물을 닦아 내지 않았다.

에젠은 나이젤 도노반을 떠올렸다.

—그래도 난 당신이 살길 바랍니다!

그녀가 모르는 시간에서조차 진심으로 그녀를 걱정해 주었던 남자.

"그래도, 날 위해 주던 당신의 몫으로 살아갈게요. 언젠가 내가 당신에게 이 은혜를 돌려줄 수 있는 날이 올 때까지……. 정말로 미안해요. 당신을 잊으려고 해서 정말 미안해요."

너무 늦어 버린 말이 뼈아팠다. 그녀는 울음을 참느라 붉어진 눈가를 가리며 뒤로 돌았다.

그런 에젠의 옆에서 클리프는 나이젤의 묘를 내려다보았다. 묘지 위로 피어난 하얀 들꽃 하나를 잠시 바라보면서 그가 천천히 무릎을 꿇었다.

철커덕, 허리에서 끌러 낸 그의 검이 나이젤에게 바치듯 놓였다. 전장에서 수많은 적들을 베었던, 그래서 국왕이 친히 그에게 하사했던, 그리고 그가 가장 아끼는 초록빛 보석이 박혀 있는 명검이었다.

"다음 생에는, 당신이 내 목숨을 앗아 가."

그가 조용히 맹세했다. 그리고 허리를 숙여 나이젤의 발끝이 자리할 땅바닥에 입을 맞추었다. 경건한 맹세는 국왕에게도 굽히지 않던 클리프 무어가 나이젤 도노반에게 행하는 사죄였다.

무어가 저택은 무슨 일이 일어났었냐는 것처럼 다시 평화롭게 젖어 들었다.

에젠은 그 분위기에 완전히 편승하며 하루를 보냈다. 그녀의 옆에는 거짓말처럼 클리프와 이안이 있었다. 더 이상 꿈을 꾸는 것도, 미래의 저택을 전전하는 것도 아닌 그녀의 일상에서 벌어지는 현실이었다.

하루 중에서 클리프와 에젠이 가장 좋아하는 시간은 늦은 저녁, 정원의 해먹에 누워 붉게 지는 노을을 바라볼 때였다. 두 사람 사이에서 꼼지락거리는 작은 아이는 얌전하게 클리프의 위에서 잠이 들었고 에젠은 그의 너른 어깨에 얼굴을 기댔다.

평화롭고 부드러운 하루가 저무는 시간이었다.

두 사람은 이전의 삶에서 일어났던 일들과 이안이 생일 파티에서 납치당했을 때의 일을 이야기할 정도로 트라우마에서 서서히 벗어나고 있었다.

그러나 한동안은 역시 불안했던 터라 이따금씩 이안의 아기 침대를 직접 그들의 침실로 가져와 함께 잠들었다.

클리프는 이안의 쌕쌕거리는 숨소리를 확인했고 에젠은 아이가 좋은 꿈을 꿀 수 있도록 자장가를 부르거나 가슴을 토닥였다. 가끔은 그녀의 성화에 클리프가 자장가를 부르는 일도 있었다.

"난 아닌 것 같아. 이안을 깨울지도 몰라. 당신이 노래해."

"매번 흥얼거리는 거 알아요. 입 밖으로만 내면 되는 일이잖아요."

"가사를 몰라."

에젠은 눈을 흘겼지만 끝까지 소리 내어 노래를 부르지 않으려는 남편의 기구한 변명을 못 이기는 척 넘어가 주었다.

그 대신에 새벽녘 이안이 잠에서 깰 때마다 자리에서 일어나 아이를 달래는 것은 모두 그의 몫이 되었다.

사실, 그녀가 말하지 않았어도 그건 늘 클리프의 일이었기에 별 차이는 없었지만 말이다. 에젠은 그가 그 일을 상당히 기꺼워한다는 걸 알고 있었다.

늦은 밤 몇 번이나 깨는 일이 있어도 아이를 직접 품에 안고 다독일 수 있다는 사실이 감격스러운 듯했다.

에젠은 그가 노래를 부르지 않는다고 했지만, 그녀와 아이가 깊게 잠든 밤, 두 사람을 내려다보며 그가 작게 자장가를 불러 주는 것도 알았다.

"에젠, 목욕하겠어?"

칭얼거리던 아이가 잠들고 나면 두 사람의 밤이었다.

클리프는 직접 욕실로 들어가 욕조에 더운물을 받았다. 왕국에서 가장 강한 기사이자 후작이 서슴없이 하인들이 하는 일을 하자 에젠은 아연실색했다.

그러나 에젠에 관련된 일이라면 그에겐 계급의 고저가 아무 의미가 없는 듯했다. 손수 난로에 불을 피우던 그때처럼 그는 팔을 걷어붙이고 목욕물을 맞추고 에젠을 목욕시켰다. 손수 시중까지 들어 주려 하는 걸 한사코 말렸으나 결국 그의 집요함에 에젠은 될 대로 되라는 식으로 몸을 맡기게 됐다.

짜증을 내고 신경질을 부려도 클리프는 묵묵하게 다 받아 주었다.

에젠의 비위를 맞추는 데 그는 꽤 소질이 있었다.

목욕이 끝나면 클리프는 폭신폭신한 수건으로 에젠의 몸을 닦아 주었다. 에젠은 창피해서 벌게진 얼굴을 감추며 그를 밀어냈다.

"젠장, 클리프. 옷은 내가 입을게요. 난 손도 발도 없는 줄 알아요?"

"젠장? 당신 지금 젠장이라고 한 건가?"

그가 소리 내어 웃음을 터뜨리는 일이 점점 잦아졌다. 낮고 깊게 떨리는 웃음소리를 들을 때마다 어쩐지 벅차서 그녀는 가슴을 부여잡아야 했다.

그나마 잠옷은 그녀가 직접 입는 게 에젠이 그와 부딪혀서 얻어 낸 유일한 위안이었다. 에젠이 잠옷으로 갈아입고 나면, 그는 따뜻한 난로 가까이에 그녀를 앉혀 놓고 머리를 말려 주었다. 기다란 머리를 조심조심 매만지며 빗어 내리는 손길은 커다란 크기가 무색하게 숨 막히도록 섬세했다.

노곤해진 에젠이 꾸벅꾸벅 졸기 시작하면 클리프는 에젠이 좋아하는 향의 로션을 꺼내서 발을 마사지했다.

"클리프?"

"응. 아파?"

부드럽게 발을 조몰락거리는 손길을 받다 보니 밀려오는 잠이 살포시 달아났다. 여전히 나른한 분위기에서 빠져나오긴 역부족인 데다 조금 전 목욕을 마친 터라 에젠의 볼은 살짝 달아올라 있었다.

그녀는 한쪽 무릎을 꿇은 채 다리를 주물러 주는 남편을 물끄러미 바라보았다.

소매를 걷어붙인 팔뚝 위에 자리한 건장한 힘줄이, 욕실의 습기에 적당하게 달라붙은 천이 내보이는 실루엣이, 널찍한 어깨가, 그림자마저 거대해진 그의 몸집이 하나하나 에젠의 시선에 담겼다.

그리고 그 시선의 가장 끝에는, 어스름한 불빛마저 무색하게 만드는 숨 막히도록 설레는 얼굴이 있었다.

얼굴에 지는 그림자가 그의 얼굴을 더 서늘하고 단단하게 보이게 했다. 그녀가 기억하는 내내, 클리프 무어의 얼굴은 늘 완벽하게 아름다웠다. 심지어 아직도 떠올리면 가슴이 아파 오는 그의 마지막까지.

"왜 그래?"

저를 물끄러미 보고만 있는 아내의 눈에서 뭔가를 읽었는지 클리프가 되물었다.

"내가 왜 당신의 봄이고 바람이에요?"

그녀의 살결을 쓸던 손길이 잠시 멈칫 굳었다.

"늘 궁금했어요. 그게 무슨 뜻인지……. 당신 그 마지막 말이 가슴에 박혀서……."

—에젠, 나의…….

그가 끝끝내 하지 못한 말이 무엇일지는 알 것 같았다. 그러나 그전의 말은 도무지 짐작이 가지 않았다. 말을 끝냄과 동시에 에젠의 눈초리를 타고 눈물 한 방울이 똑 하고 떨어졌다. 그의 비극적인 최후를 떠올리면 늘 이랬다.

"……."

클리프는 대답 대신 조심스러운 손길로 눈물을 닦아 냈다. 그리고 그녀를 안아 침실로 데려갔다.

에젠은 얌전히 그의 품에 안겨 눈을 감았다. 그가 조심스레 저를 침대로 내려놓자 그녀의 초록색 눈동자가 다시 반짝 떠졌다.

"눈 감아도 돼. 계속 옆에 있을 테니까."

"아니에요. 졸리지 않아요……."

그러나 정작 목소리는 천천히 늘어졌다. 에젠을 눕히고 클리프는 가만히 그녀를 내려다보았다. 푸른 눈빛이 부드럽게 그녀를 감싸는 것 같았다.

그는 따뜻한 손길로 에젠의 이마에 흘러내린 머리칼을 걷어 주었다.

그가 차오르는 감정을, 일렁이는 감정을 삼키는 사이에 에젠은 살포시 잠이 들었다.

"사랑스러운 나의 에젠."

이마에 닿는 입술을 느낀 에젠이 뒤척이며 눈을 애써 뜨려 했다.

포근한 분위기에서 달콤하게 귀에 닿는 그의 음성은 지나치게 짙었다.

그가 자신을 저리 부르는 걸 들어 본 적 있는 것 같았다. 어디서……? 언제였더라…….

"왜냐하면."

골몰하는 사이, 깊이를 알 수 없을 만큼 무거운 애정이 에젠의 눈가에 닿았다.

그녀가 끝끝내 수마를 이기지 못하고 다시 눈을 감자 그것은 얇은 눈꺼풀 위에 살포시 제 흔적을 남기고는 다시 모습을 감췄다.

"거칠게 메말라 외로운 땅에 숨을 불어넣었던 건 황무지에 부는 봄바람이었거든."

귓가를 울리는 나지막한 목소리만이 홀로 남아 평화로운 밤의 마지막을 그렸다.

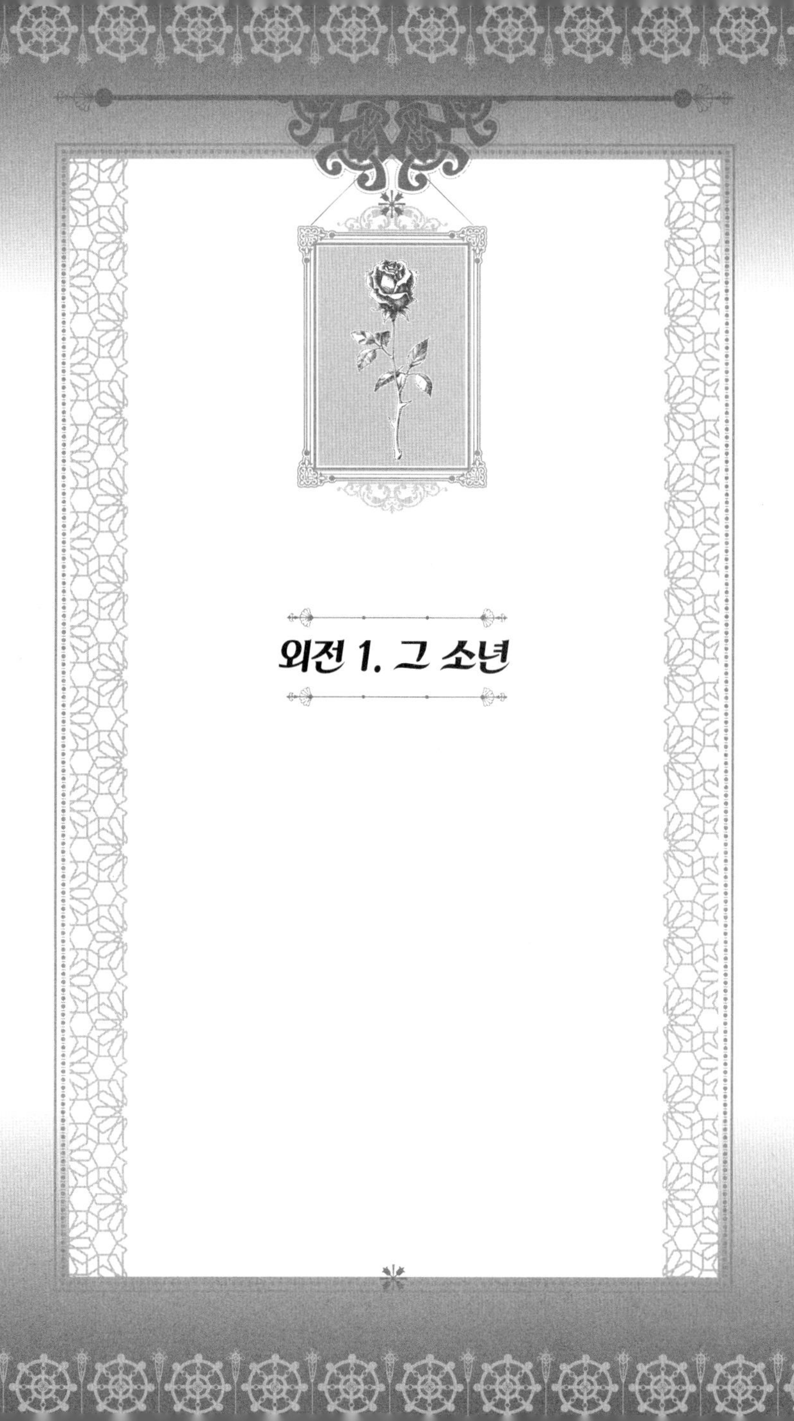

외전 1. 그 소년

촛불을 껐다 켜는 것처럼 새까만 어둠이 그의 눈앞에서 반짝거렸다.

"일어나! 이 짐승 새끼!"

그리고 뜨끈하게 등을 태우는 고통에 클리프는 현실을 인지했다. 자신은 새까만 어둠도, 찬란한 빛도, 그 어디에도 자리하지 않다는 것을.

철썩, 철썩!

단단한 매듭으로 이루어진 가죽 말채찍이 공중에서 높게 휘날렸다. 말론 크로포드가 채찍을 휘두를 때마다 튀는 클리프의 붉은 핏방울도 함께였다.

말론은 제 아비인 크로포드 백작만큼이나 잔인한 구석이 있었다. 어둠 속에서 기이하게 빛나는 두 눈동자에 악의가 번득였다.

"건방진 자식, 오늘은 반드시 죽여 버리고 말 테다."

다시 암흑이 깜박였다. 정신을 잃은 클리프의 등 위로 말론의 가차 없는 채찍질이 이어졌다.

"그만하고 나와, 말론. 저게 죽으면 아무리 너라도 아버지가 가만둘 줄 알아?"

오두막의 문에 삐딱하게 기대선 말론의 형제, 트리스탄이 경고했다.

"이딴 노예 따위 죽어 나간다고 뭐가 문제란 거야."

"그 노예가 '무어'이니 문제지. 저것이 아버지가 늘 밟고 올라서고 싶어 했던 아반투스 무어의 아들이란 걸 잊었어?"

트리스탄이 어깨를 으쓱했다. 그는 클리프를 살아 있는 인격으로조차 대우하지 않았다. 적어도 클리프가 같은 인간이라는 걸 인지하고 있다는 점에선 말론이 트리스탄보다는 훨씬 인간적이었다.

"뒈진 무어 후작의 시체를 짓밟는 것보단 살아 있는 그의 자식을 짓밟는 게 훨씬 만족스럽지. 그 고명하고 위대하던 무어의 마지막 일족이 모든 걸 빼앗기고도 치욕스럽게 목숨을 부지하는 걸 눈앞에서 지켜보는 게 얼마나 즐거우시겠어."

말투는 안타까운 듯 흘러나왔지만 트리스탄의 얼굴에는 삐뚜름한 미소가 걸려 있었다.

"지하에 있을 무어 후작은 그걸 얼마나 통탄스러워할까."

크로포드 백작이 클리프를 내려다볼 때의 가학적인 웃음과 닮은 미소였다. 그것은 감히 올려다보지 못할 포식자를 끌어내려 밟아 죽일 때 느끼는 피식자의 희열과도 어딘가 궤를 같이했다.

"너도 저것만 관련되면 눈이 돌아가서 이리 날뛰는데 아버지라고 오죽하겠어? 그러니 저건 계속 살아 있을 거야. 적어도 아버지가 무어 후작을 떠올리지 않을 때까진."

"……."

"싫으면 한번 죽여 보든가. 그날로 너도 저 꼴이 날 거라고 난 확신하지만."

말론의 얼굴이 와락 일그러졌다. 그는 화가 풀리지 않는 듯 클리프의 등으로 채찍을 다시 내리친 뒤 말채찍을 내던졌다.

콰앙—!

덜컹거리는 오두막 문을 거칠게 닫으며 둘은 떠났다.

을씨년스러운 오두막은 다시 암흑에 휩싸였다.

난장판이 된 등은 불이 난 것 같은 통각을 호소했다. 말론이 거칠게 닫아 반쯤 부서져 버린 문짝 사이로 황량한 바람이 새어 들어와 가뜩이나 열에 들뜬 몸을 식혔다.

"……."

악문 잇새에선 신음조차 새어 나오지 않았다. 분노가 머리를 잠식했고, 다시 자조가, 무력이 그를 깊은 심연으로 끌어내렸다.

죽여 버릴까.

멀어지는 크로포드의 발소리만으로도 그들을 쫓아갈 수 있었다.

채찍을 휘두르던 팔을 꺾고, 놈들의 목을 자르면 피가 솟구치겠지. 잔인한 상상이 그의 머릿속을 메웠다.

죽어 버릴까.

땅에서, 공기 속에서 스며드는 냉기가 그 상상을 덮었다.

나는 어찌하여 살아 있나. 나는 무엇을 위하여 이 질긴 생을 붙잡고 있나.

어렴풋한 물음이 다시 목구멍에서 울컥 튀어나왔다.

―클리프, 내 아들아. 너만은…… 너만은 살아서…….

죽어 가던 부친의 기억은 마치 어제처럼 생생했다. 부친이 미처 끝내지 못한 뒷말을 그는 어렴풋이 짐작했으나 단 한 번도 입 밖으로 내지는 않았다. 그러지 못했다는 게 더 옳을 것이다.

단 하루의 삶도 보장받지 못하는 크로포드의 발밑에선 복수를 꿈꾸는 것조차 알량한 사치였으니까.

크로포드 백작은 살아난 그를 서서히 굴복시켰다. 인간으로서의 최소한의 존엄을 거세당한 클리프 무어는 서서히 모든 것에 무감해지기 시작했다. 오직 생존을 위한 선택이었다.

분노도, 복수도, 고통도 아무것도 느끼지 못해야 당장의 숨을 들이켜고 살아갈 수 있었으니까.

그러니 지금도 그는 무감해야 했다. 클리프는 속으로 치미는 날것의 감정들을 삼켰다. 삼키고 삼켜서 저 기저 아래로 밀어 보냈다.

눈을 감았다.

말론이 남긴 처참한 상처 때문에 열이 펄펄 끓었지만 살갗에 닿는 냉기는 역겨울 만큼 시렸다. 비단 기온의 차이 때문만은 아닌 것을 알았다. 그렇게 그는 정신을 놓았다. 늘 그랬듯, 어둠이 익숙하게 그를 감쌌다.

"미안해요……."

어느 순간, 살갗 위로 뚝뚝 떨어지는 열기에 클리프는 깨어났다. 치덕치덕, 차갑고 축축한 것이 등 위에 발라졌다.

또 너인가.

클리프는 주먹을 쥐었다. 손톱이 깊게 살 속으로 파고들었다. 오두막을 가득 채우는 비릿한 피 냄새에 크로포드의 딸이 전전긍긍했다.

"아프죠, 흐으……. 어떻게 이렇게 잔인하게……. 미안해요, 미안해요."

계속해서 사과만을 되풀이하는 가냘픈 목소리를 알았다.

크로포드의 딸.

겨우 내리눌렀던 증오가 솟구쳤다. 크로포드의 딸, 크로포드의, 크로포드의……. 쉴 새 없이 반복되는 특정 단어의 향연이 그의 살기를 돋우었다.

"미안해요, 내가 미안해요."

알량한 사과를 뀌하는 저 입을 졸라 버릴까, 저를 내려다보고 있을 가냘픈 목을 꺾어 버릴까. 수없이 잔인한 상상이 머릿속을 채웠다.

이런다고 달라질 줄 아는가. 네 작은 입으로 비는 알량한 용서는…….

가냘픈 목소리로 토하는 초라한 말은 오히려 그의 분노를 부채질했다. 차라리 소녀의 아비처럼, 그녀의 형제들처럼 그를 핍박하고 억압했다면 나았을까. 이렇게 화가 나지는 않았을까.

"흐으. 흐으윽……."

울지 마. 울지 말란 말이야. 네 울음소리는 듣기 싫어.

에젠 크로포드는 계속 사과했다. 그가 기억하는 한, 그녀는 늘 그랬다. 그러나 그녀는 처참한 상처에서 도망치지도, 그를 혼자 남겨 두지도 않았다.

오두막으로 새어 들던 차가운 바람이 어느새 멎었다. 약을 바르는 고사리 같은 손길에서 전해지는 어렴풋한 온기가 뼛속까지 치밀던 냉기를 몰아냈다.

"흐으……."

에젠 크로포드는 여전히 그의 옆에 있었다. 아무 말도 하지 않았다. 그러나 그녀의 울음과 그의 신음만이 흐르는 적막한 침묵 아래엔 너무 많은 말이 오갔다. 단 하나도 입 밖으로 내지 못했으나.

오늘 밤만, 오늘은 너무 추우니까. 잠시나마 함께할 온기가 있으니까. 지금만, 잠시만…….

머릿속에 범람하던 죽은 가족의 기억도, 원수들을 향한 들끓는 증오도, 몸을 관통하는 고통도 모두 조막만 한 소녀의 존재감에 가려 잠시 힘을 잃었다. 선득이던 등의 통각은 어느새 무감각해진 지 오래였다.

하아.

그는 막힌 숨을 틔워 냈다. 아무것도 느끼지 않아야만 살 수 있는 클리프 무어, 크로포드의 비천한 노예가 겨우내 내쉬는 숨이었다.

원수의 곁에서 느끼는 찰나의 안식이 지독히도 그를 비참하게 했다.

햇살이 허름한 창문 아래로 비쳤다.

"자리에서 일어나! 해가 중천에 떴잖아, 이 게으름뱅이야!"

하인들이 윽박지르며 오두막을 걷어찼다. 천장이 흔들리며 모래와 먼지가 우수수 쏟아져 내렸다. 클리프는 비적비적 자리에서 일어났다. 여전히 등의 통증이 불편했지만 약을 발라서 그런지 참지 못할 정도는 아니었다.

"……."

클리프는 제 옆에 자리한 약통과 물, 그리고 손수건에 싸인 조그만 빵들을 내려다보았다. 크로포드의 딸이 남긴 알량한 상냥함은 우스울 뿐이었다.

그는 그대로 자리를 나갔다. 연고가 가득 담겨 있는 약통엔 시선 따위 주지 않고서.

"오늘 전부 다 패도록 해. 알아들어?"

건장한 하인이 산더미처럼 쌓인 장작더미 옆에서 눈을 부라렸다. 크로포드 백작이 클리프를 함부로 하다 보니 저들마저 그의 주인이라도 된 양 기세를 부렸다. 클리프는 말없이 하인을 응시했다.

깊이를 가히 짐작할 수 없는 푸른 눈동자가 고요히 빛났다. 이유 없이 소름을 돋게 하는 무감각한 시선이었다.

"그, 그럼 알, 알아들은 걸로 알고……."

하인은 흠칫 몸을 떨며 뒷걸음질 쳤다. 황급히 도망치듯 자리를 벗어나는 뒷모습을 물끄러미 바라보던 클리프가 도끼를 들었다.

파앗—

장작은 시원스러운 소리를 내며 반으로 쪼개졌다. 무거운 도끼를 내려칠 때마다 아물지 않은 등의 상처가 다시 터졌다. 그러나 기계적으로 반복되는 그의 움직임에는 변화가 없었다.

얼마나 움직였을까. 점심때가 훌쩍 지나 있었다.

다시 터진 상처 때문에 그의 등은 처참하리만큼 피로 흠뻑 젖어 있었으나 모두 보이지 않는 척 제 할 일만 했다.

등 뒤로 힐끔힐끔 시선이 모여들었다.

무어가의 후계자, 한때 촉망받는 귀족이었던 그의 비참한 현실은 늘 시선을 불러 모았다. 그러나 아무도 그에게 말을 붙이지 않았다. 클리프는 무표정한 얼굴로 다시 도끼를 들었다. 군중 속에 남겨진 철저한 고독은 익숙했다.

그에게만 주어지는 고된 노동은 하루 이틀 일어나는 일이 아니었을뿐더러 아무도 그를 도와주어 크로포드 백작의 심기를 거스르고 싶어 하지 않았기 때문이다. 백작의 잔인함은 비단 클리프 무어에게만 통용되지 않았으니까.

"다, 다 하면 서, 서재의 벽난로에 장작 갖다 놔! 게으름 부, 부릴 생각 말고!"

그에게 일을 시킨 하인은 멀찍이 떨어져 거친 빵 한 덩이를 던지며 외쳤다. 데굴데굴 굴러온 빵에는 모래가 묻어 있었다. 하인은 그가 쫓아올까 무서운지 이미 도망친 지 오래였다.

"……."

클리프는 말없이 빵을 주워 들었다.

살기 위해서 눈을 감고 표면에 묻어 있는 모래를 털어 냈다. 살아남기 위해서, 그는 조용히 그것을 물고 씹었다. 거칠거칠한 표면이 연약한 입 안을 사정없이 할퀴었고, 질 나쁜 밀을 쓴 탓에 맛은 소태같이 썼다.

그는 오늘 아침, 제 곁에 놓여 있던 하얀 빵을 떠올렸다. 하얗고, 연약, 그가 쥐고 있는 거친 것과는 비교할 수 없는…….

그는 빵을 싸고 있던 손수건을 떠올렸다. 삐뚤삐뚤한 자수가 수놓아진, 조금만 힘을 주면 찢어져 버릴 것만 같은 보드랍고 조그만 천 조각을.

그가 떠올리는 모든 것들은 꼭 누군가를 닮아 있었다.

카악.

그는 씹고 있던 거친 빵 조각을 뱉어 냈다. 그리고 채 다 먹지도 못한 그의 유일한 식사를 던져 버린 채 자리를 떠났다.

서재에 장작을 놓아두고 나오는 길이었다. 후원 쪽으로 향하려던 클리프가 멈칫했다. 사람 하나 없는 텅 빈 복도였음에도 어쩐지 분위기가 어수선했다. 마치 하나의 전조처럼 말이다.

그때였다. 복도의 코너를 돌려 했을 때 앞쪽에서 문이 벌컥 열리며 크로포드 백작의 노성이 터졌다.

"제정신이냐! 되바라진 것 같으니!"

클리프는 본능적으로 백작이 자신을 볼 수 없을 만한 위치의 벽으로 몸을 붙였다. 코너만 돌면 그들의 얼굴이 곧바로 보일 만큼 가까운 거리였다.

"맙소사, 세오덴의 사계라니, 멍청한 것도 정도가 있지!

네가 누군지 잊은 거냐? 이 크로포드의 딸이 평민 거지새끼 곡을 주워듣다 못해 연주까지 한다고 하면 다들 날 얼마나 우습게 보겠냐 이 말이야!"

"잘못했어요, 안 칠게요. 더는 연주하지 않을 테니까 제발 돌려주……."

"시끄럽다! 입 다물어!"

애처롭게 내뻗는 손을 크로포드 백작이 가차 없이 쳐 냈다. 백작의 두꺼운 손아귀에서 여러 장의 악보가 갈기갈기 찢어져 내렸다. 조각조각 난 오선지가 풀풀 허공에 휘날렸다.

"이딴 거 내 눈에 보이지 않게 전부 치워 버려! 집구석이 다 왜 이 모양이야!"

노성이 울려 퍼지는가 싶더니 이내 백작이 쿵쿵거리며 계단을 내려가는 소리가 들렸다.

복도는 언제 그랬냐는 듯 다시 잠잠해졌다. 저택을 울릴 만큼 커다란 고함이 있었는데도 이곳으로 올라오는 시중인은 없었다. 괜한 불똥이 튈까 몸을 사리는 것이다.

클리프는 참지 못하고 고개를 내밀었다.

"……."

백작이 떠난 자리에 에젠 크로포드가 홀로 서 있었다. 하얀 대리석 복도에는 백작이 화풀이한 잔해가 어지럽게 널브러져 있었다.

백작가의 화려한 복도와 장식은 자그마한 그녀의 체구와 대비되어 더 거대해 보였고, 반대로 그녀는 더 초라하고 약해 보였다. 여린 볼마저 조금 전 그의 부친이 내려친 따귀로 인해 붉게 달아오른 채였다.

클리프는 나직한 헛웃음을 터트렸다.

'이런 네가 날 동정하는 거야?'

그러나 그는 제 얼굴이 거칠게 일그러져 있다는 것은 깨닫지 못했다.

크로포드 백작은 자식에게마저 냉정한 아비였다. 그리고 그는 자신의 잔인한 성정을 닮지 않은, 하나뿐인 막내딸에게 유독 더 가혹했다.

악의가 실려 있지 않은 맑은 녹빛 눈동자를 유약하다 폄하했고, 노예를 비롯해 백작가의 하인들을 배려하는 상냥함을 소심하고 쓸모없다 깎아내렸다.

부친의 쉴 새 없는 압박과 고함 아래서 작은 소녀는 점점 햇빛을 보지 못하는 꽃처럼 시들어 갔다.

클리프는 그 일련의 순간 어딘가에 소리 없이 존재했다. 생기발랄했던 소녀의 얼굴에 가득 차오르던 기쁨과 열망 같은 행복한 감정들이 조금씩 자취를 감추고 사라지는 과정의 순간에 말이다.

마치 지금처럼.

조용히 찢어진 악보를 내려다보던 그녀의 작은 어깨가 가늘게 떨렸다.

울지 마.

누군가 속삭였다. 클리프는 그것이 제 머릿속에서 흘러

나왔다는 걸 깨달았다.

들릴 리 없건만, 그의 소리 없는 중얼거림을 듣기라도 한 것처럼 에젠 크로포드는 울지 않았다. 한참을 멍하니 서 있던 그녀가 움직였다.

달칵.

다시 문이 닫히는 소리가 났다. 복도에는 이제 그를 제외하면 아무도 없었다.

저벅저벅, 그는 앞을 향해 걸어갔다. 그리고 조금 전 백작과 소녀가 있던 자리에서 멈추어 섰다. 그곳에는 찢어진 종잇조각들이 어지럽게 널브러져 있었다.

악보를 줍지 않는 건 그녀의 마지막 자존심이었을까.

그는 무릎을 굽혀 버려진 조각을 주웠다. 하나둘씩 조용히 여기저기로 흩어진 악보를 한데 모았다. 한때 촉망받는 후작가 자제로서 교육받던 소년에게 찢어진 악보를 맞추는 것은 그리 어렵지 않은 일이었다.

'사계.'

가장 위에 적혀 있는 악보의 제목을 소리 죽여 읊었을 때였다. 닫힌 문 뒤로 가냘픈 멜로디가 들려왔다.

한 손으로만 조심스럽게 건반을 누르는, 크로포드 백작에게 들리지 않을 정도의 아주 작은 크기의 피아노 소리였다. 클리프는 곧 그것이 악보의 멜로디라는 것을 알아차렸다.

피아노 소리는 점점 느려졌다. 희미해지는 가냘픈 음률이 어쩐지 서러웠다.

'그깟 악보 따위.'

그게 뭐라고 그리 핍박하나. 숨죽인 몇 마디 연주에 서글픈 울음이 배게 만드나. 꽃으로 쳐도 상처 입힐까 두려운 여린 살에 손을 대나.

그녀는 무어가 아니라 크로포드인데, 제 피를 타고난 자식을 왜…….

방 안에서 들려오던 피아노 소리가 마침내 멈췄다. 마치 마지막을 기약하는 것처럼.

"……."

제 아비에게도 인정받지 못하면서 한낱 노예에게 알량한 동정을 보이던 그녀의 작태를 비웃어 주어야 마땅하건만 그의 모든 신경은 끊긴 멜로디에 쏠려 있었다.

문 뒤의, 그녀가 있을 방 안의 모습이 보이는 듯했다.

피아노 앞에 앉아 허망하게 건반을 내려다보고 있을 작은 소녀의 모습이.

클리프는 한동안 그 자리를 벗어나지 못했지만 방 안에서 사계의 멜로디가 다시 들려오는 일은 없었다. 그는 소녀가 사계를 다시 연주할 일은 이제 없을 것임을 알아차렸다.

그는 악보의 잔해를 주워 자리에서 일어났다.

버려야 한다는 걸 알았지만, 저 또한 외면해야 함을 알았지만 그리하지 못했다. 찢어진 종잇조각들이 울지 못하는 어린 소녀의 마음 같아 차마 그럴 수 없었다.

“그런 칙칙한 색깔은 내다 버리고 이 색으로 해. 진주를 달면 가격이 더 비싸진다고?”

크로포드 백작은 투덜거리며 화려한 프릴이 달린 분홍빛 드레스를 가리켰다. 어깨를 움츠린 에젠의 옆에서 재봉사가 연신 백작의 눈치를 보며 고개를 끄덕였다.

“페르시아산이라서 가격이 좀 나갑니다. 하지만 요새 사교계 유행이 진주라…….”

“장신구에 꽃까지 준비해야 하지? 나 참, 계집애들이 사치에만 용을 쓰니 원, 집안 살림이 남아나지 못하겠군.”

에젠의 드레스에 들어간 돈보다 자신의 넥타이핀에 박힌 보석의 가격이 더 나간다는 사실은 누구보다 백작이 더 잘 알고 있음에도 그는 인상을 찌푸렸다. 애초부터 자신에게만 관대한, 모순적인 인간이었기에 그는 부끄러움을 몰랐다.

“최대한 화려하게, 모든 사람들의 이목을 끌 수 있도록 만들어.”

“하지만 백작님, 그러면 가격이 천차만별로 높아지는데…….”

“진주 따위 굳이 페르시아산이 아니라도 되잖나?”

부를 과시하며 오만하게 재봉사를 깔봤던 사람이 하는 말치곤 참으로 구차했다. 재봉사는 할 말을 잃고 머뭇거렸고, 에젠은 수치심에 눈을 내리깔았다.

“그, 그렇지만…….”

“그렇게 해. 어차피 페르시아산이든 모조품이든 눈길만 끌면 되는 것 아닌가.”

“알겠…… 습니다. 그럼 장신구는…… 무엇으로 하시려는지요. 아까 아가씨께서 고른 이 진주 핀이 어울릴 듯한데…….”

재봉사는 표정을 고치고 다시 상인의 얼굴로 돌아가 보석들이 담긴 벨벳 상자를 열었다. 백작은 귀찮다는 얼굴로 장신구를 골랐다.

“쯧쯧, 취향하고는.”

그 와중에 에젠이 고른 비교적 수수한 진주 핀을 향한 모욕도 서슴지 않았다. 그는 프릴과 보석이 잔뜩 달린 화려한 머리핀을 골랐고 가격표를 보며 화를 냈다.

왈칵 짜증을 내는 부친과 쩔쩔매는 재봉사가 자리를 떠났고 에젠은 텅 빈 홀에 홀로 앉아 있었다.

“…….”

조용히 머리핀을 내려다보는 자신의 모습이 살짝 열린 창문의 틈으로 드러난다는 걸 모른 채 그녀는 화려한 머리핀을 내려놓고, 그 옆의 보잘것없는 검은 공단 리본을 집어 들었다.

부드러운 공단을 쓰다듬는 손길은 힘이 없었다. 아비와 가문을 위해 처음부터 끝까지 재단된 그녀의 삶처럼.

인정해야 했다.

같은 피가 흐르는 것만 제외하면 에젠 크로포드는 크로포드 백작과 단 하나도 닮은 데가 없었다.

아니다, 그것이 가장 문제였다. 그녀의 몸에 흐르는 크로포드의 피.

오직 그것만으로 가장 크로포드답지 않은 인간이 보내는, 그에게 자아내는 모든 것들은 상쇄되어야 했다.

그러나 아직 깨닫지 못한 연정이 쉬이 잠재워질 리가 없었다. 에젠 크로포드를 볼 때마다 소년의 가슴은 거세게 뛰어 댔다.

'그럴 리가 없어.'

이미 증오와 분노에 불타 없어졌다 생각했던 감정은 어느 순간부터 생생한 감각을 호소하기 시작했다. 그녀를 볼 때마다 피어나는 아리고 아프고 애처로운 연약한 감정들.

문득 정신을 차려 보면 그의 시선은 그녀를 좇고 있었다.

'나였다면.'

저였다면 어땠을까.

그의 가문이 무너지지 않았다면, 그가 여전히 무어가의 후계자였다면. 그는 저 소녀의 앞에 당당히 설 수 있었을까.

싸구려 진주가 아니라 그녀의 눈을 닮은 맑은 에메랄드와, 볼을 타고 떨어지는 투명한 눈물 같은 물방울 다이아몬드를 선물할 수 있었을까.

이리 보잘것없이 그녀를 훔쳐보는 게 아니라 누구보다 눈부신 모습으로 그녀의 옆에 자리할 수 있었을까. 가문과의 결합을 빌미로 그녀와 정혼할 수 있었을까.

그랬다면 크로포드 백작은 무어가를 멸문하지 않았을까. 그럼 크로포드와 무어는,

공존할 수 있었을까.

'무슨 생각을 하는 거야.'

그가 거칠게 얼굴을 일그러뜨렸다.

내가, 내가 지금 내 가문을 몰살시킨 원수와의 공존을 가늠했던가. 찰나의 순간이나마, 그 가능성을 점쳐 봤던가.

빠드득.

이를 악문 채 그는 머릿속을 파고드는 생각들을 몰아냈다. 그는 곧바로 몸을 돌려 자리를 떠났다. 서늘한 바람만이 그가 있던 자리를 메웠다.

에젠 크로포드에 대해 가지고 있는 이 이유 모를 관심이 무엇인지 그는 정의하지 않았다. 아니, 정의할 수 없었고 그래서도 안 됐다. 그 순간, 크로포드에 대한 제 깊고 깊은 증오가 희석되어 버릴까 두려웠기에.

—클리프, 너는 살아남아서…….

무슨 짓을 하고 있나. 죽어 가던 부모의 유지를 잊었나. 불타오르던 가문과 울리던 가신들의 비명이 에젠 크로포드의 존재 앞에서 지워지기라도 하는가.

그는 이를 악물었다. 터진 입술에서 번진 피 향이 입 안으로 스며들었다.

단 한 순간이라도 크로포드의 딸을 향해 그런 상냥한 생

각을 했던 자신을 용서할 수 없었다.

어느 때처럼 백작의 혹독한 매질이 이어진 날이었다.

"으윽."

크로포드 백작이 몽둥이를 들어 올릴 때마다 클리프의 느린 신음이 터졌다. 핏발이 선 눈은 오직 백작을 바라보고 있었다. 시퍼런 눈동자에 담긴 조용한 냉기에 백작이 주춤했고, 그래서 또 더 분노했다.

"주인도 모르는 이 개가 감히 어디서!"

"그만해요, 그만하시라구요!"

그리고 그가 정신을 놓기 전, 백작에게 억압받던 소녀의 고함 소리가 터져 나왔다. 조그만 등이 그의 앞을 막아섰다. 부친에게 절대적으로 순종하는 그녀가 행하는 최초의 반항에는 모두 클리프 무어가 있었다.

그것이 소녀로서는 얼마나 간신히 낸 용기라는 걸 아는지 모르는지, 백작의 두꺼운 손이 여린 볼을 내려쳤다.

털썩. 거센 타격음과 함께 가녀린 소녀의 몸은 저 멀리로 나가떨어졌다.

"오냐오냐 해 줬더니 보이는 것이 없구나!"

그것이 클리프의 희미해져 가던 이성을 되살렸다.

시리도록 차가운 눈이 번쩍 떠지며 백작을 살기등등하게 응시했다. 파르라이 이는 불길이 어찌나 억센지 백작이 저도 모르게 움찔했다.

"아직도 네놈이 감히!"

클리프의 기운에 눌린 백작은 한낱 노예에게 내리눌렸다는 사실에 더 분노한 듯했다. 그가 가하는 매질이 더욱 거세졌다. 원수에게 굴복하는 일은 없을 것이다. 클리프는 이를 악물고 신음을 참았다.

언제 소란이 일었냐는 듯 거대한 백작가는 고요했다. 끝을 모르고 이어지던 매질은 결국 끝이 났고, 백작은 욕설을 지껄이며 나가 버렸다.

절그럭절그럭. 다리를 절뚝이며 오두막으로 향하는 클리프의 걸음은 평소보다 유독 힘겨웠다. 터진 상처에서 흘러내린 피가 한 방울씩 떨어지며 흔적을 만들어 냈다.

그는 집이라고도 부를 수 없을 만큼 허름한 오두막으로 돌아왔다. 냉랭한 한기와 해가 진 뒤 세상을 적시는 어둠, 그리고 오래된 고목에서 나는 퀴퀴한 냄새만이 그를 반겼다.

"……."

클리프는 어둠을 응시하더니 손을 뻗어 오두막의 걸쇠를 걸어 잠갔다. 그래 봤자 이미 반쯤 부서진, 몸을 내던지면 그대로 무너져 내릴 쓸모없는 문이란 걸 알면서도 그의 행위가 의미하는 바는 분명했다.

덜컥덜컥.

모두 잠든 밤, 오두막의 문을 열고 들어오려는 이가 잠긴 문에 당황한 숨을 토해 냈다. 덜컹덜컹, 그녀는 문고리를 다시 돌려 봤지만 문이 열리는 일은 없었다.

"흐으으……. 문 열어 줘요. 이대로 내버려 뒀다간 당신 정말 죽어요. 죽는다구요."

숨죽인 울음소리는 꼭 그의 귀에 대고 울먹이는 것 같았다. 그러나 클리프가 일어나서 문을 여는 일은 없었다.

'그럼 죽게 내버려 둬.'

차라리 죽는 것이 크로포드에게 마음을 여는 것보다는 낫겠지.

그는 문을 걸어 잠금과 동시에 자신의 마음에 열려 있던 문 또한 내닫았다. 동시에 깨달았다. 에젠 크로포드를 향한 제 가슴은 이미 오래전에 열려 있었다는 사실을.

소년의 얼굴이 이루 말할 수 없이 참담해졌다.

"흐으……."

백작에게 맞은 상처보다 그녀의 애처로운 울음을 모른 척하는 것이, 그에게 닿았던 유일한 온기를 밀어내는 것이 더 힘겨웠다.

다음 날 아침, 그는 문 앞에 놓인 연고 통과 약간의 식량을 발견했다. 평소처럼 못 본 척 지나치는 대신, 그는 그것을 모두 주워 쓰레기통에 버렸다. 내버려진 약통을 내려다보는 그의 눈에는 아무것도 없었다.

그리고 그날을 기점으로 그는 자신을 서서히 죽여 갔다.

클리프 무어는 무언가를 느낄 바에야 차라리 무엇도 느끼지 않기를 택했다. 그래야 했고, 그것이 옳은 일임을 알았다.

그러나 그럼에도 이따금씩 무의식적으로 소녀에게 향하는 시선을 막을 수는 없어서, 그는 차라리 자리를 피했다. 죽이려 하면 할수록 자라나는 연정을 인정하기엔 무어가의 살아남은 후계자가 겪은 비극이 지나치게 참혹했기 때문에.

그것은 에젠 크로포드가 그를 살려 주었을 때도 다르지 않았다.

“도망쳐. 돌아오지 마요. 절대로, 절대로 돌아오지 마.”

겁에 질린 눈동자로 저를 향해 말하는 목소리만큼은 떨림이 없었다.

‘멍청하리만큼 상냥한, 어리석은, 어리석은 크로포드.’

우매한 에젠 크로포드는 기어코 복수를 부르짖는 짐승을 우리에서 풀어 주었다.

“나를 살려 보낸 걸 후회하게 될 거야.”

그를 풀어 주었다는 걸 부친이 알게 되면 무슨 고초를 당하게 될지 누구보다 잘 알고 있으면서, 투명하리만큼 원색이던 초록색 눈동자에 담긴 두려움과 사시나무처럼 떨어대는 손끝을 감추지도 못하면서 말이다.

새까만 어둠을 향해 달려가던 클리프가 잠깐 뒤를 돌았다.

힘없이 서 있는 에젠 뒤로 거대한 크로포드 저택의 모습을 낱낱이 눈에 담았다. 시퍼런 눈에 잠깐 복수의 불길이 일었다.

'살려 두지 않아.'

백작이 그랬듯, 그가 이곳으로 다시 되돌아오는 날, 살아 있는 크로포드는 없을 것이다.

에젠 크로포드 또한 예외가 되어서는 안 됐다. 크로포드 백작저를 바라보던 시선의 끝은 역시나 그녀였다.

다시 돌아올 때, 그는 저 상냥한 눈동자에 대고 죽음을 고할 것이다.

겁에 질린 그녀가 두려워하는 건 자신이 되겠지.

그 명백한 사실이 이토록 고통스러운 이유를 깨닫지 못한 채 클리프는 자유를 향해 뛰쳐나갔다.

"어디까지 간다고? 우리 일을 도와주면 겔릭까지 태워 주지. 마침 새끼 용병이 죽어 버려서 말이야, 손이 달리거든."

크로포드 백작가에서 빠져나온 뒤부터 모든 일은 물 흐르듯 흘러갔다.

발걸음 가는 대로 향하다가 어느 상단에 합류했고 그의 뛰어난 자질을 알아본 용병단장이 그를 용병으로 이끌었다. 사람을 죽이며 어렵지 않게 명성을 얻었고 그를 따르는 이들도, 그를 두려워하는 이들도 늘어났다.

"흑사자다!"

누군가의 비명 같은 외침이 울렸을 땐, 그 자리에 수십, 수백의 죽음만이 남아 핏빛 전장을 밝혔다.

"이 악마! 이 괴물!"

적들은 피를 토하며 클리프에게 소리쳤지만, 십 년이 넘도록 지지부진한 대륙 전쟁에서 하이츠 쪽으로 승리의 판도를 바꾼 것도 그였다. 살아남기 위해 아무것도 느끼지 않길 택했던 그의 지난 선택이 전장에서 같은 인간을 죽이는 데 있어 최적화된 조건이었기 때문인지도 몰랐다.

그러나 어느 하나 명확하게 기억에 남지 않았다.

우스운 일이었다. 몇 년이 흐른 크로포드에서의 기억은 이리도 생생히 남아 있는데 고작 며칠, 몇 달 전의 기억은 이토록 희미하다는 게. 반쯤 정신을 빼고 사는 건 아닌가 싶었고, 실제로도 그랬다.

삶과 죽음의 경계, 그 날카로운 어딘가에서 클리프 무어는 방황했다.

하지만 아득한 현실 안에서도 명확한 순간은 존재했다. 그가 처음으로 사람을 죽였던 살인의 밤처럼, 꿈속의 환상이 현실이 되는 순간 같은 시간들만은 선명하게 그의 뇌리에 남아 있었다.

늘.

크로포드 백작가를 나온 지 반년, 열여섯이 되기 한 달이 채 남지 않은 시점이었다.

"커, 커억……. 너, 너 이 새끼……!"

그가 처음 한 살인의 상대는 그를 질투했던 동료 용병이었다. 용병은 갑작스레 용병단에 합류한 얼치기 나부랭이에게 주어질 몫을 빼앗기 위해서 으슥한 골목길에 숨어 있다 클리프를 공격했다.

동료 용병이 들이민 칼날이 위험스럽게 번쩍했을 때, 단도의 날은 용병이 의도했던 얼치기 꼬마가 아니라 도리어 그 자신의 가슴에 꽂혀 있었다.

"네, 네가 어떻게……."

단순하지만 치명적인 일격에 용병은 얼마지 않아 명을 달리했다. 싸늘하게 식어 가는 시체를 뒤로하고 클리프는 걸었다.

"술 한 통 더 시켜! 일도 끝났는데 오늘 먹고 죽어 보자!"

"욜리 놈은 어디로 갔지? 그 하이에나 같은 놈이 이런 때를 놓칠 리가 없는데?"

"봉급도 받았겠다, 어디서 술 퍼마시고 드잡이하다 또 나자빠져 있겠지! 술맛 떨어지니까 이거나 마셔!"

왁자지껄한 용병들의 고함을 뒤로하고 그는 조용히 숙소로 돌아왔다. 의뢰받은 상단 동행이 끝나 모두 술집으로 몰려간 탓에 숙소는 쥐 죽은 듯 조용했다.
허름한 방에서는 오래된 나무의 퀴퀴한 군내가 났다. 싸늘하게 식어 있는 방 안의 냉기만이 그를 반겼다. 삐그덕. 삐뚜름한 소리와 함께 문이 닫혔다. 이슥한 밤, 방 안은 빛 하나 없이 어두웠다.
고목처럼 서 있던 그는 뭉툭한 문에 등을 기댔다. 무표정한 얼굴, 감은 눈, 목석처럼 반듯한 자세였다.
"……."
그가 손끝을 얼핏 떨었다. 죽어 가던 용병의 마지막 숨결이 끝에 닿기라도 한 것처럼.
그날 밤, 열과 악몽이 들끓었다.
생과 사의 기로에 선 그는 꿈속에서 용병의 가슴에 다시 검을 꽂아 넣었다. 뼈를 부수고 살을 비집어 단도의 칼날이 들어가는 생생한 감촉이 마치 실제처럼 다시 전달됐다.
죽은 용병은 곧 크로포드 백작이 되었다. 클리프는 순간 이성을 잃고 그의 목에 단도를 박아 넣었다. 너덜너덜해진 채 바닥으로 떨어진 크로포드 백작의 목이 낄낄대며 그를 비웃었다.
마치 불사의 신처럼 크로포드 백작과 죽은 용병은 다시 살아났다. 그리고 번갈아서 그를 덮쳤다.
'카하하, 멍청한 놈. 이 어리석은 놈!'
그는 쉴 새 없이 그들을 베었다.
"하아, 하아……."

그는 거칠게 숨을 내쉬었다. 가슴은 터질 것 같고 눈에는 핏발이 섰으며 손은 달달 떨려 왔다. 맹세코 공포는 아니었다. 수십, 수백 번이라도 그들의 숨을 빼앗는 것에 대한 망설임은 없었다.

그러나 끊임없이 번복되는 살인 속에서 점점 무감각해지는 자신을 자각했다.

그가 검을 내리칠 때마다 죽은 용병과 크로포드 백작의 모습은 점점 더 처참해졌다. 단순히 검을 찌르는 것만으로는 만족하지 못한 그는 더 잔인하게 그들의 목숨을 뺏었다.

포악하고 흉악한 불길이 그를 집어삼켰다. 화마 속에서 그는 최소한의 인간성마저도 자신에게 남아 있지 않을 수도 있다는 사실을 깨달았다.

이렇게 괴물이 되어 가는 건가.

그는 자신을 관통하는 살의에 송두리째 사로잡힐까 두려웠다.

살갗이, 온몸이, 그를 감싼 모든 것이 뜨거웠다. 숨을 내쉬는 것조차 아렸다. 크로포드 백작이 채찍을 마구 내리쳤던 그날 밤처럼. 그는 몸을 비틀었으나 고통은 쉬이 가시지 않았다.

"……."

그리고 그때 상처 입은 등을 누군가 조심스럽게 쓰다듬었다. 산들바람처럼 조심스럽고 가볍게 살갗을 스치는 손길은 그가 알고 있는 이의 것이었다.

"……에젠."

들끓는 열 속에서 그가 신음했다. 손길은 조용히, 그러나 조심스럽게 그의 등을 쓸어 올렸다. 욱신거리던 어깨를 지나 팔을 타고 덜덜 떨리던 손끝마저 부드럽게 잡아 쥐었다.

팽팽하게 당겨졌던 신경줄이 비로소 잠잠해졌다. 아무 말도 하지 않는데, 그녀가 하는 모든 말이 피부로 전해졌다. 어쩌면 듣고 싶은 대로, 제멋대로 그리 생각하고 있는지도 모르지만, 어쨌든.

소녀는 그를 밀어내지 않았다. 마치 위로하듯, 그의 손등을 토닥거렸다.

애달프게 상처를 쓰다듬던 손길이 서서히 번져 갔다. 흉터투성이 등을 쓸어 올리고 툭 튀어나온 남자다운 목젖을 매만졌다. 벨 듯한 턱선을 감싸 안으며 볼을 쓰다듬었을 때 클리프는 눈을 떴다.

에젠이 눈앞에 있었다.

물기를 가득 담고서 그를 바라보는 초록빛 눈동자를 마주했을 때 그는 제가 그것을 얼마나 그리워했는지 깨달았다.

내가 보여? 이 괴물이 네게도 보여?

또르르. 그녀의 차오른 눈물은 끝끝내 볼을 타고 흘러내렸다. 반짝거리는 초록빛 눈동자에서 시선을 떼지 못한 채 클리프는 에젠의 이름을 멍하게 중얼거렸다.

싸늘하던 공기가 느껴지지 않았다. 부드럽게 살갗을 매만지는 그녀의 손길 아래서 비로소 클리프는 억눌린 호흡을 토해 냈다.

환상임을 본능적으로 알아차렸던 탓일까. 그는 현실이었다면 절대로 하지 않았을 행동을 했다.

그는 손을 뻗어 그녀의 손을 낚아챘다. 제 손의 반도 안 되는 가녀린 손이 속절없이 이끌려 왔다. 그는 제 상처를 보아 달라 낑낑대는 짐승처럼 그녀의 손바닥에 볼을 문댔다. 눈을 감은 채 정신없이 치대며 헐떡였다.

'흐으, 흐으…….'

소녀의 울음소리가 귀에 들리는 것 같았다.

울지 마. 울고 싶은 건 네가 아니야.

보지 마. 네게 보여 주고 싶은 건 이런 내가 아니야.

혹 밀려날까 두려워 그녀의 자그마한 손을 절박하게 부여잡은 그의 손등 위로 뭉툭한 핏줄이 불거졌다. 그는 닿지 않을 말들을 처절하리만큼 숨죽여 토해 냈다. 그러나 일말의 행위들이 모두 무색하게 볼에 닿던 온기는 곧 희미해졌다.

"에젠……."

가지 마. 조금만 더 내 옆에 있어. 환상이잖아, 조금 더 내 곁에 있을 수 있는 거잖아.

내가 조금은, 아주 잠깐만큼은 그걸 꿈꿔도 되는 거잖아.

그는 작은 손을 붙잡고 거칠게 헐떡이며 애원했다.

다시 눈을 떴을 땐 여전히 암흑 속이었다. 푸른 눈빛이 잠시 침전하다 이내 무감각해졌다. 자리에서 일어나려던 그가 멈칫했다. 바지 앞섶이 축축이 젖어 있었다.

"……빌어먹을."

소년이 사내로서 눈을 뜬 최초의 밤이었다.

외전 2. 무어가의 봄

햇살이 따스한 무어가의 정원에는 마음을 편하게 하는 부드러운 향기가 풍겼다. 정원의 가장 중앙에 클리프가 에젠을 위해 특별히 심은 거대한 스파클 나무로부터 흘러나온 향기였다.

공기를 깨끗하게 정화시켜 주는 데다 악한 것들을 쫓아내는 신비한 식물로 알려진 엘프의 허브, 스파클을 개량해서 거목한 결과였다.

장성해도 종아리 정도밖에 자라지 않는 스파클을 나무로 만들어 내기 위해 천문학적인 금액이 들어가 세간에서는 무어 후작이 부인에게 미쳐 전 재산을 거덜 내려 한다는 소문마저 맴돌았다.

이미 아내를 위해 건설한 리틀 헤븐 하이츠로 유명해진

그였으나 클리프는 언제나 그랬듯 귓등으로도 듣지 않았다. 작게 내쉬는 코웃음은 오만했으나 수려한 이목구비에서 흘러나온 탓에 그조차도 완벽해 보였다.

"걱정 마. 고작 나무 하나에 휘청거릴 정도로 녹록하지 않아."

스파클 나무 아래에 자리한 아늑한 정자에서 오후를 보내는 건 에젠이 가장 좋아하는 하루의 일과였다. 에젠이 조금 걱정스러운 얼굴로 지적했다.

"하지만 너무 과한 건 사실이에요. 심지어 왕궁에도 스파클을 이렇게 크게 키우진 않으니까."

"그런 말 하지 마. 아무것도 과하지 않아. 당신과 루비에겐."

클리프가 딱딱한 얼굴로 그녀의 이마에 입을 맞췄다. 차마 손을 그녀의 배에 대지 못한 채 굳은 얼굴을 하는 이유를 에젠은 알았다. 그는 엇갈린 채로 그녀 홀로 견뎌야 했던 첫 임신에 대해 늘 죄스러워했기에.

"클리프."

에젠은 그의 손을 끌어 제 배 위에 얹었다. 부른 배 위로 따끈한 그의 온도가 느껴졌다.

"루비가 당신에게 인사하고 싶은가 봐요."

루비. 루바니아라고 이름 지어질 아이의 태명이었다.

그때 기다리고 있었다는 듯 꿈틀, 안쪽에서 움직임이 있었다. 클리프의 눈이 일렁였다. 고작 아이의 태동에도 감정을 감추지 못하는 그의 모습은 볼 때마다 매번 낯설었다. 벅차면서도 가슴이 조금 조이듯 아파 와서 그녀는 손을 들어 클리프의 볼을 감쌌다.

그는 익숙하게 그녀의 손바닥에 볼을 문대며 여린 안쪽 살에 키스했다. 애정을 갈구하며 완벽히 복종하는 짐승 같은 모습마저 가슴을 설레게 했다. 아이를 둘이나 가진 부부였으나 그들에게선 늘 마치 새로 만난 연인처럼 풋내가 풍겼다.

뭉근한 분위기가 피어올랐다. 오직 세상에 그와 자신, 둘만 존재하는 듯한.

"엄마! 엄마!"

이제는 둘을 넘어 셋, 아니, 곧 넷이 되겠지. 발갛게 달아오른 볼, 투명한 물빛 눈동자를 가진 잘생긴 소년이 그들에게 달려왔다.

"엄마. 여기 루비가 있는 거 맞죠? 제가 안아 줘도 돼요?"

올해로 일곱 살이 된 그들의 첫 아이, 이안 무어는 아비의 애정에 목말라 허덕이고 어미의 부재 속에서 숨죽여 살아가던 비운의 과거와 달리 완연한 사랑스러움을 뽐냈다.

초롱초롱한 눈동자와 구김살 없는 밝은 미소에서 아이가 받아 온 아낌없는 애정을 누구나 짐작할 수 있을 터였다.

"이거, 루비에게 주고 싶어요."

소년은 한 아름 품어 온 꽃망울들을 와르르 쏟아 냈다. 에젠은 곧 고사리 같은 손에 소중히 쥐어 있던 조그만 화관을 발견했다. 새하얀 물망초가 올망졸망 섞인 작은 화관은 팔찌에 가까운 크기였다.

"이안, 네가 만든 거니?"

"네. 루비는 은방울꽃을 좋아하거든요."

이해할 수 없는 일이었지만 의기양양한 이안의 표정을 보건대 큰 아이와 작은 아이 사이에서 무언가의 교감이 있는 모양이다.

이안이 조심스럽게 화관을 에젠의 배 위에 올려놓았다. 산달을 반년 정도 남겨 둔 그녀의 배는 볼록하게 올라와 누구나 그녀의 임신을 알아차릴 수 있을 정도였다.

"사랑스러운 루비, 우린 모두 널 기다리고 있어."

이안은 짧은 두 팔을 벌려 배를 감싸 안으며 속삭였다. 에젠은 아이의 머리칼을 부드럽게 쓰다듬었다.

여전히 가녀린 손가락 사이로 아이의 결 좋은 머리칼이 흘러내렸다. 클리프는 잠시, 멍하게 아내와 아들을 응시했다.

푸른 눈동자는 동생을 향한 앙증맞은 고백을 선물하는 아들을 지나 애정이 가득한 미소를 짓고 있는 아내에게 머물렀다. 투명하리만큼 맑은 녹빛 눈동자가 웃음으로 휘어지는 걸 보며 그는 저도 모르게 함께 미소 지었다.

에젠, 나의 에젠.

둑이 허물어져 넘쳐 흘러나오는 경애와 사랑이 푸른 시선에 담겼다.

그래, 에젠 당신은 차라리 내게 죽으라 하지 그랬나. 그랬다면 나는 죽어 주었을 텐데.

상냥한 당신은 내게 죽음을 종용하는 대신 당신이 죽는 걸 택했지. 나를 고통스럽게 하려 했다면 당신은 성공했어. 당신 없이 그 긴 생을 살아갈 바에야 차라리 죽음이 더 기꺼웠을 텐데.

그러나 그는 알게 되었다. 지난 생, 그의 환상 속에서 에젠 또한 존재하고 있었다는 걸. 그가 살기 위해 믿었던, 에젠이 곁에 있다는 무모한 믿음은 실제로 진실이었다는 것을.

그런 당신과 내가, 그리고 이안이 지금 이 순간 함께 존재할 수 있다는 게 얼마나 기적 같은 일인지, 감히 상상이나 할 수 있을까.

클리프는 참지 못하고 이안을 안아 올려 동그란 머리통에 마구 입을 맞추었다. 한 팔에는 에젠을, 한 팔에는 이안을 안고 그는 정신없이 애정을 뿜어냈다.

무표정한 얼굴로 사람들의 오금을 저리게 하는 흑사자가 집에서는 이런 모습이라는 걸 아무도 보지 않고는 믿지 않을 터였다.

"아빠, 숨 막혀요!"

이안이 버둥거리며 벗어나려다가 이내 까르르 웃으며 그의 목을 와락 안았다. 에젠이 고개를 들어 그의 선명한 턱선에 입 맞췄다. 클리프가 참지 못하고 웃음을 터뜨렸다.

선명하게 번지는 행복의 소리가 스파클 나무 아래서 번져 나갔다.

서늘한 밤, 죽은 듯이 눈을 감고 있던 클리프가 번쩍 눈을 떴다.

그는 본능적으로 옆으로 팔을 뻗었다. 온기가 아니라 싸늘하게 식은 시트가 만져지자마자 그는 불에 덴 듯 자리에서 일어났다.

성큼성큼 침실을 나가는 발걸음이 자못 성급했다. 깊은 밤, 복도를 밝히는 어스름한 불빛만 존재하는 저택에서 시퍼런 그의 푸른 눈동자는 유독 갈급해 보였다.

이안의 방에도, 루비의 방에도 에젠은 없었다.

졸린 눈을 한 사용인들이 갑작스레 나타난 주인을 보고 화들짝 놀라 허리를 숙였으나 클리프는 알아차리지 못하고 지나쳤다. 심장은 절벽으로 떨어지는 것처럼 달음박질쳤다.

저택을 소리 소문 없이 뒤집어 놓았던 에젠을 찾은 곳은 피아노가 있는 서재에서였다.

벌컥. 조급함을 숨기지 못한 손놀림이 문을 열어젖히며 거친 소음을 만들어 냈다.

"클리프?"

피아노 앞에 앉아 있던 에젠이 갑작스레 나타난 남편을 보고 눈을 동그랗게 떴다. 클리프는 아무 말도 하지 못하고 성큼성큼 그녀에게 걸어갔다.

"언제 일어났어요? 무슨 일 있어요? 표정은 또 왜……."

그리고 에젠을 안고 무너지듯 어깨에 얼굴을 묻었다. 울음을 참는 아이처럼 거친 호흡을 부드러운 살결 위로 내뱉었다. 살짝 놀란 눈을 하던 에젠이 이내 알겠다는 듯 손을 들어 그의 등을 부드럽게 쓸어내렸다.

"또 악몽을 꿨어요? 그래서 이렇게 놀라서 찾으러 나온 거야?"

"……."

"그놈의 악몽, 당신 이제부터 스파클 차만 마셔야겠어요. 가만 보면 그건 나보다 당신에게 더 필요하다니까 왜 자꾸 말을 안 들어요."

장난기 어린 목소리였지만 거칠게 뛰어 대던 그의 심장을 어루만져 안심시킬 정도로 몹시 다정했다. 그는 말없이 에젠을 더욱 거세게 안았다. 틈 하나 남지 않을 정도로, 절대로 그녀가 빠져나가지 못할 정도로.

"클리프, 잠깐만……."

"에젠."

잠겨 있던 그의 목소리는 볼썽사납게 떨려 나왔다. 심상치 않음을 짐작한 에젠이 멈칫했다.

"나 봐요."

그녀는 클리프의 품을 밀어내며 벗어났다. 그리고 그의 양 볼을 감싸 턱을 들어 올렸다. 서재의 불 아래서 그의 얼굴엔 짙게 음영이 졌다.

시선이 마주쳤다. 아름다운 청안에서 또르르 흘러내리는 눈물이 가슴을 저몄다.

"울지 마, 클리프."

에젠은 얼른 그의 볼을 닦아 냈지만 그녀의 가슴을 저미는 애처로운 눈물은 다시 흘러내렸다. 고통이 여전한 눈동자에 에젠은 그가 아직도 완전히 악몽을 벗어나지 못했다는 걸 깨달았다.

그는 때때로 과거의 악몽을 꾼다고 했다. 그녀와 그가 존재하나 존재하지 않던, 엇갈린 시간들의 악몽을. 그리고 눈을 뜨면 그것이 현실이 아니라는 것을 확인하기 위해 절박히 에젠을 찾았다.

그의 품에 있는 에젠의 존재 자체가 악몽을 악몽이라 단정할 수 있는 유일한 지표라면서.

"행복…… 하게 해 줄게, 에젠."

"……클리프."

그때 그녀에게 전하지 못했던 말이 그토록 인이 박인 탓일까. 악몽을 꾼 혼란스러운 새벽이면, 그는 마치 그때로 되돌아간 것처럼 그녀에게 고백했다.

"내 사랑이 더 이상 당신을 아프게 하지 않을게. 당신이 행복하게, 당신이 살고 싶어지도록……. 내 모든 걸 다 바쳐서라도 그렇게 만들겠어. 잘 할게, 내가 잘 할 테니까…… 그러니까 이번 한 번만 믿어 줘. 곁에 있어 줘. 잘 해낼 수 있을 거야. 당신을 절대로 다시……."

클리프는 꼭 그렇게 만들어야 하는 게 제 인생의 유일한 목표처럼 말했다. 에젠은 조용히 고개를 저었다. 그가 안쓰러웠다.

커다란 덩치로 몸을 떨어 대는 게 꼭 공포에 질린 사냥개 같아서 에젠은 저도 모르게 그를 감싸 안았다. 그가 힘들어하는 건 그녀에게도 고통스러운 일이었다. 클리프는 견딜 수 없다는 듯 그녀의 품에 고개를 떨구었다.

이내 두꺼운 팔이 그녀를 다시 품에 안았다. 감싸 안은 건 그녀가 먼저였건만 이내 그의 품에 푹 파묻혔다. 그녀가 클리프의 머리를 쓰다듬으며 말했다.

"클리프, 당신이 날 행복하게 만드는 게 아니라 우리가 함께 행복해지는 거예요. 꼭 그렇지 않는대도 상관없지만."

"아니야. 함께는 중요하지 않아. 당신은 결국 내 곁에 있었지만."

언제나 불행했단 말이야.

그가 한숨처럼 중얼거렸다. 클리프는 품 안에서 부서지는 금빛 머리카락을 조심스럽게 매만지다 입을 맞췄다.

"행복하고 싶어. 하지만 두려워. 실수할지도 모르잖아. 당신을 지치게 만들지도 몰라. 아직도, 난 아직도 어떻게 해야 당신이 행복할지 모르겠어. 하지만 무슨 수를 써서라도 꼭 그걸 당신이 가지게 해 줄게."

행복이 무슨 검술 대회 우승컵인 줄 아나. 품에 안겨 있던 에젠이 인상을 옅게 찌푸리며 고개를 들었다.

"클리프. 지금 당신의 잘못을 변명할 핑계를 대는 건 아니겠죠? 당신이 저지른 실수가 벌써 열 손, 열 발가락이 넘는데?"

지난번에도 내가 클레멘타인 공작 부인이 여는 살롱에 오지 말라고 했죠? 당파가 다르긴 하지만 어쨌든 부인들끼리 교류니까 오지 말라고 했잖아요. 근데 당신 어떻게 했어요. 티 파티에 떡 나타나서 공작 부인한테 눈을 부라린 것도 모자라 국왕 폐하를 모시고 와요? 클레멘타인 경을 대놓고 도발하는 것도 아니고 내가 얼마나 마음 졸인 줄 알아요?

사냥 대회 때는 어떻구요, 왕비 폐하까지 계신 데서 당신이 날 그렇게 챙기면 내가 얼마나 낯 뜨거운 줄 알아요? 차도 내 손으로 따라 먹을 수 있고 과자도 내가 집어 먹을 수 있다구요. 당신은 내 시녀가 아니라 이 나라의 후작이에요. 맙소사, 다들 내가 당신을 하인처럼 부려 먹는 줄 알아요.

그리고, 루비랑 왕세손 전하를 이어 줄 생각일랑 말라고 그렇게 대놓고 선을 그으면 어떡해요. 이안이 왕세자 전하보다 검술이 뛰어나단 얘기는 도대체 왜 한 거예요? 둘의 나이 차이가 얼만데 목검으로 전하와 대결해서 승리했다는 것까진 말할 필요 없었잖아요.

에젠이 눈썹을 올린 채로 종알거렸다.

하지만 굳이 변명을 해 보자면, 클리프에게도 '실수'에

대한 나름의 이유는 있었다.

다른 이도 아니고 귀족파의 수장 클레멘타인 저택에 에젠을 홀로 보낼 리가 없잖은가. 국왕까지 끌고 와 함께 참석한 것은 그가 클레멘타인 부부에게 보내는 최소한의 평화적인 경고였다.

그리고, 사냥 대회는……. 그는 내심 억울했다. 저는 평소와 다름없이 행동한 것뿐인데, 평소에는 조그만 입술로 잘 받아먹고 웃어 주었으면서 사람들이 있다고 그를 밀어내는 아내의 행동에 도리어 서운했던 건 그였다.

눈에 넣어도 아프지 않을 귀여운 막내딸에게 덜떨어진 왕세손은 가당치도 않았고, 에젠을 닮아 영명하고 뛰어난 아들에게 역시 덜떨어진 왕세자 또한 비교할 바가 없음을 짚은 것뿐이었다.

그러나 여전히 클리프의 '실수'를 나열하는 에젠은 열 손가락을 그에게 팔랑거리며 이를 드러냈다. 아마 필시 잠옷 밑에 숨어 있을 앙증맞은 발가락도 그렇겠지. 클리프는 저도 모르게 신음을 내뱉었다.

그사이 그를 억눌렀던 오랜 악몽은 어느새 물러간 지 오래였다. 에젠은 그걸 가능케 하는 위대한 존재였다.

"사랑해, 에젠."

그는 저도 모르게 고백했다.

"그런 말로 내가 봐줄 거란 생각 하지 마요, 이참에 할 말은 해야겠어요. 당신은 걱정이 많아도 너무 많아. 날 행복하게 해 줄 생각보단 우리가 함께 행복할 방법을 생각해요. 당신이 행복하지 않으면 아무 소용없다니까? 알겠어요?"

그녀가 눈을 흘겼다. 저를 올려다보는 강아지 같은 애처로운 눈에 대고 화를 계속 내기가 힘들어져서 에젠은 애써 눈에 힘을 줬다.

"당신도 나도 서투르니까 한 번씩은 이해할게요. 하지만 가르쳐 주는 건 한 번이야. 똑같은 일로 자꾸 이런 사달을 만들면……."

"난 언제나 우등생이었어."

"하아."

에젠이 한숨을 내쉬었다.

"한 번 들은 건 안 까먹어. 그래서 실력이 일취월장했지. 당신이 더 잘 알잖아."

아직 물기가 마르지 않은 얼굴로 클리프가 냉큼 제 자랑을 덧붙였다.

"……나도 가르쳐 줘요. 매번 당신만 배우는 건 불공평하잖아."

에젠의 말에 그녀는 저를 안던 클리프의 팔이 굳는 걸 느꼈다. 이 남자, 또 감동한 모양이다.

"당신이 뭘 좋아하는지, 뭘 싫어하는지, 어떤 때에 기쁜지, 슬픈지 다 알고 싶어. 당신이 날 아는 만큼이나 나도…… 당신을 알고 싶다구요. 솔직히 이쯤 되면 알아야 하구요."

결혼한 지 십 년이 넘어가는데도 에젠은 그의 세세한 취향이나 성미에 대해 반도 채 알지 못했다. 처음부터 클리프 무어라는 인간 자체가 전부 에젠에게 맞춰져 있었기 때문이다.

클리프의 몸이 잠깐 떨렸다. 그의 목젖이 잠깐 뭔가를 삼키는 것처럼 살짝 움직였다. 클리프는 눈가를 붉게 달아오르게 하는 울음을 억지로 내리눌렀다.

벌써 악몽에 휘둘려 줄줄 흘러내리는 눈물샘을 조절조차 못 해 에젠에게 송두리째 들켰다. 두 번째까지 화려하게 마무리하게 된다면 그는 후작가 호수에 코를 처박고 싶을 것이다.

"클리프?"

갑자기 조용해진 그에게 에젠이 되물었다. 그는 목이 메는 걸 참고 간신히 말했다.

"……내 세상은 언제나 당신을 중심으로 도는걸."

"그게 무슨 말이에요?"

"내 대답이 전부 당신과 관련됐단 말이야. 좋아하는 건 당신, 싫어하는 건 당신 옆에 있는……."

"아아, 그만해요. 말 안 해도 이제 알 것 같으니까."

그녀가 고개를 흔들었다. 설마 못 끝낸 말이 내 옆에 있는 모든 이들은 아니겠지 싶었고 실로 그러길 바랐다.

클리프는 그녀를 아예 눈에 박제시킬 것처럼 뜨겁게 바라보았다. 살짝 붉게 달아오른 그녀의 뺨이 사랑스러웠다.

"입을 맞춰도 될까?"

"뭐라구요?"

"미안, 제어가 안 됐어."

클리프가 얼른 사과했다. 그리고 저를 밀어내려 버둥거리는 몸을 다시 고쳐 안았다.

"실수였어. 다시 안아 줘."

"……이제 악몽에선 완전히 깨어난 거예요?"

에젠이 기가 막혀 되물었다.

"당신이 안아 주고 키스해 준다면 깨어날 거야."

"말도 안 되는 거 알죠?"

클리프가 빙긋 웃었다.

"응. 그리고 당신이 날 사랑하는 것도 알지."

나지막한 목소리로 그런 말을 하는 건 반칙이야. 에젠은 그를 다시 흘겨보았다. 그러나 올려다보는 시선마저 아름다운 남자를 거부할 순 없었다.

그녀는 천천히 고개를 숙였다. 맞댄 입술을 비집고 부드러운 살덩이가 입 안을 삼켰다.

키스를 퍼부으며 그는 에젠을 들어 올려 피아노 위로 옮겼다. 굵은 손가락이 그녀의 가녀린 손가락 사이를 비집고 들어와 깍지를 꼈다. 입 안을 휘젓던 뜨거운 입술은 목선을 타고 내려와 여린 살 위로 점점이 흔적을 남겼다.

"흣……."

뭉개진 건반 위에서 한 몸이 된 두 사람이 아름답고도 기이한 음률을 내뱉었다.

달빛이 내리쬐는 밤, 그들의 멜로디는 끝이 없는 것처럼 계속되었다. 에젠은 힘껏 그의 어깨를 끌어안고 그의 어둠을 몰아냈다. 상대의 부재에 취약한 것은 비단 클리프만이 아니었다. 그녀도, 그도 절박하게 상대를 갈구하고 원했다.

언젠가 그도, 그녀도 고통스러운 악몽에 시달리지 않을 날이 올 것이다. 함께했으나 함께하지 못했던 서로의 엇갈린 시간을 웃으면서, 기쁘게 추억할 날도 오겠지.

그날이 설사 이 생이 아니라 하더라도 상관없었다. 언제까지든, 그들은 함께일 테니까.

"클리프."

마지막까지 그녀의 얼굴에 자잘한 키스의 비를 뿌리는 그를 뒤로하고 에젠이 몸을 돌렸다. 여전히 그녀를 안고 있는 그의 품에서 가녀린 손가락이 빠져나오더니 건반을 두드렸다.

조그만, 그러나 점점 선명해지는 선율이 퍼져 나갔다.

에젠의 어깨에 입술을 묻던 클리프가 멈칫했다. 에젠이 연주하는 멜로디를 알아차린 까닭이다. 그가 멍하게 중얼거렸다.

"……사계."

"응. 맞아요. 이제 다시 칠 수 있을 것 같아서."

언젠가 갈기갈기 찢어졌던 유년 시절의 추억을 에젠이 다시 연주하고 있었다. 그걸 가능케 한 것은 그였으며 동시에 그녀였다.

물 흐르듯 흐르는 연주는 사계의 마지막 4악장, 봄까지 이어졌다.

클리프는 조용히 에젠의 관자놀이에 입을 맞췄다. 음악은 멈추지 않았고 계절의 시작과 끝을 함께하는 그의 애정 어린 온기에 에젠이 작게 미소 지었다.

두 사람의 봄은 앞으로도 영원할 터였다.

외전 3. 그 병사의 고백

가끔은 시간이 아무리 흘러도 어제처럼 선명하게 떠오르는 기억이 있습니다.

하루하루 쳇바퀴처럼 도는 별거 없는 내 인생에서 황무지에 핀 들꽃처럼 드물게 눈길을 끄는 날들의 기억이.

그날은 그런 날이었습니다.

"오늘부터 본 국경을 맡게 된 이안 무어다."

통성명 하나로 취임 인사를 끝내 버리는 새 국경 수비 대장은 여러모로 화제를 불러일으키는 사람이었습니다.

칠흑처럼 검은 머리칼에 하늘처럼 새파란 눈. 진흙 속에서도 빛을 발할 고귀한 외모와 단순한 정복을 입어도 눈길을 끄는 반듯한 체격.

이런 변두리 국경의 성벽보다는 저 멀리 떨어진 수도의

연회에 더 잘 어울릴 듯한 외양이었지요.

“작위가 있는 고위 귀족이라던데?”

“엥? 귀족인데 여길 온다고? 집안에서 내놓은 놈인가?”

내가 있는 이곳은 하이츠의 북쪽 국경입니다.

수도와는 꼬박 일주일을 내리 말만 타고 달려야 겨우 닿을 정도의 변방이지요. 시도 때도 없이 일루만족이 쳐들어와 분쟁이 잦은 곳이기도 하고요.

—이 한심하고 비열한 집시 놈들! 어딜 하이츠에 발붙이려고!

일루만족은 대륙을 떠도는 방랑 민족입니다. 그들은 고유한 문화와 언어는 있지만 나라는 없었습니다.

무리를 지어 대륙을 떠돈 지 수백 년. 수만의 일루만인을 이끄는 족장은 어느 한 곳에 정착하여 그들의 일족을 위한 국가를 건설해야겠다는 결심을 한 모양입니다.

문제는 그 야심 찬 결심이 하이츠의 영토 안에서 뿌리내리려 했다는 것이죠. 좀 더 정확하게는 바로 이곳, 북쪽 국경에요.

까마득히 높은 성벽에 오르면 이곳의 지대가 한눈에 보입니다. 앞으로는 작물을 키울 수 있는 너른 벌판과 그 옆으로 흐르는 강, 뒤로는 우거진 산악 지대가 펼쳐져 있지요.

나라를 세우기에 아주 좋은 명당은 아니지만 수만 명의 일족을 수용하기에는 그만인 곳.

게다가 지키는 사람도 얼마 없으니 떠돌이 생활에 지친

일루만인들에게 얼마나 구미가 당기는 곳이었겠어요?

하지만 그들은 곧 강한 반발에 부딪혔습니다.

에브론과의 전쟁에서 패하며 지금에서야 색이 바래졌긴 하지만 한때 대륙 전쟁에서 승리하며 주변국들을 공포에 몰아넣었던 하이츠니까요. 방랑 민족들이 제 땅을 갈취하는 걸 두 손 놓고 가만히 두고 볼 리 없겠죠.

그렇게 십 년. 하이츠와 일루만족 사이에 크고 작은 전투가 일어났습니다.

그리고 놀랍게도 결과는 지지부진했어요. 아무도 제대로 승리를 거머쥐지 못했지요.

겨우 찾은 보금자리를 지키려는 일루만인들의 의지는 화염보다 강했으나 세력은 미비했고, 그들을 몰아내려는 하이츠의 병력은 월등했지만, 의지는 약했어요.

대륙 전쟁 이후론 하이츠에 군대를 통솔할 뛰어난 지도자도 나오지 않았으니까요. 그렇게 시간이 흐르며 이곳 국경은 위대한 국왕 폐하께 앓는 이처럼 골치 아픈 곳이 되어 버렸죠.

지지부진한 전투가 계속되지만, 딱히 성과는 없는, 내줄 수도 버릴 수도 없는 곳.

내가 여기 있었던 2년간, 새로운 수비 대장을 총 일곱 번 만나 뵈었지요. 그러니까 한 사람당, 겨우 삼 개월이 조금 넘는 시간을 버티다가 나가떨어진 거예요.

그리고 여덟 번째에 이안 무어, 그가 왔습니다.

여태껏 여기 왔던 그 어떤 수비 대장보다 서늘한 기색을 한껏 내뿜으며.

푸른 눈동자는 단상 위에서 우리를 내려다보고 있었지만 나는 곧 그의 시선에 아무것도 들어 있지 않다는 걸 깨달았습니다.

이런 향곡에 배치되어 실망한 걸까요? 아니면 일루만족을 밀어내고 공을 세워 수도로 되돌아가겠다는 야망을 불태우고 있는 걸까요?

세상사에 이리저리 치이며 눈치 하나만큼은 기민하다 자부했던 나입니다. 그러나 신입 수비 대장의 무표정한 얼굴에서만큼은 도무지 감정을 읽어 낼 수가 없었습니다.

"검은 잡아 봤을까? 비리비리해 보이는데."

"일루만족 전사 서넛 달라붙으면 그대로 목이 날아가겠군."

교대하는 경비병 로날드가 투덜거렸습니다. 그는 저보다 외모가 잘난 사내는 꼭 비리비리하다거나 계집애 같다는 평을 덧붙이곤 했는데, 사실 열등감에 제멋대로 나불거리는 걸 그 빼고 모두가 알고 있었습니다.

"사내구실도 못 하게 생겼군."

"그건 모르는 일이지. 저 반질거리는 외모를 봐라. 성안에 혼기가 찬 애들은 죄다 들러붙을 거다."

"흥, 타라. 네가 얘기해 봐. 계집애들은 저런 비리비리한 사내를 좋아하냐?"

로날드가 낄낄거렸습니다. 살이 쪄서 금세라도 정복의

솔기가 터질듯한 팔뚝을 내보이면서요. 늘 팔뚝에 저리 힘을 주며 제 몸매를 과시하면서 씻지도 않는지 땀 냄새를 물씬 풍기는 놈이지요. 살과 근육은 무릇 물과 기름처럼 다른 것인데 저놈은 단단히 착각하고 있습니다.

"사내란 자고로 침대 위에서 힘을 써야 진짜 사나이지. 안 그래? 아, 아직 남자 맛을 못 봐서 모르나?"

"……."

나는 말없이 자리에서 일어났습니다. 이래서 너무 오래 앉아 있지 말았어야 했는데. 놈들의 머리통엔 뇌 대신 어제 먹은 파스타 면이 들어 있을 거라는 걸 간과했습니다.

아니나 다를까 놈들의 음담패설이 시작됐습니다.

"물어볼 사람한테 물어봐야지. 저게 여자냐?"

"뭐 어때. 벗겨 놓으면 거기서 거기야. 네가 몰라서 그러는데 원래 저런 계집애들이 침대에서는……."

로날드가 면발을 아예 입 밖으로 토해 내기 시작했습니다. 수년이 지나도 국경을 지키는 병사들에겐 나는 동료가 아니라 여자였습니다.

아마 이곳에 있는 한 계속 이럴 테지요. 나는 입술을 깨물고 주먹을 쥐었습니다. 한두 번도 아닌 일이니 익숙해질 만도 하건만 나는 매번 애꿎은 입술과 손을 괴롭히며 이런 시간을 버텨 내곤 했습니다.

'참아야 해. 타라, 참아. 귀 막아. 아무것도 듣지 못한 거야.'

저런 더러운 말 따위 잠깐 입술을 깨물고 견디면 끝날 일일 테니까.

나는 아직 이곳에 있어야 하니까, 그러니까…….

"응? 내가 힘 한번 쓰면 말이야— 악!"

빠각! 연신 나불거림을 멈추지 않던 로날드의 입이 거기서 끊겼습니다.

어디선가 날 선 단검 하나가 쏜살같이 날아와 그의 귓가를 스쳐 지나갔습니다. 일부러 그쪽으로 던졌는진 모르겠으나 단검은 로날드의 뒤에 있는 목조 석상의 입이 있는 부분에 꽂혔습니다.

조금만 더 비켜났더라면 저 검이 꽂히는 건 로날드의 주둥아리였을 거라고 암시하는 것처럼.

"어떤 미친 새끼가……! 헉! 대, 대장님!"

그는 곧바로 단검이 날아온 쪽을 향해 눈을 부라리려다 상대를 확인하곤 얼어붙었습니다.

조금 전 부임한 신입 수비 대장이 그 자리에 있었습니다. 툭. 그는 단검이 들어 있었던 빈 가죽 검집을 바닥으로 내던졌습니다. 물 흐르듯 흐르는 그 일련의 동작에선 어쩐지 범접할 수 없는 기운이 물씬 풍겼습니다.

"……."

적막이 우리를 감쌌습니다. 병사들은 입을 꾹 다물고 그의 눈치를 봤습니다. 섣불리 입술이라도 달싹였다간 저 살벌한 단검이 입에 처박힐 것 같은 서늘한 기운이 퍼져 목덜미를 쭈뼛 서게 했습니다.

"해산."

이안 무어는 아무것도 느껴지지 않는 목소리로 그리 말하고 뒤돌아가 버렸습니다.

"……무, 무슨 저런 미, 미친 새끼가 다 있어!"

로날드는 뒤늦게 입술을 달싹여 언성을 높였으나 그건 그를 더 구차하게 만들 뿐이었습니다.

"조용히 해. 입도 벙긋 못 하던 게, 상사 불복종으로 머리 잘리고 싶냐?"

"와, 신임 대장 성질머리 더럽네. 근데 방금 그거 혹시……."

누군가는 나를 힐끔 보기도 했습니다. 이내 머리를 긁적이며 고개를 돌렸지만요.

"제기랄. 이번엔 잘못 걸린 거 아냐? 이전 대장들처럼 대충 시간만 때우고 갔으면 좋겠는데……."

병사들이 웅성웅성 수군거리는 와중에도 나는 멀어지는 그의 등에서 시선을 뗄 수가 없었습니다.

조금 전 단검을 던진 행위에 다른 의미가 없었다는 걸 압니다. 어쩌면 나를 도와준 게 아니라 단순히 로날드 저놈이 거슬려 그랬을 수도 있지요. 아는데도, 그렇게 생각하는데도 가슴이 지잉 느리게 진동했습니다.

"이안……. 이안 무어."

나는 소리 없이 입 안으로 그의 이름을 되뇌었습니다. 어설프게 번지는 발음이 낯설었던 게 기억납니다.

텅 빈 가슴에 조그맣게 자리 잡은 샛노란 민들레 뿌리 같은 기억이었습니다.

"천벌을 받을 하이츠 놈들! 너희는 인간도 아니다!"

일루만족 전사들의 고함 소리가 성벽 위까지 쩌렁쩌렁 울려 퍼졌습니다.

"이안 무어! 너의 사지가 갈기갈기 찢겨 저 성 꼭대기에 걸릴 때까지 너를 용서하지 않을 거다! 네놈은 죽어서까지 편히 눈을 감지 못할 거야!"

오금이 쭈뼛 서릴 정도의 악독한 저주를 들으면서도 이안 무어는 눈 하나 깜짝하지 않았습니다.

"쳐라. 화살을 더 쏟아부어."

다만 냉랭하게 명령을 내릴 뿐이었습니다.

그가 이곳에 온 지도 삼 년이 지났습니다. 그동안 그의 존재감은 처음과는 비교할 수도 없이 커졌습니다.

곱상한 외모에 어울리지 않는 날 선 검과 고요한 살기는 적과 아군 모두에게 상당한 괴리감을 자아냈습니다.

그는 빠르게 국경을 장악했고, 지지부진한 고전만을 거듭하던 상황에서 하이츠의 승기를 끌어냈습니다. 지원도, 물자도, 병사도 부족한 곳에서 이루었다고는 믿을 수 없는 놀라운 승리였습니다.

그의 검은 매섭기 그지없어, 수많은 일루만족 전사들의 목숨을 단숨에 앗아 갔지요.

이안 무어. 그는 빈틈이 없는 자였습니다.

일루만인들은 그를 피조차 파랄 것이라는 냉혈한, 또는 수백의 목숨을 앗아 간 검은 머리 악마라 불렀지요.

"무어 경. 놈들이 후퇴합니다. 어찌할까요."

병사들은 그를 대장이 아니라 경이라고 불렀습니다. 평민들 나름의 그를 향한 경외심의 표현이랄까요.

여태까지 무능하기만 했던 이전 수비 대장들과 차별을 두려는 호칭이기도 했지만요. 실제로도 귀족에다 기사 서임까지 받았다고 하니 아주 틀린 말은 아닐 겁니다.

"오늘은 그만. 해산이다. 성문을 걸어 잠그고 수비에 집중해. 그리고 타라 제이건."

갑자기 내 머리 위에서 담담한 목소리가 들려왔습니다. 나는 놀람을 숨기려 숨을 삼키며 애먼 활을 고쳐 잡았습니다.

"네."

"다쳤잖아. 뒤로 나와."

"네?"

멍청히 되물을 때 갑자기 알싸한 통각이 느껴졌습니다. 그제야 일루만족이 쏜 화살이 팔을 스치고 지나갔다는 걸 깨달았습니다.

상처 사이로 퐁퐁 솟아난 피가 팔을 타고 떨어지고 있었나 봅니다. 그가 인상을 찡그리며 어느새 발밑에 조금씩 몸을 키우고 있는 피 웅덩이를 응시하고 있는 걸 보면요. 신기한 건 나조차 눈치채지 못한 상처를 그가 먼저 알아차렸다는 겁니다.

"아……."

우습지요. 어미가 돌아보면 그제야 울음을 터뜨리는 아이처럼, 갑자기 상처가 못 견디게 아파졌습니다.

'쓸데없이 약해지지 마.'

나는 다시 입술을 꾹 깨물고 검을 고쳐 잡았습니다.

"괜찮습니다. 아직 검을 들 수 있어요."

"그건 내가 판단해. 너는 배열에서 물러난다."

잘생긴 이목구비가 찌푸려지는 모습이 보기 좋았습니다. 그 모습을 올려다보다가 그가 내 팔을 쥐고 상처를 살피려 고개를 숙이자 나는 흠칫 숨을 들이켜야 했습니다. 살랑이는 바람 사이로 결 좋은 머리칼이 흔들리는 모습에 자꾸 시선을 빼앗겼습니다.

"날 따라와."

그는 바로 아래층에 있는 자신의 집무실로 나를 데려갔습니다.

'여기로 들어가면…….'

성큼성큼 안으로 들어선 그와 다르게 나는 문 앞에서 쭈뼛거렸습니다.

여태껏 그는 나를 일개 병사로 대우해 주었습니다만 나는 때와 장소에 따라 돌변하는 짐승들을 수도 없이 보아

왔습니다.

"안 들어오나? 의원이 올 때까지 기다리면 상처가 덧날 거다."

물자가 열악한 곳이라 의원 역시 한 명뿐이었습니다. 나는 힐끔 고개를 들어 그를 살폈습니다. 무표정한 얼굴에선 일말의 정욕도 읽어 낼 수 없었습니다.

'여차하면 찌르고 도망치자.'

나는 가슴 깊숙이 숨겨 놓은 단검을 떠올리며 안으로 들어섰습니다.

내부는 상당히 조촐했습니다. 그래도 이곳의 가장 꼭대기에서 군림하는 사람인데 방 안은 꼭 필요한 가구를 제외하곤 휑하더군요.

도무지 사람이 사는 것 같지 않은 싸늘한 냉기가 감도는 방에 당황할 때, 서랍을 뒤적거리던 그가 내게 걸어왔습니다.

"팔 내밀어."

"제가 할 수 있습니다. 아니, 제가 할―."

"움직이지 마라."

그는 손수 약과 붕대를 꺼내 내 상처를 감아 주었습니다. 일개 병사로서는 생각도 할 수 없는 과분함에 나는 고개를 들 수가 없었습니다.

"……."

그리고 한참을 우리는 아무 말도 하지 않았습니다. 붕대끼리 스치는 사각사각한 소리 말고는 창백한 정적이 계속 됐어요.

"……죄송합니다."

"네 몸이 상한 게 내게 죄송할 일은 아니지."

한참 만에 용기를 내어 말했지만, 냉랭한 대답이 돌아왔습니다. 하하. 나는 머쓱해져서 기계적인 미소를 얼굴에 띠웠지요.

"치료가 늦으면 팔을 쓰지 못하게 된다. 몸을 내던질 만큼 값비싼 전투가 아니야."

"하지만 이겨야 하잖아요."

"일개 전투에서 이긴다고 전쟁은 끝나지 않아."

그가 고개를 저었습니다.

"우리의 승리는 영원할 수 없고 일루만은 포기하지 않는다. 국왕은 죽어 간 하이츠의 병사들보단 빼앗긴 땅을 더 애석해할 테고."

국경에 배치된 이후로 연이어 하이츠에 승리를 안겨 주고 있는 사람이 하는 말치고는 상당히 비관적이었어요.

"질 것 같으면, 도망쳐라. 도망쳐서 살아남아."

"무어 경, 그런 말씀은……."

나는 놀라서 고개를 들었습니다. 패색이 짙은 전투에서 탈영을 조장하는 지도자라니. 왕실이 이를 안다면 크게 질책받을 수도 있는 일이었습니다.

그러나 그의 얼굴은 무심했습니다.

"이리 말해 두지 않으면 너는 하이츠의 깃발이 떨어질

때 같이 시체 더미에 묻힐 것 같으니까."

"제가요? 안 그래요. 제가 얼마나 생존 본능이 강한데요."

죽기 싫어서 이렇게 아등바등하고 있는데. 하긴, 그는 아무것도 모르니까 하는 말이겠지요.

"병사 중 너만 유일하게 내가 내린 명령을 전부 수행할 때까진 미동도 하지 않더군. 쓸데없는 책임감이야."

"……."

"그러니 다시 말하지. 네 목숨을 최우선으로 해라. 내 명령도, 하이츠도, 아무것도 생각하지 마."

나는 멈칫했습니다. 쿵, 가슴에 바위가 떨어진 것 같았어요.

처음이었습니다. 명령보다, 임무보다 나 자신을 우선하라고 말해 준 사람은.

"……."

"대답."

그가 나를 재촉했습니다. 입술을 달싹이려는데 어쩐지 눈가가 몹시도 아려 왔습니다. 볼썽사나운 꼴을 보일 것 같아 주먹을 꽉 쥐었어요.

"무어 경."

잔잔했던 수면 위에 바위를 던져 놓고 태연자약한 얼굴로 붕대를 마저 감는 게 얄미워 나는 감히 그를 노려보았습니다.

"저를 믿으세요? 전 방금 경이 한 말을 상부에 찌를 수도 있어요."

픽. 다물어진 그의 입가가 희미하게 올라갔습니다. 얼핏 미소가 어리는 것 같았어요. 한 번도 웃는 걸 본 적 없어서 그게 웃음인지 확신할 순 없었지만요.

"부하를 믿은 내 잘못이니 누굴 탓하겠나."

그는 믿는다고 말했습니다. 나를 부하라고도 말했어요. 별거 없는 단어들인데 왜 그렇게 달게 들렸을까요.

나는 애써 아무렇지 않은 척 대꾸했습니다.

"수도로 돌아가지 못할 수도 있다고요. 가족들을 영영 보지 못할 텐데 아무렇지도 않아요?"

"……어차피 돌아갈 곳도 없다."

무어 경이 어깨를 으쓱했습니다. 잠깐 그의 얼굴에 스쳐 지나간 어둠을 나는 못 본 척했습니다.

돌아갈 곳이 없다는 그의 말에 괜스레 동질감을 느껴서였을까요. 아니면 내가 감히 그 어둠을 파헤칠 깜냥이 안 되는 걸 예감해서였을까요.

일루만족에게 바늘로 찔러도 피 한 방울 안 나올 것 같다는 저주의 말을 듣고 있지만 무어 경은 자신의 부하들에게만큼은 따뜻하고 공명정대한 상사였습니다.

그처럼 성벽을 지키는 말단 병사 하나하나를 살피는 대장은 없을 테니까요. 그가 정의하는 부하의 범위에 나 역시 포함되어 있다는 게, 우습게도 마음이 벅찼습니다.

그러나 무어 경은 몰랐을 겁니다.

그가 믿는다고 말했던 이 하급 병사 따위가 기실 내내 그를 기만하고 있음을.

"언제까지 시간을 버릴 테냐. 벌써 5년이야! 하이츠는 아직 국경에서 물러날 기미조차 보이지 않고 있잖아!"

짜악. 얼얼한 아픔이 볼에 느껴졌습니다.

하이츠와 일루만족 사이 격렬한 접전이 벌어진 며칠 후의 일이었습니다.

입 안에 비릿한 향이 감돌았어요. 족장은 손버릇이 유독 나빴습니다. 어릴 적부터 뭔가 일이 마음대로 되지 않으면 나를 두들겨 패곤 했거든요.

이제 와서 새삼스러울 리도 없건만, 이안 무어의 옆에 머무르며 폭력 따윈 걱정하지 않아도 되는 평화에 너무 젖어 들었나 봅니다. 화끈거리는 볼 위로 벌써부터 눈물이 흘러내릴 것 같은 걸 보면은요.

나는 애써 눈에 힘을 주고 부릅떴습니다.

"그 눈은 뭐냐! 살바체에서 네 어미가 뒈진 뒤로 평생 널 먹여 주고 키워 준 사람이 누구야! 짐승도 은혜를 안다고 했다, 이 빌어먹을!"

나도 내 아버지가 당신 같은 쓰레기인 줄 알았다면 절대로 따라가지 않았을 거야.

"……얼굴은 치지 마세요. 내가 일루만에서 꽂아 넣은 간자인 거 들키면 당신도 재미없을 텐데요."

퉤. 나는 고개를 돌려 침을 뱉었습니다. 핏물이 섞인 침이 불량스러운 소리로 바닥에 착 달라붙었어요.

"아비에게 말하는 꼬락서니하고는!"

그는 버럭 고함쳤지만, 뺨을 다시 치지는 않았습니다. 성질을 죽이는 사람이 아닌데, 일루만족의 상황이 어지간히 나쁜 모양입니다.

"이안 무어, 그 자식 때문이야. 그놈이 오면서부터 모두 다 틀어졌어."

족장은 이를 부득 갈았습니다. 새까만 동공 속 살기가 번들거렸습니다.

"그놈을 죽여야 해."

나는 대답하지 않았습니다.

"알아들었냐? 놈을 죽이기 전엔 우리 일루만은 이곳에 발도 붙이지 못할 거다. 원대한 일족의 계획이 전부 다 물거품이 돼 버릴 거야!"

피를 토하는 듯한 그의 고성에 나는 전혀 감명받지 못했습니다.

"……그래서요."

족장은 심드렁한 나를 노려보다 비단 주머니 하나를 쥐여 주었습니다.

"한 달 뒤 총공격을 할 거다."

안에는 날카로운 단검 하나와 조그만 약병 하나가 있었습니다.

"일루만족에 대대로 내려오는 맹독이다. 이걸 놈에게 먹이고 이 단검으로 심장을 파내 성벽에 걸어라."

나는 아무렇지 않은 척 눈을 끔뻑거렸습니다. 그러나 주머니를 움켜쥔 손은 도무지 움직일 줄은 몰랐습니다.

"……그는 총 대장이에요. 나 같은 일개 군병 나부랭이가 어떻게 접근할 수 있겠어요?"

"그럼 몸이라도 팔아서 기어들어 가!"

그가 버럭 고함쳤습니다.

"아무리 그래 봤자 놈도 세 다리 달린 사내다. 이곳에 온 이후로 별다른 계집도 없었다며? 몸이 달아 있을 때가 됐지."

싫어. 그만 말해. 더러운 말로 그를 지칭하지 마.

"그러니 네가 자빠트려 적당히 때를 봐서 죽여 버려라. 침대에서라면 가능할 것 아니냐."

"……."

대답이 없자 족장이 나를 노려보았습니다.

"네 어미가 어디 묻혔는지 알고 싶지 않아? 죽어서도 떠돌이처럼 돌게 놔둘 테냐."

그는 내 역린을 찔러 댔습니다.

"응? 타라. 얘기해 봐. 널 구하려다 죽은 네 어미를 그리 버릴 셈이야?"

입술을 깨물고 겨우 고개를 저었습니다. 입 안에선 역한 쇠 맛이 풍겼어요.

"하면 할 수 있겠지?"

"……네."

"좋아. 착한 아이구나."

그가 그제야 만족스럽다는 듯 허리를 쭉 폈습니다. 그리고 손가락을 꼽으며 날짜를 세기 시작했어요.

"석 달 주마. 내 인내심을 시험하지 마라."

"……."

입술을 깨무느라 바로 대답하지 못했습니다. 족장은 곧 바로 내 머리채를 휘어잡았습니다.

"쓸데없는 생각은 말아라. 실패하면, 네 심장을 파내서 걸어 둘 테니까."

단검의 날카로운 칼날이 내 목 아래서 덜렁거리고 있었습니다. 따끔한 통증이 일었어요.

"응? 대답해야지. 목을 잘리고 싶진 않잖니."

살을 저밀 듯이 점점 더 안으로 밀고 들어오는 칼날이 느껴졌어요. 족장이 이런 식으로 협박을 하다가 죽인 일루만인이 내가 아는 것만 해도 다섯 명입니다.

수가 틀리면 정말 목에 쑤셔 박을 이 개새끼가 내 아버지였습니다. 본능적으로 몸이 사시나무처럼 덜덜 떨렸습니다.

"알, 알았으니까……!"

또르르. 뜨거운 눈물 한 방울이 눈가를 타고 흘러내렸습니다. 죽고 싶지 않다는, 살고 싶다는 강렬한 열망이 차올랐습니다.

나를 유일하게 믿는다고 말해 주었던 사람을 배신해야 한다는 걸 알면서도 지금 이 순간, 지독히도 살고 싶어 하는 내가 경멸스러웠습니다.

"건방진 계집. 꼭 피를 봐야 말을 듣지."

족장은 욕설을 이죽거리고는 곧바로 자리를 떴습니다. 나는 수풀 속으로 순식간에 사라지는 그림자를 멍하니 바라보았습니다. 남아 있는 건, 손에 쥐어진 가죽 주머니뿐.

손을 들 때마다 단검과 약병이 부딪혀 철컥거리는 소리가 났습니다. 달이 완전히 사라지기 전에 성으로 돌아가야 하건만 발이 움직이지 않았습니다.

"……."

치미는 구역질을 참아 내며 나는 그 자리에 한참 동안 서 있어야 했습니다.

이러지도 저러지도 못하는 새 시간은 빠르게 흘러갔습니다. 족장이 말했던 기한이 다가올수록 나는 초조해졌습니다.

"이상하네. 일루만 놈들이 웬일로 조용하지?"

"저네들도 이제 포기했나 보지. 딴생각 말고 좀 즐겨 봐. 실로 오랜만에 오는 평화가 아닌가."

접전이 벌어지지 않은 지 꽤 시간이 지났습니다. 하이츠는 공격보다는 영토 방어에 집중했으므로 성벽은 오랜만에 한가한 나날들을 보내고 있었습니다.

그리고 그날이 있었습니다.

비가 억수같이 쏟아져 내리는 날이었지요. 세찬 바람이 성벽을 때리며 소름 끼치는 소리를 냈습니다.

“폭풍이 오는군. 오늘은 문을 단단히 걸어 잠가야겠어.”

“들어가세나. 타라, 너는 안 가냐?”

“저는……. 조금만 더 있다 갈게요.”

“그러든지.”

성안의 불이 하나둘씩 꺼질 즈음, 다그닥, 다그닥. 젖은 빗소리 사이로 들리는 말발굽 소리에 나는 고개를 들었습니다.

“뭐야, 일루만 놈들이야?”

“아니야. 깃발을……. 들고 있는데? 귀족 가문 문장인 것 같아. 검은 사자가 그려져 있어.”

늦은 밤, 어둠과 폭풍을 뚫고 북부의 국경에 도착한 이가 있었습니다.

검은 말을 타고 흠뻑 젖은 검은 망토를 쓴 어느 중년 기사였습니다. 어스름한 횃불이 아니었다면 새까만 어둠에 몸을 숨긴 그를 제대로 인식하지 못했을 겁니다.

“도련님을, 이안 무어 경을 찾아왔소.”

바닥에 끄는 듯한 쉿소리로 낯선 사내는 이안 무어를 찾았습니다.

“시간이 너무 늦었는데 내일 다시 오시오. 괜히 연통을 넣었다가 우리만 경을 치면—.”

“한시도 지체할 수 없는 중대한 사안이오. 부탁하오.”

어쩐지 그의 음성에서 애통함과 절박함이 묻어 나오는 듯했습니다.

"타라. 네가 모셔다드려."

'데리고 갔다가 혼나면 어떡하지?'

성안으로 들어가는 내내 걱정스러웠습니다.

"……레오르."

그러나 내 걱정이 무색하게 자신을 찾아온 기사를 마주한 그의 표정은 평소와 같았습니다.

"그간 강녕하셨습니까."

"떠난 줄 알았는데. 여긴 어쩐 일이지."

"……그게……."

기사는 머뭇거렸습니다.

"들어오지."

무심한 얼굴이 힐끔 기사를 응시하는가 싶더니 이내 몸을 돌렸습니다. 기사 역시 그를 따라 집무실의 문 뒤로 사라졌지요. 나는 방으로 되돌아가지 못하고 그의 집무실이 있는 복도를 서성거렸습니다.

쏴아아, 쏴아아.

비는 이후로도 억수같이 쏟아졌습니다. 축축한 습기가 사람을 바닥까지 끌어 내리게 하는 듯한 기묘한 밤이었습니다.

어쩐지 마음이 불안했습니다. 저 사내가 성으로 들어온 게 마치 무슨 징조라도 되는 것처럼요.

달칵. 얼마 지나지 않아 사내가 집무실 밖으로 나왔습니다.

'벌써……?'

안으로 들인 차를 다 마시지도 않았을 시간이었습니다. 사내와 눈이 마주쳤습니다.

"……도련님의 보좌관이십니까?"

아직 군복을 입고 있는 내가 그리 보였던 걸까요? 그는 내가 대답을 하기도 전에 덧붙였습니다.

"당분간은 도련님을 혼자 두지 말아 주십시오. 술도, 검도 쥐지 못하게 하십시오. 꼭, 그래야 합니다."

"네?"

"괜찮아질 때까진 절대로 혼자 둬서는 안 됩니다. 수도로 다시 돌아가야 하지만 않았다면 제가 도련님의 곁에 머물렀겠으나……."

알쏭달쏭한 말 속에서 알아들은 건 얼마 되지 않았습니다.

"지금 이 늦은 시간에 수도로 다시 돌아가신다고요?"

"예. 식 때문에 지체할 수가 없어……. 아무쪼록 도련님을 잘 부탁드립니다."

레오르는 할 말만 마치고는 왔던 것처럼 빗속을 뚫으며 국경을 떠났습니다. 들어갈까 말까 한참을 망설이던 나는 결국 집무실 안으로 한 발짝 들어섰습니다. 지난번 그가 다친 팔을 치료해 주었을 때 이곳에 와 본 적 있었지요.

"……경?"

방 안은 어두웠습니다. 상대의 인영을 겨우 볼 수 있는 어스름한 촛불이 전부였어요. 밖에선 폭풍이 몰아쳤고, 세찬 바람이 창문을 때렸습니다.

그리고 그가 있었습니다.

창밖을 물끄러미 내려다보던 그가 등을 돌렸습니다. 새파란 눈동자가 마치 내게 뭐 하고 있느냐고 묻는 것 같았습니다.

"아, 저는 그저……."

우물쭈물하는데 그가 내 쪽으로 걸어왔습니다.

"술 마실 줄 아나?"

"네? 조, 조금은요."

"잘됐군. 축하할 일이 있거든."

또르르. 투명한 유리잔에 감색 빛의 액체가 담겼습니다. 일련의 행동에선 어쩐지 스산한 냉기가 피어올랐습니다. 나는 그 기묘한 기운에 압도되어 그가 내미는 잔을 받을 수밖에 없었습니다.

"건배."

그저 잔을 들어 올리는 것뿐이건만 그가 하니 몹시 우아해 보였습니다. 그를 따라 조심조심 집어 든 술잔에선 독한 위스키 냄새가 났습니다.

한 모금을 넘기니 목구멍에서 불이 타는 것 같았어요. 그러나 그는 그 독한 술을 단숨에 들이켜고는 다시 잔에 가득 부었습니다.

"……."

그렇게 한 잔, 두 잔, 비워 내는 술의 양은 점점 늘어만

갔습니다.

—그놈을 죽여야 해.

족장이 명령한 독을 타려면 지금이 기회였습니다. 바늘 하나 들어가지 않을 평소의 이안 무어가 완전히 흐트러져 있었으니까요.

그러나 나는 그러지 못했습니다. 품 안에 있는 맹독과 단검은 생각조차 하지 못했어요. 온 신경이 그에게 쏠려 있었거든요.

"……그만 드세요."

커다란 위스키 병을 몇 병째 비워 낼 기세라 나는 그를 멈춰 세웠습니다.

"타라. 가족이 있나?"

불쑥 들어오는 물음에 말문이 막혔습니다.

"……아니요."

더 이야기해 보라는 듯 그가 비틀비틀 걸어가 의자에 몸을 파묻었습니다. 수백의 적 앞에서도 흔들림 없던 그답지 않은 위태로운 움직임이었습니다.

"제겐 가족이 없습니다."

그의 앞에 서 있는 내 모든 게 거짓이래도 이 말만큼은 진실이었습니다. 내게는 가족이라는 테두리에 들어갈 수 있는 존재가 없으니까요.

"어머니는 일찍 죽었고, 아버지는……. 없어요. 그런 오물 따위."

마지막 음절엔 목소리가 볼썽사납게 조금 떨렸습니다.

"……."

그가 아무 말도 하지 않아서 나는 조금 비참해졌습니다.

"원, 원래……. 우리 같은 사람들은 다 이렇게 살아요. 모두가 경처럼 제대로 된 부모와 집안을 가지고 있는 건 아니거든요……."

그 같은 귀족은 이해할 수 없을 테지요.

피가 섞인 친부를 어떻게 증오할 수 있는지. 어떻게 세상에 가족이라 이름할 수 있는 이가 하나도, 단 하나도 없을 수 있는지.

잠시 잊고 있었습니다. 아니, 잊고 싶었던 건지도 모르겠어요. 아니, 정말은, 그와 내가 다르지 않다고 생각하고 싶었나 봅니다. 그와 나 사이의 거리가 그렇게까지 멀진 않을 거라고, 그를 좇는 내 시선을 그렇게라도 합리화하고 싶었나 봅니다.

그때 그가 입꼬리를 살짝 비틀었습니다.

"죄송해요. 제가 실언을……."

그제야 아차 싶었어요. 하급 평민 병사 주제에 너무 건방진 소리를 지껄였으니까요.

"나와 같군."

"네?"

"나도 이제 너와 같아졌다는 말이지."

"그게 무슨 말씀이신지……."

당황해서 몸을 뒤로 빼려다 탁자와 작게 부딪혔습니다. 탁자 다리가 흔들리며 그 위에 놓여 있던 종이가 떨어졌습니다. 어스름한 불빛이 빳빳한 종이 위로 비치며 글자가 드러났습니다.

시선이 나도 모르게 그쪽으로 향했고,

[무어 후작, 자택에서 시체로 발견돼……. 금품을 노리고 침입한 강도 소행으로……. 가슴의 자상…….]

동시에 그가 말했습니다.

"아버지가 죽었다는군."

순간 나는 거의 잔을 떨어뜨릴 뻔했습니다. 그가 내 모습을 보고는 또 피식 웃었습니다.

"그 몸을 이끌고 어머니의 침실까지 가서 죽었다더군. 마지막까지 그 사람답다고 해야 하나."

"……."

"어머니는 나를 낳다가 죽었고 아버지는 나를 용서하지 않았다. 그리고 미쳐 버렸지."

"……."

"환영이 보인다 했어. 에젠, 에젠. 이젠 나조차 귀에 인이 박인 지 오래야."

그답지 않게 킬킬대는 낮은 웃음소리가 처절해서 나는 우뚝 굳었습니다.

"우스운 일이지 않나? 바로 눈앞에 있는 아들은 보지 못하면서, 흙 속에 파묻혀 오래전에 썩어 버렸을 아내는 어떻게 본 걸까?"

아름다운 입매가 비틀린 미소를 그렸습니다. 나는 비로소 알 수 있었습니다. 이안 무어가 늘 휘장처럼 두르고 있던 짙은 공허가 어디서 기인했는지.

"평생 그 시선 한 줌이라도 내게 닿길 바랐는데, 한 번도 그런 적이 없어."

그런데도 도무지 무슨 말을 해야 할지 몰랐습니다.

"그럼 경, 지금이라도 수, 수도로 가서……. 범인들을……."

"아니, 나는 그를 알아."

"……."

"아버지는 스스로 죽음을 선택한 거야. 겨우 도적 몇에 당할 사람이 아니니."

자조적인 목소리.

"일생을 죽지 못해 사는 인간이었으니, 원했던 대로 된 거겠지."

독한 위스키를 연거푸 마시던 그가 의자에 깊숙이 파묻혔습니다.

"하니 나도 이제 너와 같구나."

눈을 감은 그에게서 흘러나오는 외로움은 내게도 익숙한 종류의 것이었습니다. 발밑에서부터 스멀스멀 기어올라 숙주를 잠식해 버리는 지독한 고독 말이에요.

그가 말했던 '같다'라는 의미는 이런 뜻이었던가요.

"아니, 경, 아니에요."

눈물이 핑 돌았습니다. 이런 식으로 당신과 같아지길 바라지 않았습니다. 내가 감히 바랐던 건, 나는 그저…….

더듬더듬 입술을 달싹였습니다. 머릿속에선 수많은 말이 맴도는데 한마디도 쉬이 내뱉을 수가 없었어요.

어두운 방에는 창문을 타고 들어오는 어스름한 달빛이 유일하게 방을 밝힐 뿐이었습니다. 달빛이 만들어 낸 그림자가 비친 그의 얼굴을 마주했을 때, 나는 얼어붙고 말았습니다.

"아버지가 원했던 대로 됐어. 그럼 된 거겠지."

우는 법을 모르는 아이처럼, 어떤 감정도 터뜨리지 못하고 같은 문장을 되풀이하는 그가 있었습니다.

"왜 네가 우는 거지."

그는 손을 뻗어 내 볼을 닦아 내었습니다. 그제야 나는 내가 울고 있다는 걸 깨달았습니다. 볼을 타고 흐르는 눈물의 촉감이 전보다 더 선명해졌어요.

"……경, 경이 울지 않으니까……."

자꾸 울컥울컥 울음이 치밀어 왔습니다.

제대로 부친의 죽음을 슬퍼하지도 못하고 가슴으로 꾸역꾸역 밀어 넣는 그가 미련해서. 안타까워서. 속상해서.

외로워하는 그가 가여워서.

"쓸데없는 책임감은 여전하군."

내 눈물을 닦느라 온통 젖어 버린 제 손가락을 내려다보는 그의 얼굴에는 허탈한 미소가 걸려 있었습니다.

원래 웃음을 짓는 사람이 아니었습니다. 나는 문득 두려워졌습니다. 도적의 손에 일부러 죽음을 선택했다는 그의 부친처럼 그가 홀연히 삶을 놓아 버릴 것 같았습니다.

그때 깨달았습니다. 족장이 내린 명령은 실패했다는 걸 말입니다.

나는 절대로 그를 죽이지 못할 테니까요. 손끝 하나 닿지도 못했는데도 이렇게 가슴이 시리게 아파 오는데 내가 어떻게 그를 해할 수 있겠어요.

"경, 저는, 저는……."

목구멍까지 치밀어 오르는 울음을 참고 간신히 그의 손가락을 부여잡았습니다. 젖어 있는 물기 사이로 피부의 열기가 느껴졌습니다. 뭉근히 뜨거운, 그러다 데어 버려도 떨어지지 않을 것만 같은 열이었습니다.

"……."

시선이 마주쳤습니다.

푸른 눈동자 안에 그를 올려다보는 내가 오롯이 비쳤을 때, 무언가 공기가 바뀌었습니다. 새까만 머리칼이 흔들렸어요. 그의 얼굴이 점점 가까워졌습니다.

그리고 나는 그를 피하지 않았습니다.

그날 밤, 폭풍우가 몰아쳤습니다. 거친 빗줄기가 창문을 때릴 때마다, 그가 멈칫거리는 걸 알았습니다.

"아무, 생각도 하지 말아요."

나는 그의 양 귀를 막고 다리로 그의 허리를 감싸며 매달렸습니다. 그가 듣지 않길 바랐습니다.

"괜찮을 거니까, 다 끝나 있을 거니까……."

그저 맞닿아 있는 이 온기로, 이 밤을 나고 나면, 다시 해가 뜨고 나면 괜찮아질 거라고 그의 귓가에 되뇌었습니다.

그의 등을 힘껏 껴안았습니다. 앙상한 양팔로는 그의 너른 등을 차마 다 감싸지 못해서 안간힘을 쓰고 그에게 매달렸습니다. 부질없는 이 모든 행위가 그에게는 조금이나마 의미가 있길 바랐습니다.

그에게 주고 싶은 건 많은데, 보잘것없는 내가 건넬 수 있는 건 이런 싸구려 위로뿐이었습니다.

"흐으……."

어느 순간 억눌린 짐승 같은 울음소리가 터지며 그가 무너졌습니다.

나는 실로 경의 그런 모습을 처음 보았습니다. 거친 적들이 찾아와도, 수백의 병사가 몰려들어도 틈 하나 찾을 수 없던 그였는데 말입니다.

그래서 말하지 못했습니다.

당신과 살을 맞대고 있는 나는 일루만의 밀정이라고.

하룻밤일 줄 알았던 내 서투른 위로는 계속 이어졌습니다.

세찬 폭풍이 치는 밤이면, 우리는 뒤엉킨 채 서로의 온기를 갈구했습니다.

위로를 받는 건 그만이 아니었습니다. 델 듯이 뜨거운 열이 내가 혼자가 아님을 깨닫게 해 주었습니다.

처음 느껴 보는 타인의 온기는 너무 따뜻해서 나를 바보로 만들었습니다. 그가 나를 부르면, 단단한 팔이 나를 감싸면 머릿속이 새하얘졌습니다.

내가 누군지, 뭘 해야 하는지, 어디 있는지, 그저 아프지 않게 내리누르는 무게 하나에 다 잊혀 사라졌습니다.

"타라."

이안 무어는 흑백으로 가득 찬 내 삶에 태양처럼 가장 강렬한 색을 띤 사람이었습니다.

"가지 마."

그에게 나 역시, 그런 존재라면 좋겠다고 감히 바랐습니다. 상냥하다고 착각하게 하는 손길과 잦아지는 입맞춤은 내게 부질없는 희망을 품게 했습니다.

"너는 날 떠나지 마. 응?"

가끔씩 열에 취해 그는 제가 무슨 말을 하고 있는지도 모를 겁니다.

"말해 봐, 타라. 너는, 내 곁에, 있을 거라고."

그가 그렇게 물을 때마다, 누군가 날카롭게 가슴을 후벼 파는 듯했습니다. 그가 외로워 보여서, 미천한 평민 계집애에게까지 애정을 갈구하는 모습이 가여워서.

"응?"

나는 대답 대신 그의 어깨를 있는 힘껏 껴안고 얼굴을 묻었습니다. 어깨 위로 축축이 번질 물기가 흘러내리는 땀에 가려지길 바랐습니다.

새벽빛이 어스름히 밝아 오는 어느 날, 평소처럼 소리 없이 그의 침대를 빠져나오려던 때였습니다.

"읏."

살금살금 내민 발을 헛디뎌 탁자와 부딪혔습니다.

툭. 그 바람에 탁자 위에 있던 무언가가 카펫 위로 떨어졌습니다. 새벽빛을 받은 은빛 물건은 동그란 펜던트였습니다. 떨어지며 이음새를 눌린 것인지 달칵, 하고 펜던트가 열렸습니다. 나도 모르게 손을 뻗어 그것을 집어 들었습니다.

열린 펜던트 안에는 앳된 소녀가 그려진 작은 초상화가 있었어요. 초상화 속 상냥하고 아름다운 모습의 소녀는 나는 절대로 되지 못할 공주님 같은 모습이었습니다.

그와 마음을 나눴던 사람일까요? 어릴 적부터 집안끼리 혼약을 나눈 상대일까요?

머릿속에선 갖가지 상상이 자라났습니다. 분수를 모르는 질투가 삐죽삐죽 고개를 들었습니다.

"어머니야."

언제 깨어났는지, 그가 다가와 펜던트를 빼앗듯 집어 들었습니다.

"아……."

나는 부끄러움에 입술을 깨물었습니다. 그는 상관하지 않는 것 같았지만요.

"아버지가 죽을 때 손에 쥐고 있었다더군. 유품이라고 보내왔어."

익숙한 물건인지 무어 경은 펜던트에 시선조차 주지 않았습니다.

"내 어머니는 죽어서도 자유롭지 못했지."

초상화를 내려다보는 그의 눈이 몹시도 차가워졌습니다. 새파란 눈에 순간적인 분노가 스쳐 지나갔습니다. 아이를 낳자마자 삶을 포기한 모친과 그를 평생 외면했던 부친에 대한 해묵은 감정을 아직 털어 내지 못했나 봅니다.

그가 창가로 걸어가 낚아챈 펜던트를 던져 버렸습니다.

"……경!"

선명한 바람 소리와 함께 펜던트는 검은 성벽 아래 사라졌습니다.

"아버지는 몰라도 내겐 필요 없어."

나는 그처럼 되지 않을 거다. 나는 아버지와 달라. 당신처럼 살진 않을 거야.

나지막하게 읊조리는 혼잣말은 보이지 않는 누군가에게 하는 발악 같았습니다.

촤악—! 그가 거칠게 커튼을 당겨 창을 닫았습니다. 투명한 유리잔에 독한 술을 콸콸 붓고는 의자에 깊게 몸을 파묻었습니다.

"이만 돌아가. 오늘은……."

그곳은 내가 더 이상 닿을 수 없는 선이었습니다. 순식간에 멀어져 버린 거리가 서러웠지만 내가 할 수 있는 건 없었어요.

"가 볼게요."

나는 아무 말도 하지 못하고 자리를 떠났습니다. 서투른 위로는 여기까지였습니다.

"여기, 어디쯤이었던 것 같은데……."

방으로 되돌아가는 대신 나는 그가 펜던트를 던져 버렸던 성벽 아래 있었습니다.

성벽 아래는 몹시 어두웠습니다. 칠흑 같은 어둠 위로 비치는 건 은은히 빛나는 달빛뿐이었거든요. 무서웠지만 한편으론 다행이었어요. 그 역시 새까만 어둠에 숨은 나를 발견하지 못할 테니까요.

무릎을 꿇고 아침 해가 밝아 올 때까지 수풀을 얼마나 뒤졌을까.

"찾, 찾았다!"

젖은 수풀을 헤치느라 다 젖어 버린 무릎도, 쌀쌀한 새벽 바람에 덜덜 떨리는 어깨도 상관없었어요. 나는 펜던트를 꽉 쥐었습니다. 차가운 금속의 감촉이 손바닥 안으로 녹아드는 듯했습니다.

오싹한 기분과 동시에 가슴이 저미듯 아팠습니다. 나는

그가 어떤 삶을 살아왔는지, 그의 부모가 어떤 사람들인지 알진 못하지만, 그 펜던트를 버릴 순 없었습니다.

가족이 남긴 마지막 흔적을 내던지는 그의 모습에선 후련함보다 분노와 오기가 자리 잡고 있었으니까요.

유년 시절, 가까스로 섬을 탈출하고, 족장을 따라 북부로 올 때 엄마의 유품을 하나도 들고 오지 못했어요. 엄마의 기억이 날 때마다, 그녀를 추억할 수 있는 물건이 내겐 하나도 남지 않아서 꼭 세상에 홀로 버려진 것 같은 기분이 들었습니다.

'그는 그런 기분을 느끼지 않았으면 좋겠어.'

손에 꼭 쥔 펜던트는 어느새 따뜻해져 있었습니다. 나는 품에 그의 부모가 남긴 마지막 흔적을 넣고 자리를 떠났습니다.

"도대체 아직까지 뭘 하고 있는 거냐!"

족장이 내렸던 석 달의 기간을 훌쩍 넘어선 시점이었습니다. 그는 지지부진한 나를 매섭게 다그쳤습니다.

"아직, 무어 경이 경계가 너무 심해서……. 아직은 힘들어요."

족장의 명령대로 이안 무어에게 독을 먹일 생각 따위는

없었습니다. 그러나 좀 더 시간을 벌어야 했습니다.

"조금만 더 시간을 주세요. 반드시, 처리할 테니까……."

아직 그에게 내가 누군지도, 일루만의 음모도 밝히지 못했으니까요.

두려웠습니다. 말하는 순간, 더 이상 그의 곁에 있을 수 없다는 걸 알았기 때문입니다. 나를 경멸하는 눈으로 바라볼 그가 무서웠어요.

하루만, 조금만 더……. 했던 게 오늘까지 와 버렸습니다.

그러나 족장은 내 말에 설득당하지 않았습니다. 대신 씩씩대며 철썩! 거세게 뺨을 올려붙였습니다.

"나를 속이려 하지 마라, 네년, 하루가 멀다 하고 그놈의 침대까지 기어들어 간다며! 기회는 충분히 있었어!"

아아. 의심 많은 족장이 심어 둔 간자는 나뿐만이 아닐 거라는 걸 어찌 간과했던 걸까요.

그 뒤로 쉴 새 없는 폭력이 쏟아졌습니다. 나는 숨겨 둔 단도로 족장의 목숨을 노렸지만, 내 실력으론 어림도 없는 일이었죠.

"감히……. 나를 죽이려 해?! 미친 계집아! 나는 네 아비다!"

큿. 족장이 분노에 차 휘두른 검은 내 옆구리에 와서 박혔습니다. 그가 오늘 나를 불러낸 건 보고를 듣기 위해서가 아니라 배신자를 처단하기 위해서였나 봅니다.

"놈과 배를 맞추니 딴생각이라도 들더냐? 놈을 살리고 싶더냐? 응? 그랬어?"

그가 내 팔을 우악스럽게 잡고 이죽거렸습니다.

"더러운 매국노. 사내에 미쳐 피를 나눠 준 아비를 버리는구나. 너는 죽어서도 일루만의 가호를 받지 못할 것이다. 평생 대륙을 떠돌아다니며 신의 안식을—."

족장의 입에서 줄줄 저주가 쏟아져 나왔습니다. 그러나 이미 단단히 굳어져 돌이 되어 버린 가슴에 아무런 타격도 주지 못했습니다.

"컥, 나한테, 아비가 어딨어."

퉤. 나는 피가 섞인 침을 그의 얼굴에 뱉어 냈습니다. 아귀 같은 면상이 잔뜩 구겨지는 꼴이 참으로 볼만했습니다.

"그래, 부모 없는 건방진 계집. 너는 이 아비가, 우리 일족이 뒈져도 눈 하나 깜짝하지 않을 테지."

그걸 이제 알았어?

내 입꼬리가 비웃듯이 올라가자 족장이 미간을 일그러뜨렸습니다.

"그래. 그럼 네 사내가 뒈져도 그리 유유자적할지 보자꾸나."

설마…….

"네가 우리를 배신할 줄 알고, 이모젠을 성안을 돌아 집어넣었다."

이모젠은 일루만족 전사 중에서도 가장 강한 전사들입니다.

"지금쯤 한창 성이 뒤집혔겠군."

"말, 말도 안……."

“이안 무어의 머리를 잘라 성벽 가장 높은 곳에 걸라 해 두었지. 가려고? 성치도 않은 몸으로 얼마나 버틸 수 있을까.”

뚝뚝 바닥으로 떨어져 내리는 피를 보며 그가 이죽거렸습니다. 나는 상처를 부여잡은 채 비틀비틀 일어났습니다.

‘그럴 리 없어.’

이안 무어가 어떤 사람인데요. 분명 아무 일도 없을 겁니다.

그래도, 혹시, 설마…….

족장은 다급히 성 쪽으로 달려가는 나를 쫓지 않았습니다. 몸에 칼을 박아 놨으니 얼마 가지도 못할 거라 생각했던 걸까요. 대신 뒤로 그의 고함 소리가 들렸습니다.

“뒈진 그놈 머리, 멀리서도 잘 알아볼 수 있을 거다!”

“제길, 쥐새끼 같은 놈들! 도대체 어디서 들어온 거야?!”

성에 돌아왔을 때는 상황이 얼추 정리된 후였습니다.

다행히 성벽에는 이안 무어의 머리도, 일루만의 깃발도 걸려 있지 않았어요. 성안에서 한바탕 교전이 있었던 듯 여기저기 핏자국과 부서진 집기가 즐비했습니다.

“타라, 너 도대체 어디 갔다 이제—! 잠깐, 네 꼴이 왜 이래.”

나는 로날드의 말을 무시하고 바닥에 널브러진 시체들을 보았습니다.

"일루만 놈들이 잠입해서 경을 해치려고 했지만, 우리 대장이 누구냐. 곧바로 단숨에 처리했지!"

'다섯……. 여섯……. 일곱……. 한 명이 모자라.'

이모젠 전사들은 총 여덟 명입니다. 그중에서도 가장 강한 우두머리의 시체는 보이지 않았습니다. 심장이 미친 듯이 뛰었습니다.

"타라!"

병사들과 있다 나를 발견한 무어 경이 눈썹을 추어올렸습니다. 그리고 동시에 나는 보았습니다.

성벽에 서서 이안 무어를 향해 단도를 날리는 마지막 남은 이모젠을. 생각할 새도 없이 몸이 먼저 움직였습니다.

푸욱.

천과 살갗을 뚫는 소리가 났어요. 속을 메슥거리게 만들 듯한 소리였지요.

"살아남은 놈이 있다! 쫓아라!"

"성벽! 성벽 위에 있어!"

병사들이 이모젠을 쫓아 달려갔습니다.

'그는 무사해.'

그의 안위를 확인하자마자 숨이 탁 풀렸습니다. 여력을 끌어모아 여태까지 버텨 냈던 몸이 한순간에 허물어지는 순간이었습니다.

그래도 그가 살아 있어서 얼마나 다행인지.

"타라!"

바닥으로 쓰러지는 나를 그가 받아 들었습니다.

옆구리와 등에 난 상처 때문에 피는 쉴 새 없이 흘렀고, 그 때문에 나를 안아 드는 그의 양손 역시 피투성이였어요.

"……."

그는 멍해진 눈으로 나를 내려다보았습니다. 제 품에서 죽어 가는 내가 마치 현실이 아닌 것처럼요.

"무, 무어 경……."

내가 입술을 달싹거려 그를 부르자 그제야 그의 정신이 돌아온 것 같았습니다.

"타라, 왜, 왜 네가……. 의, 의원을,"

아하하. 그가 말을 더듬는 건 처음이었습니다. 웃어 주고 싶은데, 그러기가 힘들었어요.

"무어 경……."

"의원을 부르겠다. 조금만 참아. 조금만……."

나는 고개를 저었습니다. 마음이 급했습니다. 시간이 다 가기 전에 그에게 말해야 하는 게 많은데…….

"하아, 하아…."

숨이 자꾸 벅차올라서 호흡이 힘들었습니다.

"오른쪽……."

타는 듯한 통증이 일었지만 나는 팔을 움직였습니다. 그가 발작하듯 튀어 오르며 나를 안아 제약하려 했습니다

"움직이지 마! 조금만 있어. 타라, 의원이 올 때까지 조금만 버텨."

"오른쪽 주머니에……."

"오른쪽, 왜? 나중에! 타라, 지금은—!"

아니요. 지금이어야 했습니다.

나중은 없을 거니까. 나중이 되면, 당신 곁에 나는 없을 테니까.

나는 간신히 펜던트를 꺼냈습니다. 조그만 은빛 금속 위에 피가 잔뜩 묻어 버렸지만, 다행히 그 안의 초상화는 무사한 듯했습니다.

"이건……."

펜던트를 알아본 그가 얼어붙었습니다.

"이걸 왜 네가……."

당신은 이게 왜 내 손에 들어 있는지 궁금하겠지요.

"버, 버리지 않았어요……. 당신한테 소, 소중한 거니까……."

나는 덜덜 떨리는 손으로 펜던트를 그에게 쥐여 주었습니다.

"사실은, 미워하지 않…… 잖아요……. 당신 부모님……."

"……타라, 더 말하지 마. 조금만 견뎌. 조금만 버텨."

"나는, 알아요……. 당신 부모님은 당신을…… 아주 사랑했을 거예요……. 당신은 정말이지 사랑…… 스러운……. 사람이…… 니까……."

누가 그를 사랑하지 않겠어요?

나 같은 여자도 자꾸 그에게 향하는 마음을 가눌 수가 없었는데, 그의 부모님은 오죽했을까요.

"……하아……."

말하고 싶은 게 아주 많은데, 전하고 싶은 게 많은데 제대로 입 밖으로 나오고 있는지 확신할 수 없었습니다.

뜨거운 눈물이 볼을 타고 방울방울 떨어졌습니다.

이상하게 당신이 몹시도 흐릿했습니다. 번지는 축축한 습기가 피인지, 눈물인지 알 수가 없었어요. 내가 울고 있는 건가요, 아니면 당신이?

"되도록, 오래……. 곁에 있고 싶, 싶었는데……. 먼저 떠나게……. 돼서……. 미안해요……."

그가 나를 부둥켜안았습니다. 언제나 그랬듯이 숨 막히게 나를 안았어요.

틈 하나 없이 당신에게 이리 꽉 안길 때마다 나는 그대로 죽어 버려도 좋을 것 같았다고, 내가 말했던가요. 기억이 잘 나지 않았습니다.

"타라. 제발, 이렇게 떠나지 마. 너까지 날 버리면 안 돼. 이제 내겐……."

정신이 점점 어지러워졌거든요. 나는 끝이 다가오고 있다는 걸 알았습니다. 그와 헤어질 시간이요.

"버텨, 조금만. 버텨 줘. 제발, 타라. 이렇게 빌 테니……. 제발, 제발."

쉰 목소리로, 숨도 쉬지 못하고 애원하는 그가 가여웠습니다.

"이안……. 이안……."

이럴 줄 알았으면 당신 이름 하나는 원 없이 불러 보는 건데.

이안, 마음속으론 수백 번도 부른 이름이 입 밖에 내기가 왜 그리 어려웠을까요.

"죽을 거야. 네가 죽으면 나도 같이 죽을 거다. 네가 날 죽이는 거야. 그러니까, 제발—."

"미, 미안해요. 함께 있어 주지, 못, 못해서……."

나는 눈을 깜빡였습니다.

"언, 언젠가 우리가 다시 볼 수 있다면, 그때는, 그때는."

그때는 당신을 외롭게 두지 않을게요. 당신을 찾아서 옆에 있을게요.

나는 입술을 달싹거렸지만 더 이상 목소리가 흘러나오지 않았습니다. 안간힘을 써도 입 밖으로 흘러나오는 건 거친 숨소리뿐이었어요.

하지만 그에겐 전해진 모양입니다.

그의 뜨거운 입술이 내 관자놀이에 화인을 찍었습니다. 젖은 목소리로 그가 속삭였습니다.

"내가 널 찾겠다. 타라, 네 곁에 있겠어."

나는 그제야 눈을 감았습니다.

조각 같은 이목구비를 타고 뚝뚝 떨어지는 그의 눈물이 가슴이 저미도록 아름다웠다는 것만 마지막 시야에 시리게 남았어요.

끝끝내 버티고 섰던 암흑이 비로소 나를 감쌌습니다.

신이시여, 혹 이곳에 계신다면, 나를 가여이 여기신다면, 이 사람이 더 이상 외롭지 않게 해 주세요.

나는 눈을 감은 채 내 어둠에게 빌었습니다.

하지만 만약에 말입니다.

인자하신 당신이 한 번만 더.

간절한 염원을 하나만 더 허락해 주신다면, 감히 바랍니다.

이안 무어, 그를 다시 만날 수 있기를.

외전 4. 여행

I. 세네리시마

철썩철썩. 파도치는 소리가 들린 것 같다.

어디선가 희미한 바다 내음이 코끝을 간질간질 스치고 지나갔다.

에젠은 고개를 들었다. 뉘엿뉘엿 넘어가는 노을이 바다의 물결 위로 번지는 아름다운 풍경이 보였다. 그녀가 서 있는 이 층 테라스에서 보는 세상은 그녀가 알고 있던 것과는 매우 달랐다.

"마님. 바깥 공기가 찹니다. 안으로 들어가시지요."

하딩이 곁으로 다가와 숄을 건넸다. 엘프의 실로 만든 숄은 얇고 가벼우면서도 몹시 따뜻해서 가볍게 어깨에 얹는 것만으로도 온기를 주었다.

"조금만 더. 좀만 더 볼게."

숄을 끌어당겨 팔을 감싸면서도 에젠은 노을빛이 비치는 바다와 맞물린 수평선의 하늘에서 눈을 떼지 못했다.

"하이츠의 하늘과 달라. 여태까지 갔던 곳들도……. 이렇게 아름답진 않았던 것 같아."

눈에 비치는 것들은 그녀가 알아 왔던 세계와 전혀 다른 이면을 보여 주고 있었다.

그녀는 지금 유명한 수상 도시, 세네리시마 공화국에 와 있었다.

대륙의 남쪽, 살바체 반도의 북부에 있는 이곳은 하이츠와는 뱃길로 한 달은 떨어져 있는 곳이었다.

"확실히 대륙 중부는 삭막하지요. 우리 하이츠를 포함해서요."

하딩이 맞장구를 쳤다.

"마님께선 여태 다니신 곳 중에서 이곳을 가장 좋아하시는 것 같습니다."

"풍경만큼은……. 그래, 부정할 수 없겠어. 하지만 클리프에겐 말하지 마."

에젠이 문득 생각났다는 듯 당부하자 하딩이 입술을 오므리며 애써 웃음을 참았다.

"또 각하께서 별장을 사들이실까 싶어서요? 리틀 헤븐 하이츠의 9호 분점이 생기겠군요."

9호. 웃을 일이 아니었다. 클리프는 가는 곳마다 집을 사려 들었다. 이러다간 대륙 전체에 쓰지도 않을 별장만 후

루룩 생길 판이다.

“맙소사. 하딩. 그런 농담 하지 말아. 클리프가 자꾸 그러는 건 내 말을 곧이곧대로 전하는 경의 잘못도 크니까.”

하지만 저는 각하의 명대로 한 건데……. 하딩이 억울한 듯 눈썹을 늘어뜨리는 것도 아랑곳 않은 채 에젠이 한숨을 내쉬었다.

“마님. 각하께서 하이츠로 오기 전 대륙에서 손꼽히는 용병이었다는 걸 아시지요? 각하의 재산은 하이츠에만 있는 게 아니니 걱정하지 않으셔도 됩니다. 물론 각하께서 조금 과해지시는 측면이 있을 수도 있지만…….”

“과할 수도 있는 게 아니라 이미 과해. 경도 알고 있잖아.”

“…….”

차마 그녀의 말을 부정하진 못한 하딩이 항변했다.

“하지만 마님께 있어선 각하께서 과하지 않은 적이 있으셨던가요? 마님도 아시면서…….”

이제 와서 새삼스러울 것이 있냐는 듯한 익숙한 말이었다.

“…….”

이번에는 그녀의 말문이 막힐 차례였다.

하이츠를 떠난 지 반년째, 무어 후작 부부는 대륙 여행 중이었다.

루비가 태어나고 5년이 지난 시점이었다.

—아바! 나 안아조!

통통한 팔다리를 버둥거리며 옹알거리기만 하던 갓난아이가 어느새 아장아장 걸으며 혀 짧은 목소리로 쫑알쫑알 의사 표현이 가능해졌다.

—엄마, 진검이 가지고 싶어요. 목검은 너무 시시해요.

이안은 고사리손으로 검을 잡았다.

핏줄은 못 속인다고 대륙 전쟁에서 적들을 썰어 내던 흑사자의 아들답게 이안은 목검으로 저보다 배는 큰 사내아이들을 때려눕혔다. 그중에는 왕세자도 끼어 있었지만.

나중에 그 사실을 알고 은근히 서운함을 내비치는 왕세자비의 얼굴을 보기가 얼마나 민망했는지.

어쨌든 요는, 아이들이 얼추 자랐다고 생각할 즈음 클리프가 여행을 제안했다.

—대륙 여행이요……?

—하이츠가 있는 대륙 중부를 거쳐서 남부, 북부까지 돌 거야. 이안은 제 한 몸 정돈 지킬 수 있을 테고, 루비는—.

—아바! 아바!

통통한 양팔로 그의 목을 얼싸안는 루비 때문에 클리프는 말을 잠시 멈춰야 했다.

—이렇게 우렁차게 소리치니 최소한 소재 파악은 되겠지.

최악의 상황을 가정하기라도 하는 듯한 말투였다.

—가야 해! 루비는 할 일이 마나!

아이가 이내 버둥거렸다. 그는 익숙하게 쪽, 아이의 볼에 키스하고 등을 두드렸다. 그리고 아이를 바닥으로 내려 주었다.

제 아버지 목을 숨도 못 쉬게 조를 때는 언제고 루비는 기다렸다는 듯 달려 나갔다. 짧은 다리로 열심히 발걸음을 놀리는 게 마치 처음 경주를 뛰는 새끼 토끼 같았다.

—저리 도망도 잘 치니.

기특하게 루비를 바라보는 그의 입가에 걸린 미소가 퍽 익숙했다.

—도망?

—그리고 당신은……. 내가 계속 곁에 있을 거니까 안전할 거야. 약속할게.

볼 위로 다정한 키스가 쏟아졌다.

—클리프, 여행을 갈 만한 상황이 아닐 텐데요.

그의 입술을 피하며 묻는 에젠의 물음에 대답하는 대신 클리프는 그녀의 허리를 안아 당겼다.

권력의 정점에 서 있는 무어 후작이다. 그의 자리를 밀어내고 차지하려 호시탐탐 기회를 기다리는 하이에나들이 부지기수였다.

—밀려날지도 몰라요. 이런 시기에 자리를 비웠다간 당신이 여태껏 쌓아 온 것들이 무너질 수도…….

—상관없어. 밀려나면 밀려나라지. 당신 곁에 있을 수 있는 시간이 늘어나니 난 더 좋은걸. 어차피 관심도 없는 정치 따위.

그가 어깨를 으쓱하며 불경하게 지껄였다.

—제발, 그런 말 국왕 폐하 앞에선 하지 말아요.

이미 국왕이 듣고 뒷목을 잡았다는 사실을 클리프는 말하지 않았다.

때로는 굳이 몰라도 되는 진실이 있는 법이니까.

—에젠, 나랑 가는 거야.

낮게 속삭이는 목소리가 가슴을 뒤흔든다.

—하지만…….

—간다고 말해 줘.

단단한 팔이 이끄는 힘에 불가항력으로 그의 품에 안겨 말을 멈춰야 했다.

에젠은 클리프를 노려보았다. 키 차이가 커서 그를 올려다봐야 한다는 사실에 조금 분노하면서. 하지만 오히려 그런 시선이 그를 자극한 모양이다.

시선이 마주치나 싶더니 에젠의 허리를 안은 손에 힘이 들어갔다. 그녀는 한숨을 내쉬었다.

—다음 일정은 없지?

턱선을 따라 입을 맞추며 속삭이는 낮은 목소리가 몹시도 달았다.

단단한 손이 부드럽게 등을 쓸어내리는가 싶더니 드레스의 단추 하나를 투둑 풀어 내렸다. 순간 오싹하게 등을 타고 흐르는 감각에 에젠이 새된 목소리로 소리쳤다.

—로젠 백작가에서 티 파티가 있어요. 꿈도 꾸지 말—.

—취소해. 응?

그가 자잘하게 입 맞추며 어르듯 속삭였다. 에젠의 하얀 얼굴이 금세 벌겋게 달아올랐다.

—클리프!

그리고 그렇게 어영부영 넘어간 몇 주 후, 에젠은 대륙을 횡단하는 마법 마차에 타고 있었다.

그리고 수개월 후, 이곳에 다다랐다.

세네리시마 공화국은 바다를 끼고 있는 지리적 요건을 잘 활용하여 무역과 상계의 중심지로 우뚝 섰다. 게다가 날씨가 따뜻하고 풍광이 아름다워 대륙에서 평생 꼭 한 번은 가 봐야 하는 관광지로 이름나기도 했다.

세네리시마는 근처의 섬들을 다리와 수도로 연결시켰다.

건물과 건물 사이를 오직 배로 다니는 까닭에, 항만 근처에는 수십 대의 작은 나룻배가 정박하여 있었다.

에젠이 일주일 전 이곳에 도착했을 때 타고 온 것은 저런 평범한 나룻배가 아니었지만.

'무슨 전쟁에서나 쓸 법한 범선을 타고 왔지.'

무역으로 오가는 배와 인파가 많은 이곳에서도 보기 드문 거대한 크기였다.

'그래서 얼마나 당황했는지…….'

배에서 내리자마자 구경 나온 사람들의 눈을 마주해야 했으니 말이다.

"여기 총독저가 세네리시마의 경치를 볼 수 있는 명당 중 명당이라더니 과연 그렇군요."

하딩이 그녀를 이해할 수 있다는 듯 고개를 끄덕였다. 세네리시마의 총독 저택에 자리한 모든 건물은 하얀 백색의 대리석으로 일일이 장식되어 있었다.

총독저 바로 옆에는 공교롭게도 죄수들을 가두는 감옥이 자리했다. 가끔 드물게 아주 죄질이 나쁜 흉악범이 총독저 앞의 광장에서 교수형에 처해질 때가 있다고 한다.

잘린 죄수의 목은 총독저의 가장 중앙에 있는 기둥에 걸어 놓는다는데, 백색 대리석 기둥에 희미하게 비치는 분홍빛이 죄수들의 잘린 목에서 흘러내린 피가 스며들어 그렇다는 오싹한 소문도 있었다.

어쨌든 요는 이곳이 몹시 기묘하고도 아름답다는 것이었다.

"그나저나, 클리프는?"

에젠이 문득 생각났다는 듯 물었다.

그는 아이들을 재우러 간 참이었다. 총독저의 연회는 새벽이 가도록 계속되었기에, 아이들이 칭얼거리기 시작했기 때문이다.

"지금쯤 돌아오실 때가 됐는데……. 조금 늦긴 하군요."

하딩 역시 고개를 갸웃거렸다.

"경이 다녀와. 루비가 또 떼를 쓰고 있는지도 몰라."

요새 들어 루비의 잠투정은 가히 타의 추종을 불허할 정도였다. 무어가의 폭군은 사랑스러운 외양과 달리 제 권력을 마음껏 휘둘렀다.

"하지만 마님의 곁을 지키라고 하셨는데……."

"난 어차피 계속 여기 있을 거니까."

에젠이 등을 돌려 다시 아름다운 바다를 바라보았다.

"그럼 모시고 오겠습니다."

하딩이 테라스를 떠나며 잠깐 열린 문 사이로 연회장 안의 아름다운 멜로디가 들려왔다. 철썩이는 희미한 파도 소리와 함께 듣기 좋은 화음을 이뤘다.

에젠의 얼굴에 미소가 번졌다.

지금 이 로마나 총독저에서 열리고 있는 연회는 하이츠의 것과 별다를 것도 없건만 괜스레 그냥 마음이 들떴다.

낯선 곳. 낯선 사람들. 그녀가 모르는 세계.

온통 익숙지 않은 것들 속에서도 편안함을 느낄 수 있다는 걸 에젠은 하이츠를 떠나고 나서야 알게 되었다.

'그는 어떻게 알았을까.'

에젠은 문득 떠올렸다.

강압적인 크로포드 백작저가 그녀가 아는 세계의 전부였던 시간을. 부친을 벗어나 너른 세상으로 도망치고 싶었던 한때의 간절한 바람을.

클리프 무어가 돌아오며 전부 무산되어 버린 이후로 한 번도 꺼내 보지 못했던 숨죽인 욕망을 그는 어떻게 알아차린 걸까.

어쩐지 눈물이 핑 돌았다. 클리프가 몹시도 보고 싶어졌다.

그때 삐걱, 테라스의 문이 열리는 소리가 났다.

"……클리프?"

에젠이 뒤를 돌았다. 설레 하는 음성이 자못 높았다. 그러나 문 뒤로 나타난 사람은 클리프가 아니었다. 금색 머리 영식이었다.

"아, 실례했군요."

에젠을 보는 청년의 눈이 갑자기 크게 떠졌다 이내 돌아왔다.

"아닙니다."

그가 빠르게 대답했다. 살짝 붉힌 볼에서 앳된 기가 보였고, 금색과 백색 일색의 정장이 잘 어울렸다.

언젠가 이안의 생일 연회에서 입었던 클리프의 하얀 정장이 떠올랐다. 에젠이 야심 차게 준비했으나, 그날 일어난 납치 사건 때문에 맥없이 그들의 뇌리에서 잊혀져 버렸던 옷.

'그이도 저런 색이 잘 어울리는데.'

클리프를 비롯한 무어가의 사람들은 전혀 그리 생각하지 않겠지만 에젠은 조금 아쉬웠다.

청년은 아직 자리를 떠나지 않고 있었다. 그가 한 발짝 에젠에게 다가가 허리를 숙였다.

"객이 있는 테라스에 들어온 제 무례를 용서해 주시지요."

잠깐 테라스를 잘못 찾은 것치고는 과한 사과였다.

"아니에요. 저도 오래 이곳을 차지하고 있었으니 사과를 받을 일도 아닌 듯합니다."

에젠은 예의에 어긋나지 않을 정도로 살짝 무릎을 굽히

고는 테라스를 나갔다.

'클리프는 이 층에 있을까?'

복도를 걷는데, 갑자기 펑! 펑! 뭔가 터지는 소리가 귓가를 가득 메웠다.

"앗."

에젠은 깜짝 놀라 어깨를 움츠렸다. 그 바람에 걸치고 있던 숄이 떨어졌다.

"맙소사."

뭔가 했더니 폭죽이 연이어 터지는 소리였다. 겨우 이런 거에 놀라느냐며 그녀를 놀리듯이 색색의 불꽃이 검은 하늘을 수놓았다.

'밤에 불꽃놀이가 있을 거라 했었지.'

"예뻐……."

잠시 멍하니 하늘을 바라보다가 다시 발걸음을 옮기려는 참이었다.

"레이디."

아까 테라스에서 마주쳤던 남자가 서 있었다. 그의 손에는 조금 전 떨어뜨린 숄이 들려 있었다.

"감사합니다."

기계적인 감사 인사로 다시 등을 돌리려 할 때.

"실례지만 춤을 청해도 되겠습니까."

에젠의 앞으로 단정한 남자의 손이 내밀어졌다.

"제 이름은 아치버크 로마나입니다."

로마나라면 이 섬에선 한 가문밖에 없다.
세네리시마 총독의 이름은 사브레 로마나.
'총독의 자제인가 보구나.'
수줍은 듯하면서도 거절당할 거라고는 추후도 생각하지 않는 듯한 당당함은 아마도 청년의 신분에서 흘러나오는 듯했다.
"저는 이미 파트너가 있어—."
에젠은 에둘러 거절하려 했다.
"이토록 요정 같은 레이디를 이곳에 혼자 두고 되찾지도 않는 무례한 파트너를 말씀하시는 것일 테지요?"
마치 그녀를 내내 살피고 있었던 것처럼 이어지는 로마나 영식의 말에 에젠이 눈을 깜빡였다.
"실은, 당신이 너무 아름다워 아까부터 눈길을 뗄 수가 없었답니다."
아치 로마나는 고귀한 움직임으로 가슴에 손을 얹었다. 도무지 가시지 않는 심장 소리가 그녀에게까지 들릴까 무서웠다. 연회에서 처음 눈앞의 여인을 발견했을 때 그는 마치 벼락을 맞은 것 같았다.
청초한 얼굴. 보호 본능을 자극하게 하는 가녀린 자태. 안개 속에서 햇살이 비치는 것처럼 하얀 얼굴에 가끔씩 번지는 미소.
그가 꿈꾸던 이상형이 이곳에 있었다.
정신없이 그녀를 찾아 연회장을 뒤지다가 마침내 어느

한적한 테라스에서 그녀를 발견했다.

이 여자다. 귓가에서 종이 댕댕 울리는 것 같았다.

"이 밤이 가기 전에 인연을 이대로 흘려보내고 싶지 않아 무례를 무릅쓰고 이리 앞에 나타나게 된 점, 용서해 주시지요."

그래서 그는 깨닫지 못했다. 당황한 듯한 여인의 얼굴도, 그의 뒤에서 검은 오라를 풍기며 접근하는 살벌한 존재도.

"용서는 무슨."

음습한, 사람의 목덜미를 쭈뼛 서게 하는 음성이 그의 머리 위에서 울렸다.

"여긴 죽고 싶어 용을 쓰는 것들이 많군."

직선으로 쏘아지는 새파란 눈동자에 짓눌리는 것 같았다. 사내의 외양을 눈에 담고 나자 더 그랬다.

나름 세네리시마 공화국에서도 손꼽히는 아치를 웃도는 건장한 체격. 검은 머리칼에 검은 옷까지, 사내는 죽음의 사자 같은 위압감을 불러일으켰다.

아치는 소스라치게 놀랐다.

"감히 로마나에게 검을 들이밀다니! 이 무슨 추태인가!"

날카로운 살기에 압도되어 그는 클리프가 제게 검을 들이밀었다고 생각했다.

"추태라."

사실 아치의 착각만은 아니었다. 클리프의 곧은 손가락

이 검집 위에서 꿈틀거렸으니까.

"나는 아치 로마나다!"

아치가 발작적으로 소리쳤다. 이상형의 눈앞에서 다른 사내에게 밀리지 않으려는 발악에 가까웠다.

로마나.

어떤 사내가 이 공화국의 지배자에게 뻗댈 텐가.

누구든 간에 아치의 신분을 알게 되면 주춤주춤 물러나 눈치를 보았다. 아치는 이번 역시 그럴 거라 생각했다.

"당장 예를—."

그러나 눈앞의 미친 사내는 피식 웃을 뿐이었다.

"그래서?"

사내의 입꼬리가 삐뚜름하게 올라갔다. 아치는 당황했다.

"듣지 못했느냐? 나는 로마나라니까!"

"로—마—나."

사내가 아치의 말을 따라 하듯 발음했다.

그의 입에서 또렷이 흘러나온 고작 세 음절의 단어가 왜 그리 의미심장한 것인지.

등골에 소름이 쭈뼛 섰다. 그도 잠시,

"그래서 내 아내에게 볼일이라도?"

사내가 우아하게 물었다. 물론 그를 찢어발길 듯한 기운은 전혀 감추지 않고서.

"아, 아내라니……."

그마저도 아치가 받은 충격에 비할 바는 되지 못했다. 아치가 비틀거리며 천천히 등을 돌려 에젠을 응시했다.

"결혼……, 했습니까?"

처음으로 반한 이상형은 유부녀였다. 아치는 하늘이 무너지는 것 같았다.

"아이가 둘이에요."

에젠이 차분하게 대답했다.

"그러면 설마……."

아치가 그녀의 옆에 서 있는 클리프를 올려다보았다.

"여보."

에젠은 반신반의하는 그에게 쾅 도장을 찍어 내렸다.

동시에 클리프의 입가가 아주 미묘하게 씰룩거렸다. 기뻐하는 것처럼.

"맙소사, 안 돼……."

아치는 믿을 수 없었다. 그녀에게선 이슬 같은 순수함이 물씬 풍겼다.

"레이디, 저는—."

한 발짝 에젠에게 다가서려 했으나 클리프에게 막혔다. 에젠이 저를 여보라 불러 주어서 조금 풀어졌던 분위기가 이루 말할 데 없이 험악해졌다.

"그만두십시오, 도련님!"

그때 총독의 보좌관이 황급히 나타났다.

"무례를 사과드립니다! 저희 도련님이 가끔 정신이 온전치 못하십니다!"

그가 굽신굽신 허리를 숙이며 연신 사죄했다. 그리고 아치를 끌고 그대로 사라졌다.

"이거 놔!"

아치는 거세게 반항했다.

"아직 끝나지 않았다. 그녀에게 내 마음을 전해야……!"

"도련님은 목숨이 두 개 세 개라도 됩니까? 아주 목이 제자리에 붙어 있는 게 지루해서 견딜 수가 없지요?"

"그게 무슨 뜻인가!"

"이 늙은이는 잠깐 끼어든 것만으로도 오금이 다 저려오는데 말이죠."

보좌관이 가슴을 쓸어내리며 어리둥절해하는 아치를 노려보았다.

"소문을 듣지 못하셨습니까?"

"무슨 소문?"

아치는 아카데미에서 나온 지 얼마 되지 않아 대륙의 소식통에 약했다.

"클리프 무어, 하이츠의 흑사자가 신분을 숨긴 채 대륙을 돌고 있다는 소문을요."

"뭐?"

"푸른 눈, 검은 머리. 품 안에 유리구슬처럼 싸서 떠받드는 금발 여인. 그리고 주위를 맴도는 검은 기사들까지! 전부 하나를 가리키고 있잖아요. 아직도 사태 파악이 안 됩니까?!"

보좌관이 고함치듯 성을 냈다.

"……맙소사."

아치의 얼굴이 새파래졌다.

아치 로마나가 갑작스레 난입한 보좌관에게 질질 끌려가 보이지 않을 때까지, 클리프는 싸늘한 시선을 거두지 않았다.

아이를 둘이나 두고 있는 안정적인 가정의 아버지였음에도 그에게선 아직 날것의 짐승 같은 서늘함이 풍겼다.

에젠은 그건 사선을 넘나들며 살아온 자에게 배어든 본능에 가까운 것이라 여겼다.

'하지만 가끔은 걱정돼. 아까 그 사람, 괜찮겠지?'

에젠은 그녀가 한눈을 판 새, 클리프가 몰래 밖으로 나가 저 전도유망한 총독의 아들을 처리해 버리고 오는 건 아닌지 문득 두려워졌다.

"감히."

그가 낮게 읊조렸다.

"클리프. 그만 노려봐요."

건장한 가슴팍이 오르락내리락하는 것이 조금 씩씩거리고 있는 것 같기도 했다.

"그만. 당신 때문에 사람들이 도무지 이쪽으로 오려 들질 않잖아요."

에젠은 저 멀리서 빠끔빠끔 고개를 내밀고 있는 사람들을 발견하고 한숨을 내쉬었다.

"도대체 누구길래 로마나 영식이 한풀 꺾고 꽁지를 내빼는 거야?"

"나는 굳이 확인하지 않겠네. 저 사람이 궁금하긴 하지만, 가까이 갔다간……."

수군수군. 수군수군. 이러다 동물원의 원숭이가 되어 버릴 참이었다. 에젠은 테라스로 그를 이끌었다. 땅에 뿌리내린 태산처럼 서 있을 때는 언제고 힘을 주지 않아도 맥없이 이끌려 왔다.

"뭐가 그리 거슬리는 건데요."

"전부."

에젠이 잡아 쥔 손 위로 클리프가 깍지를 꼈다. 틈 하나 남지 못하게 쥐고선 그녀의 어깨에 얼굴을 묻었다.

"당신에게 접근하는 놈들 전부. 당신이 보고, 눈에 담는 놈들 전부 거슬려."

"응? 그런 거 없었는데?"

여행을 한 지 꽤 됐지만, 남자가 다가온 건 처음이다. 에젠이 다른 사내에 눈길을 준 적도 없었고.

"아냐, 있었어."

"언제요?"

"……."

소리 없는 침묵.

"그러니까 있긴 있었네요? 당신이 쳐 내서 난 보지도 못한 거고?"

"……."

또다시 침묵.

에젠을 안는 손이 더 거세졌다. 그가 고개를 들었다. 파란 눈동자가 원망스레 그녀를 응시했다.

"아쉬워?"

그에게 이런 모습이 있는지는 몰랐다.

"당신, 가끔 엄청 귀여운 거 알아요?"

에젠은 웃음을 참지 못하고 까치발을 했다. 팔을 뻗어 클리프의 머리를 쓰다듬었다.

머리칼이 손가락 사이로 빠져나가는 감촉이 몹시 좋았다.

"개새끼 취급하는군."

그가 자조적인 음성으로 한숨을 내쉬었다.

"뭐, 좋아. 네가 좋아한다면."

그가 에젠을 안아 들어 테라스의 틀 위에 앉혔다. 마주 보는 눈높이가 돼서 훨씬 더 편했다.

"이안과 루비는요?"

"위층에서 아주 세상 모르게 자고 있어. 루비가 자지 않겠다고 떼를 써서 재우느라 시간이 좀 걸렸어."

그리고 아이들의 옆은 흑기사들이 지키고 있을 테다.

"그럴 것 같았어요."

"하딩에게 맡기고 그냥 내려올 걸 그랬어."

그가 이를 부득 갈았다.

"클리프, 왜 그리 불안해하는 거예요?"

당신을 사랑하는 내 마음은 충분히 표현한 것 같은데. 서로의 애정을 확인한 지 수년이 지나도 그는 안심하지 못했다.

"……."

"응, 클리프?"

그는 한참을 머뭇거렸다. 에젠은 인내심을 가지고 기다렸다.

"아까 그놈……. 당신이 좋아할 만한 타입이었어."

"내가 좋아할 만한 타입?"

그런 게 있었나? 에젠은 동그랗게 눈을 떴다.

"당신이 어릴 때 읽던 동화책에 나오는 왕자가 그렇지 않았나? 구김살 하나 없이 햇살 아래서만 나고 자랐을 애송이."

"맙소사. 그게 언제 적인데……."

"맨날 그 책만 끼고 다녔잖아. 찢기기 전까진."

크로포드 백작은 그런 책들이 애들을 유약하게 만든다며 모두 찢고 불태워 버렸다.

"아무래도 나처럼 제멋대로 찌그러지고 더러운 상대와는 비교할 수도 없겠지."

클리프가 음울하게 내뱉었다. 그는 아직도 에젠을 무슨 동화 속에 빠져 있는 환상의 공주님으로 취급하고 있다.

"클리프. 또 이상한 생각을 하는데, 찌그러진 과거라고

치면 나도 당신과 만만찮아요."

이제 에젠은 아프고 고통스럽기만 했던 크로포드 시절의 이야기를 이리 거리낌 없이 꺼낼 수 있었다. 그건 필시 그녀를 지탱하고 있는 충만한 애정이 만들어 낸 변화일 것이다.

"당신을 사랑해요. 누가 와도, 언제가 된다 해도 내 선택은 언제나 당신일 거야."

에젠은 그도 그러길 바랐다. 조급해하진 않았다. 서로의 속도는 다른 법이니까.

"……누가 와도?"

"그럼요."

일렁이는 감정을 들키고 싶지 않은 듯, 클리프가 제 흑발을 괜히 헝클어뜨렸다.

"그리고 당신이 말했듯, 나는 다른 어떤 색보다 새까만 걸 제일 좋아하고요. 아까 로마나 영식의 어딜 봐도 찾을 수 없는 부분이죠."

에젠이 그의 턱에 입술을 맞댔다.

"맨날 들고 다니던 그 책 표지도 검은색이었다고요. 그건 기억 안 나나 보죠?"

클리프의 입꼬리가 슬쩍 올라가는가 싶더니 이내 두툼한 팔이 그녀의 허리를 감싸 안으로 끌어당겼다. 파란색 눈동자가 참을 수 없다는 듯 기쁨으로 가득 찼다.

"내 여왕께서 나를 들었다 놨다 하시는군."

입가에 실린 웃음에서 그를 사로잡고 있던 어둠이 털려 나간 걸 알 수 있었다. 그러다가도 클리프는 멈칫 중얼거렸다.

"이 죽일 놈의 세네리시마, 날이 밝는 대로 떠나 버리겠어."

"왜 그래요. 나는 꽤 마음에 드는데. 경치도 예쁘고, 날씨도 따뜻하고요."

에젠은 부드럽게 몸을 기댔다. 그녀를 지탱하는 단단한 체구가 흠칫 굳었다.

"……그래."

약간의 떨림과 함께 그가 조심스럽게 에젠을 안고 수긍했다.

"당신이 원하면 언제까지라도."

방금까지만 해도 싫다고 그랬으면서 에젠의 말 한마디에 전부를 뒤집어 버리는 사내의 변덕이 사랑스러워 죽을 것 같았다.

에젠은 클리프의 목을 힘껏 껴안았다. 그는 익숙하게 에젠을 안아 들면서 중얼거렸다.

"……루비, 당신이랑 똑같아."

에젠은 킥킥댔다. 그리고 고개를 숙여 그의 귓가에 뭐라 중얼거렸다. 서로에게 속삭이는 소리가 작아 밖으로 들리는 건 얼마 되지 않았다.

그러나 이내 웃음을 터뜨리며 키스를 퍼붓는 클리프 때문에 그 의미를 짐작하긴 어렵지 않았다.

필시 가슴이 저미도록 다디단 말일 테지.

II. 오프리

—이안! 오빠아!

루비가 소리쳤다. 짧은 팔다리를 버둥거리며 제게 오는 모습이 어찌나 귀엽던지, 이안은 아이를 들어 빙그르르 돌렸다. 원심력에 루비의 하늘색 치마가 동그랗게 퍼졌다.

퍼지고, 퍼지고……. 장면이 바뀌었다.

—언, 언젠가 우리가 다시 볼 수 있다면, 그때는, 그때는.

그를 향해 뻗어 오는 손이 있었다.

그 손은 아빠의 것처럼 커다랗지도, 엄마의 것처럼 가녀리지도, 루비의 것처럼 작고 통통하지도 않았다.

손에는 상처가 많았다. 피도 조금씩 새어 나왔다. 빨리 치료해야 하는데, 어쩐지 마음이 조급해서 아이는 손을 움켜쥐었다.

—이안…….

손의 주인이 그의 이름을 불렀다. 어떻게 알았을까? 궁금해하기도 전에 손이 힘없이 축 늘어졌다.

그 순간 알 수 없는 울음이 치밀었다.

"정신이 들어?"

이안이 눈을 깜빡였다.

"너 왜 자면서 우는 거야?"

흐릿한 시야에 제가 울고 있다는 걸 비로소 깨달았다. 이안이 눈을 비비적거렸다.

"여긴……."

눈물을 닦아 낸 후 보이는 낯선 풍경에 이안이 멈칫했다.

"여긴 지하 감옥이야. 너 잡혀 온 내내 잠만 잤어."

"잡혀 왔다고?"

그때 문득 아이는 기억을 더듬었다. 세네리시마를 떠난 후 그들은 살바체 반도의 남쪽으로 여행하는 중이었다.

—이안 도련님, 조심하셔야 합니다. 폴리니아 치안이 좋지 않아 위험합니다.

폴리니아 항구가 이 근처의 유일한 항구가 아니었다면 여기까지 오지도 않았을 거라고 말했다.

—아버지, 어머니는?

—배를 띄우려 할 때 갑자기 폴리니아 백작이 연락이 와서요. 제발 만나 달라 사정하는 통에 백작저로 가셨습니다.

—도련님이 너무 졸려 하셔서 루비 아가씨만 함께 데려

가셨어요. 아마 반나절 후면 돌아올 겁니다. 조금만 참으세요, 도련님.

—백작이 대륙 여행을 하고 있단 이야기를 주워들었겠죠. 아마 여기 폴리니아 상황이 이만저만 나쁜 게 아니니 도움을 요청하려는 수작일 겁니다.

—흥, 언제 적 용병인 줄 아는 거야?

기사들이 투덜거렸다. 이안은 배 밖을 내다보았다. 항구는 사람들로 북적였다.

배 안은 답답했다. 이안은 남몰래 밖으로 빠져나왔다.

—도련님? 어디 가셨지? 도련님!

잠시 찰랑거리는 물에 발만 넣어 보고 갈 생각이었다.

—놔! 놔!

항만의 으슥한 뒷골목으로 잡혀가는 아이를 보지만 않았다면.

—그만둬!

—제길, 이건 어디서 튀어나온—!

—같이 재워 버려!

젖은 손수건이 이안의 입을 막았다. 매캐한 냄새가 코끝을 스치는가 싶더니—.

거기까지가 이안이 기억하는 마지막 기억이었다.

다시 눈을 떴을 땐, 이곳이었다.

창살이 곳곳에 쳐진 지하 감옥 안에는 이안 말고도 여러 명의 아이가 있었다.

"엄마, 여기가 어디야? 엄마, 엄마!"
"나가고 싶어! 나갈 거야! 나가게 해 줘! 열어 줘!"
잡혀 온 건 이안만이 아닌 모양이었다. 공황에 빠져 새파래진 아이들 사이에서 이안은 조용히 주위를 살폈다.
"시끄러워! 죽고 싶지 않으면 입 다물어!"
거친 얼굴을 한 간수들이 버럭 짜증을 냈다. 울음을 그치지 못하는 아이들은 끌려 나와 흠씬 두들겨 맞기도 했다.
'죄수는 아닌 것 같고…….'
뒤쪽 벽에는 조그만 창문이 나 있었다. 간신히 바람이 통하는 손바닥만 한 크기였다. 저기로 빠져나가진 못하겠지만 사방이 꽉 막혀 있는 이 감옥이 도대체 어디인지 알아볼 수 있진 않을까.
이안이 허리를 굽혀 창밖을 바라보았다. 창살 사이로 비릿한 내음이 실려 왔다. 그리고 보이는 것은…….
"섬?"
창밖으로 보이는 곳은 온통 물뿐이었다.
"맞아. 바다야. 여긴 바다 한가운데의 섬이지."
옆에 있던 꾀죄죄한 소녀가 대신 대답했다. 이안은 아이의 얼굴을 멍하니 올려다보았다.
소녀 역시 그랬다.
"너 얼굴이 되게 반반하네. 뭐 그러니까 잡혀 왔겠지만."
"여기가 어디야?"
"티베로스 왕의 별장이야. 온통 바닷속에 갇힌 섬이지."

"티베로스?"

세네리시마와 얼마 떨어지지 않은 왕국이었다.

"감옥 아래 바다 보이지? 온통 암초뿐이라 빠져나갈 수도 없어. 여기서 탈출하려다가 저기서 떨어져 죽은 애가 서른 명이 넘어."

작은 창밖으로 본 아래에는 깎아지른 듯한 절벽과 바다가 자리 잡고 있었다.

"티베로스 왕이 왜 우리를 이렇게 가두는 거지?"

"왜긴 왜야. 그 작자는 변태니까. 생기를 받겠다며 광장을 전부 애들로 채워 놔. 완전히 돌았어."

소녀가 인상을 찡그렸다.

티베로스의 왕에겐 어린아이들을 관음하는 기이한 취미가 있었다. 그는 일찍이 왕의 재목이 아니었다. 선왕은 그의 양아버지였고, 처음부터 그는 왕가의 후계에서 멀리 벗어나 있었다.

그의 이복형, 선왕의 직계가 갑작스레 세상을 떠나지만 않았다면. 선왕은 결국 내키지 않는 얼굴로 왕관을 넘겼고, 그는 원하지도 않던 티베로스 왕이 되어 수많은 고난을 겪어야 했다.

'괴롭다! 평생을 저당 잡힌 내 인생을 언제까지 참아야 하는가!'

그 인내가 기이한 곳으로 발현된 건 수년 전이었다. 이 섬에 휴양을 왔다 해안가에서 뛰어노는 아이들을 보며 그는 넋을 잃었다.

"아름답구나. 아주 아름다워."

그때부터 괴벽이 시작되었다. 티베로스는 근처 섬에 사는 예쁘장한 어린아이들을 잡아들였다.

아무도 은밀하게 사라지는 아이들의 행방을 몰랐다. 이번 일도 매번 일어나는 일의 일환이었다. 그리고 티베로스의 부하들은 각 섬을 돌아다니며 변덕스러운 왕의 심미안을 돋보여 줄 아이들을 물색했다.

특히 폴리치아는 관광객이 많고 치안도 좋지 않아 아이들을 충당하기 좋은 장소였다.

그들에게 이안은 잘못 걸린 패였다.

누가 갑자기 골목길에 난입한 소년이 사실은 흑사자의 장남이라고 상상이나 해 보았겠는가.

"먹어."

이안은 저보다 곱절은 작은 조그만 소녀가 내민 빵을 바라보았다.

"밥때 놓치면 더 안 줘. 넌 자고 있느라 계속 놓쳤으니까."

"넌?"

그들이 있는 방에 들어온 빵은 하나뿐이었다. 소녀가 어깨를 으쓱했다.

"한 번 정도 굶는다고 별일 없으니까."

"……."

"왜 그렇게 봐?"

이안은 소녀에게서 시선을 떼지 못했다.

"우리 어디서 본 것 같지 않아?"

"나를?"

소녀가 코웃음 쳤다.

"너 몇 살이야."

"열두 살. 석 달 있으면 열셋이 돼."

"난 열 살이야. 그리고 석 달 전부터 여기 있었어."

열 살이라는데 소녀는 저보다 다섯 살은 적은 루비와 비교해도 비슷해 보일 정도로 작았다.

"……."

"생각해 봐. 너 살바체 사람도 아닌 것 같은데 너랑 나랑 마주칠 확률이 얼마나 될 것 같아?"

"……."

논리적인 물음에 이안은 할 말이 없었다.

"난 이안이야."

그래서 자기소개를 했다.

"……타라."

"예쁜 이름이네. 무슨 뜻이야?"

있잖아, 내 이름 뜻은 신의 축복이래. 아빠가 지어 줬어.

아빠는 날 사랑해. 엄마도, 루비도, 아 루비는 내 동생이야.

나는 외롭지 않아. 너한테는 꼭 말해 주고 싶은 기분이 들어.

처음 보는 소녀에게 하고 싶은 말이 엄청 많았다. 그래서 던진 물음이었다.

"몰라."

그러나 퉁명스러운 대답이 돌아왔다.

제 이름인데 뜻을 모른다는 사실이 부끄러웠는지 타라가 얼른 덧붙였다.

"우리 외할머니가 지어 준 이름인데 이름만 지어 주고 죽어 버렸어. 그래서 난 뜻을 몰라. 아무도 뜻을 모르거든."

"대지라는 뜻이야. 땅. 책에서 본 적 있어."

이안은 기뻤다. 따분한 역사 공부가 지겨워 죽을 것 같았는데, 아마 오늘을 위한 게 아니었나 싶었다.

"피. 뭐야. 별거 아니네. 땅이라니."

타라가 잠시 제 이름을 중얼거리더니 이내 음울한 한숨을 내쉬었다.

"그래 봤자 내가 땅을 밟는 일은 없을 테지만."

"왜?"

"왜긴 왜야. 여기서 어떻게 나가?"

타라는 홱 쏘아붙였다. 그리고 등을 돌려 누웠다.

"잠이나 자. 쓸데없는 생각 말고."

"……."

"밤에 울어도 달래 주지 않을 테니까."

이안은 타라의 성격을 파악했다. 제가 울어 버리면 그녀는 투덜거리면서도 등을 토닥일 것 같았다.

'그럼 울어 볼까.'

고민하면서 이안은 제 가슴팍을 매만졌다. 다행히, 그들이 몸을 수색하진 않은 모양이었다.

가슴 안쪽의 속옷에 기워 놓은 작은 주머니는 그대로였다. 안에는 손바닥만 한 단검과 가루가 소복이 담긴 작은 병이 있다. 이안은 조심스럽게 주머니에 손을 넣어 가루를 조금 빼냈다. 그리고 창살 바깥에 묻혔다. 냄새가 고루 퍼지도록.

'얼마나 시간이 걸릴까.'

이안은 타라의 옆에서 잠을 청했다.

"엄마……. 보고…… 싶어……."

씩씩하던 타라가 울먹였다. 흔들어도 깨어나지 못하는 걸 보니 잠꼬대인 것 같았다.

"타라. 나는 네가 울면 달래 줄 거야."

이안은 소녀의 볼을 타고 흘러내리는 눈물을 닦아 내 주며 속삭였다.

구구구……. 다음 날 아침, 작은 새소리가 났다.

'왔구나.'

창살 밖에서 새 한 마리가 날개를 펄럭였다.

—이안. 이 특수 향으로 훈련한 새들은 얼마나 거리가 떨어져 있든 간에 냄새를 찾아올 거다. 네가 어디에 있는지 아빠가 알 수 있지.

클리프 무어에겐 늘 적이 많았다.

그는 이런 상황을 꼭 염두에 둔 것처럼 이안을 차분히 가르쳤기에 아이는 이 암흑 속에서도 평온할 수 있었다.

"안녕. 아빠한테 전해 줘."

손가락을 내밀어 새의 머리를 쓰다듬은 후 이안은 속옷을 찢어 낸 천 조각을 새의 다리에 묶었다.

얌전하게 다리를 내민 새는 헝겊이 묶이는 동안 이안에게 부리를 댔다.

마치 아이를 안심시키려는 듯이.

"고마워. 조심해서 가."

이안은 새의 부리를 부드럽게 만져 주며 속삭였다.

새는 제 할 일이 끝났다는 듯 잠시 날개를 펄럭이나 싶더니 이내 다시 날아갔다.

이안은 바다 위를 날아가는 새가 보이지 않을 때까지 눈을 떼지 않았다. 그리고 다시 타라의 옆에서 눈을 감았다.

"엄마한테 데려다줄게."

아직 잠에 취한 소녀의 손을 잡고 조용히 속삭였다.

이안 무어의 부재로 폴리니아령은 발칵 뒤집혔다.

게다가 그게 제가 무어 후작을 부른 사이에 벌어진 일이라 폴리니아 백작은 아이를 찾으랴, 후작을 상대하랴 죽을

맛이었다.

“아직, 인력을 풀어 쥐 잡듯이 알아보고 있습니다. 조금만, 조금만 더 기다려 주시면…….”

클리프 무어는 더 기다릴 것도 없다는 듯이 자리를 떠났다. 가타부타 말도 없는 것이 더 공포스러웠다.

“클리프, 어떡해요. 혹시 무슨 일이라도 생기면……!”

“괜찮아. 아무 일 없을 거야.”

클리프는 에젠을 안고 안심시켰다.

“영리한 아이니까 어떻게 해야 할지 기억하고 있을 테지.”

클리프는 아들에게 당부했던 것들을 떠올렸다.

그러나 이안의 나이는 고작 열두 살. 갑작스러운 상황에 당황한 아이가 그걸 얼마나 기억할 수 있을까. 아니, 만약 놈들이 그걸 띄울 새도 없이 아이를 해쳤다면……. 끔찍한 상상에 떨리는 손끝을 그는 애써 말아 쥐었다.

흑기사들 역시 빠르게 흔적을 쫓고 있었다.

“항구 근처에서 멀리 가시진 못했을 겁니다. 그런데 근방에서 최근 어린아이가 자주 실종된다는 이야기가 있더군요.”

“대부분 이안 도련님 또래의 아이들이더군요. 이 부근의 아이들이 자주 사라졌기도 하지만, 지난 몇 년간 폴리니아에서 폭발적으로 실종 아동들이 늘어났습니다.”

“애들은 많고 치안은 부실하니, 좋은 표적이지. 계속해.”

클리프 무어는 냉정함을 고수했다. 지금 제가 흔들리면 이안을 영원히 찾을 수 없다는 걸 본능적으로 알았던 까닭이다.

“실종된 아이들 수가 수백이 넘어가. 어딘가로 납치됐다면 필시 그 정도는 수용할 수 있는 곳이겠지.”

“평민이 벌일 정도의 규모가 아니야. 필시 귀족이나 왕족 정도일 거야.”

“이 근방에서 그 정도의 권력자라면 세네리시마, 율리아, 티베로스…….”

그들은 며칠 만에 서서히 포위망을 좁혀 나갔다. 그때, 하딩이 들어왔다.

“각하! 도련님께서 연통을 보내셨습니다!”

고사리손으로 맨 매듭이 새의 발목에 묶여 있었다.

“소재 파악은 됐나?”

“오프리 섬입니다.”

“오프리?”

클리프가 눈썹을 추어올렸다.

“티베로스 왕의 별장이 있는 섬입니다.”

“텔레포트 띄워.”

“예!”

“나와라!”

지하 감옥의 아이들은 음악 소리가 들려올 때면 밖으로 불려 나갔다.

서른 명 정도의 아이들은 성대하게 치장을 해서 왕의 앞에 세웠고, 나머지는 연회장 아래 만들어 놓은 공간에서 그들을 올려다보게 했다.

아래에 있는 아이들에겐 지하 감옥에서는 구경도 할 수 없는 달콤한 음식 냄새와 듣기 좋은 음악이 들려왔다.

"배고파."

"저긴 햇살 아래잖아."

"……나도 저기 올라가고 싶어."

무대 위에서 어떤 기분 나쁜 짓이 벌어지는 줄 알면서도 자못 그들을 부러워하도록.

무대 아래의 공간은 아이들을 세뇌하려는 교묘한 장치 중 하나였다. 무대가 흔들리며 왁자지껄한 웃음소리가 들려왔다.

"춤을 춰라! 더 격하게! 더 빠르게!"

흥분한 왕의 목소리도 들려왔다. 이안은 한쪽 손을 뻗어 타라의 눈을 가렸다.

"왜, 뭐 하는데?"

"보지 마."

"볼 거야."

"안 돼."

여동생 루비에게 말하는 것처럼 제법 말투가 엄했다.

"그럼 이안 너는 왜 보는데? 불공평해."

타라가 입을 불퉁하게 내밀었다. 그때 입 안으로 달콤한 게 들어왔다.

"무, 무어야?"

"사탕. 눈을 감고 얌전히 있으면 돌아가서 하나 더 줄게."

루비에게 주려고 챙겨 놓은 사탕이 마침 주머니에 있어 다행이었다. 타라의 얼굴이 심각해졌다. 진지하게 고민하는 표정이었다.

"네 건……?"

"난 됐어. 사탕 안 좋아해."

이안은 거짓말을 했다. 가지고 있던 사탕은 두 개. 지금 하나를 타라의 입에 물려 주었으니 남아 있는 건 한 개다.

그리고 그 역시 감옥으로 돌아가면 타라에게 줄 생각이었다.

"……그러면……. 감옥에선 안 줘도 돼. 눈 계속 감고 있을 테니까 남은 건 네가 먹어."

눈을 감고 있는 타라가 우물쭈물 웅얼거렸다.

입 안에서 달그락거리는 달콤한 사탕 냄새가 이안에게까지 닿았다.

"같이 먹자고."

"……."

이안이 대답이 없자 타라가 투덜거렸다.

"그리고 나 어차피 뭔지 알아. 내가 너보다 여기 오래 있었단 거 잊었어?"

어쩐지 몽글몽글한 기분이 가슴을 간질였다.

"입에 있는 사탕은 안 돌려줄 거야."

이안이 가슴께를 긁적였다. 여전히 눈을 꼭 감고 있는 타라는 귀여웠다.

'세상에서 제일 귀여운 건 루비인 줄 알았는데.'

왕의 유희가 끝나고 아이들은 다시 지하실로 내려왔다.

"내일은 너희들이 올라갈 거다. 오늘 올라간 아이들이 중간에 죽어 버려서 순번을 좀 앞당겨야겠어."

간수가 무대 아래 앉아 있던 아이들에게 말했다.

또 죽었어?

아이들의 눈에 공포가 서렸다.

"대왕께 선택받는 놈은 꿈도 꾸지 못할 호강을 누릴 거다. 지하 감옥에서 나올 테고 맛있는 음식과 푹신한 잠자리에 들 수 있지. 그러니 너희들도 괜히 울어 젖히다 죽지 말고 잘 생각해라."

간수는 아이들을 감옥으로 밀어 넣고 자리를 떠났다.

'내일이면……. 너무 빨라.'

조금 더 시간이 있을 줄 알았건만.

이안은 초조하게 창밖을 살폈다. 파드득, 날갯짓 소리가 났다. 새의 발톱에는 초록색 매듭이 묶여 있었다. 매듭을 풀어 내리자,

[이안, 곧 가마.]

아버지의 메시지가 보였다. 마음이 단단해졌다.
"우리, 어떡해?"
"괜찮아."
하나 남은 사탕을 나눠 먹으며 두 아이는 양손을 부여잡았다.

다음 날.
"째깍째깍 나와!"
간수가 거칠게 지하 감옥에서 아이들을 빼냈다. 이안과 타라도 함께였다.
"나와! 어서! 시간이 없단 말이다!"
아이들을 씻기고 향기가 나는 기름을 발랐으며 비단으로 만든 부드러운 옷을 입혔다. 서른 명이 넘는 아이들을 전부 치장시키려니 시간이 매우 오래 걸렸다.
"이걸 써라. 기억해, 너희들은 인간이 아니라 님프다."
왕의 시종은 아이들 한 명 한 명에게 월계수 화관을 씌워주었다.
"님프 같은 소리 하네."
아이 중 하나가 이죽거리다 뺨을 맞았다.
"제대로 하지 못하면 창이 네 가슴을 꿰뚫을 거다, 알겠냐?"
뾰족한 창끝이 가슴을 거의 찌를 듯이 누르자 소년이 얼어붙었다. 아이들 사이로 죽음 같은 공포가 내려앉았다.
'타라. 나를 봐.'

타라가 움찔하자 이안이 손을 잡아 주며 속삭였다.

"나와라! 대왕을 뵈어라!"

그들은 끌려 나오듯 일렬로 서서 허리를 굽혀야 했다.

"시작해."

왕은 권태롭게 손짓했고 음악이 시작되었다.

"대왕께 들릴 만큼 웃음소리를 크게 내어라. 청량하고 즐거운 듯이 말이다. 알겠냐?"

시종일관 그들은 왕의 비위를 맞추어야 했다.

"사슴처럼 뛰어다니며 강아지처럼 애교를 부려라. 너희들은 인간이 아니라 요정이야. 잠시 지상에 내려온 인간!"

이안은 주위를 둘러보았다. 아이는 검술을 곧잘 했다. 제 실력이 또래보다 꽤 월등하다는 것도 알고 있었다.

그러니 그는 지금이라도 앞으로 달려 나가 기사의 허리춤에 매인 검집에서 검을 뽑고 그를 찌를 수 있었다. 심장은 불가능해도 팔다리 어딘가에 상처를 입히는 것까진 가능할 테지.

하지만 이안은 고개를 저었다.

'사람이 너무 많아.'

성인을 상대하는 건 영 벅찼다. 그리고 이곳에는 수십은 넘는 호위병들이 자리하고 있다. 이 연회장을 빠져나가기도 전에 잡힐 것이다. 그가 검을 쓴다는 걸 안다면 상황은 더 심각해지겠지.

'검을 쓰는 건 한 번뿐이야. 왕을 찌를 때.'

왕이 저 멀리 단상 위에 앉아 있었다.

"너, 꼬마."

시종이 아이들을 훑어보다 타라에게 쟁반을 내밀었다.

"대왕께 술을 올려."

얼굴이 새파랗게 질린 채 타라가 뒷걸음질 쳤다.

"싫, 싫어요……."

"이게! 아직도 정신 못 차리지!"

"내가 대신 할게요."

이안이 나섰다.

"뭐?"

"술만 가져가면 되는 거잖아요. 내가 한다고요."

아이답지 않게 차분한 목소리였다.

"명령을 내리는 건 나야. 건방지긴."

시종은 이죽거리면서도 앞을 막아선 소년의 얼굴을 보고 잠시 멈칫했다. 소년의 자태에선 흠잡을 데 없는 고귀함이 흘렀다.

"흠, 그러든지."

"이안! 안 돼!"

타라가 소리쳤다. 날카로운 소리가 나자 저 멀리 왕의 이목이 이쪽으로 쏠리는 게 느껴졌다.

"미쳤어? 죽고 싶어?!"

시종이 타라의 입을 막으며 왈칵 화를 냈다.

"걔는 가만둬요. 지금 갈 테니까."

이안이 쟁반을 들고 왕의 앞으로 걸어갔다. 한 걸음, 한 걸음. 왕이 가까워졌다.

"새로 온 님프인가?"

왕의 목소리는 노쇠했다.

"고개를 들어 보라."

호랑이 깔개가 깔린 황금빛 의자에 앉은 그의 모습은 주변의 장식이 무색하게 볼품없었다. 안광은 푹 꺼졌고, 안색은 검게 변했다. 탐욕스러운 까만 두 눈만 기분 나쁘게 반짝였을 뿐.

이안의 외모에 잠시 왕이 넋을 잃었다.

"실로 아름답구나. 이렇게 예쁜 아이는 본 적이 없어."

그때 이안의 머리 위로 작은 그림자가 졌다.

"웬 새들이야?"

"빨리 쫓아 보내!"

때아니게 날아온 새 여러 마리가 연회장 위를 빙빙 돌자 기사들이 활을 쏴 날려 보내려 했다.

그러나 이안은 알 수 있었다.

'아버지야. 아버지가 온 거야.'

"이리 가까이 와 보라. 내 님프를 눈앞에서 보고 싶구나."

왕이 주름진 손을 내뻗었다.

"……."

이안은 추악한 늙은이를 응시했다.

"대왕께서 부르시지 않느냐! 어서 움직이지 않고 뭐 해!"

이안이 한 걸음 한 걸음 왕에게 걸어갔다.

"안 돼!"

그때 타라가 달려와 이안의 앞을 막아섰다.

"저 계집애가!"

시종이 피가 뚝뚝 떨어지는 팔을 쥐고 뒤따라왔다. 타라가 그를 물고 도망친 모양이었다.

"나, 나를 선택해요. 이안은 가만히 놔둬요."

이안을 보호하듯 벌린 양팔이 사시나무처럼 떨렸다.

"치워 내거라. 못 볼 걸 봤구나."

머리가 헝클어지고 뺨이 부어오른 아이는 예쁘지 않았다. 그의 새장에는 아름다운 것만 있어야 하니까.

"더러운 호색한! 이안을 내버려 둬!"

"그냥 죽여!"

왕을 모욕하는 아이의 언사에 그들의 얼굴이 새파래졌다. 왕이 손짓하자 무장한 호위들이 움직였다.

그들이 타라를 죽이려 몰려들 때,

파앗—!

이안이 빠르게 앞을 향해 뛰어들며 시선을 끌었다.

"잡아!"

저를 잡으려는 호위의 손을 피해 허리춤으로 손을 뻗었다.

스르르. 호위가 허리가 가벼워졌다는 걸 깨닫기도 전에, 단검은 이안의 손에 들려 있었다.

이안의 단검보다 훨씬 길고 무거웠다. 처음 쥐는 진검의 서늘한 감촉이 손에 달라붙었다. 이안은 왕을 향해 날아들었다.

"막, 막아라! 뭐 하는 거냐!"

푸욱―.

살을 찌르고 들어가는 낯선 느낌. 그러나 아직 아이였다. 소년은 제 앞을 가로막는 수십 개의 검에 가로막혔다. 그러나 이안은 끝끝내 검을 손에서 놓지 않았다.

왕의 심장을 관통하진 못했다. 어깨에 조그만 상처를 냈을 뿐이었다.

"이거, 님프가 아니라 호랑이 새끼였구나."

왕이 이글거리는 눈으로 자리에서 일어섰다. 그리고 스으윽, 장검을 빼 들었다.

"이안! 이안!"

"저년도 곧 보내 주마."

왕이 이안을 향해 검을 내려치려 할 때였다. 챙강―! 어디선가 날아온 것에 그의 검이 부러졌다.

"무, 무슨……! 누구냐!"

부러진 검을 쥐고 본능적으로 왕은 뒷걸음질 쳤다. 그의 시야에 대검을 들고 있는 사내가 눈에 들어왔다.

파란 눈, 검은 머리, 조각 같은 이목구비. 어딘가 익숙했다.

왕의 입이 벌어졌다. 눈앞의 사내는 바로 조금 전 저를 찔렀던 소년과 거푸집처럼 닮은 모습이었으니까.

"설, 설마……."

"방금 네놈이 죽이려던 아이의 아비다."

좌악—!

클리프 무어의 어깨에 실린 검은 망토가 휘익 허공을 날아 아이들 위로 덮어씌워졌다. 새까만 시야가 이안과 타라의 눈을 가릴 즈음, 서걱—! 그리고 쿵!

뭔가 떨어지는 소리가 났다.

"뭐, 뭐야……? 아까 누구야?"

검은 망토 속에서 타라가 더듬거렸다.

"우리 아빠야."

이안은 걱정할 것 없다는 듯 차분하게 말했다.

클리프는 이안을 안아 들었다.

"아빠!"

"죄송해요. 말썽을 부려서."

"……무사했으니 됐다."

그동안 끓인 마음은 아이를 안고 이마를 맞대는 것으로 해소할 수 있었다.

그날, 흑기사단은 오프리 섬에 잡혀 있던 아이들을 구했다. 티베로스 왕과 기사들은 그날 연회장을 도륙하던 흑사자의 위명을 처음으로 목격했다.

어째서 대륙이 클리프 무어의 검을 두려워하는지, 그들은 그제야 몸소 깨달을 수 있었다. 그 깨달음을 얻을 때 즈음엔 이미 목이 달아나고 없었지만.

왕의 비보를 접한 티베로스 쪽에서는 곤란한 기색을 감추지 못했다.

"왕이 죽었습니다. 왕을 시해한 자를 이대로 보낼 수는 없습니다!"

"그래서, 클리프 무어를 잡아 와 가두기라도 하잔 말인가? 하이츠와 전쟁이라도 하잔 말이야?"

왕세자가 지끈거리는 머리를 감싸 쥐며 무어 후작과의 대면을 떠올렸다.

—이 근방에서 지난 삼 년간 사라진 아이의 숫자만 오백 명이 넘는다지.

클리프 무어는 왕족인 그에게 존대조차 하지 않았다.

—부, 부친께서는 그저 아이들을 지나치게 사랑하시어 실수를—.

그의 눈이 몹시도 차가워져 왕세자는 차마 더 말을 잇지 못했다.

—내 아들이 이야기해 주더군. 오프리에서 무슨 일이 있었는지.

—…….

—그런 쓰레기 같은 걸 내 아들의 눈과 귀에 담았다는 사실이 얼마나 통탄스러운지, 그대는 모르겠지.

푸른 눈동자가 그들을 담았다. 파르라니 이는 살기가 어깨를 마구 짓눌렀다. 바삭. 부러진 왕의 검이 클리프의 발아래서 짓이겨졌다.

왕세자는 그제야 알아차렸다. 흑사자가 얼마나 분노하고 있는지를.

짐승도 제 새끼를 건드린 자들은 가만두지 않는다고 했다. 하물며 다른 이도 아닌 악명 높은 전장의 사자, 클리프 무어라면…….

—여기까지가 내가 이해할 수 있는 한계야. 수용할 수 없다면, 나는 티베로스 왕실의 씨를 말릴 준비가 되어 있어.

당장 저를 찢어발기지 않는 것만으로도 그는 감사해야 할 것이다.

—하이츠 없이 과연 내가 그럴 수 있을까 확인해 보고 싶다면 그러도록 해.

나 역시 그러길 기다리고 있으니.

클리프 무어가 음산하게 읊조렸다. 왕세자는 맥없이 고개를 끄덕이고 말았다.

결국 티베로스 왕실은 국왕이 저질렀던 추악한 죄들을 낱낱이 밝혔고 납치한 아이들의 배상금을 전부 토해 내야 했다.

살아남은 아이들은 부모의 품으로 달려갔다. 에젠 역시, 달려오는 이안을 힘껏 안았다.

"엄마!"

그녀의 아들은 며칠 밤 사이에 훌쩍 커서 온 것 같았다.

“이안, 너는 정말……!”

“속 썩여서 죄송해요.”

한참의 설교와 안도를 늘어놓은 후에야 에젠은 아이를 놓아줄 수 있었다.

그리고 발견했다. 둘을 올려다보는 초롱초롱한 눈동자의 소녀를.

“타라!”

12년. 이안을 키운 짧다면 짧고 길다면 긴 시간 동안 에젠은 그렇게 반색하는 아들의 목소리를 들은 적 없었다고 확신했다.

“엄마, 타라예요. 날 구해 줬어요.”

이안이 어느새 품에서 내려와 소녀의 손을 꼭 잡으면서 소개했다.

“인사해, 우리 엄마야.”

“……안, 안녕하세요…….”

“안녕? 우리 아들을 구해 줬다니, 정말 고맙구나.”

에젠은 귀여운 소녀를 안으며 인사했다.

‘예뻐……. 요정 같아…….’

티베로스 왕이 말하던 님프는 이런 사람이 아닐까. 에젠에게 안긴 타라의 얼굴이 새빨개졌다.

“아, 아니에요. 이안이 저를 구해 줬어요.”

타라가 도리질했다.

"용감한데 정의롭기까지 하구나. 혹시 괜찮다면 같이 과자를 먹으러 가지 않겠니?"

"아, 저는……."

"같이 가, 타라."

이안이 타라를 이끌었다. 하지만 소녀는 고개를 저었다.

"가야 해. 엄마가 기다리고 있어. 작별 인사를 하러 온 거야."

타라는 무릎을 숙이며 에젠에게 인사했다.

"저희를 구해 주셔서 감사드려요. 덕분에 배상금도 많이 받아서 엄마가 새 일도 구했고 이곳을 떠날 수 있게 됐어요. 감사합니다."

예를 차리는 모습이 어찌나 귀여운지 에젠의 얼굴에 미소가 번졌다.

그 와중에 그녀는 힐긋 목석처럼 굳어 있는 이안을 살폈다.

"이안. 잘 지내. 고마웠어. 건강하길 바랄게."

타라가 작은 주머니를 내밀었다. 겉엔 고사리손으로 쓴 듯한 이안이라는 이름이, 안에는 동그란 사탕이 가득 들어 있었다.

"사탕, 맛있었어."

"……돌려받으려고 준 거 아냐."

이안은 굳은 얼굴로 주머니를 받지 않았다.

"이안?"

타라도, 에젠도 당황했다. 그러나 이안은 입을 앙다문 채 말이 없었다.

"타라!"

저 멀리서 그녀를 부르는 소리가 들려왔다.

"가야겠다."

타라는 곤란한 기색으로 제 모친과 이안을 번갈아 보더니 사탕 주머니를 팩 안기곤 가 버렸다.

"너 주려고 만든 거니까 싫다면 버려."

마지막 말로 봐서 타라도 조금 토라진 듯했다.

"이안, 이렇게 보낼 거니?"

에젠은 멀어지는 타라의 뒷모습에서 시선을 떼지 못하는 아들에게 물었다.

"하지만, 간다고 했잖아요……. 그렇게 가 버릴 거면서……."

이안이 울먹였다.

"나는 사탕을 좋아하지도 않는걸! 이렇게나 많이!"

그러면서도 사탕 주머니를 꼭 쥔 채 놓지 않는 이안 때문에 에젠은 웃음이 터질 것 같았다.

"또 만나면 되지."

"어떻게요? 타라는 가 버렸는데?"

"떨어져 있어도 서로 얘기할 수 없는 건 아니지. 네 아버지가 알려 주었을 텐데, 안 그래?"

에젠이 눈을 찡긋했다. 이안이 갑자기 뭔가 떠오른 듯 주머니를 챙기더니 타라에게 달려갔다.

"타라! 기다려!"

타라는 뒤늦게 저를 쫓아오는 이안을 보았다. 칫. 내가 준 사탕도 안 받았으면서.

"왜."

발걸음은 멈춰 선 채 이안이 올 때까지 기다려 주었으나 마음은 뾰족뾰족 모가 났다.

"이거. 허억, 이거 받아."

이안은 숨을 몰아 내쉬며 조그만 주머니를 타라에게 안겨 주었다.

"가루를 묻히면 새가 찾아올 거야. 편지를 써서 다리에 묶어서 보내."

"이거, 그때 썼던 그거야?"

"응. 그럼 우린 얼마나 멀리 떨어져 있어도 서로 얘기할 수 있어."

이안은 가슴팍을 한 개 더 뒤적거리더니 뭔가를 꺼냈다. 동그란 펜던트였다.

"안에 뭐야? 이안, 너야?"

"응, 내 초상화야. 네가 내 얼굴을 잊어버리면 어떡해."

"……난 이런 거 없는데."

타라가 시무룩하게 말하자 이안이 고개를 저었다.

"괜찮아. 나는 머리 좋아서 네 얼굴 안 까먹어."

"피이."

"사탕 먹을 때마다 널 생각할 거야. 그리고 편지를 보낼 거고, 나중에 내가 좀 더 크면, 널 찾아갈 거야."

지금 다 말해야 한다는 것처럼 소년이 숨도 쉬지 않고 말했다.

"타라. 기다려 줘. 응? 알았지?"

"생각해 보고."

타라가 입술을 삐죽 내밀었다. 그리고 한참을 머뭇거리더니 새끼손가락을 내밀었다.

"이안, 날 보러 꼭 와야 해?"

"응, 꼭 갈게."

굳게 새끼손가락을 내걸었던 순수한 약속이 현실이 된 건 그로부터 아주 오랜 시간이 지나서였다.

III. 겔릭

"겔릭에 가 보고 싶어요."

여행이 끝자락에 다다랐을 무렵, 에젠이 선언했다.

크로포드가를 나간 후, 그가 대부분 시간을 보냈다는 곳. 에젠은 혹시라도 남아 있을 어린 클리프의 흔적을 보고 싶었다.

"그리 보기 좋은 곳은 아냐."

클리프는 내키지 않는 표정이었으나 결국 말 머리를 돌렸다. 텔레포트 대신 직접 눈으로 보고 싶다는 에젠의 말에 마차 여행이 계속해서 이어졌지만, 에젠은 지루하지 않았다.

마침내 대륙의 북부에 있는 겔릭에 도착했다.

"어서 오십시오!"

콧수염이 멋들어지게 난 푸근한 여관 주인이 그들을 반겼다.

"오늘 하루만 묵어 가려 하는데, 방이 있나? 여관을 통째로 빌리려 하네."

딱딱한 얼굴의 사내가 겔릭어로 물었다. 부단장 레오르였다. 투박한 어투와 끝 단어가 낯선 발음에서 주인은 그가 이방인이라는 걸 알아차렸다.

그의 뒤로 평범한 마차 한 대와 마차를 호위하는 무리가 보였다. 역시 같은 차림으로 무장하고 있었다. 여관 주인은 재빠르게 마차를 훑었다.

'귀한 주인을 모시고 있나 보군.'

마차는 평범한 듯 보이나 호위하는 기사들은 절대로 그렇지 않았다. 기사라 생각한 이유는 분명했다. 용병들은 말 한마디를 하는데 욕설 네다섯 개는 섞어 써야 성이 차는 놈들이다.

저렇게 한 치의 흐트러짐 없이 열을 갖추지도 못했고, 게다가…….

'이자들, 사람을 많이 죽여 본 이들이야.'

그들은 마차를 둘러싼 채 고요히 서 있었다.

이름깨나 날린다는 용병들처럼 거친 무기와 피에 젖은 물건들을 휘휘 두르며 들어오지 않아도, 이들에게선 죽음의 냄새가 강하게 풍겼다.

웬만한 장정들을 훌쩍 넘어서는 덩치에 검은 망토를 두

르고 허리춤에 어린아이 키만 한 굵직한 장검을 찬 모습에선 한눈에 보기에도 위압감이 뿜어져 나왔다.

제가 제일 잘난 줄 알고 손님들이 들어올 때마다 컹컹 짖곤 하는 여관의 사나운 개 파트샤도 이미 그들의 기운에 눌려 꼬리를 말고 축 늘어져 있었다.

"값은 충분히 치르지."

사내가 금화가 가득한 주머니를 내밀었다. 두둑한 주머니를 받아 든 주인의 얼굴이 환해졌다.

"예. 그럼요! 어서 들어오시지요!"

'오히려 이쪽에서 오래 머물러 달라고 부탁하고 싶은걸.'

이런 자들은 이쪽에서 건드리지 않는 이상 말썽을 부리지 않는다. 성질 나쁜 용병들 뒤치다꺼리를 하는 것보다 훨씬 나을 터였다.

어차피 가을의 끝이라 손님도 없이 텅텅 파리만 날리고 있었다. 주인이 반색하자 기사들은 일사불란하게 움직였다. 오늘 밤, 이 평범한 여관에서 머물려면 준비할 게 한둘이 아니었기 때문이다.

"하면 방을 준비해 주겠소. 내부를 확인한 뒤 방 배치는 우리가 할 테니 이 건물의 전면도를 보여……."

딱딱한 얼굴로 레오르가 주인과 말을 나누고 있을 때,

"도착한 거야?"

앳된 목소리와 함께 마차 문이 왈칵 열리며 금발의 소녀가 뛰어내렸다. 앙증맞은 핑크빛 스커트가 격한 움직임에

나풀거렸다.

"아가씨! 거기서 뛰어내리시면……!"

"안으로 들어가고 시퍼!"

"잠깐, 저희가 안전을 확인하고 들어가야—."

"마차는 루비 엉덩이가 아프단 말이야! 저기야? 루비, 저기로 가면 돼?"

가끔 혀가 짧아 받침이 새는 단어가 있는 것 빼고는 여느 아이와 다를 바 없는 사랑스러운 모습이었다. 자기 자신을 3인칭으로 칭하는 것 역시 천사 같은 외모에 더불어 주먹을 쥐게 할 만큼 귀여웠다.

당장에라도 여관 안으로 달려가려 치마를 걷어 올리고 준비 자세를 취하는 소녀의 모습에 기사들이 아연실색했다.

"잠깐만요, 아가씨. 잠깐만, 드레스를……! 그러시면 안 됩니다!"

"거리로 나가면 아가씨가 좋아하는 설탕 과자를 팝니다. 알록달록한 인형들도 있고요! 거기부터 가시죠!"

"이 하딩이 업어 드리겠습니다! 아니면, 목말을 태워 드릴까요?"

여관 주인은 눈을 동그랗게 떴다.

작고 귀여운 소녀의 등장에 조금 전까지만 해도 바늘 하나 들어가지 않을 것 같던 장정들이 한순간에 허물어지는 모습이 놀라웠기 때문이다.

"루비. 조심해야지."

그때 굵직한 목소리가 울려 퍼졌다. 깊고 풍부한 음성이지만 어쩐지 소름을 돋게 하는 것이 마냥 낯설지가 않았다.

여관 주인이 고개를 들어 그 음성의 주인을 확인했을 때, 그는 우뚝 굳었다.

입이 따악 벌어졌다.

"크크크클……!"

그는 차마 이름을 다 발음하지 못했다. 그 역시 여관 주인을 알아본 듯했다. 무심히 스쳐 지나가는 시선이 잠깐 주인에게 멈췄다 다시 이동했다.

"아빠!"

방향을 바꿔 이번엔 그에게 달려드는 소녀를 클리프가 한쪽 팔에 안아 들었다.

"아빠. 루비에겐 바지를 사 주는 게 좋겠어요."

차분한 목소리의 소년이 따라 내렸다. 여관 주인의 입이 다시 벌어졌다.

그냥 작은 클리프 무어였다.

"나도 그리 생각한다."

클리프 무어. 어찌 잊으랴. 한때 겔릭을 떠들썩하게 했던 죽음의 용병을. 시궁창이나 다름없는 가장 밑바닥부터 시작하여 얼마 지나지 않아 대륙 전체에 이름을 드높였던 사내를.

용병들의 도시로 이름난 겔릭에서 여관을 운영하며 뼈가 굵다 자부하는 주인이었지만, 클리프 무어는 유독 기억에 남는 인물이었다.

지금에서야 대륙 전쟁의 승리를 이끈 흑사자이자 하이츠 왕이 가장 아끼는 검으로서 그의 이름이 널리 알려졌지만, 주인의 기억에 남는 클리프 무어는 조금 달랐다.

'죽고 싶어서 용을 쓰는 듯했지.'

앳된 기가 가시기도 전에 온갖 사지로 내몰렸다. 아니, 그를 내몬 건 다른 이도 아닌 그 자신이었다.

어렵고 사람이 수십은 죽어 나간 어려운 의뢰만 받아서 용케도 살아 돌아왔다. 그 과정에서 얻게 된 금과 보석을 노려 굵직한 상급 용병이 그를 죽이려 달려드는 걸 본 적만 해도 여러 번.

—미친놈, 너 살고 싶은 거냐, 죽고 싶은 거냐.

—…….

—아니, 용케 살아 돌아오는 걸 보면 죽으려는 건 아닌 거 같고, 네 목을 가져가려고 달려드는 용병들을 내버려 두는 걸 보면 또 죽고 싶은 거 같고.

—신경 꺼.

—네놈 도대체……!

"클리프."

그리고 주인의 생각이 거기서 멈췄다. 입은 이제 한계를 모르고 벌어져 버렸다.

조금 전 사랑스러웠던 소녀를 빼다 박은 여인이 나오자 해일이 허물어지듯 클리프 무어의 얼굴에 미소가 어리는 걸 보고서.

"아는 분이에요?"

"……방이 초라해. 당신이 잘 만한 곳이 아니야."

클리프가 말을 돌렸다.

'안다는 뜻이구나.'

"나는 여기가 마음에 들어요. 아늑하고 편안한걸요."

낡은 여관이지만 청소를 잘해 깨끗했고, 바닥에는 여관 주인이 가져온 손수 짠 푹신한 카펫이 깔려 있었다. 조금 툴툴거리는 말투의, 푸근한 인상의 주인도 마음에 들었다.

"귀한 분 입맛에 안 맞을진 모르겠지만 우리 가게에서 제일 좋은 것들이오."

일 층으로 내려온 에젠은 식탁에 차려진 음식을 내려다 보았다.

하얀 빵은 말랑말랑해서 보드라워 보였고, 뜨끈한 김이 올라오는 수프에선 고소한 냄새가 났다. 포도주는 잘 익어 향긋한 냄새가 풍겼고, 스테이크는 입맛을 돋우는 감칠맛이었다.

빵과 고기가 먹기 좋은 한 입 크기로 잘려져 있는 아이들 앞의 접시에선 주인의 따뜻한 배려를 느낄 수 있었다.

"맛있어요."

"배고팠어!"

이안과 루비는 통통한 배가 솟아오르도록 배가 터지게 음식을 밀어 넣었다. 티베로스에서 타라와 헤어지고 난 뒤 우울해하던 이안이 오랜만에 활력을 찾았다.

"사실은 아까 그 아이한테서 편지가 왔었거든요."

하딩이 살짝 귀띔했다. 결국, 그 아버지에 그 아들이 아닐까. 에젠은 웃음을 참았다.

배가 부른지 밥을 다 먹은 이안과 루비가 꾸벅꾸벅 졸았다.

이안은 에젠의 품에 기대 잠이 들었고, 루비는 얼굴을 거의 수프 그릇에 처박을 기세라 클리프가 조심스럽게 안아 들었다.

"이안도 이리 줘."

클리프는 아이들을 침대에 눕혔다.

잠이 들면 누가 업어 가도 모르는 이안과는 다르게 루비가 뒤척였다.

"웅……."

"착하지……."

칭얼거리는 아이의 등을 토닥여 주자 얼른 잠이 들었다. 딸이라서 그런지, 이안과는 아주 달랐다. 얌전히 잠들어 있는 이안의 동그란 머리통을 쓰다듬어 주며 클리프가 자리에서 일어났다.

한편 두 아이를 너끈히 안아 든 클리프가 계단으로 사라질 때까지 주인의 벌어진 입은 닫히지 않았다.

"……매번…… 저러오?"

"네. 그가 아이들을 좋아해서요."

"? 내 살다 살다 별소리를 다 듣는군."

주인이 낮게 중얼거렸다.

"네?"

"아무것도 아니오."

에젠은 주인에게 클리프의 이야기를 물어보려다 말았다.

"정말 맛있어요. 오랜만에 맛있는 걸 먹어서 기분이 좋네요."

"다행이로군. 아내가 좋아할 거요."

주인이 너털웃음을 지으며 잔을 내밀었다.

"제일 좋은 포도만 따서 만든 포도주요."

"감사해요."

그리고 어느새 내려와 제 아내의 옆자리를 차지하고 앉아 있는 클리프를 힐긋 살피곤 잔을 내밀었다.

"자, 이건 바깥어른용."

포도주가 아니라 벌꿀 색의 술이 담긴 잔이었다. 독한 냄새가 풍겼다.

"보드카인가요?"

"아니, 럼이요. 즐겨 마시던 거니 입에 맞을 거요."

역시나 알고 있던 게 맞구나.

"클리프."

클리프를 올려다보자 주인을 싸늘하게 응시하던 그가 멈칫 굳었다.

"……모르던 사이라고는 안 했어."

그가 조용히 항변했다.

그럼 주인은 왜 노려본 걸까? 에젠은 물끄러미 그를 보았다.

"……."

에젠은 그냥 바라본 것뿐인데 그가 흠칫 굳더니 갑자기 여관에 대한 걸 줄줄 늘어놓기 시작했다.

"허버트 아주르, 나이는 지금쯤 50이 넘었을 테고, 아들은 둘이야. 성에서 일하고 있던 걸로 기억해. 내가 처음 일했던 용병단이 여길 자주 찾았어. 여기만큼 독한 럼이 없다고."

"이 미친놈이, 갑자기 남의 신상은 왜 까발리고 그래!"

주인이 놀라 소리쳤다. 그러나 클리프는 오롯이 에젠만을 본 채 말을 이었다.

"내가 여기 처음 왔을 때는 열일곱 봄, 겔릭 산 뒤에 있는 호위일—."

"그만해요, 클리프."

"숨기는 거 없어. 그냥, 초라했던 시절을 당신에게 들키고 싶지 않았던 것뿐이야."

담담한 얼굴로 하는 고백. 에젠이 얼굴이 붉어져서 고개를 돌렸다.

"알았으니까……."

"날 봐, 에젠. 보기 싫은 건 아니지?"

그가 에젠의 손 위로 제 손을 겹쳤다. 제 거대한 몸을 움직여 그녀에게 다가설 때, 딱! 여관 주인이 탁자를 쳤다.

"나가서 별 보고 오시오!"

"네?"

"별! 저놈, 아니 저이가 어디 가면 되는지 알 테니 바람 쐬고 오시오! 도대체 내가 얼굴이 화끈거려서 못 있겠으니!"

주인은 손부채질을 하며 자리를 떠났다.

'맙소사, 세상이 뒤집힐 노릇이군.'

아직도 충격에 빠져서 같은 말을 중얼거리면서. 그러나 저도 그러지 않았나. 철없던 총각 때와 부양할 가족이 있는 지금과는 비교할 수도 없이 많이 달라졌다.

'하지만 나는 저 정도로 팔불출이진 않았다고.'

클리프 무어는 제 아내가 걷는 발걸음마다 그 끝에 입을 맞출 것처럼 보였다.

'오래 살고 볼 일이야. 그 무어가 저러고 산다는 걸 누가 믿을까.'

아까 아내만을 맹목적으로 바라보던 클리프를 떠올리며 주인은 고개를 절레절레 내저었다.

주인의 말대로였다.

클리프는 마을의 가장 높은 언덕으로 그녀를 데려갔고, 그곳엔 하늘을 수놓은 별들이 가득했다.

"예뻐……."

클리프는 아름다운 풍경만 보면 넋을 잃는 아내의 모습을 물끄러미 응시했다.

저도 저럴까. 너를 보는 나도 너처럼 반짝거리는 눈을 하고 있을까.

"클리프. 노래 불러 줘요."

그때 에젠이 종알거렸다.

"……노래는……."

"어서요."

옷깃을 잡아당기자 태엽을 감은 인형처럼 그에게서 조금씩 멜로디가 흘러나왔다. 낮은 목소리로 부르는 노랫말은 투박했지만, 멜로디가 듣기 좋았다.

"용병들의 노래야."

그가 머쓱한 듯 덧붙였다.

"차라리 검을 휘두르라고 해. 도무지 견디질 못하겠군."

어둠 속에서도 클리프의 목덜미가 시뻘겋게 달아오른 게

보였다.

"나밖에 없는데 못 부르면 어때요."

"관객이 당신인 게 중요한 거야."

그가 시무룩하게 중얼거렸다. 쌀쌀한 공기에 몸을 움츠리자 클리프의 팔이 에젠을 감쌌다. 에젠은 편안히 고개를 기댔다.

"여기서 어떤 일을 했어요?"

문득 물었다. 클리프는 대답이 없었다.

"……."

"얘기를 들어 보니까 엄청 힘든 것만 했었다면서요."

"……견딜 만했어. 그리 나쁘기만 했던 건 아니야."

그러나 에젠은 그의 말이 진실이 아니라는 걸 알았다.

클리프의 몸에는 크로포드 백작이 남긴 흔적 외에도 찔리고 베인 흉터가 가득했다.

"……다행이에요. 당신이 살아 돌아와서, 이렇게 내 옆에 있을 수 있어서."

"……."

에젠이 한참 머뭇거리다가 중얼거렸다.

"……가끔 당신 생각을 했어요."

"……."

"무사히 도망쳤을까. 살아 있다면, 어떻게 살고 있을까."

"……."

"나를 기억할까. 크로포드니까 잊어버리진 않았겠지 하

면서도, 크로포드니까 잊으려 했겠지 싶기도 했어요."

파르라니 이는 푸른 눈을 다시 보게 된다면, 어떤 얼굴로 마주해야 할까. 어린 마음에도 수십 번 생각했다.

"지금에야 문득 생각하는 거지만, 어쩌면 나는 기다렸는지도 모르겠어요."

별 헤는 밤.

새까만 밤을 수놓은 반짝거리는 빛들이 떨어지는 이 장소가 사람을 솔직하게 만드는 모양이다.

"당신이 돌아와서 내 가문에 할 복수가 아니라, 크로포드로서 내가 받아야 할 벌이 아니라."

에젠이 그의 손 위로 제 손을 얹었다.

"그냥 클리프 무어 당신을 기다렸는지도요."

"……."

클리프는 한동안 말이 없었다.

"나는 네 생각을 했어."

서늘한 공기 위로 무뚝뚝한 그의 목소리가 울려 퍼졌다.

"늘, 너를 떠올렸어."

언젠가부터 머릿속에서 벗어나지 못하고 떨쳐 내지 못했던 너를. 너를 잊으려 하면서도 숨 쉬듯이 그리던 내가.

"전쟁에 참전한 건 벗어나고 싶어서였어. 사선에 서면, 죽음의 기로에 서면 그때쯤엔 네가 잊혀질까 싶어서."

"……."

그가 피식 웃었다.

"부질없는 생각이었지."

"클리프."

"한참을 돌아오고 나서야 나는 후회하고 있어. 당신을 좀 더 빨리, 이렇게 안았어야 했다고."

뒤에서 안아 오는 힘이 거세졌다 풀어지기를 반복했다. 이성을 찾으려는 것처럼 그는 늘 이렇게 제 마음을 조절했다.

무의식적인 평정 아래 자리 잡고 있는 그의 애정은 얼마나 거대한 것일까. 에젠은 감히 상상할 수 없었다.

"에젠."

"응. 클리프."

"여행은 괜찮았나?"

그가 물었다. 따뜻한 온기에 휩싸인 그를 설레게 하는 목소리로.

"이보다 더 즐거울 순 없을 거예요."

지난 일 년간 제가 얼마나 행복했는지 그는 알까.

"다행이군."

그가 안도의 숨을 내쉬었다.

"에젠."

"응."

"앞으로도 달라지진 않을 거야. 당신에게 보여 주는 세상은 늘 새로울 테니까."

"……."

"내 옆에서도 당신은 자유로울 수 있어."

아직도 그걸 신경 쓰고 있는 건가. 에젠이 그의 손 위에 제 손을 얹었다.

"내 세계는 이제 당신의 황무지로 충분해졌다는 걸 언제쯤 믿으려는지 모르겠지만……."

그리고 고개를 들어 그에게 입을 맞췄다.

"사랑해요, 클리프."

놀란 눈으로 저를 내려다보는 푸른 눈동자를 마주하며 에젠은 싱긋 웃었다.

—完

〈참고 문헌〉 — 각주 상세 인용부

각주 1. E.브론테, 폭풍의 언덕, 옮긴이 미기재, 계몽사, 2017년, p869.

“그는 어찌나 날카롭고 사납게 쳐다보는지 저는 소스라치게 놀랐습니다.”

각주 2. E.브론테, 폭풍의 언덕, 옮긴이 미기재, 계몽사, 2017년, p876.

“고통스러우면서도 황홀해진 표정을 띤 그의 얼굴을 보면 그렇게 생각될 수밖에 없었지요.”

황무지의 봄바람 2

1판 1쇄 발행 2020년 1월 8일
1판 2쇄 발행 2020년 7월 30일

지은이 윌브라이트
펴낸이 신현호
편집부장 예숙영
편집 최은지
편집디자인 한방울
영업 · 관리 김민원 조은걸 조인희
물류 이순우 최준혁 박찬수

펴낸곳 ㈜디앤씨미디어
출판등록 2002년 5월 1일 제117-90-51792호
주소 서울시 구로구 디지털로 26길 111 JnK디지털타워 503호
대표전화 (02)333-2513 팩스 (02)333-2514
전자우편 dncbooks@dncmedia.co.kr
디앤씨북스 블로그 http://blog.naver.com/dncbooks

ISBN 979-11-264-4973-6 (04810)
ISBN 979-11-264-4971-2 (SET)